ein Ullstein Buch

Vom selben Autor
in der Reihe der
Ullstein Bücher:

Fähnrich zur See Hornblower (422)
Leutnant Hornblower (441)
Hornblower wird Kommandant (462)
Der Kapitän (481)
An Spaniens Küsten (502)
Unter wehender Flagge (529)
Der Kommodore (555)
Hornblower in Westindien (598)
Hornblower auf der »Hotspur« (2651)
Zapfenstreich (2834)

C. S. Forester

Lord Hornblower

Roman

ein Ullstein Buch

Ullstein Buch Nr. 570
im Verlag Ullstein GmbH,
Frankfurt/M – Berlin – Wien
Titel der englischen Originalausgabe:
»Lord Hornblower«
Übersetzt von Eugen von Beulwitz

Ungekürzte Ausgabe

Umschlagentwurf: Ingo Jahnes

Printed in Germany 1977
Gesamtherstellung:
Ebner, Ulm
ISBN 3 548 02570 6

I

Sir Horatio Hornblower saß in einem der höchst unbequemen Kirchenstühle aus geschnitzter Eiche und fand die Predigt des Dekans von Westminster zum Sterben langweilig. Da packte ihn die Unruhe wie einen kleinen Jungen, er ließ seine Blicke durch die Kirche wandern und sah sich die versammelte Gemeinde an, um sich von den rein körperlichen Beschwerden, die ihm sein Sitz verursachte, etwas abzulenken. Zu seinen Häupten schwang sich in vollendeter Fächerung das edle Maßwerk des Domes empor, der für sein Empfinden entschieden das schönste Gebäude der Welt war. Die Art, wie die ausstrahlenden Gewölberippen einander schnitten und wieder schnitten, befriedigte seinen mathematischen Sinn und schien ihm von einer erleuchteten Logik zu zeugen. Die namenlosen Werkleute, deren Meißel diese Form geschaffen hatten, mußten wahrhaft schöpferische Männer mit umfassendem Weitblick gewesen sein. Die Predigt plätscherte weiter, und Hornblower hatte Grund zu fürchten, daß nach ihrem Ende wieder der Gesang begann, daß dann die Chorknaben in ihren weißen Hemden wieder mit ihren hohen Sopranstimmen einsetzten, die ihm durch Mark und Bein gingen und noch viel schlimmer waren als die ganze Predigt und der harte eichene Kirchenstuhl zusammengenommen. Aber das war eben der Preis, den man bezahlen mußte, wenn man Band und Stern tragen durfte, wenn man ein Ritter des hochangesehenen Bath-Ordens war. Man wußte, daß er auf Erholungsurlaub in England weilte und gesundheitlich schon wieder ganz auf der Höhe war – da konnte er diesem höchsten Fest seines Ordens unmöglich fernbleiben. Die Kirche bot jedenfalls ein besonders eindrucksvolles Bild. Alle die karmesinroten Mäntel und die blitzenden Ordenssterne der versammelten Ritter fingen das trübe Sonnenlicht auf, das durch die hohen Fenster in das Schiff der Kirche fiel, und wandelten es zu einer vielfachen Glut von aufwühlender Farbengewalt. Wollte man dieser Zurschaustellung eitler Pracht das Wort reden, dann konnte man wenigstens das eine zu ihren Gunsten anführen, daß sie von einer seltsamen, aber mitreißenden Schönheit war, die jeden ergriff, ob er nun historische Vorstellungen damit verband oder nicht. Der Chorstuhl, in dem er saß, war vielleicht früher einmal einem Hawke oder Anson ebenso hart vorgekommen wie ihm heute, und Marlborough mochte zu seiner Zeit in dem gleichen rotweißen Ordensgewand, wie er es trug, während einer gleich langweiligen Predigt genauso zapplig und ungeduldig gewesen sein wie er.

Einer der Herren sah ganz besonders bedeutend und wichtig aus, er trug nämlich eine silbervergoldete Krone auf dem Kopf und einen roten Samtmantel mit eingesticktem Königswappen um die Schultern. Aber das war nur der erste Herold des Bath-Ordens, irgendein Mann mit guten Verbindungen, der sich dieses anständig bezahlte Pöstchen ergattert hatte. Der konnte diese Predigt natürlich leicht über sich ergehen lassen, wenn er sich überlegte, daß er mit diesem Opfer, das nur einmal jährlich fällig war, seinen ganzen Lebensunterhalt verdiente. Neben ihm saß der Prinzregent als Großmeister des Ordens, das Karmesin seines Mantels vertrug sich schlecht mit der scharlachroten Farbe seines Gesichts. Da waren eine Menge Soldaten, Generäle und Obersten, deren Gesichter ihm unbekannt waren. Aber hier und dort erblickte er auch Männer, die er kannte, Männer, in denen er jetzt mit Stolz seine Ordensbrüder sah. Dazu gehörte zum Beispiel Lord St. Vincent, der Riese mit dem finsteren Gesicht, der damals mit seiner Flotte mitten in einen doppelt so starken spanischen Verband hineingestoßen war, Duncan, der die holländische Flotte bei Camperdown vernichtet hatte, und noch ein Dutzend anderer Admirale und Kapitäne, darunter sogar einige, die im Range noch jünger waren als er selbst, so Lydiard, der die *Pomona* vor Havanna wegnahm, Samuel Hood, der bei Aboukir die *Zealous* geführt hatte, und Yeo, der Erstürmer des Forts El Muro. Der Gedanke, dem gleichen ritterlichen Orden anzugehören wie diese Männer, machte einen froh und erwärmte einem das Herz – das war vielleicht lächerlich, aber es ließ sich nicht leugnen. Dabei war die Gesamtzahl der Helden mindestens dreimal so groß. Viele der ritterlichen Brüder befanden sich auf See (anwesend waren nur solche, die Landkommandos innehatten oder auf Urlaub waren) und holten zu den letzten Schlägen aus, die das Reich Napoleons zertrümmern sollten. Hornblower fühlte sich von einer Woge vaterländischer Begeisterung ergriffen, sein Geist ließ sich von der Flut dieses Gefühls emportragen, begann aber doch alsbald kritisch zu prüfen, was es mit diesem ganzen Überschwang auf sich hatte, und stellte sich die Frage, wieviel davon er der romantischen Schönheit des Bildes verdanken mochte, das ihm seine Umgebung bot.

Ein Marineleutnant in Uniform war in die Kirche eingetreten, stand einen Augenblick zögernd, bis er Lord St. Vincent entdeckt hatte, und eilte dann auf ihn zu. Er überreichte ihm das umfangreiche Schreiben, das er in der Hand hielt und dessen Siegel bereits erbrochen war. Jetzt achtete niemand mehr auf die Predigt – alle anwesenden Seeoffiziere, die Blüte der Royal Navy, renkten sich die Hälse aus und schauten auf Lord St. Vincent, während dieser die Depesche las, die offenbar soeben von der Admiralität am anderen Ende von Whitehall herüberkam. Die Stimme des Dekans wurde ein bißchen unsicher, aber er nahm sich tapfer zusammen und ließ seine Rede vor tauben Ohren weiterplätschern. Diese Taubheit dauerte recht lange, denn St. Vincent las das Schreiben nicht nur einmal durch, sondern kehrte, als er fertig war, wieder zum Beginn zurück, ohne daß sich in seinem zerklüfteten Gesicht auch nur eine Miene verzog. St. Vincent hatte zwar in der Schlacht, deren Namen er jetzt als Titel führte, mit einer einzigen, raschen Entscheidung das Schicksal ganz Englands aufs Spiel gesetzt, aber er war dennoch nicht der Mann übereilter Entschlüsse, wenn er genügend Zeit zum Überlegen hatte.

Er kam zum zweitenmal ans Ende, faltete den Brief zusammen und ließ dann seinen Blick langsam durch die Kirche schweifen. Und ein paar Dutzend Ritter des Bath-Ordens hofften in erregter Spannung, diesem Blick zu begegnen. St. Vincent aber erhob sich, hüllte sich in den roten Rittermantel, ergriff den Federhut und humpelte nach einem kurzen Wort an den wartenden Leutnant mit steifen Schritten hinaus. Sofort übertrug sich die Aufmerksamkeit auf diesen Leutnant, und aller Augen folgten ihm, während er das Kirchenschiff durchquerte. Hornblower fuhr unwillkürlich zusammen und fühlte sein Herz laut klopfen, als er merkte, daß jener geradewegs auf ihn zukam.

»Eine Empfehlung von Seiner Lordschaft, Sir«, sagte der Leutnant, »und er läßt Sie sofort zu einer kurzen Besprechung bitten.«

Jetzt war Hornblower an der Reihe, seinen Umhang zu schließen und an seinen Federhut zu denken. Er mußte sich unter allen Umständen gleichmütig geben, es durfte nicht sein, daß die versammelten Bathritter etwa über ihn lächelten, wenn sie ihm seine Erregung über diese Aufforderung des Ersten Lords anmerkten. Er mußte sich also den Anschein geben, als wären derlei Dinge für ihn etwas ganz Alltägliches. Unachtsam trat er aus seinem Kirchenstuhl, da kam ihm gleich der Säbel zwischen die Beine, und er hatte es nur einer gütigen Vorsehung zu verdanken, daß er nicht der Länge nach hinfiel. Mit klirrenden Sporen und klappernder Scheide rettete er sein Gleichgewicht und stelzte dann langsam und würdevoll durch das Kirchenschiff. Dabei folgten ihm alle mit den Blicken, bei den anwesenden Armeeoffizieren handelte es sich gewiß um bloße Neugier, aber die Navy – Lydiard und die anderen – war natürlich aufs höchste gespannt, welche überraschende Wendung der Seekrieg neuerdings genommen hatte, und beneideten ihn um die neuen Abenteuer und Auszeichnungen, die ihn erwarteten. Weiter hinten, in einer der für bevorzugte Gäste bestimmten Bänke, entdeckte Hornblower Barbara, die gleichfalls aufgestanden war und ihren Stuhl verließ, um sich ihm anzuschließen. Er begrüßte sie mit einem gezwungenen Lächeln – solange er alle diese Blicke auf sich ruhen fühlte, mochte er nicht sprechen – und reichte ihr seinen Arm. Sogleich fühlte er den festen Druck ihrer Hand, hörte er ihre klare, sichere Stimme. Barbara ließ sich natürlich nicht dadurch einschüchtern, daß sie von allen angestarrt wurden.

»Ist wieder etwas los, mein Lieber?« fragte sie.

»Ich nehme es an«, flüsterte Hornblower.

Draußen vor dem Tor erwartete sie St. Vincent. Die leichte Brise spielte in den Straußenfedern seines Hutes und in den Falten seines rotseidenen Mantels. Die weißen seidenen Kniehosen schienen für seine wuchtigen Beine fast zu eng zu sein. Er schritt langsam auf und ab, seine riesigen Füße waren von Gicht entstellt und hatten die weißen Seidenschuhe, die er trug, ganz aus der Form gebracht. Aber auch der seltsamste Aufzug vermochte diesem Mann nichts von seiner strengen Würde zu nehmen. Barbara zog ihre Hand aus Hornblowers Arm und trat diskret zurück, um den beiden Männern ein Gespräch unter vier Augen zu ermöglichen. »Sir?« begann Hornblower fragend, dann fiel ihm – zu spät – ein, wen er vor sich hatte, er war ja nicht daran gewöhnt, mit dem Hochadel umzugehen. Er verbesserte sich: »Mylord?«

»Sind Sie so weit hergestellt, daß Sie wieder Dienst machen können, Hornblower?«

»Jawohl, Mylord.«

»Sie müssen noch heute abend in See gehen.«

»Aye, aye, Sir – Mylord.«

»Wenn mein verfluchter Wagen endlich erscheint, dann bringe ich Sie zur Admiralität und gebe Ihnen Ihren Befehl.« St. Vincent erhob seine Stimme zu jener Lautstärke, die auch in westindischen Zyklonen mit Leichtigkeit genügt hatte, sich im Großtopp seines Schiffes verständlich zu machen: »Sind denn diese verdammten Gäule *immer* noch nicht da, Johnson?« Da entdeckte er über Hornblowers Schulter hinweg Barbara.

»Ihr Diener, gnädige Frau«, sagte er, nahm seinen Federhut vom Kopf und hielt ihn quer vor die Brust, während er eine vollendete Verbeugung vor ihr machte. Weder Alter noch Gicht noch ein ganzes langes Seemannsleben hatten es vermocht, die höfische Grazie seiner gesellschaftlichen Formen zu beeinträchtigen. Aber jetzt ging es um die Pflicht gegen das Vaterland, und der gebührte immer der Vorrang. Deshalb wandte er sich sofort wieder Hornblower zu.

»Worum handelt es sich, Mylord?« fragte dieser.

»Unterdrückung einer Meuterei«, gab St. Vincent finster zur Antwort. »Wieder so eine verfluchte Meuterei. Man könnte meinen, wir schrieben noch 1794. Kennen Sie Chadwick – Leutnant Augustin Chadwick?«

»War mit mir Fähnrich unter Pellew, Mylord.«

»Gut, also dieser... Ach, hier ist endlich mein verfluchter Wagen. Aber was wird aus Lady Barbara?«

»Ich fahre mit meinem eigenen Wagen zurück zur Bondstreet und schicke ihn dann gleich zur Admiralität, um Horatio abzuholen. Da kommt er schon!«

Der Wagen, auf dessen Bock Brown neben dem Kutscher saß, fuhr hinter der Kutsche des Lords St. Vincent vor. Brown sprang sogleich ab.

»Sehr schön, also kommen Sie, Hornblower. Nochmals Ihr gehorsamer Diener, gnädige Frau.«

St. Vincent kletterte schwerfällig in den Wagen, und Hornblower setzte sich neben ihn, dann kam das schwere Fahrzeug unter lautem Hufgeklapper langsam in Bewegung. Bleicher Sonnenschein spielte durch das Fenster herein und huschte über das steinerne Gesicht St. Vincents, der vornübergebeugt auf seinem Lederpolster saß. Ein paar Gassenjungen entdeckten die buntgekleideten Männer in der Kutsche, brüllten laut Hurra und schwenkten ihre zerlumpten Mützen.

»Chadwick hatte die *Flame*, eine Brigg mit 18 Geschützen«, sagte St. Vincent. »Die Besatzung hat in der Seinebucht gemeutert und hält ihn und die anderen Offiziere als Geiseln gefangen. Nun haben sie einen Steuermannsmaat und vier unbeteiligte Männer mit einem an die Admiralität gerichteten Ultimatum in der Gig losgeschickt. Das Boot ist gestern abend in Bembridge angelangt, und das Schreiben hat mich soeben erreicht. Hier ist es.«

Zornig schüttelte St. Vincent den Brief mit seinen Anlagen in der knotigen Hand. Er hatte die Papiere nicht mehr losgelassen, seit er sie in der Westminsterabtei erhalten hatte.

»Und was steht in diesem Ultimatum, Mylord?«

»Amnestie wollen sie haben – alles soll vergessen sein. Und Chadwick soll gehängt werden. Wenn wir nicht darauf eingehen, wollen sie die Brigg den Franzosen ausliefern.«

»Diese närrischen Dummköpfe!« sagte Hornblower.

Er erinnerte sich an Chadwick von der *Indefatigable* her. Er war damals vor zwanzig Jahren für einen Fähnrich schon alt gewesen und mußte jetzt schon ein guter Fünfziger sein. Dabei war er immer noch nicht Stabsoffizier. Schon als Fähnrich war er ein launischer, unangenehmer Mensch gewesen, da konnte man sich leicht vorstellen, wie es um die Stimmung des alten, sooft in der Beförderung übergangenen Leutnants heute bestellt war. Wenn er wollte, dann konnte er ein kleines Schiff wie die *Flame* für die Besatzung zu einer wahren Hölle machen, zumal er wahrscheinlich der einzige Offizier mit Patent war, der sich an Bord befand. Daraus mochte sich dann die Meuterei ergeben haben. Nach den schrecklichen Lehren von Spithead und vom Nore, nachdem Pigott auf der *Hermione* ermordet worden war, hatte man einige der schlimmsten Härten des Kriegsschiffsdienstes beseitigt. Gewiß, das Leben an Bord war auch jetzt noch hart und grausam genug, aber doch nicht so, daß sich die Menschen für die selbstmörderische Narrheit einer Meuterei entschieden, wenn nicht besondere Umstände dazukamen. War der Kommandant ein grausamer und obendrein ungerechter Mensch und fand sich unter der Besatzung ein entschlossener, kluger Rädelsführer, dann war eine Lage geschaffen, die den Keim des Aufruhrs in sich trug. Aber es galt vor allem, jede Meuterei, ganz gleich, was ihre Ursache gewesen war, sofort zu unterdrücken und mit äußerster Strenge zu bestrafen. Nichts, keine Pocken und keine Pest, war in einer Kriegsmarine ansteckender als Meuterei. Ging auch nur ein einziger Meuterer straflos aus, dann erinnerten sich die Leute in der Folge bei jedem Anlaß zur Klage dieses verlockenden Beispiels und ahmten es ohne Hemmung nach. Dabei stand England mitten im Entscheidungskampf gegen die französische Gewaltherrschaft. 500 Kriegsschiffe, darunter 200 Linienschiffe standen im Dienst, um die Weltmeere vom Feinde frei zu halten. Unter Wellington brachen soeben 100 000 Mann in Südfrankreich ein. Und die buntscheckigen Armeen des östlichen Europa, die Russen und Preußen, die Schweden und Österreicher, die Kroaten und Ungarn und Holländer, sie alle wurden mit englischer Hilfe eingekleidet, ernährt und bewaffnet. Es schien fast, als müßte jede weitere Belastung in diesem Ringen die Kräfte Englands übersteigen, als müßte es schon jetzt unter der furchtbaren Last niederbrechen, die es auf seinen Schultern trug. Wie nicht anders zu erwarten war, kämpfte Bonaparte mit verbissener Kraft und mit Aufwand aller Listen um sein Leben. Noch ein paar Monate des Ausharrens, ein paar Monate höchster Anspannung aller Kräfte reichten vielleicht hin, seinen endgültigen Zusammenbruch herbeizuführen und der von Wahnsinn umnachteten Welt den Frieden zu schenken. Umgekehrt konnte jetzt ein Augenblick des Schwankens, ein bloßer Hauch von Unsicherheit und Zweifel genügen, die Menschheit für eine, nein für ungezählte Generationen an das Kreuz der Tyrannei zu schlagen.

Die Kutsche bog in den Hof der Admiralität ein, und zwei Veteranen der Flotte kamen mit ihren Holzbeinen angestapft, um die Schläge zu öffnen. St. Vincent kletterte hinaus und ging mit Hornblower, beide in der Pracht ihrer rot-weißseidenen Gewänder, durch die Korridore zum Zimmer des Ersten Lords.

»Da, das Ultimatum!« sagte St. Vincent und warf ein Blatt Papier auf den Schreibtisch.

Elende Handschrift, war Hornblowers erster Eindruck. Jedenfalls war das nicht die Arbeit eines bankrotten Kaufmanns oder eines Anwaltgehilfen, den man zum Dienst in der Flotte gepreßt hatte.

An Bord H. M. S. Flame vor Havre,
den 7. Oktober 1813

Wir sind alles anständige, ehrliche Leute, aber Leutnant Augustin Chadwick hat uns immer auspeitschen lassen und wollte uns nichts zu essen geben. Seit einem Monat hat er auf jeder Wache zweimal »Alle Mann« gepfiffen. Gestern sagte er, er wolle heute jeden dritten Mann auspeitschen lassen und, sobald sie wieder dienstfähig seien, den Rest. Deshalb haben wir ihn jetzt in seiner Kammer eingesperrt, und an der Fockrahe ist schon das Ende geschoren, das ihm um den Hals gelegt werden muß. Nach dem, was er dem Schiffsjungen James Jones angetan hat, hat er nichts anderes verdient. Er hat ihn nämlich umgebracht, aber in seinem Bericht hat er wohl geschrieben, er sei an Fieber gestorben. Wir bitten Ihre Lordschaften in der Admiralität um die Zusage, daß er für seine Missetaten zur Verantwortung gezogen wird. Wir möchten andere Offiziere und wünschen uns, daß das, was geschehen ist, vergeben und vergessen sein soll. Wir möchten für die Freiheiten Englands weiterkämpfen, denn wir sind anständige, ehrliche Seeleute, wie wir schon gesagt haben. Aber in Lee liegt Frankreich, und für uns geht es jetzt ums Ganze. Wir werden uns nicht als Meuterer hängen lassen. Wenn Sie den Versuch machen, unser Schiff wegzunehmen, dann baumelt Chadwick an der Rahe und wir laufen zu den Franzosen ein. Dieser Brief ist von uns allen unterschrieben.

Mit hochachtungsvoller Ergebenheit.

Um den ganzen Rand des Schreibens standen die Unterschriften, sieben Namen und dazu ein paar Dutzend Kreuze, jedes mit einer Bemerkung: »Zeichen des Henry Wilson, Zeichen des William Owen« usw. Ihre Zahlenverhältnis gab ein Bild der üblichen Zusammensetzung der englischen Schiffsbesatzungen aus Leuten mit Schulbildung und Analphabeten. Als Hornblower die Prüfung des Schreibens beendet hatte, blickte er wieder St. Vincent an.

»Meuterische Hunde«, knirschte der.

Ja, vielleicht waren sie das, dachte Hornblower. Aber hatten sie nicht im Grunde ein Recht, es zu sein? überlegte er weiter. Er konnte sich so gut vorstellen, wie man sie behandelt hatte, diese ganze endlose, sinnlose Grausamkeit, die das ohnehin harte Leben an Bord eines Schiffes im Blockadedienst völlig unerträglich machte, dieses Elend, von dem wirklich nur der Tod oder die Meuterei Erlösung brachten, weil es einfach keinen anderen Weg der Befreiung gab.

Angesichts der unfehlbar bevorstehenden Auspeitschung hatten sich die armen Kerle zum Widerstand entschlossen und gemeutert. Er konnte ihnen daraus im Ernst keinen Vorwurf machen. Hatte er nicht schon genug zerfetzte Rücken sehen müssen? Er wußte genau, daß er selbst buchstäblich zu allem imstande wäre, um einer solchen Folter, wenn sie ihm einmal drohen sollte, zu entgehen. Wie, wenn er zum Beispiel wüßte, daß er nächste Woche ausgepeitscht würde? Als er im Ernst versuchte, sich in diese Lage hineinzudenken, kroch es ihm kalt über den Rücken. Diese Männer hatten das moralische Recht auf ihrer Seite. Wenn man sie jetzt für ihr durchaus entschuldbares Verbrechen dennoch bestrafte, dann geschah das nicht im Dienste des Rechts, sondern aus Gründen der Staatsräson. Es war für das Schicksal des Vaterlandes von entscheidender Bedeutung, daß man alle Meuterer ergriff, die Rädelsführer hängte und die übrigen auspeitschte, daß man diesen neuen Krankheitsherd, der an Englands Schwertarm aufgetreten war, sofort ausbrannte, ehe sich das Unheil weiterfraß.

Sie mußten hängen, ob sie eine moralische Schuld traf oder nicht, das gehörte ganz einfach mit zum Krieg, so wie es zum Krieg gehörte, Franzosen zu töten, Männer, die vielleicht die besten Väter und Gatten waren. Immerhin war es besser, St. Vincent nichts von diesen Gefühlen und Überlegungen ahnen zu lassen – der Erste Lord haßte die Meuterer ganz einfach, weil sie Meuterer waren, er gab sich keine Mühe, tiefer in die Problematik des einzelnen Falles einzudringen.

»Welche Befehle haben Sie für mich, Mylord?« fragte Hornblower.

»Ich gebe Ihnen carte blanche«, antwortete St. Vincent. »Sie sollen freie Hand haben. Bringen Sie mir die *Flame* heil und sicher zurück nach England und die Meuterer mit. Wie Sie diese Aufgabe lösen wollen, bleibt ganz Ihnen überlassen.«

»Ich habe also unbeschränkte Vollmacht – zum Beispiel auch zu Verhandlungen, Mylord?«

»Nein, verdammt, so war es nicht gemeint«, gab St. Vincent zur Antwort. »Was ich meinte, war, daß Sie an Schiffen haben können, was Sie wollen. Ich könnte Ihnen drei Linienschiffe verfügbar machen, wenn Sie sie brauchen. Ein paar Fregatten, Kanonenboote ... sogar ein Raketenschiff stelle ich Ihnen, wenn Sie sich etwas davon versprechen – dieser Congreve möchte seine Raketen gern wieder einmal praktisch erproben.«

»Der Einsatz stärkerer Kräfte scheint mir in diesem Falle wenig Vorteil zu bringen, Mylord. Vor allem dürfte sich die Verwendung von Linienschiffen erübrigen.«

»Damit sagen Sie mir verdammt nichts Neues.« St. Vincents massige Züge verrieten deutlich, wie es in ihm arbeitete. »Diese unverschämten Lumpen können ja beim ersten Anzeichen einer Gefahr schneller in die Seinemündung hineinrutschen, als eine Ente zweimal mit dem Pürzel wackelt. Eine solche Aufgabe kann nur mit dem Kopf gelöst werden. Das ist es ja gerade, weshalb ich *Sie* dafür ausgesucht habe, Hornblower.«

Das war ein hübsches Kompliment. Hornblower konnte nicht umhin, sich heimlich etwas aufzuplustern. Sprach er nicht fast wie gleich zu gleich mit einem der größten Admirale, die je eine Flagge geführt hatten? Das gab ein wunderbares Gefühl stolzer Befriedigung. Und nun entrang sich dem Ersten Lord unter einem zunehmenden inneren Zwang noch ein anderes, viel erstaunlicheres Eingeständnis:

»Außerdem sind Sie bei den Leuten beliebt, Hornblower«, platzte er heraus. »Ich kenne verdammt keinen, der Sie nicht mag. Man folgt Ihrem Beispiel, man hört auf das, was Sie sagen. Sie sind einer von den Offizieren, die den Leuten immer wieder Gesprächsstoff geben. Die Männer vertrauen Ihnen und setzen große Erwartungen auf Sie – ich auch, verdammt noch mal, falls Sie das noch nicht gemerkt haben sollten.«

»Wenn ich mit den Leuten reden soll, dann heißt das doch nichts anderes, Mylord, als daß ich mit ihnen zu verhandeln habe.«

»Keine Verhandlungen mit Meuterern!« brüllte St. Vincent und knallte seine Faust, die an Umfang einer Hammelkeule glich, krachend auf den Schreibtisch. »Damit haben wir Anno 94 unsere Erfahrungen gemacht.«

»Dann bedeutet also die carte blanche, die Sie mir geben, nicht mehr als die üblichen Befehle, Mylord«, sagte Hornblower.

Das war wirklich kein Vergnügen mehr. Man übertrug ihm hier eine äußerst schwierige Aufgabe, die sehr leicht schiefgehen konnte, und machte ihm natürlich allein den Vorwurf, wenn er keinen Erfolg hatte. Er hatte sich gewiß nie träumen lassen, daß er sich je dazu versteigen würde, mit einem Ersten Lord eine Meinungsverschiedenheit auszutragen, und doch sah er sich nun mitten darin; es ging nicht anders. In einem hellsichtigen Augenblick machte er sich klar, daß er dabei im Grunde gar nicht für sich selbst sprach, daß er nicht einmal darauf aus war, seine persönlichen Interessen zu wahren. Er verhandelte vielmehr ganz unpersönlich. Der Offizier, der den Auftrag erhielt, den Meuterern die *Flame* wegzunehmen, und dessen ganze Zukunft vielleicht von den Vollmachten abhing, die er bekam, dieser Offizier war nicht der Hornblower, der hier in seinem weiß-roten Seidengewand auf dem geschnitzten Stuhl saß, sondern irgendein anderer armer Teufel, der ihm leid tat und dessen Sache er verfocht, weil sie mit der großen Sache des Vaterlandes eins war. Aber dann verschmolzen diese beiden Wesen gleich wieder zu einem einzigen, und er entdeckte, daß ihn diese Geschichte ganz allein anging, ihn, Hornblower, den Mann Barbaras, der gestern bei Lord Liverpool diniert hatte und heute als Folge davon noch ein leichtes Stechen in der Mitte der Stirn fühlte. Ausgerechnet ihm wurde hier diese höchst unerfreuliche

Aufgabe übertragen, die ihm nicht für fünf Pfennig Ruhm oder Auszeichnung einbrachte, indessen er sich der Gefahr aussetzte, dabei einen gründlichen Fehlschlag zu erleiden, einen Versager, der ihn zur Witzfigur der ganzen Marine machte und dem Gelächter des Landes preisgab.

Wieder beobachtete er aufmerksam das Mienenspiel seines Gegenübers. Lord St. Vincent war alles andere als beschränkt, und hinter dieser zerklüfteten Stirn saß ein scharfer Verstand. Er kämpfte im Augenblick einen harten Kampf gegen seine eigenen Vorurteile und rang sich endlich dazu durch, sie einer höheren Pflichtauffassung zum Opfer zu bringen.

»Also gut, Hornblower«, entschied der Erste Lord endlich, »ich gebe Ihnen unbeschränkte Vollmacht und werde Ihren Befehl in diesem Sinne ausfertigen lassen. Natürlich behalten Sie den Rang eines Kommodore.«

»Ich danke Ihnen, Mylord.«

»Hier ist eine Besatzungsliste der *Flame*«, fuhr St. Vincent fort. »Bei uns liegt gegen keinen der Leute etwas vor. Der Bootsmannsmaat Nathaniel Sweet – hier ist seine Unterschrift – war vorher Erster Steuermann auf einer Kohlenbrigg aus Newcastle. Er wurde dort wegen Trunkenheit entlassen. Vielleicht ist er der Rädelsführer. Aber ebensogut kann es auch ein anderer sein.«

»Weiß die Öffentlichkeit von der Meuterei?«

»*Nein!* Gebe Gott, daß sie nichts davon erfährt, ehe die Kriegsgerichtsflagge geheißt wird. Holden in Bembridge war klug genug, den Mund zu halten. Er setzte den Steuermannsmaaten und die Matrosen sofort hinter Schloß und Riegel, als er ihre Nachricht gehört hatte. Die *Dart* segelt nächste Woche nach Kalkutta, und ich stecke die ganze Gesellschaft dahin an Bord. Dann kann es noch Monate dauern, ehe etwas von der Geschichte durchsickert.«

Meuterei war ansteckend, sie wurde durch Reden übertragen. Man mußte den Ansteckungsherd so lange isolieren, bis er ausgeätzt werden konnte. St. Vincent zog ein Blatt Papier heran und griff nach seiner Feder – einer hübschen Truthahnfeder mit einer der neumodischen Goldspitzen.

»Was für Schiffe wollen Sie nun haben?«

»Am liebsten hätte ich etwas Schnelles, Handiges«, sagte Hornblower.

Er hatte noch nicht die leiseste Idee, wie er die Aufgabe angehen sollte, ein Fahrzeug abzufangen, das sich nur zwei Meilen nach Lee zurückzuziehen brauchte, um für jeden Verfolger unerreichbar zu sein. Aber sein Stolz gebot ihm, diese Unsicherheit hinter einer Maske von Selbstvertrauen zu verbergen. Er hätte zu gern gewußt, ob die Menschen alle so waren: nach außen hin ein Bild tapferer Entschlossenheit, in Wirklichkeit schwache, hilflose Kreaturen. Dabei fiel ihm eine Bemerkung Suetons ein,

der von Nero berichtet, er habe alle Menschen, obgleich sie es öffentlich nicht zugaben, für ebenso verderbt gehalten, wie er es war.
»Da hätten wir die *Porta Coeli*«, sagte St. Vincent und hob seine weißen Augenbrauen. »Das ist eine Brigg mit 18 Geschützen, Schwesterschiff der *Flame*. Liegt seeklar in Spithead. Ihr Kommandant ist Freeman, der unter Ihnen in der Ostsee den Kutter *Clam* geführt hat. Er hat Sie doch nach Hause gebracht, nicht wahr?«
»Jawohl, Mylord.«
»Paßt Ihnen dieses Schiff?«
»Ich glaube, das ist das richtige, Mylord.«
»Pellew führt das Kanalgeschwader. Ich werde ihm befehlen, Ihnen jede Unterstützung zu gewähren, die Sie anfordern.«
»Besten Dank, Mylord.«
So war er. Da stürzte er sich in ein schwieriges, vielleicht sogar aussichtsloses Unternehmen und machte nicht den leisesten Versuch, sich wenigstens eine Rückzugsstraße offenzuhalten. Es fiel ihm gar nicht ein, jetzt die Saat späterer Entschuldigungen und Ausflüchte in die Erde zu bringen, die nachher im Fall eines Mißerfolges so willkommen war und so nützlich aufging. Das war gewiß ein unverantwortlicher Leichtsinn, aber er konnte einfach nicht anders, sein lächerlicher Stolz hinderte ihn daran, etwas Derartiges zu tun. Er brachte es nicht fertig, Männer wie St. Vincent mit Wenns und Abers zu kommen, er konnte sich überhaupt vor einem anderen Mann nicht in dieser Weise bloßstellen. Ob das daher kam, daß ihm die Anerkennung des Ersten Lords vorhin zu Kopf gestiegen war oder daß er eben die beiläufige Bemerkung von ihm gehört hatte, er dürfe von einem Geschwaderchef wie Pellew Unterstützung »anfordern«, dem Mann, der vor zwanzig Jahren sein Kommandant gewesen war, als er noch als Fähnrich diente? Nein, nichts von alledem war schuld, es lag nur an seinem unsinnigen Stolz.
»Der Wind ist stetig aus Nordwest«, sagte St. Vincent mit einem Blick auf den Zeiger an der Decke, der die Bewegungen der Windfahne auf dem Dach der Admiralität in sein Zimmer übertrug. »Aber das Glas fällt. Je eher Sie auslaufen, desto besser. Ich schicke Ihnen Ihre Order in die Wohnung nach, dann haben Sie noch Zeit, sich von Ihrer Frau zu verabschieden. Wo haben Sie denn Ihre Sachen?«
»In Smallbridge, Mylord, das liegt fast an der Straße nach Portsmouth.«
»Um so besser. Jetzt ist es Mittag. Wenn Sie um drei Uhr die Postkutsche nach Portsmouth nehmen – Kurierpost können Sie mit Ihrer Seekiste nicht benutzen –, dann sind Sie in acht, nein in sieben Stunden dort. Die Straßen sind zu dieser Jahreszeit ja noch nicht so übel. Jedenfalls könnten Sie um Mitternacht unterwegs sein. Freeman bekommt jetzt sofort seinen

Befehl durch die Post. Ich wünsche Ihnen Glück und Erfolg, Hornblower.«
»Danke, Mylord.«
Hornblower raffte seinen Ordensmantel, griff nach dem Säbel und verabschiedete sich. Er hatte das Zimmer noch nicht verlassen, da kam auf St. Vincents heftiges Klingeln von nebenan ein Sekretär hereingestürzt, um die für ihn bestimmte Order als Diktat aufzunehmen. Draußen wehte der frische Nordwest, von dem St. Vincent gesprochen hatte. Hornblower fröstelte in seinem festlichen Gewand aus roter und weißer Seide, er fühlte sich recht verlassen und einsam. Aber da stand schon der Wagen, der ihn nach Barbaras Wort erwartete.

2

Mit ruhigem Blick und gefaßter Miene kam sie ihm entgegen, als er in der Bondstreet anlangte. Das war bei diesem Sproß einer Soldatenfamilie nicht anders zu erwarten. Aber sprechen? Wenn sie die Haltung wahren wollte, konnte sie höchstens ein kurzes Wort wagen:
»Eine Order?« fragte sie.
»Ja«, gab Hornblower zur Antwort, und dann machten sich seine starken, widerstreitenden Gefühle in der einfachen Wiederholung Luft: »Ja, mein Liebling!«
»Und wann?«
»Ich laufe noch heute nacht von Spithead aus. Meine Order wird in diesem Augenblick geschrieben – ich muß fort, sobald sie hier ankommt.«
»Etwas Ähnliches habe ich mir gedacht, St. Vincent sah ganz danach aus. Ich habe Brown schon nach Smallbridge geschickt, damit er deine Sachen zusammenpackt. Wenn wir hinkommen, ist schon alles klar.«
Tüchtige, vorausschauende, einsichtige Barbara! Und doch konnte er darauf keine passendere Antwort finden als ein farbloses: »Danke, meine Liebe.« Immer noch, auch nach so langer gemeinsamer Zeit, erlebte er solche Augenblicke, in denen er keine Worte fand, um Gefühle auszudrücken, die ihn doch fast überwältigten – aber vielleicht war das eben die Folge ihrer übermächtigen Gewalt.
»Darf ich dich fragen, wohin du fährst?«
»Ich könnte dir auf diese Frage keine Antwort geben«, sagte Hornblower mit gezwungenem Lächeln, »das tut mir besonders leid, mein Schatz.«
Barbara hätte natürlich kein Wort weitererzählt, er konnte auch sicher sein, daß es ihr nicht einfiel, die Leute durch versteckte Winke und Andeutungen erraten zu lassen, welcher Art sein Auftrag war, dennoch konnte er ihr nichts darüber sagen. Dann blieb ihr wenigstens jeder Vor-

wurf erspart, wenn die Meuterei doch auf irgendeine Weise bekannt werden sollte. Aber der eigentliche Grund für sein Verhalten war ein anderer. Es war einfach seine Pflicht, Stillschweigen zu bewahren, und diese Pflicht duldete keine Ausnahme. Barbara erwiderte sein Lächeln mit der heiteren Gefaßtheit, die er jetzt von ihr erwarten durfte. Dann wandte sie ihre Aufmerksamkeit seinem seidenen Umhang zu und legte ihn in schönerem Wurf über seine Schultern.

»Schade«, sagte sie, »daß es in unseren Tagen für Männer so wenig Gelegenheiten gibt, sich schön anzuziehen. Dieses Rot und dieses Weiß hebt dein gutes Aussehen, Liebster. Du bist ein sehr schöner Mann, weißt du das eigentlich?«

Dann brach die künstlich errichtete, ach so gebrechliche Schranke zwischen ihnen zusammen und löste sich in nichts auf wie eine angestochene Seifenblase. Sein Wesen dürstete nach menschlicher Nähe, bedurfte der Liebe, aber er hatte in einer Welt ohne Erbarmen gelebt, und Selbstzucht hieß sein tägliches Brot. So fiel es ihm unendlich schwer, war es ihm fast unmöglich, sich so zu geben, wie er in Wirklichkeit war. Da war immer die lauernde Angst, eine Zurückweisung zu erfahren, eine schreckliche Möglichkeit, die er natürlich nie in Kauf nehmen konnte. Und sie, sie wußte genau, was da in ihm vorging, und ihr Stolz lehnte sich dagegen auf. Die in England übliche stoische Erziehungsmethode hatte sie daran gewöhnt, allen Gefühlsregungen zu mißtrauen und alles hemmungslose Zurschaustellen von Gefühlen zu verachten. Ihr Stolz war genauso entwickelt wie der seinige, sie litt gelegentlich darunter, daß sie zur Erfüllung ihres Lebens seiner bedurfte, genauso wie er darunter leiden konnte, daß er sein Leben ohne ihre Liebe als Stückwerk empfand. Beide waren stolze Naturen, für die aus irgendeinem Grunde ein Dasein, das sich selbst genügte und der Gemeinschaft mit anderen nicht bedurfte, den Inbegriff des Vollkommenen bedeutete. Beide erblickten sie in dem Verzicht auf diese Lebensform ein Opfer, das ihnen oft unangemessen groß erschien.

Aber in diesem Augenblick, da sie die Schatten der Trennung schon umgaben, schwanden aller Stolz und alle Gegenwehr, sie streiften den starren Panzer ab, den die Jahre um ihre Herzen gelegt hatten, und entdeckten den Segen ihrer natürlichen Gefühle. Sie lag in seinen Armen, ihre Hände griffen unter seinen Rittermantel und fühlten durch das dünne Seidenwams die Wärme seines Körpers. Er umfing sie mit der gleichen glühenden Leidenschaft, die sie entflammte. Korsetts waren damals verpönt, und auch sie trug daher nur eine winzige Versteifung aus Fischbein um die Hüften. Er fühlte also in seinen Armen die ganze Pracht ihres schlanken Körpers, der trotz seiner wunderbaren Muskeln, dem Ergebnis scharfer Ritte und langer Wanderungen, so herrlich biegsam war. Er hatte sich erst dazu

erziehen müssen, Muskeln bei einer Frau für begehrenswert zu halten. Früher war er der Ansicht gewesen, Frauen müßten schwach und weichlich sein. Ihre warmen Lippen preßten sich aufeinander, und zwei Augenpaare lächelten sich an.
»Mein Liebling, o mein Herz!« sagte sie und flüsterte dann Lippe an Lippe immer wieder jene süßeste Liebkosung der kinderlosen Frau für ihren Geliebten: »Mein Kindchen, mein Herzenskindchen!«
Das war das Köstlichste, was sie zu ihm sagen konnte. Und ihm war es recht, er wollte ihr Kind *und* ihr Mann sein, sobald er einmal seinen schützenden Panzer abgelegt hatte und seine Gefühle frei strömen ließ. In seiner schutzlosen Blöße wünschte er sich dann nichts anderes als Geborgenheit, und dazu mußte sie so wahrhaftig und so treu zu ihm sein wie eine Mutter zu ihrem Kind, durfte sie aus seiner Wehrlosigkeit nicht den leisesten Vorteil ziehen. Nun lösten sich auch die letzten Vorbehalte, und sie schmolzen in jener heißesten Glut der Leidenschaften ineinander, die ihnen so selten geschenkt war. Heute aber hätte sie nichts mehr zu löschen vermocht. Hornblowers kräftige Finger rissen die Seidenschnur los, die den Rittermantel zusammenhielt, dann die ungewohnten Nestel seines Wamses und die lächerlichen Bändsel seiner Kniehose – auch diese Hantierungen vermochten seiner Leidenschaft nichts anzuhaben. Barbara ertappte sich dabei, daß sie immer wieder seine Hände küßte, diese langen, schönen Finger, die in Zeiten der Trennung so manches Mal durch ihre Träume geisterten, auch das war ein Ausdruck reinster Leidenschaft ohne jede sinnbildliche Bedeutung. Sie fanden frei, ohne Fessel, ohne Hemmnis, in reiner Liebe zueinander. Sie waren in wunderbarer Weise eins und blieben es, auch als das Feuer verglomm, sie genossen das Glück der Erfüllung, aber es machte sie nicht überdrüssig, und sie blieben eins, auch als er sie auf ihrem Ruhebett verließ und mit einem Blick in den Spiegel feststellte, daß seine schütteren Haare wüst zerzaust waren.
Seine Uniform hing an der Tür des Ankleidezimmers, Barbara hatte wirklich an alles gedacht, während er bei St. Vincent war. Er wusch sich vor dem Waschbecken und rieb seinen erhitzten Körper mit einem nassen Schwamm ab. Dabei dachte er nicht im mindesten an eine Reinigung von irgendwelchem Schmutz, es ging ihm einzig um die angenehme Erfrischung. Als der Butler an die Tür klopfte, zog er über Hemd und Hose seinen Schlafrock an und öffnete. Es war seine Order. Er unterschrieb den Empfangsschein, erbrach das Siegel und setzte sich, um sie genau durchzulesen und festzustellen, ob sie auch keine Unklarheiten enthielt, die beseitigt werden mußten, ehe er London verließ. Da waren sie wieder, die alten, alten Formeln: »Sie werden beauftragt und angewiesen«, »es wird Ihnen mit größtem Nachdruck zur Pflicht gemacht«, jene gewichtigen

Worte, in deren Bann schon Nelson bei Trafalgar und Blake bei Teneriffa ins Gefecht gegangen waren. Der Sinn des Befehls war klar, und der Umfang seiner Vollmacht unterlag keinem Zweifel. Es konnte kein Mißverständnis geben, wenn er vor einer Schiffsbesatzung – oder einem Kriegsgericht verlesen wurde. Würde man ihn eines Tages zwingen, diesen Befehl laut zu verlesen?

Das hieß dann, daß er mit den Meuterern verhandelt hatte. Gewiß, das Recht dazu hatte er, aber es sah doch verdammt nach Schwäche aus, wenn er es tat. Die ganze Flotte nahm bestimmt mit hochgezogenen Brauen davon Kenntnis, und auf St. Vincents zerklüftetes Gesicht würde sich der Schatten der Enttäuschung niedersenken. Es gab keinen Ausweg: Er mußte hundert englische Seeleute durch List und Tücke in seine Gewalt bringen, daß man sie hängen oder auspeitschen konnte, weil sie etwas getan hatten, was er, wie er genau wußte, unter den gleichen Umständen selbst ebenso tun würde. Er hatte auch hier ganz einfach seine Pflicht zu erfüllen. Manchmal war es seine Pflicht, Franzosen zu töten, diesmal war es eben etwas anderes. Wenn schon jemand getötet werden mußte, dann hätte er sich allerdings lieber an die Franzosen gehalten. Aber wie in Gottes Namen sollte er die bevorstehende Aufgabe angehen?

Die Schlafzimmertür öffnete sich, Barbara trat mit strahlendem Lächeln ein. Kaum begegneten sich ihre Blicke, da klangen auch ihre Seelen von neuem wunderbar zusammen. Weder die bevorstehende körperliche Trennung noch die Überlegungen Hornblowers über seine widerwärtige Aufgabe vermochten es, diese Harmonie der Seelen zu stören. Sie fühlten sich heute in einem ganz neuen, viel umfassenderen Sinne eins als je zuvor. Daß sie sich dieser Erhöhung bewußt waren, gab ihrem Glück die Weihe der Vollkommenheit. Hornblower erhob sich.

»Ich bin in zehn Minuten fertig zum Aufbruch«, sagte er. »Willst du mich nicht bis Smallbridge begleiten?«

»Ich hoffte, du würdest mich darum bitten«, sagte Barbara.

3

Die Nacht war pechrabenschwarz, der Wind hatte nach Westen gekrimpt und wehte schon jetzt mit halber Sturmstärke, die Anzeichen sprachen dafür, daß er bald noch härter würde. Er zerrte an Hornblower, daß ihm die Hosenbeine über seinen Seestiefeln um die Knie flatterten, er riß an seinem Mantel, rings um ihn und über ihm heulte und pfiff das ganze Takelwerk wie ein Chor von Wahnsinnigen, als lehnte es sich dagegen auf, daß sich der Mensch vermaß, sein zerbrechliches Schiffsgeschöpf tollkühn den entfesselten Gewalten des Weltalls auszuliefern. Sogar hier, in Lee der Insel Wight, arbeitete die kleine Brigg schon lebhaft genug unter den Füßen Hornblowers, der breitbeinig auf ihrem winzigen Achterdeck stand. Irgendwo in Luv von ihm kanzelte jemand – wahrscheinlich ein Unteroffizier – wegen irgendeines Versehens einen Matrosen ab, der Wind trug die Schimpfworte brockenweise an sein Ohr.

Ein Wahnsinniger, dachte Hornblower, erlebte wohl immer diese verrückten Gegensätze, dieses plötzliche Umschlagen der Stimmung, diese gewaltsame Verwandlung der Umwelt. Nur daß sich beim Wahnsinnigen der Wandel in jenem selbst vollzog, während es in seinem Falle wirklich die Umwelt war, die ihr Gesicht fast von Stunde zu Stunde veränderte. Heute vormittag erst, es war noch kaum zwölf Stunden her, hatte er noch mit den Rittern des Bath-Ordens, in weiße und rote Seide gekleidet, in der Westminsterabtei gesessen, und am Abend zuvor hatte er beim Premier gespeist. Er hatte in Barbaras Armen gelegen, er hatte in der Bondstreet in allem denkbaren Überfluß gelebt; ein Zug an der Klingel hatte genügt, und jeder Wunsch, jede Laune waren ihm in Erfüllung gegangen. Das war ein bequemes Herrenleben gewesen, ein Dutzend Dienstboten geriet in helle Aufregung, wenn das ruhige Dasein ihres Sir Horatio die geringste Störung erlitt. Sir Horatio – sie zogen diese beiden Worte natürlich zusammen, so daß daraus ein kurioser Wechselbalg entstand, der sich wie Sörrorescho anhörte. Barbara hatte den ganzen Sommer mit Sorgfalt über ihm gewacht, um ja gewiß zu sein, daß er auch die letzten Folgen des russischen Typhus überwand, mit dem er nach Hause gekommen war. Hand in Hand mit dem kleinen Richard war er im Sonnenschein durch die Gärten von Smallbridge gewandert, die Gärtner waren bei seiner Annäherung ehrerbietig zurückgetreten und hatten höflich den Hut gezogen. Auch jener goldene Nachmittag fiel ihm ein, an dem sie, er und Richard, am Rande des Fischteichs auf dem Bauch gelegen und versucht hatten, die trägen, goldgelben Karpfen mit der Hand zu greifen. In die Glut des Sonnenuntergangs getaucht, waren sie dann nach Hause gepilgert, beide naß und schmutzig, aber strahlend vor Glück – er und sein kleiner Junge. Damals waren sie einander so nahe, wie er es heute Barbara gewesen war. Ein Leben voller Glück – ach, zuviel Glück!

Heute nachmittag in Smallbridge, während Brown und der Postjunge seine Seekiste zur Kutsche hinausbrachten, hatte er von Richard Abschied genommen, hatte er ihm die Hand geschüttelt wie einem Mann.

»Mußt du wieder in den Krieg, Vater?« hatte Richard gefragt. Dann kam noch ein Abschied von Barbara, er war alles andere als leicht gewesen. Wenn er Glück hatte, war er womöglich in vierzehn Tagen wieder zu Hause, aber das konnte er ihr nicht sagen, es hätte zuviel von der

Art seiner Aufgabe verraten. Das bißchen Täuschung genügte aber schon, das Gefühl der Einheit, der unzertrennlichen Verbindung zu erschüttern. So kam es, daß er sich wieder ein bißchen kalt und förmlich gab. Als er sich von ihr abwandte, war ihm seltsamerweise zumute, als hätte er etwas für immer verloren. Dann war er in die Kutsche geklettert und mit Brown an seiner Seite davongerollt. Bis Guildford ging es, während schon der Abend herabsank, an den Ausläufern der Downs entlang, dann fuhren sie auf der Straße nach Portsmouth weiter in die Nacht hinein. In wie vielen entscheidenden Stunden seines Lebens war er schon diese Straße gefahren! Der Übergang von Überfluß zu spartanischer Härte war so schrecklich kurz! Um Mitternacht setzte er seinen Fuß an Deck der *Porta Coeli.* Freeman begrüßte ihn am Fallreep, vierkant, untersetzt und dunkel wie je, eine schwarze Locke hing ihm nach Zigeunerart ins Gesicht, und man wunderte sich unwillkürlich, daß er keine Ohrringe trug. Hornblower brauchte nur zehn Minuten, um Freeman unter dem Siegel der Verschwiegenheit von der Aufgabe in Kenntnis zu setzen, die die *Porta Coeli* erwartete. In Ausführung der vier Stunden früher erhaltenen Order hatte dieser seine Brigg bereits seeklar gemacht, und als die zehn Minuten um waren, besetzten seine Leute sofort das Spill, um den Anker aufzuhieven.

»Wird eine böse Nacht, Sir«, sagte Freeman irgendwo im Dunkel neben ihm. »Das Glas fällt immer noch.«

»Ja, es sieht ganz so aus, Mr. Freeman.«

Da stieß Freeman mit geradezu unwahrscheinlichem Stimmaufwand einen Befehl hervor. In diesem mächtigen, tonnenförmigen Brustkasten wohnte eine überraschende Lautstärke:

»Mr. Carlow! Alle Mann auf! Großstengestagsegel bergen! Das zweite Reff in die Marssegel! Rudergänger! Kurs Südost zu Süd!«

»Südost zu Süd, Sir.«

Hornblower fühlte nur ein leises Vibrieren des Decks unter seinen Füßen, als die Männer auf ihre Stationen eilten, sonst konnte er in der stockdunklen Nacht nichts von der Ausführung des Manövers erkennen. Sogar das Quietschen der Scheiben in den Blöcken wurde vom Sturm davongetragen, oder es ging in dem orgelnden Geheul unter, das der Wind im stehenden und laufenden Gut vollführte. Die Dunkelheit verschlang auch die Männer, die zum Reffen der Marssegel in die Riggen enterten. Er hatte einen langen Tag hinter sich, der – fast schien es unglaublich – damit begonnen hatte, daß sich der Schneider melden ließ, um ihm beim Anlegen der Rittertracht des Bath-Ordens zu helfen. Jetzt, an seinem Ende, fühlte er sich kalt und hundemüde.

»Ich gehe unter Deck, Mr. Freeman«, sagte er, »rufen Sie mich, wenn es nötig sein sollte.«

»Aye, aye, Sir.«

Freeman öffnete ihm die Schiebekappe, die den Niedergang bedeckte – die *Porta Coeli* hatte glattes Deck. Schwacher Lichtschimmer drang von unten herauf und zeigte die steile Treppe. Es war nur eine elende Funzel, aber nach der pechrabenschwarzen Finsternis oben an Deck blendete sie doch die Augen. Hornblower kroch hinunter, er mußte sich tief bücken, um nicht an die Decksbalken zu stoßen. Die Tür zur Rechten führte in seine Kammer, diese maß sechs Fuß im Quadrat und war nur vier Fuß zehn Zoll hoch. Hornblower mußte also in die Kniebeuge gehen, als er sich beim flackernden Schein der am Decksbalken hängenden Laterne darin umsah. Das war nun der beste Wohnraum auf dieser Brigg, Gold gegen die Unterbringung der anderen Offiziere und zwanzigmal Gold gegen die Verhältnisse, unter denen die Mannschaften lebten. Im Vorschiff war die Höhe unter Deck genau die gleiche wie hier, vier Fuß zehn Zoll, aber da mußten die Leute ihre Hängematten in zwei Etagen übereinander aufhängen, so daß die obere Schicht der Schläfer mit der Nase an die Decksbalken stieß, die untere mit dem Steiß das Deck unter sich wetzte, während sich in der Mitte Nasen und Hinterteile unsanft berührten. Die *Porta Coeli* stellte an Kampfkraft das beste dar, was in ihrer Gattung und Größe die See befuhr, sie führte eine Bestückung, die jeden gleich großen Gegner zerschmettern konnte, sie besaß Pulverkammern, deren Fassungsvermögen ausreichte, diesen Geschützen für ein Stunden, ja Tage währendes Gefecht Munition zu liefern, sie führte so viel Proviant mit sich, daß sie monatelang die See halten konnte, ohne einen Hafen anzulaufen, sie war so stark und dicht gebaut, daß sie mit jedem Wetter fertig wurde, aber sie hatte einen Fehler: bei einer Wasserverdrängung von ganzen einhundertneunzig Tonnen konnte man diese glänzenden Eigenschaften nur erzielen, wenn sich die an Bord lebenden Menschen mit einer Unterbringung begnügten, die ein anständiger Bauer nicht einmal seinem Vieh zumuten würde. Es war nicht zu leugnen, wenn England eine Unzahl kleiner Fahrzeuge in Dienst hielt, die unter dem starken Schutz der schweren Linienschiffsgeschwader für die Sicherheit auf allen Meeren sorgten, dann geschah dies auf Kosten des Lebens und der Gesundheit ihrer Besatzungen.

Klein wie die Kammer war, beherbergte sie doch einen geradezu erstaunlichen Gestank. Das erste, was sich der Nase aufdrängte, war der stickige Rußgeruch der Lampe, aber dann entdeckte sie nur zu bald noch eine ganze Skala anderer, zusätzlicher Gerüche. Da war zunächst der schale Dunst des Bilgewassers. Der war noch am erträglichsten, und Hornblower nahm auch kaum davon Notiz, weil er seit zwanzig Jahren daran gewöhnt

war. Außerdem aber stank es durchdringend nach Käse. Als sollte sich dieser edle Duft ganz besonders abheben, spürte man dahinter deutlich den Geruch von Ratten. Dazu gesellte sich der bekannte Gestank nasser Kleider und endlich ein ganzes Gemisch menschlicher Ausdünstungen, unter denen der abgestandene Körpergeruch ungewaschener Männer überwog. Diese ganze Geruchsorgel erhielt ihr Gegengewicht in Form einer ebenso wirksamen Batterie von Geräuschen. Jeder Balken, jede Planke vibrierte vom Geheul der Takelage. So mußte einer Maus zumute sein, die im Inneren einer Violine saß, während sie gespielt wurde. Und die ständigen Schritte über dem Kopf, das Knallen an Deck geworfener Enden mischte sich, um im Bilde zu bleiben, genauso in dieses Konzert, als ob jemand anderer den Geigenkörper während des Spiels mit kleinen Hämmern bearbeitete. Die hölzerne Beplankung der Brigg krachte und knisterte bei jeder Bewegung im Wasser, als klopfte ein Riese von außen an, und in den Geschoßracks rollten auch die Kugeln ein ganz klein wenig hin und her, so daß es immer gerade am Ende einer jeden Rollbewegung feierlich und infolge der Nacheilung überraschend »Bum« machte.
Als Hornblower gerade in seine Kammer eingetreten war, holte die *Porta Coeli* unerwartet besonders weit über. Offenbar hatte sie den Schutz der Isle of Wight verlassen und legte sich nun unter dem vollen Druck des Westwindes stärker auf die Seite als zuvor. Hornblower ließ sich durch die plötzliche Bewegung überraschen – nach einem längeren Landaufenthalt gewann er seine Seebeine immer nur langsam wieder – und taumelte unfreiwillig nach vorn. Glücklicherweise befand sich dort die Koje, auf die er mit dem Gesicht nach unten hinfiel. Während er noch hilflos mit den Beinen angelte, fing sein Ohr auch schon eine ganze Serie von neuen Geräuschen auf. Sie kamen von den verschiedensten losen Gegenständen, die bei Beginn einer jeden Reise meist nicht ordentlich seefest gestaut sind und dann beim ersten stärkeren Überholen durch die Decks poltern. Hornblower kroch nun mühsam ganz auf die Koje, ließ sich dabei noch einmal von einem heftigen Überholen überraschen, so daß er mit dem Kopf gegen den Decksbalken stieß, und sank endlich stöhnend auf das grobe Kopfkissen. In der feuchten Stickluft der Kammer brach ihm der Schweiß aus allen Poren, eine Folge seiner Anstrengung, aber auch ein sicheres Zeichen der nahenden Seekrankheit. Er begann leise, aber inbrünstig vor sich hin zu fluchen, ein abgründiger Haß gegen diesen Krieg stieg in ihm auf und erfüllte ihn deshalb mit besonderer Bitterkeit, weil er so gar keine Hoffnung auf ein Ende schimmern sah. Er konnte sich kaum vorstellen, wie das war: »Friede«. Als die Welt zum letztenmal Frieden hatte, da war er noch ein Kind gewesen. Dennoch verzehrte er sich vor Sehnsucht danach, nein, er sehnte sich nur nach einem Zustand, der nicht Krieg war. Er

hatte genug, übergenug von diesem endlosen Krieg, die Erfahrungen des letzten Jahres bewirkten, daß er diesen Überdruß nur um so nachdrücklicher und bitterer empfand. Die Nachricht von der völligen Vernichtung der Armeen Bonapartes in Rußland hatte in den Menschen gleich die Hoffnung geweckt, daß der Friede unmittelbar bevorstand. Aber Frankreich schien nicht zu wanken, im Gegenteil, es stellte immer neue Heere auf und hatte alle lebenswichtigen Punkte des Reiches vor dem Ansturm des russischen Gegenangriffs bewahrt. Die Neunmalweisen hatten allerdings auf die unerhörte Strenge und den gewaltigen Umfang der von Bonaparte befohlenen Aushebungen hingewiesen, die alle Schichten und Altersklassen in Mitleidenschaft zogen, sie hatten die Härte seines Steuersystems betont und daraus gefolgert, daß eine Volkserhebung im Inneren nahe bevorstehen müsse und vielleicht sogar durch eine Revolte der Generale unterstützt würde. Nun waren aber schon wieder zehn Monate vergangen, seit diese Voraussagen allgemein Verbreitung gefunden hatten, und es gab noch kein Anzeichen dafür, daß sie in Erfüllung gingen. Als Österreich und Schweden in die Reihen der Gegner Bonapartes übertraten, hofften die Menschen wieder, daß nun der Sieg wirklich nahe sei, sie erwarteten, daß Bonapartes unfreiwillige Bundesgenossen, die Dänen, die Holländer und alle die anderen sich endlich entschließen würden, ihm die Gefolgschaft zu kündigen, und daß dann für das Napoleonische Reich der Tag des Zusammenbruchs unmittelbar bevorstünde. Aber jedesmal wurden die Hoffnungen enttäuscht. Kluge Männer hatten schon lange vorausgesagt, das Ringen werde fast von selbst ein Ende nehmen, sobald Bonaparte seine Methode, den Krieg aus dem Krieg zu nähren, nicht mehr auf dem Boden seiner Feinde oder seiner Hilfsvölker anwenden könne, sondern die eigenen Untertanen damit heimsuchen müsse. Und doch, waren nicht schon drei Monate vergangen, seit Wellington mit hunderttausend Mann über die Pyrenäen in das französische Heiligtum selbst eingebrochen war? Stand er nicht immer noch weit unten im Süden, siebenhundert Meilen von Paris, in einem Ringen, in dem es auf Leben und Tod ging? Bonapartes Hilfsquellen, Bonapartes eiserner Wille schienen in der Tat unerschöpflich zu sein.

Hornblower war es in dieser bösen Stunde zumute, als wären sie alle verurteilt weiterzukämpfen, bis der letzte Mann in ganz Europa tot war, bis die Kraft Englands unwiderruflich verbraucht war, als müsse vor allem er selbst nur wegen des verbissenen Wahnsinns eines einzigen Mannes seine Freiheit opfern, sich von Weib und Kind losreißen und unter diesen widerwärtigen Verhältnissen seekrank, frierend und elend endlose Tage und Nächte verbringen, so lange, bis ihn zuletzt sein Alter von diesem unseligen Zwang befreite. Es war wohl das erstemal in seinem Leben, daß er den Wunsch empfand, es möchte ein Wunder geschehen oder irgendein unverhoffter Glücksfall eintreten – daß etwa Bonaparte einer verirrten Kugel zum Opfer fiele oder daß er endlich *den* Fehler beginge, der ihm die nicht zu verleugnende, die endgültige Niederlage einbrachte, daß die Bevölkerung von Paris sich erfolgreich gegen den Tyrannen erhöbe, daß Frankreich eine Hungerernte erlebte oder daß sich die Marschälle aus Angst um die Erhaltung ihrer erbeuteten Schätze gegen den Kaiser wendeten und ihre Soldaten dazu bestimmten, mit ihnen gemeinsame Sache zu machen. Dabei bestand, wie er genau wußte, nicht die geringste Aussicht, daß etwas Derartiges wirklich geschah. Der Kampf ging weiter und immer weiter, und er blieb seekrank, gefesselt an die Kette des Gehorsams, bis sein Haar weiß geworden war.

Er hatte die Augen fest geschlossen gehabt. Als er sie nun aufschlug, sah er Brown, der sich über ihn beugte:

»Ich habe geklopft, Sir, aber Sie hörten mich nicht.«

»Ist etwas los?«

»Kann ich Ihnen etwas bringen, Sir? In der Kombüse wird gleich Feuer ausgemacht. Wollen Sie noch eine Tasse Kaffee? Oder Tee? Oder einen heißen Grog?«

Ein richtiger steifer Grog schenkte ihm vielleicht den Schlaf, den er brauchte. Dann konnte er seine krankhaften, düsteren Gedanken eine Zeitlang vergessen, dann fand er wenigstens vorübergehend Erlösung von dem dunklen Druck, der ihn vollends zu überwältigen drohte. Als er sich schließlich Rechenschaft darüber gab, daß er im Ernst mit diesem Gedanken spielte, war er ehrlich entsetzt über sich selbst. Seit fast zwanzig Jahren hatte er keinen Tropfen mehr in der Absicht getrunken, sich damit zu berauschen, und Trunkenheit war ihm bei sich selbst womöglich noch widerlicher als bei anderen Leuten. Daß er jetzt imstande war, so etwas auch nur einen Augenblick ernstlich in Erwägung zu ziehen, machte ihn bestürzt, jagte ihm geradezu einen Schrecken ein. Das war ja wieder ein Abgrund in seiner Seele, von dem er bis jetzt nicht das mindeste geahnt hatte! Dabei war er noch dazu in einem besonders wichtigen, geheimen Auftrag unterwegs, zu dessen Erfüllung ein klarer Kopf und schnelle Überlegungen lebenswichtig waren.

Um so schlimmer! Er kam sich bei diesen Erkenntnissen bitter verächtlich vor.

»Nein«, sagte er. »Ich werde wieder an Deck gehen.«

Damit schwang er auch schon die Beine aus der Koje. Die *Porta Coeli* war jetzt gut frei von Land, in dem kurzen Seegang des Kanals rollte und stampfte sie wie verrückt. Der backstags einkommende Wind legte sie so weit über, daß Hornblower sofort gegen das Schott auf der anderen Seite gerutscht wäre, als er sich erhob, wenn Brown ihn nicht mit starker Hand gestützt hätte. Brown verlor nie seine Seebeine, Brown war nie seekrank, Brown besaß die körperlichen Kräfte, die Hornblower sich immer so sehnlich gewünscht hatte. Da stand er breitbeinig und fest wie ein Felsen vor ihm und ließ sich auch bei den wildesten Bocksprüngen der Brigg nichts anmerken, während er, Hornblower, unsicher hin- und hertaumelte. Er wäre mit dem Kopf gegen die Hängelampe gestoßen, hätte Brown seine Bewegung nicht mit kräftigen Druck auf die Schulter abgelenkt.

»Eine elende Nacht, Sir. Ich glaube, ehe es abflaut, bekommen wir noch allerhand auf den Hut.«

Hiob hatte man ähnliche Trostsprüche geboten. Hornblower konnte nicht umhin, Brown über die Schulter anzuknurren, und sein Ärger wurde nur noch größer, als er sah, mit welchem Gleichmut dieser seine Gereiztheit hinnahm. Sollte man keine Wut bekommen, wenn man sich behandelt sah wie ein launisches Kind?

»Am besten nehmen Sie den Schal um, Sir, den Ihre Ladyschaft gemacht hat«, fuhr Brown mit unerschütterlicher Ruhe fort. »Gegen Morgen wird es bitter kalt werden.«

Mit einer einzigen Bewegung zog er ein Schubfach auf und brachte den Schal zum Vorschein, ein quadratisches Seidentuch von unschätzbarem Wert, federleicht und doch warm. Es war vielleicht das wertvollste Stück, das Hornblower je besessen hatte, den Hundert-Guineen-Säbel eingerechnet. Barbara hatte es mit unendlicher Sorgfalt bestickt – daß sie das getan hatte, war der hübscheste Liebesbeweis, den sie ihm geben konnte, denn das Hantieren mit Nadel und Fingerhut war ihr sonst gründlich zuwider. Hornblower legte den Schal unter dem Kragen des Peajacketts um den Hals. Seine Wärme und Weichheit und nicht zuletzt die Erinnerung an Barbara, die er weckte, taten ihm wohl. Er nahm noch einmal festen Stand, zielte auf die Tür und gelangte in einem Schwung über die fünf Stufen des Niedergangs auf das Achterdeck.

Oben herrschte pechrabenschwarze Dunkelheit, Hornblower war sogar von der elenden Beleuchtung in einer Kammer noch geblendet. Rings um ihn heulte der Sturm mit verbissener Wut, er mußte sich mit vorgebeugtem Kopf dagegen anstemmen. Obwohl der Wind nicht querein, sondern achterlich stand, lag die *Porta Coeli* hart über. Dabei rollte und stampfte sie gleichzeitig wie von Sinnen. Spritzer vermengten sich mit dem Regen, der über das Deck hinjagte und Hornblower wie mit Nadeln ins Gesicht stach, während er sich mühsam zur Luvverschanzung hinkämpfte. Selbst als sich seine Augen bereits an die Dunkelheit gewöhnt hatten, war er kaum imstande, das schmale Rechteck des gerefften Großmarssegels auszumachen. Das kleine Fahrzeug sprang unter seinen Füßen wie ein scheuer

Gaul, die See ging hoch, selbst durch das Heulen des Sturmes konnte Hornblower das Knirschen der Ruderketten vernehmen, wenn der Rudergänger hinten am Rad mit aller Kraft zu verhindern suchte, daß das Schiff gierend in die Wellentäler fiel.
Hornblower fühlte, daß Freeman irgendwo in der Nähe war, aber er nahm keine Notiz von ihm. Es gab nichts zu sagen, und wenn es etwas gegeben hätte, dann wäre die Verständigung bei dieser Windstärke alles andere als einfach gewesen. Er hakte seine Arme in die Finknetze, um besseren Halt zu finden, und starrte in die Nacht hinaus. Neben der Bordwand tauchten immer wieder die weißschäumenden Kuppen der schräg von hinten anrollenden Seen auf, die einen Augenblick später das Heck der *Porta Coeli* auf ihren Rücken hoben. Und vorn arbeiteten die Männer an den Pumpen, ab und zu drang das dumpfe Geklapper des Geschirrs an Hornblowers Ohr. Das war keineswegs überraschend, denn das Schiff arbeitete so heftig, daß sich die Nähte des übermäßig beanspruchten Rumpfes dabei öffnen und schließen mußten wie die Lippen eines Mundes. Irgendwo in dieser schwarzen Nacht segelten andere Schiffe, vielleicht waren sie schon ermattet vom Kampf gegen den Sturm, irgendwo strandete vielleicht gerade eines, fanden vielleicht Seeleute ihr Ende in der Brandung, und der Sturm heulte ohne Erbarmen über sie hin. Dies war eine Nacht, in der sich die Anker durch den Grund holten, in der Trossen und Leinen brachen. Der gleiche Sturm fegte aber auch über die elenden Biwaks des armen, kampfdurchtobten Europa. Millionen namenloser, zu Soldaten gepreßter Bauern drängten sich in diesem Augenblick um ihre Lagerfeuer, die nur mit Mühe in Brand zu halten waren, schlaflos und hungrig, fluchend auf Regen und Wind, erwarteten sie die Schlacht, die ihnen vielleicht morgen bevorstand. Seltsamer Gedanke, daß es von ihnen, von all den unbekannten kleinen Leuten letzten Endes abhing, ob er selbst bald aus dem Sklavenzustand befreit wurde, in dem er sich zur Zeit befand. Nun kam seine Seekrankheit vollends zum Ausbruch, und er übergab sich würgend in den Wassergang.
Freeman sprach ihn an, aber Hornblower verstand nicht, was er sagte. Er mußte lauter schreien.
»Es sieht so aus, als müßte ich bald beidrehen, Sir!«
Freeman hatte sich erst nicht mit der Sprache herausgewagt, weil er etwas verlegen war. Die Lage war nämlich nicht ganz einfach für ihn. Nach Recht und Seegebrauch war er der Kommandant dieses Schiffes, und Hornblower war trotz seines weit höheren Ranges nichts als sein Passagier. Nur ein Admiral konnte dem eingesetzten Kommandanten ohne langes, schwieriges Verfahren das Kommando aus der Hand nehmen, ein Kapitän zur See konnte es nicht, auch wenn er, wie Hornblower, den Rang eines

Kommodore innehatte. Das Gesetz und die Kriegsartikel gaben Hornblower nur das Recht, die Operationen der *Porta Coeli* zu leiten, Freeman aber trug allein die Verantwortung dafür, wie Hornblowers Befehle ausgeführt wurden. Rechtlich war es also ganz der Entscheidung Freemans überlassen, ob er beidrehte oder nicht. Aber ein Leutnant, der eine Achtzehn-Kanonen-Brigg führte und einen ausgewachsenen Kommodore an Bord hatte, konnte dessen Wünsche eben doch nicht gut außer acht lassen – besonders dann nicht, wenn dieser Kommodore Hornblower hieß, der bekanntlich bei jeder Verzögerung sehr ungnädig wurde und jede Aufgabe mit höchstem Schwung anzupacken pflegte. Kein Leutnant, der noch etwas werden wollte, konnte sich so etwas erlauben. Bei aller Seekrankheit mußte Hornblower doch innerlich über Freemans Verlegenheit lachen.

»Wenn Sie meinen, dann drehen Sie ruhig bei!« brüllte er zurück. Kaum hatte er diese Worte gesprochen, da schrie Freeman auch schon seine Befehle durch den Sprachtrichter:

»Beidrehen!! Vormarssegel klar zum Bergen!! Großstengestagsegel klar zum Setzen!! Rudergänger: An den Wind gehen!!«

»An den Wind gehen, Sir.«

Das Bergen des Vormarssegels nahm dem Schiff die Fahrt, das Stagsegel wirkte stützend. Nun lag die *Porta Coeli* am Wind. Bisher hatte sie mit dem Sturm gerungen, jetzt ergab sie sich, einer Frau vergleichbar, die einem ungestümen Liebhaber endlich zu Willen ist. Den Steuerbordbug dem steilen Seegang zugewandt, lag sie nun wieder auf ebenem Kiel und hob und senkte sich mit einigem Gleichmaß. Die unvermuteten Sprünge, die sie eben noch in der schräg von achtern auflaufenden See vollführt hatte, waren mit einem Male zu Ende. Die Steuerbord-Großwanten gaben Hornblower an seinem Platz hinter dem Schanzkleid sogar etwas Lee, so daß er fast den Eindruck hatte, als habe auch der Wind ein bißchen nachgelassen.

4

Ohne Zweifel war es so viel angenehmer und viel sicherer. Es bestand keine Gefahr mehr, daß die *Porta Coeli* Spieren oder Segel einbüßte oder daß sich ihre Nähte noch in beunruhigender Weise lockerten. Aber man kam auf diese Weise nicht an die *Flame* und ihre meuterische Besatzung heran, im Gegenteil, man trieb jeden Augenblick weiter davon weg nach Lee. Ja, nach Lee! Hornblower war, wie jeder andere Seemann auch, geradezu besessen von dem Wunsch, sich zu Luward seines Bestimmungsortes zu halten. Also tat es ihm bitter leid um jeden Meter Leeweg. Luv zu opfern, kam ihn härter an als einen Geizhals die Trennung von seinen goldenen Dukaten. Jetzt im Spätherbst konnte man im Kanal täglich mit Stürmen aus westlicher Richtung rechnen, da mußte man unter Umständen jede Meile östlich Abtrift mit Zinseszins wiedergutmachen. Jede Stunde Leeweg kostete, sobald der Wind abflaute, mindestens zwei bis drei Stunden Aufkreuzen nach Luv, es sei denn, der Wind schiftete aus Ost, womit man jedoch nicht rechnen konnte.

Dabei kam es unter Umständen auf jede Stunde an, denn niemand konnte sagen, was sich die Desperados auf der *Flame* als nächste Wahnsinnstat ausdachten. Es konnte jeden Augenblick geschehen, daß sie sich in ihrer Panikstimmung den Franzosen auslieferten oder daß die Rädelsführer heimlich von Bord gingen, um in Frankreich Zuflucht zu suchen und sich auf diese Weise für immer dem Strick des Henkers zu entziehen. Jeden Augenblick mochte auch in der Navy die Nachricht durchsickern, daß eines Seiner Majestät Schiffe mit Erfolg die Bande der Disziplin zerrissen habe und daß arme, unterdrückte Seeleute mit der Admiralität verhandelten wie eine souveräne Macht mit der anderen. Hornblower erriet nur zu genau, welche Wirkung eine solche Nachricht haben mußte. Je eher an der *Flame* ein Exempel statuiert wurde, desto besser war es, allerdings hatte er noch keine Ahnung, wie er das bewerkstelligen sollte. Der Sturm, der im Augenblick tobte, konnte ihr nichts anhaben, sie ritt ihn bequem in Lee der normannischen Halbinsel ab. Ein Fahrzeug ihrer Größe konnte sich in der Seinebucht überall bewegen, auf der einen Seite fand sie notfalls Zuflucht in Le Havre, auf der anderen in der Orne bei Caen.

Die Batterien an der Küste von Cotentin gaben ihr Schutz, die Vorpostenboote und die Kanonenboote auf der Seine lagen klar, ihr zu Hilfe zu kommen. Sowohl in Cherbourg wie in Le Havre gab es französische Fregatten und Linienschiffe. Gewiß, sie waren nicht seeklar und nur halb bemannt, aber zur Not konnten sie sich immer ein paar Meilen aus dem Hafen wagen, um die Flucht der *Flame* zu decken. Bei Annäherung einer überlegenen Streitmacht lief diese sicher auf und davon, einem ebenbürtigen Gegner, wie der *Porta Coeli* hier, mochte sie sich vielleicht stellen. Ja ... Hornblower hielt nachdenklich inne. Einem englischen Schiff mit englischer Besatzung, die mit dem Löwenmut der Verzweiflung kämpfte, unter völlig gleichen Bedingungen entgegentreten zu müssen, das war sicher alles andere als schön. Der Sieg war jedenfalls nur um einen teuren Preis zu haben, und man konnte sich leicht vorstellen, welches Triumphgeschrei Bonaparte in ganz Europa anstimmen würde, wenn er davon hörte, daß sich zwei britische Schiffe gegenseitig eine Schlacht geliefert hatten. Und sicher gab es dabei viele Tote. Wie dachte man aber in der

Flotte darüber, wenn man erfuhr, daß englische Seeleute einander getötet hatten? Wie verhielt sich das Parlament dazu? Und noch eins: Womöglich richteten sich die beiden Briggs bei diesem Kampf gegenseitig so übel zu, daß sie den Vorpostenschiffen und Kanonenbooten als leichte Beute in die Hände fielen. Aber es gab noch eine viel schlimmere Möglichkeit, nämlich die einer Niederlage. Die Schiffe und die Besatzungen waren gleich, da mochte, wie beim Glücksspiel, eine blinde Laune des Zufalls die Entscheidung bringen. Nein, ein Gefecht Schiff gegen Schiff mit der *Flame* kam wirklich nur als letzter Ausweg in Frage, vielleicht nicht einmal dann. Aber was, zum Henker, konnte er denn sonst tun?

Da war er mit seinen Gedanken richtig in einer Sackgasse gelandet. Er mußte sich förmlich anstrengen, um wieder zum Bewußtsein der Wirklichkeit zurückzufinden. Die Luft um ihn her war immer noch vom Heulen des Sturmes erfüllt, aber die Finsternis war doch nicht mehr so undurchdringlich wie vorher. Vor ihm hob sich das schmale Rechteck des gerefften Großmarssegels deutlich gegen den Himmel ab. Ein schwacher, grauer Schimmer begann die Schwärze um ihn her aufzuhellen. Immer deutlicher zeichneten sich die weißgestreiften Seen ab, in denen sich die Brigg schwerfällig hob und senkte. Der Morgen dämmerte. Und er lag beigedreht mitten im Kanal, außer Sicht von Land. Immer noch waren keine vierundzwanzig Stunden vergangen, seit er ganz in Seide mit den anderen Rittern des Bath-Ordens in der Westminsterabtei gesessen hatte, und noch viel kürzer war es her, daß Barbara ... Aber nein, das waren Gedanken, die er sofort abschütteln mußte. Jetzt fing es wieder an zu regnen, die kalten Tropfen wehten ihm ins Gesicht. Die Kälte drang ihm bis ins Mark, jedesmal, wenn er sich bewegte, fühlte er Barbaras Schal an seinem Hals, das Wasser, das von seinem Gesicht abrann, hatte ihn schon völlig durchnäßt. Neben ihm stand Freeman, die dunklen Stoppeln, die jetzt auf seinen Wangen sproßten, machten das Zigeunerhafte seiner Erscheinung noch auffallender.

»Das Glas steigt immer noch nicht«, sagte Freeman, »es sieht nicht so aus, als ob es abflauen wollte.«

»Nein«, sagte Hornblower, »es kommt mir auch nicht so vor.«

Auch wenn Hornblower den Wunsch gehabt hätte, mit seinem Untergebenen ein Gespräch zu beginnen, wäre ihm schwerlich ein passender Stoff eingefallen. Aber der graue Himmel, die graue See, der heulende Sturm und die schwarzen Wolken, die seine Seele überschatteten, machten es ihm leicht, seiner alten Gepflogenheit getreu, schweigsam und einsilbig zu bleiben.

»Beim ersten Zeichen einer Wetteränderung lassen Sie mich wahrschauen, Mr. Freeman«, sagte er.

Dann ging er zum Niedergang, es kostete ihn tatsächlich Mühe, einen Fuß vor den anderen zu setzen, und er vermochte kaum sich zu bücken, um seine Hände beim Hinabsteigen auf den Rand der Kappe zu legen. Als er unter den gefährlichen Decksbalken hindurch in seine Kammer kroch, knirschten ihm buchstäblich alle Gelenke. Er war von Kälte, Übermüdung und Seekrankheit ganz benommen und hatte die größte Lust, sich naß, wie er war, angezogen auf die Koje zu werfen. Erst im letzten Augenblick machte er sich klar, daß er das nicht durfte, nicht etwa aus Angst vor dem Rheumatismus, sondern weil es tagelang keine Möglichkeit gab, das Kojenzeug wieder zu trocknen, wenn es einmal naß geworden war. Und dann, wie aus dem Nichts aufgetaucht, war plötzlich Brown da – er mußte in der Offizierspantry die ganze Zeit auf ihn gewartet haben.
»Darf ich Ihnen den Mantel abnehmen, Sir?« fragte Brown. »Sie frieren, Sir. Lassen Sie mich den Schal abnehmen. Und nun die Knöpfe, Sir. Bitte nehmen Sie Platz, dann kann ich Ihnen die Stiefel ausziehen, Sir.«
Brown zog ihm das nasse Zeug aus, als ob er ein kleines Kind wäre. Dann brachte er wie durch Zauberei ein Handtuch zum Vorschein und frottierte ihm die Rippen. Hornblower fühlte, wie ihm bei der Behandlung mit dem rauhen Stoff das lebendige Blut wieder durch die Adern zu strömen begann. Brown zog ihm ein flanellenes Nachthemd über den Kopf, dann kniete er sich auf das schwankende Deck nieder und frottierte ihm die Beine und die Füße. Hornblower mußte bei aller Benommenheit unwillkürlich staunen, wie vielseitig dieser Mann war. Brown konnte einfach alles, was er in die Hand nahm, ganz gleich, was es war, Spleißen und Knoten, ein Pferdegespann kutschieren, Schiffsmodelle für Richard bauen, aber auch Lehrer und Kindermädchen bei dem Jungen spielen. Er konnte loten, ein Reff einstecken, bei Tisch aufwarten, seinen Törn am Ruder gehen oder kunstgerecht eine Gans zerteilen. Er konnte einen müden Mann ausziehen und – was mindestens ebenso wichtig war wie alles andere – er wußte, wann es Zeit war, mit den beruhigenden Reden aufzuhören. Er legte ihn schweigend zu Bett, zog die Decke über ihn und ließ ihn allein, ohne ihn vorher noch mit einer abgedroschenen Phrase zu ärgern, indem er etwa der Hoffnung Ausdruck gab, daß er gut schlafen möge. Dieser Brown war wohl ein bei weitem nützlicheres Mitglied der menschlichen Gesellschaft als er, Hornblower, selbst. Das war der Schluß, bei dem Hornblower mit seinen letzten, wirren Gedanken landete, ehe ihn der Schlaf der Erschöpfung umfing. Hätte Brown, so überlegte er, als Junge ebensogut schreiben und rechnen gelernt wie er selbst, hätte ihn ein günstigeres Geschick als Kadetten auf das Achterdeck und nicht als gepreßten Matrosen in den Mannschaftsraum geführt, dann wäre er heute wahrscheinlich ebenso Kapitän zur See wie er. Bezeichnenderweise mengte

sich in diese Gedanken Hornblowers nicht die leiseste Spur von Neid. Er war nun reif und weise genug, um andere Menschen rückhaltlos bewundern zu können. Brown war bestimmt auch ein guter Ehemann – solange keine andere Frau in Reichweite war. Hornblower mußte bei diesem Gedanken lächeln und lächelte trotz Seekrankheit und trotz der heftigen Stampfbewegungen, die die *Porta Coeli* in dem kurzen Seegang vollführte, auch im Schlaf noch weiter.

Als er aufwachte, fühlte er sich erfrischt und hungrig. Er hörte mit wohlwollender Geduld dem unaufhörlichen Lärm des Schiffes zu, streckte dann den Kopf aus den Decken hervor und rief nach Brown. Der Posten vor der Tür nahm den Ruf auf, und Brown trat im nächsten Augenblick ein.

»Wieviel Uhr ist es?«

»Zwei Glasen, Sir.«

»Welche Wache?«

»Nachmittagswache, Sir.«

Das hätte er auch ohne zu fragen wissen können. Er hatte vier Stunden geschlafen, natürlich, die Gewohnheit einer zwölfjährigen Wachoffizierszeit hatte auch die neun Jahre, die er nun als Kommandant zur See fuhr, unversehrt überstanden. Die *Porta Coeli* stand zuerst auf dem Heck und stellte sich dann gleich hinterher auf die Nase, offenbar war gerade eine besonders steile See unter ihr hindurchgelaufen.

»Es hat noch nicht abgeflaut?«

»Nein, Sir, wir haben noch immer vollen Sturm. Westsüdwest. Liegen beigedreht unter Großstengestagsegel und dreifach gerefftem Großmarssegel. Kein Land und kein anderes Schiff in Sicht, Sir.«

Der Krieg zeigte also wieder einmal jenes Gesicht, das ihm nachgerade vertraut sein mußte: endloses Warten, während am Horizont ständig die Gefahr lauerte. Er fühlte sich durch den vierstündigen Schlaf herrlich erfrischt, seine Niedergeschlagenheit und seine Sehnsucht nach dem Kriegsende waren verflogen. Nicht als ob er ein anderer Mensch geworden wäre, nein, aber der gesunde Fatalismus des alten Soldaten hatte bei ihm wieder die Oberhand gewonnen. Wohlig streckte er sich in seiner schwankenden Koje. Sein Magen war entschieden noch nicht ganz in Ordnung, aber solange er ausgeruht war und lag, ließ er ihn doch wenigstens in Ruhe. Wie dieser Magen sich allerdings verhielt, wenn er etwas unternahm, das war eine andere Frage. Aber er brauchte ja nichts zu unternehmen! Warum sollte er aufstehen und sich ankleiden, wenn es doch nichts für ihn zu tun gab? Er brauchte keine Wache zu gehen, nach dem Gesetz war er nichts als ein Passagier, und bis der Sturm sich abgeblasen hatte oder sonst eine unvorhergesehene Gefahr auftauchte, gab es wirklich keinen Grund, sich den Kopf zu zerbrechen. Er hatte immer noch eine Menge Schlaf nachzuholen, und wahrscheinlich hatte er wieder sorgenvolle, schlaflose Nächte vor sich, wenn es darum ging, die Aufgabe zu lösen, die ihm gestellt war. Es konnte also bestimmt nicht schaden, wenn er diese Gelegenheit benutzte, sich gründlich auszuruhen.

»Gut, Brown«, sagte er in jenem gleichgültigen Ton, um den er immer bemüht war, »wecke mich, sobald es abflaut.«

»Kein Frühstück, Sir?« Aus Browns Stimme sprach eine Überraschung, die auf Hornblower höchst belustigend wirkte. Sein ewig betriebsamer Kapitän blieb in der Koje! Er hatte wohl alles andere erwartet, nur das nicht. »Etwas kalten Braten und ein Glas Wein, Sir?«

»Nein«, sagte Hornblower, weil er fürchtete, daß sein Magen noch nichts behielt.

»Gar nichts, Sir?«

Hornblower würdigte ihn keiner Antwort mehr. Er hatte sich wieder einmal unberechenbar gezeigt, damit war auf alle Fälle etwas gewonnen. Es tat nicht gut, wenn Brown zu viel Oberwasser bekam und allzu selbstgefällig wurde. Diese Lehre eben setzte ihm den Kopf wieder etwas zurecht und zeigte ihm, daß er seinen Kapitän doch noch nicht so gut kannte, wie er vielleicht glaubte. Brown konnte unmöglich einen Helden in ihm sehen, das wußte er. Aber er wollte wenigstens kein aufgeschlagenes Buch für ihn sein. Gelassen sah er zu den Decksbalken hinauf, die über seiner Nase hingen, bis der fassungslose Brown die Tür hinter sich abgeschlossen hatte.

Dann rollte er sich warm in seine Decken und hielt energisch seinen Magen in Schach, der wieder einmal aufbegehren wollte. Er war jetzt ganz zufrieden mit seinem Los, das ihm erlaubte, untätig dazuliegen, vor sich hinzudösen und in den Tag hineinzuträumen. Wenn der Westwind vorbei war, erwartete ihn eine Brigg voller Meuterer. Nun gut, mochte er im Augenblick auch mit einer oder zwei Meilen in der Stunde von ihnen forttreiben, so rückte er ihnen doch so schnell zu Leibe, wie es in seiner Macht stand. Und Barbara war so lieb gewesen ...

Am Ende der Wache war sein Schlaf so leicht, daß er vollends munter wurde, als der Bootsmann aussang und die Freiwache weckte. Dabei hätte man doch denken können, daß er an diese Laute gewöhnt sei. Er rief nach Brown, stand auf und fuhr hastig in seine Kleider, um an Deck noch den letzten Rest Tageslicht zu erhaschen. Als er das Deck betrat, bot sich seinem Blick genau das trostlose Bild, das er erwartet hatte. Ein niedriger grauer Himmel hing über einer grauen weißgetigerten See, die sich zu den kurzen, steilen Rollern des Kanals auftürmte. Es wehte immer noch mit voller Sturmstärke, die Wachoffiziere neigten sich gegen den Wind und hatten ihre Südwester tief in die Stirn gezogen, die Mannschaften der Wache kauerten vorn im Schutz des Luvschanzkleides.

Hornblower merkte auf den ersten Blick, daß sein Erscheinen an Deck ein gewisses Aufsehen erregte. Die Mannschaft der *Porta Coeli* hatte bis jetzt noch keine Gelegenheit gehabt, ihn bei Tageslicht zu sehen. Auf einen Wink des Steuermannsmaaten tauchte der Fähnrich der Wache sofort im Niedergang unter, wahrscheinlich, um Freeman sein Erscheinen zu melden. Und auf dem Vordeck stieß einer den anderen mit dem Ellbogen an. In dem Klumpen schwarzer, in Ölzeug gehüllter Gestalten tauchten plötzlich weiße Flecke auf, als ihm die Männer neugierig ihre Gesichter zuwandten. Sie sprachen über ihn, den Hornblower, der im Pazifik die *Natividad* versenkt, der in der Bucht von Rosas gegen die ganze französische Flotte gekämpft und der im vergangenen Jahre Riga gegen Boneys ganze Armee gehalten hatte. Heute war Hornblower so weit, daß ihn das Bewußtsein, anderen Leuten Gesprächsstoff zu bieten, nicht mehr aus dem Gleichgewicht bringen konnte. Er hatte unleugbare Erfolge aufzuweisen, klare Siege, die unter seinem Kommando erfochten waren und für die er verdientermaßen die Lorbeeren trug. Mochte man jetzt seine Schwächen, seine Seekrankheit, seine Brummigkeit ruhig belächeln, jedenfalls machten sie ihn nicht mehr lächerlich. Wenn es auf dem Gold seines Lorbeers häßliche Flecken gab, so wußte doch nur er allein davon und sonst niemand. Die anderen ahnten ja nichts von seinen Zweifeln, seinem unentschlossenen Zaudern, ja nicht einmal von seinen wirklichen Fehlern — sie wußten zum Beispiel nicht, daß der junge Mound noch leben würde und heute ein hervorragender Seeoffizier wäre, wenn er — was er unbedingt hätte tun müssen — die Kanonenboote vor Riga nur fünf Minuten eher aus dem Gefecht gezogen hätte. Dabei hatten sie im Parlament Hornblowers Operationen in der Ostsee als das »beste neuere Beispiel für den mustergültigen Einsatz von Seestreitkräften gegen eine Landarmee« gefeiert. Nein, Hornblower kannte seine Unvollkommenheiten ganz genau, aber die anderen waren offenbar blind dagegen. Jedenfalls konnte er sich vor seinen Kameraden in der Navy ebenso sehen lassen wie vor allen anderen Standesgenossen. Hatte er jetzt nicht sogar eine schöne Frau aus vornehmster Familie, eine Frau mit Geschmack und Takt, eine Frau, auf die man stolz sein konnte, für die man nicht zu zittern brauchte, wenn sie einmal vor den bösen Zungen der Welt bestehen mußte? Arme Maria in ihrem vergessenen Grabe in Southsea!

Freeman tauchte aus dem Niedergang auf, während er noch sein Ölzeug zuknöpfte. Beide Männer legten zum Gruß die Hand an den Hut.

»Das Glas beginnt zu steigen«, schrie Freeman und formte dazu mit den

Händen einen Schalltrichter um seinen Mund. »Nun wird es sich bald ausgeweht haben.«
Hornblower nickte, obwohl ihm gerade eine besonders heftige Bö seinen Ölmantel um die Beine klatschte – diese Böigkeit selbst war ja ein Zeichen dafür, daß der Sturm sich seinem Ende näherte. Der graue Himmel begann nun rasch zu dunkeln, vielleicht würde der Wind bei Sonnenuntergang flauer.
»Wollen Sie mit mir einen Rundgang durch das Schiff machen?« schrie Hornblower, und diesmal war es an Freeman, mit dem Kopf zu nicken. Sie gingen also nach vorn, es war nicht ganz einfach, sich den Weg über das auf und nieder tanzende, klatschnasse Deck zu bahnen, aber Hornblower nahm dennoch alles genau in Augenschein. Vorn standen zwei lange Geschütze – Sechspfünder, den Rest der Bewaffnung bildeten Zwölfpfünder-Karronaden. Die Zurrbrooken an den Lafetten waren alle in bester Ordnung. Das stehende und laufende Gut der Takelage machte gleichfalls einen ausgezeichneten, gepflegten Eindruck. Freeman war ein guter Kommandant, das wußte Hornblower schon, aber diesmal kam es noch auf etwas ganz anderes an als auf die Geschütze oder die See-Eigenschaften des Schiffes. Diesmal zählte vor allem die menschliche Kampfkraft. Hornblower warf also während der Besichtigung der Waffen und des Geräts der Brigg heimlich rasche Blicke nach den Männern, um sich ein Bild von ihrem Äußeren und ihrer Haltung zu machen. Sie sahen willig und Gott sei Dank keineswegs verdrossen oder mürrisch aus, sie machten im Gegenteil einen flinken, diensteifrigen Eindruck. Dann ging es durch den vorderen Niedergang hinunter in den unbeschreiblichen Lärm und Gestank des Zwischendecks, dessen sämtliche Luken und Öffnungen wegen des schlechten Wetters verschalkt waren. Da schliefen die Seeleute in den unglaublichsten Stellungen, eine Kunst, in der der britische Janmaat Erstaunliches leistet. Mitten in dem Lärm, der rings um sie herrschte, lagen sie auf dem bloßen, harten Deck und schnarchten mit Hingabe. Andere wieder steckten die Köpfe zu einem Kartenspiel zusammen. Hornblower merkte, wie sie einander am Ärmel zupften, wie sie mit dem Daumen nach ihm deuteten, sobald sie ihn erkannten, sobald sie den Mann zum ersten Male sahen, der ihnen schon fast zur Sagengestalt geworden war. Eine Kopfbewegung, ein Augenzwinkern machte gleich den Kameraden aufmerksam. Hornblower suchte mit scharfen Sinnen zu ergründen, wie sich die Leute zu ihm stellten, und kam zu dem erfreulichen Ergebnis, daß sie mit gespannter Erwartung zu ihm aufsahen, so daß Gleichgültigkeit und Vorbehalte nicht aufkommen konnten.
Es war eine seltsame, aber nicht anzuzweifelnde Tatsache, daß die Leute

sich darüber freuten, unter ihm, Hornblower, dienen zu dürfen, das hieß natürlich (so stellte Hornblower genauer fest) unter jenem Hornblower, den es nur in ihrer Vorstellung gab, nicht unter dem wirklichen, echten Hornblower, der in diesem Rock und dieser Hose stak. Sie hofften auf Sieg, Abenteuer, Auszeichnung, Erfolg – ach, die armen Toren! Sie machten sich keine Gedanken darüber, daß Männer fallen mußten, wenn Hornblower führte. Die Seekrankheit im Verein mit einem völlig leeren Magen (er konnte sich gar nicht mehr erinnern, wann er zum letzten Male gegessen hatte) schenkte ihm einen Zustand ungewöhnlicher Geistesklarheit, so daß eine ganze Anzahl widerstreitender Empfindungen in seinem Bewußtsein ihr Spiel miteinander treiben konnten: Freude über die Begeisterung der Männer, Mitleid mit den blindgläubigen Opfern, zitternde Erregung bei dem Gedanken an den bevorstehenden Kampf, Zweifel an der eigenen Fähigkeit, den Klauen des Schicksals auch diesmal den Erfolg zu entreißen, zögernd eingestandene Freude über die Seefahrt und über das neue Kommando und endlich bittere, herzbrechende Sehnsucht nach dem Leben, von dem er gerade Abschied genommen hatte, nach Barbaras Liebe und der vertrauensvollen Zutunlichkeit seines Richard. Hornblower gab sich über den Sturm in seinem Inneren Rechenschaft und schalt sich gerade wütend einen sentimentalen Narren, da bemerkte sein scharfes Auge einen Seemann, der sich mit den Knöcheln gegen die Stirn schlug und augenscheinlich freudig überrascht nickte und grinste.
»Dich kenne ich doch«, sagte Hornblower und suchte fieberhaft in seinem Gedächtnis. »Wart einmal, waren wir nicht auf der alten *Indefatigable* zusammen?«
»Natürlich, Sir, da waren wir zusammen an Bord, Sir, und Sie waren damals noch ein kleiner ›Kakerlak‹, Sir, entschuldigen Sie den Ausdruck, Sir. Toppsfähnrich im Vortopp waren Sie, nicht wahr?«
Der Seemann wischte sich erst die Hand am Hosenbein ab und schlug dann herzlich in die Rechte ein, die ihm Hornblower hinstreckte.
»Harding heißt du«, sagte Hornblower, dem sein Gedächtnis endlich nach gewaltiger Kraftanstrengung zu Hilfe kam. »Du hast mir den Langspleiß beigebracht, während wir vor Ushant lagen.«
»Richtig, Sir, stimmt genau, Sir. Das war doch 92, oder war es 93?«
»93. Ich freue mich jedenfalls, daß du an Bord bist, Harding.«
»Schönsten Dank, Sir, Sie sind sehr gütig, schönsten Dank.«
Wie kam es nur, daß jetzt das ganze Schiff vor Begeisterung summte, bloß weil er einen alten Kameraden entdeckt hatte, mit dem er vor zwanzig Jahren an Bord gewesen war? Man sollte meinen, so etwas hätte keine Bedeutung. Aber offenbar war es eben doch anders. Hornblower wußte das, oder besser gesagt, er fühlte es. Man hätte aber schwer sagen

können, ob in der neuen Abfolge von Empfindungen, die der Vorfall in ihm auslöste, das Mitleid oder die Liebe zu seinen schwachen Mitmenschen an erster Stelle stand. Vielleicht handelte Bonaparte in diesem Augenblick nicht anders als er. Womöglich erneuerte auch er gerade in irgendeinem Lager in Deutschland die Bekanntschaft mit irgendeinem alten Waffengefährten von der Garde.

Unterdes waren sie wieder achtern angekommen, und Hornblower wandte sich an Freeman:

»Ich werde jetzt zu Abend essen, Mr. Freeman«, sagte er. »Vielleicht können wir danach schon ein paar Segel setzen. Jedenfalls werde ich noch an Deck kommen, um zu sehen, was das Wetter macht.«

»Aye, aye, Sir.«

Diner! Hornblower saß auf der kleinen Backskiste am Schott. Der Hauptgang war ein tüchtiges Stück kaltes Salzfleisch, ein köstlicher Leckerbissen für einen Gaumen, der ein Leben lang daran gewöhnt war und die letzten elf Monate keines mehr geschmeckt hatte. Dazu gab es »Rerams feinsten Schiffszwieback« aus einer Büchse mit Bleiverschluß, die Barbara entdeckt und gekauft hatte – das beste Hartbrot, das Hornblower je gekostet hatte. Wahrscheinlich kostete es auch zwanzigmal soviel wie das madige Zeug, das er früher immer zu essen bekam. Dann folgte ein Stückchen gut durchgereiften, scharfen roten Käses, der wunderbar zu einem zweiten Glas Rotwein paßte. So ungereimt es klingen mag, aber jetzt fühlte er sich plötzlich mit dieser erzwungenen Rückkehr zum Seemannsleben ganz einverstanden. Man mochte die Sache drehen, wie man wollte, es war nicht zu leugnen.

Er wischte sich mit der Serviette den Mund, fuhr wieder in sein Ölzeug und ging an Deck.

»Kommt es Ihnen nicht auch so vor, als hätte es schon etwas abgeflaut, Mr. Freeman?«

»Ich habe auch den Eindruck, Sir.«

Auch die *Porta Coeli* fühlte die Erleichterung, weich auf- und niederschwingend lag sie am Wind. Der Seegang konnte längst nicht mehr so steil sein, wie er gewesen war, und die Nässe, die einem noch ins Gesicht schlug, kam vom Regen, nicht mehr von überkommenden Spritzern. Die Tropfen peitschten auch nicht mehr so hart auf die Haut, das war ebenfalls ein Zeichen, daß das Schlimmste vorüber war.

»Mit gerefftem Klüver und gerefftem Gaffelgroßsegel könnten wir am Winde Fahrt machen, Sir«, schlug Freeman vor.

»Schön, Mr. Freeman, also los!«

Eine Brigg gut zu segeln war nicht ganz einfach, besonders natürlich bei viel Wind. Unter Klüver, Stagsegeln und Gaffelgroßsegel hatte sie die

Eigenschaften eines Gaffelschoners. Theoretisch war Hornblower mit den Besonderheiten dieser Fahrzeuge wohl vertraut, aber er wußte doch genau, daß er praktisch, besonders jetzt im Dunkeln und bei dem stürmischen Wetter, mit diesen Kenntnissen nicht allzuweit kam. Deshalb war er es zufrieden, im Hintergrund zu bleiben und Freeman freie Hand zu lassen. Der brüllte seine Befehle, mit mächtigem Geknarr der Blöcke stieg das gereffte Gaffelgroßsegel am Mast empor, während die Männer oben auf der tanzenden Rahe das Großmastsegel festmachten. Die Brigg lag mit Steuerbordhalsen beigedreht und begann nun unter dem Druck des Klüvers ein bißchen abzufallen.

»An die Großschot!!« brüllte Freeman und dann zum Rudergänger gewandt: »Recht so, wie's jetzt geht.«

Das Ruder hinderte die *Porta Coeli* daran, weiter abzufallen, das Gaffelgroßsegel begann sich zu füllen und gab ihr Fahrt voraus. Im gleichen Augenblick erwachte die kleine Brigg aus ihrer fügsamen Ruhe zu wildem Leben. Mit einem Male gab sie dem Ansturm des Wetters nicht mehr nach, ließ sie Wind und See nicht mehr wehrlos über sich ergehen. Jetzt warf sie sich ihnen entgegen und stellte sich zum Kampf. Sie glich einer Tigerin, die sich eben noch damit begnügt hatte, den Jägern dadurch auszuweichen, daß sie von einer Deckung zur anderen schlüpfte, nun aber plötzlich kehrtmacht, um mit rasender Wut auf ihre Quälgeister loszugehen. Der Wind legte sie über, und die Gischt fegte über ihren Bug. Sie wiegte sich nicht mehr sanft auf und ab, sondern begann mit harten Stößen in die steilen Seen einzuhauen, denen sie sich entschlossen entgegenwarf. Erzitternd und taumelnd bahnte sich das kleine Schiff seinen Weg durch die Wogen. Der Mensch, der schwache, sterbliche Mensch forderte hier die Naturgewalten zum Kampf, nahm es mit den uralten Kräften auf, die seit Erschaffung der Welt über die Lande und Gewässer der Erde Gewalt hatten. Dieser Mensch besaß unter seiner zerbrechlichen Schädeldecke ein Gehirn, das ihm die Macht gab, diesen Urkräften mit Erfolg im Kampf zu begegnen, nein, mehr noch, sie seinem Willen zu beugen, sie in seinen Dienst zu zwingen. Dieser Weststurm im Kanal war das Werk der Natur, nun denn, die *Porta Coeli* bahnte sich trotz seiner, ja sogar mit seiner Hilfe den Weg nach Westen – es war ein langer, schwerer, mühseliger Weg, aber er führte nach Westen. Hornblower stand neben dem Ruder. Als er fühlte, wie die *Porta Coeli* voranzustürzen begann, durchströmte ihn plötzlich ein jauchzendes Triumphgefühl. Glich er nicht dem Prometheus, der einst den Göttern das Feuer stahl, hatte er nicht ebenso wie jener die blinde Naturkraft unter sein Gesetz gezwungen? Es war ein stolzes Gefühl, ein sterblicher Mensch zu sein.

5

Freeman beugte sich aufmerksam über die Vertiefung im Boden des Lotkörpers, die mit Talg, der sogenannten »Lotspeise« ausgefüllt war. Ein Matrose neben ihm hielt eine Laterne so, daß Licht darauf fiel. Der Steuermannsmaat und der Fähnrich der Wache ergänzten die Gruppe, die sich wie eine schwarzweiße Vignette gegen das undurchdringliche, nächtliche Dunkel abhob. Freeman ließ sich mit seiner Entscheidung Zeit, er sah sich die vom Grund der See heraufgebrachte Bodenprobe gründlich von allen Seiten an, beroch sie, berührte sie mit dem Zeigefinger und führte dann den Finger an seine Zunge. »Sand mit schwarzen Muscheln«, murmelte er nachdenklich vor sich hin.
Hornblower hielt sich der Gruppe fern. Das war eine Sache, auf die sich Freeman besser verstand als er. Angesichts der Tatsache, daß er Kapitän war und der andere nur ein Leutnant, wäre es allerdings fast einer Blasphemie gleichgekommen, so etwas öffentlich zu sagen. »Ich nehme an, daß wir vor Kap Antifer stehen«, sagte Freeman nach einiger Zeit. Dabei blickte er aus dem hellen Lichtkreis ins Dunkel dorthin, wo Hornblower stand.
»Gehen Sie bitte auf den anderen Bug, Mr. Freeman, und lassen Sie weiterloten.«
Es gehörten gute Nerven dazu, sich hier an dieser heimtückischen Küste der Normandie nachts herumzutreiben, auch wenn der Sturm in den letzten vierundzwanzig Stunden so weit abgeflaut hatte, daß jetzt höchstens noch eine steife Brise stand. Aber Freeman kannte sich aus, ein Dutzend Jahre hatte er nun in den flachen Küstengewässern ringsum Europa die verschiedensten Fahrzeuge geführt und dabei Kenntnisse und Erfahrungen gesammelt, die nur durch eine solche lange Praxis zu gewinnen waren. Für Hornblower war es entschieden das richtigste, sich ganz auf Freemans Urteil zu verlassen. Er selbst hätte mit Kompaß, Lot und Seekarte gewiß auch ein gutes Stück Handwerksarbeit zustande gebracht, aber es wäre doch lächerlich von ihm gewesen, sich für einen besseren Kanallotsen zu halten als Freeman. »Ich nehme an«, hatte Freeman vorhin gesagt, aber Hornblower wußte, wie das gemeint war. Freeman war seiner Sache ganz sicher. Die *Porta Coeli* stand also vor Kap Antifer, das war etwas weiter in Lee, als er bei Anbruch der Dämmerung gern gestanden hätte. Er war sich immer noch nicht im klaren, wie er am besten verfuhr, wenn er auf die *Flame* traf. Einstweilen fand er vor allem noch keinen Ausweg aus der rein geographischen Schwierigkeit, die darin bestand, daß es einfach nicht möglich war, den Meuterern den Fluchtweg zu den Franzosen abzuschneiden,

weil ihnen Le Havre auf der einen und Caen auf der anderen Seite offenstanden und weil es an dieser Küste außerdem noch ein Dutzend anderer schwerbestückter Hafeneinfahrten gab, in denen die *Flame* leicht Unterschlupf finden konnte. Jeder übereilte Druck von seiner Seite konnte also zu dem Ergebnis führen, daß Chadwick mit einer Schlinge um den Hals als toter Mann an seiner eigenen Rahnock baumelte – seit der Ermordung Pigotts ein unerhörtes Ereignis, das schauerlichste und gefährlichste, was der Navy überhaupt zustoßen konnte. Dennoch mußte er mit den Meuterern irgendwie Verbindung suchen – das war offenbar seine erste Aufgabe –, und es konnte zum mindesten nicht schaden, wenn er diese Verbindung an dem Punkt aufnahm, der ihm noch die meisten Vorteile versprach. Konnte denn nicht auch einmal ein Wunder geschehen? Vielleicht war dieses Wunder schon unterwegs, dann brauchte er nur zuzusehen, daß er ihm richtig vor den Bug lief. Wie hatte doch Barbara einmal zu ihm gesagt? »Glück haben immer nur diejenigen, die wissen, wieviel sie dem Zufall überlassen dürfen.« Barbara überschätzte ihn allerdings immer noch, obwohl sie eigentlich Zeit genug gehabt hätte, ihn kennenzulernen, aber was sie da sagte, war deshalb doch wahr. Die *Porta Coeli* ging glatt über Stag und lief nun bei Südwestwind mit dichtgeholten Schoten etwa nordwestlichen Kurs.

»Um diese Zeit setzt ungefähr die Flut ein, Sir Horatio«, sagte Freeman, der neben ihm stand.

Richtig, auch diese Größe spielte morgen bei der Lösung der Gleichung eine Rolle, die immer noch so viele Unbekannte enthielt. Hornblower fragte sich, wie er dazu kam, den Krieg überhaupt mit sphärischer Trigonometrie vergleichen zu wollen, und belustigte sich im stillen über die Ungereimtheit seiner Gedankengänge. Wie oft mußte man im Krieg eine Aufgabe angehen, ohne richtig zu wissen, was man eigentlich erreichen, beweisen, konstruieren wollte, ohne sogar über die Hilfsmittel Klarheit zu besitzen, die einem zu Gebote standen. Krieg führen hieß doch in der Regel nicht viel anderes, als sich immerzu höchst unvollkommener, auf gut Glück gewählter Notbehelfe zu bedienen. Einem wahren Freund der Logik konnte dieses Gewerbe nicht gefallen, auch wenn es dabei nicht so blutig und verschwenderisch zu ging. Aber vielleicht dachte er dabei doch allzu schmeichelhaft über sich selbst. Irgendein anderer Offizier – sagen wir Cochrane oder Lidyard – hätte in seiner Lage wahrscheinlich schon längst einen Plan für die Abrechnung mit den Meuterern bereit, und zwar einen, der ihnen jedenfalls den Erfolg verbürgte.

Scharf ertönten die vier Glasen der Schiffsglocke, das Schiff lag also schon über eine halbe Stunde auf diesem Bug.

»Bitte, gehen Sie wieder über Stag, Mr. Freeman. Ich möchte nicht zu weit von Land abkommen.«

»Aye, aye, Sir.«

Wenn es nicht die Kriegsführung verlangte, wäre es keinem Kommandanten, der bei normalem Verstand war, auch nur im Traum eingefallen, sich des Nachts so dicht vor dieser flachen Küste herumzutreiben, am wenigsten dann, wenn er sich über seinen wirklichen Schiffsort ganz im unklaren sein mußte. Das gegißte Besteck der *Porta Coeli* war ja nicht mehr als eine Summe geschätzter Größen: des ungefähren Leewegs, den das Schiff zurückgelegt hatte, während es beilag, der angenommenen Stromversetzung durch die Gezeitenströme und der Schlußfolgerungen aus dem Vergleich der eigenen Lotwürfe mit den Tiefenangaben der Seekarte.

»Was glauben Sie, Sir, werden die Meuterer tun, wenn sie uns in Sicht bekommen?« fragte Freeman.

Hornblower hatte sich zu einer Erklärung herbeigelassen, warum er wieder über Stag gehen wollte. Das hatte Freeman wohl den Mut zu dieser vertraulichen Frage gegeben. Hornblower nahm sie ungnädig auf, vor allem deshalb, weil er sich selbst noch keine Gedanken darüber gemacht hatte.

»Es hat keinen Zweck, Fragen zu stellen, die die Zeit auf jeden Fall beantworten wird, Mr. Freeman«, erwiderte er brummig.

»Und doch hat es einen großen Reiz, sich zukünftiges Geschehen auszumalen, Sir Horatio«, antwortete Freeman und machte dabei einen so unbefangenen Eindruck, daß ihn Hornblower trotz der Dunkelheit überrascht anstarrte. Bush hätte sich nach einer solchen Abfuhr sofort verletzt in sein Gehäuse verkrochen wie eine Schnecke.

»Sie können sich selbst damit beschäftigen, soviel Sie wollen, Mr. Freeman. Ich für meine Person habe nicht die Absicht, es zu tun.«

»Danke gehorsamst, Sir Horatio.«

Wie, klang diese gar zu unterwürfige Antwort nicht fast so, als ob sich der junge Herr da ein klein wenig über ihn lustig machte? War es denkbar, daß dieser Freeman die Frechheit besaß, seinen Vorgesetzten heimlich zu belächeln? Wenn das stimmte, dann konnte es die schlimmsten Folgen für ihn haben. Es bedurfte ja nur einer abträglichen Bemerkung über ihn in Hornblowers künftigem Bericht an die Admiralität, und Freeman saß für den Rest seines Lebens im trockenen. Aber kaum schoß Hornblower dieser Gedanke durch den Kopf, da war er sich auch schon darüber im klaren, daß er zu einer solchen Handlungsweise nicht fähig war. Er brachte es einfach nicht fertig, einem tüchtigen Mann nur deshalb die Laufbahn zu verderben, weil er sich nicht sklavisch-unterwürfig gegen ihn benommen hatte.

»Die Wassertiefen nehmen schnell ab«, sagte Freeman plötzlich. Sowohl er wie auch Hornblower hatte unterbewußt auf die Zahlen gelauscht, die der Lotgast in den Rüsten aussang. »Ich möchte gern wieder wenden, Sir.«

»Bitte sehr, Mr. Freeman«, sagte Hornblower förmlich. Auf diese Weise krochen sie langsam um Kap de la Hève herum, das dicht außerhalb Le Havre liegt und die Seinemündung im Norden begrenzt. Sie hatten eine winzige Chance, bei Anbruch der Morgendämmerung sowohl in Lee der *Flame*, als auch zwischen ihr und der französischen Küste zu stehen, so daß jener überhaupt kein Weg offen blieb, auf dem sie entkommen konnte. Und die Nacht schritt immer weiter fort, es dauerte nicht mehr lange, dann wurde es hell.

»Haben Sie einen zuverlässigen Mann im Topp, Mr. Freeman?«

»Jawohl, Sir Horatio.«

Er mußte die Besatzung jedenfalls noch von dem Auftrag unterrichten, den sie hier zu erledigen hatten, obgleich das eine Verletzung des Geheimnisses bedeutete, das diese ganze Meutereiaffäre umgab. Unter gewöhnlichen Umständen bestand kaum je Veranlassung, die Mannschaften ins Vertrauen zu ziehen. Der britische Seemann hatte sich in zwanzig langen Kriegsjahren daran gewöhnt, die Dinge zu nehmen, wie sie kamen. Er schoß auf Franzosen oder Amerikaner oder Holländer, ohne viel über Recht und Unrecht nachzudenken. Richtete man allerdings das Ansinnen an ihn, auf ein britisches Kriegsschiff zu schießen, das womöglich immer noch den Kommandowimpel und die Kriegsflagge führte, dann wurde er eben doch aller Voraussicht nach stutzig, wenn er nicht vorher zu wissen bekam, worum es ging. Ein gewissenhafter Offizier würde unter gewöhnlichen Umständen seinen Leuten gegenüber das Wort »Meuterei« niemals in den Mund nehmen. Oder dachte etwa ein Löwenbändiger daran, seine Löwen selbst auf den Gedanken zu bringen, daß sie in Wirklichkeit viel stärker waren als er? – Nun war es schon beinahe Tag.

»Wollen Sie bitte die Güte haben, ›Alle Mann achteraus‹ pfeifen zu lassen, Mr. Freeman. Ich möchte die Besatzung sprechen.«

»Aye, aye, Sir.«

Die Pfeifen schrillten durch das Schiff, die Freiwache strömte durch den Niedergang an Deck und scharte sich achtern zusammen. Die armen Teufel verloren nun deshalb eine Stunde Schlaf, weil Hellwerden und Wachwechsel dummerweise nicht zusammenfielen. Hornblower sah sich für seine Ansprache nach einem erhöhten Standort um; ein Glattdecker wie die *Porta Coeli* bot ja nicht die Möglichkeit, vom erhöhten Achterdeck herab zu den auf dem Großdeck angetretenen Leuten zu sprechen. Schließlich schwang er sich auf das Luvschanzkleid und hielt sich mit einer Hand am Großbackstag fest.

»Männer!« begann er. »Habt ihr euch nicht schon die Frage gestellt, wozu ihr diesmal unterwegs seid?«

Vielleicht hätten sie das wirklich gern gewußt, aber die schläfrigen, teilnahmslosen Gesichter der Leute, denen man ansah, daß sie noch nicht gefrühstückt hatten, verrieten nichts davon.

»Habt ihr euch nicht die Frage gestellt, warum *ich* mit euch unterwegs bin?«

Ja, weiß Gott, das hätten sie schon lange gern gewußt. Im Mannschaftsdeck liefen sicher die wildesten Gerüchte um, aus welchem Grund man einen ausgewachsenen Kommodore, und zwar nicht einen gewöhnlichen, sondern ausgerechnet den sagenhaften Hornblower, mit einer bescheidenen Brigg von achtzehn Geschützen in See geschickt haben könnte. Hornblower fluchte innerlich darüber, daß er unter den gegebenen Verhältnissen genötigt war, von solchen rednerischen Kunstgriffen Gebrauch zu machen, und noch mehr, daß er sogar seinen persönlichen Ruf in die Waagschale werfen mußte. Aber dabei fühlte er sich doch etwas geschmeichelt, als er sah, wie jetzt in den Gliedern vor ihm die Aufmerksamkeit rege wurde und die Köpfe sich zu heben begannen.

»An Bord eines unserer Schiffe hat man einen Schurkenstreich verübt«, fuhr Hornblower fort. »Britische Seeleute haben sich mit Schmach und Schande bedeckt. Sie haben angesichts des Feindes gemeutert.«

Nun horchten die Leute auf. Er hatte vor diesen Sklaven der Peitsche und der Bootsmannspfeife das Wort Meuterei gebraucht. Meuterei, das war ja das Allheilmittel gegen die Übel, unter denen sie litten. Meuterei brachte ihnen Erlösung von der Härte ihres Daseins, von Grausamkeit und Gefahr, von schlechtem Essen und von dem ewigen Abgeschnittensein, das ihnen alle Annehmlichkeiten des Lebens unerreichbar machte. Da hatte nun eine Besatzung gemeutert. Was hindert sie, ihrem Beispiel zu folgen? Mußte er ihnen nicht von der *Flame* erzählen, ihnen sagen, daß sie dicht unter der französischen Küste lag, daß Bonaparte mit Freuden jeden britischen Seemann mit Geld und Gut überhäufen würde, der ihm ein britisches Kriegsschiff auslieferte? Hornblower gab seiner Stimme einen verächtlichen Klang, als er nun fortfuhr:

»Es handelt sich um die Besatzung unseres Schwesterschiffes, der *Flame.* Nun hat die Bande hier in der Seinebucht Zuflucht gesucht. Aber sie finden keinen Schutz, sie finden überall nur Gegner. Die Franzosen?

Die können Meuterer nicht brauchen, und wir, wir haben die Aufgabe, die Ratten aus ihren Löchern herauszuholen. Sie haben England verraten, sie haben ihre heilige Pflicht gegen König und Vaterland vergessen. Ich nehme an, daß die meisten unter ihnen anständige Kerle sind und nur so töricht waren, sich von einigen wenigen berechnenden Schuften verführen zu lassen. Diese Schufte aber müssen für ihre Schurkerei bezahlen, und wir müssen dafür sorgen, daß sie ihrem Schicksal nicht entgehen. Wenn sie wirklich so wahnsinnig sind, sich zum Kampf zu stellen, gut, dann wird gekämpft. Wenn sie sich ohne Blutvergießen ergeben, dann wird das vor Gericht zu ihren Gunsten sprechen. Ich will kein Blutvergießen und werde es zu vermeiden suchen, wenn das irgend möglich ist – ihr wißt ja so gut wie ich, daß jeder Kanonenschuß wahllos trifft und den einfältigen Toren genauso tötet wie den abgefeimten Verbrecher. Aber wenn sie Blutvergießen wollen, dann sollen sie es haben.«

Hornblower beendete seine Rede und forderte dann Freeman durch einen Blick auf, die Leute zu entlassen. Es war eine unerfreuliche Aufgabe gewesen, hungrigen Männern im kalten Morgengrauen eine solche Rede zu halten, aber immerhin, als sie nun wieder ihren verschiedenen Dienstverrichtungen nachgingen, konnte Hornblower mit kurzen beobachtenden Blicken feststellen, daß er von dieser Besatzung bestimmt nichts zu befürchten hatte. Natürlich summte jetzt das ganze Schiff von erregten Gesprächen, die Nachricht von einer Meuterei war ja für eine Schiffsbesatzung nicht minder aufregend als eine am Ort selbst begangene Mordtat für die Einwohnerschaft eines Dorfes. Aber es war doch deutlich zu erkennen, daß sich die Leute nur harmlos über die unerhörte Neuigkeit unterhielten, ohne irgendwelche Folgerungen für das eigene Verhalten daraus abzuleiten. So wie er ihnen den ganzen Fall geschildert hatte, mußte sie sich klar darüber sein, daß er unbedingten Gehorsam von ihnen verlangte, wenn es an die Abrechnung mit den Meuterern ging. Er hatte sich ängstlich davor in acht genommen, in seiner Rede auch nur die leiseste Spur von Sorge zu verraten, daß sie sich versucht fühlen könnten, dem Beispiel der anderen zu folgen. Offenbar lag ihnen dieser Gedanke noch fern, das konnte sich aber jeden Augenblick ändern, wenn man ihnen Zeit ließ, über solche Dinge nachzugrübeln. Er mußte also unbedingt dafür sorgen, daß sie immer beschäftigt blieben. Für den Augenblick hielt sie glücklicherweise schon die gewöhnliche Schiffsroutine genügend in Gang. Die ganze Besatzung wusch die Decks, das war die Arbeit, mit der jeder Tag an Bord begann und die getan werden mußte, ehe die Pfeifen der Bootsmannsmaate zum Frühstück riefen.

»Land!« ertönte eine Stimme aus dem Topp. »Land, Backbord voraus!« Das Wetter war ziemlich unsichtig, so wie es für den Kanal zu dieser späten Jahreszeit typisch ist, aber als es noch etwas heller wurde, konnte auch Hornblower bald den dunklen Streifen in dem Grau unterscheiden. Freeman studierte die Küstenlinie aufmerksam durch sein Glas.

»Das ist die Südküste der Bucht«, sagte Freeman, »dort liegt der Kenfluß.«

Hornblower brauchte einige Zeit, bis er dahinterkam, daß Freeman das Wort Caen ganz einfach auf englisch aussprach. Inzwischen hatte dieser sein Glas längs der Küste weiterwandern lassen und bewies nun an einer ganzen Reihe erstaunlicher Beispiele, was ein richtiger Engländer mit französischen Ortsnamen anzurichten vermag.

»Jawohl, das hier ist Kap di Lehiv und Harbour-Grace.«

Die zunehmende Tageshelle ermöglichte es, den Schiffsort der *Porta Coeli* genau zu bestimmen. Sie stand nahe dem Südufer der Seinemündung.

»Das war eine ausgezeichnete navigatorische Leistung heute nacht, Mr. Freeman.«

»Danke, Sir Horatio.«

Hornblower hätte gern noch ein paar wärmere Worte der Anerkennung hinzugefügt, wenn ihm Freeman nicht so frostig entgegengetreten wäre. Im Grunde, so überlegte er, mußte man Freeman sogar ein gewisses Recht einräumen, jetzt, mit nüchternem Magen, etwas kurz angebunden zu sein. Und schließlich hatte ein tüchtiger Leutnant immerhin einigen Grund, auf einen Kapitän zur See eifersüchtig zu sein. Nach der Ansicht eines jeden ehrgeizigen Leutnants war ein Kapitän ja doch nichts anderes als ein Leutnant, der Glück gehabt hatte und weiter Glück haben würde, der dreimal soviel Gehalt und Prisengeld bezog wie er, der die Früchte erntete, die die Mühe und Arbeit des Leutnants trugen, der sich vor allem so herrlich sicher fühlen konnte, weil er wußte, daß er im Lauf der Zeit so oder so Admiral wurde, während seine, des Leutnants Beförderung von jeder Laune seiner Vorgesetzten abhing. Hornblower konnte sich genau erinnern, daß er als Leutnant auch nicht anders gedacht hatte; daß Freeman es nicht verbergen konnte, war dumm von ihm, aber seine Haltung war deshalb nicht minder verständlich.

Der Ruf des Lotgasten in den Rüsten zeigte an, daß die Wassertiefe wiederum abnahm. Der Mittelgrund lag schon weit hinter ihnen, und jetzt hatten sie auch den südlichen Arm des Fahrwassers überquert. Für die *Porta Coeli* war immer noch Wasser genug, sie war eigens zu dem Zweck entworfen, solche Einfahrten und Mündungsgebiete zu befahren, um den Krieg so dicht an Bonapartes Küsten zu tragen, als es überhaupt angängig war. Bonapartes Herrschaft reichte nicht einen Fuß weiter auf See hinaus,

als die Geschütze seiner Küstenbatterien trugen, außerhalb dieser Linie herrschte England unumschränkt und ohne Nebenbuhler.
»Segel in Lee voraus!« rief der Ausguckposten.
Freeman schwang sich mit der Behendigkeit eines Affen in die Leegroßwanten, verankerte sich mit dem Arm an einer Webeleine und richtete dann sein Glas nach vorn. »Eine Brigg, Sir«, rief er zu Hornblower hinunter und fügte nach einigen Sekunden hinzu: »Es ist die *Flame*, Sir.«
»Fallen Sie bitte ab, und halten Sie darauf zu, Mr. Freeman.«
Die *Flame* stand genau dort, wo man sie vermuten mußte, dicht in Lee der Küste, geschützt vor allen Stürmen von Nordwest herum bis Ost, an einer Stelle, die ihr erlaubte, sich bei jedem Angriff von britischer oder französischer Seite in Sicherheit zu bringen. Gleich darauf konnte sie Hornblower selbst mit dem Glas in dem grauen Dunst ausmachen. Sie lag beigedreht, gerade an der Kante der Untiefen; das schmucke kleine Schiff mußte jedes Seemannsauge erfreuen. Man merkte, wenigstens auf diese Entfernung, nichts davon, daß an Bord irgend etwas nicht in Ordnung war. Hornblower hätte gern gewußt, wie viele Ferngläser sich da drüben jetzt auf die *Porta Coeli* richteten und was die Männer dort wohl aufgeregt debattierten, nachdem sie einmal erkannt hatten, daß die Ankunft des neuen Schiffes nichts anderes bedeuten konnte als den ersten Gegenzug des Lords der Admiralität auf ihr selbstmörderisches Ultimatum hin. Jene Leute dort hatten wirklich den Strick um den Hals.
»Sie läßt uns herankommen«, sagte Freeman.
»Ich bin gespannt, wie lange«, gab Hornblower zur Antwort.
»Was steht ihr hier herum und quasselt?« brüllte Freeman plötzlich eine Gruppe Matrosen an, die sich aufgeregt weiter vorn an die Verschanzung drängten.
»Wachtmeister! Wachtmeister! Schreiben Sie die Namen dieser Leute auf, und melden Sie sie mir bei Wachwechsel zum Rapport! Der Bootsmannsmaat da! Collier! Sorgen Sie gefälligst dafür, daß Ihre Leute an der Arbeit bleiben. Wir sind doch verdammt nicht in einer Mädchenschule, sondern auf einem Kriegsschiff.«
Ein dünner Strahl wäßrigen Sonnenscheins durchbrach den grauen Dunst und fiel gerade auf die *Flame*, die Hornblower in dem runden Gesichtsfeld seines Kiekers hielt. Plötzlich sah er, wie ihre Rahen herumschwangen, sie ging vor den Wind und begann mit Kurs auf Honfleur Fahrt aufzunehmen. Ihr Vormarssegel war in besonders auffälliger Weise gestückt – die hellen, eingesetzten Streifen zeichneten sich gegen das dunklere Segeltuch ab wie ein Kreuz, so daß sie aussah wie ein Kreuzfahrerschiff aus dem Mittelalter.
»Sie läßt uns doch nicht herankommen«, sagte Freeman.

»Segel in Sicht!« ließ sich der Posten Ausguck wieder vernehmen. »Segel in Lee achteraus!«
Die Gläser fuhren herum, als säßen sie an einem gemeinsamen Hebelarm. Ein großes Schiff unter allen Segeln bis hinauf zu den Royals war jenseits des Mittelgrundes aus dem Dunst zum Vorschein gekommen. Bei dem Kurs, den es lief, mußte sich sein Abstand von der *Porta Coeli* rasch vergrößern. Hornblower erkannte sofort, was er davon zu halten hatte, und brauchte Freemans Erklärung nicht erst abzuwarten.
»Ein französischer Westindienfahrer«, sagte Freeman, »der den Weg nach Harbour-Grace offen vor sich hat.«
Ja, das war eines jener wenigen Schiffe, denen es ab und zu gelang, die Blockade des europäischen Festlandes zu durchbrechen, um Bonapartes Nöte mit einer unbezahlbaren Ladung von Getreide und Zucker zu lindern. Es hatte sich den Sturm zunutze gemacht, der die Blockadegeschwader von ihren Stationen vertrieb, um unbehelligt mit günstigem Wind in den Kanal hineinzujagen. Eine solche Ladung, die auf der Seine, dem Zugang zum Schwerpunkt der kaiserlichen Macht, ankam, hatte natürlich den Wert von zweien, die in irgendeinem von der Welt abgeschnittenen Hafen der Biskayaküste gelöscht wurden. Und die kleinen britischen Kriegsschiffe vom Typ der *Porta Coeli* waren eigens dazu gebaut, um solchen Unternehmungen die Aussichten zu verbauen.
»Der ist nicht mehr einzuholen, ehe er Harbour-Grace erreicht«, knurrte Freeman.
»Ja, leider müssen wir ihn laufen lassen, Mr. Freeman«, sagte Hornblower mit lauter Stimme. »Wir haben ja mit der *Flame* zu tun. Die zehn Pfund pro Kopf Prisengeld können wir uns in den Rauchfang schreiben.«
Es trieben sich genug Leute in Hörweite herum, denen diese Worte nicht entgingen. Man konnte sicher sein, daß sie der übrigen Besatzung weitererzählten, was der Kommodore gesagt hatte, und man konnte sich an den Fingern abzählen, daß der Gedanke an das verlorene Prisengeld die Stimmung gegen die Meuterer nicht grade günstig beeinflußte.
Hornblower wandte sich gleich wieder der *Flame* zu, die stetig und ohne irgendwelche Unsicherheit zu zeigen, ihren Kurs auf Honfleur beibehielt. Auf diese Art konnte es nicht mehr lange dauern, bis sie in französischen Händen war. Es wäre aber ausgesprochen töricht gewesen, die Dinge sogleich in dieser Weise auf die Spitze zu treiben. Da war es schon besser, die bittere Pille zu schlucken und zuzugeben, daß man drüben vorläufig die besseren Trümpfe in der Hand hatte.
»Ach, drehen Sie bitte wieder bei, Mr. Freeman. Wir wollen einmal sehen, was der andere daraufhin unternimmt.«
Als das Ruder gelegt und die Rahen gebraßt wurden, drehte die *Porta*

Coeli gehorsam in den Wind, Hornblower aber hielt während dieser Bewegung sein Glas gespannt auf die *Flame* gerichtet. Da, richtig, sie machte das Manöver mit, sobald sie erkannt hatte, was die *Porta Coeli* vorhatte. Auch sie kam in den Wind und verlor ihre Fahrt, das weiße Kreuz in ihrem Vormarssegel leuchtete hell herüber.

»Versuchen Sie noch einmal abzufallen, Mr. Freeman.«

Sofort drehte sich der Bug der Flame wieder der französischen Küste zu.

»Jetzt ist kein Zweifel mehr möglich, nicht wahr? Bitte drehen Sie wieder bei, Mr. Freeman.«

Offenbar hatten die Meuterer nicht die Absicht, die *Porta Coeli* näher herankommen zu lassen. Sie sollte gut außer Schußweite bleiben. Lieber lieferten sie sich den Franzosen aus, als daß sie dem anderen Schiff gestattet hätten, den Abstand zu verringern.

»Mr. Freeman, wollen Sie die Güte haben, ein Boot für mich aussetzen zu lassen? Ich möchte mit der Bande da drüben verhandeln.«

Damit gab er natürlich seine Schwäche zu, aber die Meuterer konnten sich über die Nachteile seiner Lage und die entsprechenden Vorzüge ihrer eigenen ohnehin nicht im unklaren sein. Wenn er ihnen jetzt durch sein Verhalten eingestand, daß sie sowohl ihn selbst wie die Lords der Admiralität in der Klemme hatten, dann offenbarte er ihnen damit nichts, was sie nicht schon wußten. Freeman wagte zwar keine Einwendungen zu machen, hielt es aber bestimmt nicht für ratsam, daß sich ein Mann vom Range eines Kapitäns zur See so unvorsichtig der Willkür der Meuterer auslieferte. Hornblower ging unter Deck, um seine Order einzustecken, es konnte sich womöglich als notwendig erweisen, den Meuterern die Vollmachten zu zeigen, mit denen er ausgestattet war. Er wollte jedoch von dieser Möglichkeit nur im äußersten Notfall Gebrauch machen, weil er den Kerlen damit einen allzu tiefen Einblick in die Pläne der Lords gab. Als Hornblower wieder an Deck kam, lag das Boot mit Brown am Ruder längsseit. Hornblower kletterte an der Bordwand hinunter und nahm auf der Achterducht Platz.

»Ruder an!« befahl Brown, die Riemen griffen kräftig ins Wasser, im leichten Seegang der geschützten Flußmündung tanzte das Boot zur *Flame* hinüber.

Hornblower wandte keinen Blick von der Brigg, solange sie darauf zuhielten. Sie lag immer noch beigedreht, aber man konnte deutlich sehen, daß ihre Geschütze ausgerannt und die Enternetze ausgebracht waren. Die Besatzung hatte ganz offenbar nicht die geringste Lust, sich überraschen zu lassen. Die Geschützbedienungen waren an ihren Geschützen, die Toppen waren durch Ausguckposten besetzt, auf dem Achterdeck stand ein Deckoffizier mit dem Kieker unter dem Arm – nicht das geringste Anzeichen verriet, daß sich dieses Schiff in der Hand von Meuterern befand. »Boot ahoi!« scholl der Anruf über das Wasser.

Brown hielt vier Finger in die Höhe, das war das allgemein verstandene Zeichen, daß er einen Kapitän zur See an Bord hatte. Die vier Finger bedeuteten die vier Fallreepsgäste, die in diesem Fall durch die Salutordnung gefordert wurden.

»Wer sind Sie?« hörte man darauf die Stimme wieder. Brown sah sich nach Hornblower um; als dieser mit dem Kopf nickte, antwortete er:

»Kommodore Sir Horatio Hornblower K. B.«

»Wir gestatten, daß Kommodore Hornblower an Bord kommt, aber sonst niemand. Kommen Sie längsseit, aber ich warne Sie vor allen hinterhältigen Streichen. Wenn Sie etwas Derartiges versuchen, lassen wir sofort ein paar harte Brocken in Ihr Boot hinunterfallen.«

Hornblower griff nach den Großrüsten und schwang sich von dort aus auf die Verschanzung. Ein Seemann lüftete die Enternetze an, so daß er unter ihnen hindurchkriechen konnte und auf das Oberdeck gelangte.

»Bitte, lassen Sie Ihr Boot ablegen, Kommodore. Wir möchten gern sichergehen«, sagte eine Stimme.

Der ihn angesprochen hatte, war ein weißhaariger alter Mann. Der Kieker, den er unter den Arm geklemmt trug, wies ihn als den wachhabenden Offizier aus. Weiße Haarsträhnen fielen ihm über die Ohren, scharfe blaue Augen in einem runzligen Gesicht musterten Hornblower unter buschigen, weißen Brauen hervor. Das einzige Ungewöhnliche an seiner ganzen Erscheinung war eine Pistole, die er im Koppel trug. Hornblower wandte sich um und gab den gewünschten Befehl.

»Darf ich nun fragen, Kommodore, was Sie hierher führt?« erkundigte sich der alte Mann.

»Ich möchte den Anführer der Meuterer sprechen.«

»Ich bin Kommandant dieses Schiffes. Sie können sich also an mich wenden. Nathaniel Sweet ist mein Name, Sir.«

»Ich wollte wissen, ob Ihr der Anführer der Meuterer seid. Wenn nicht, dann habe ich nicht das Bedürfnis, weiter mit Euch zu sprechen.«

»Dann können Sie Ihr Boot längsseit rufen und unser Schiff wieder verlassen.«

Da saß er schon in der Klemme. Hornblower blickte dem Alten unverwandt in die blauen Augen. In Hörweite standen noch ein paar andere Leute herum, aber er konnte auch bei ihnen nicht das geringste Anzeichen von Unsicherheit oder Wankelmut entdecken. Offenbar waren sie durchaus gewillt, ihrem Kommandanten zur Seite zu stehen. Und doch, vielleicht nutzte es etwas, wenn er einmal das Wort an sie richtete.

»Seeleute!« begann Hornblower mit erhobener Stimme.

»Schluß damit!« stieß da der Alte hervor, riß die Pistole aus dem Koppel und zielte auf Hornblower. »Noch ein solcher Versuch, und ich jage Ihnen eine Unze Blei in den Leib.«
Hornblower hielt den Blick ganz kaltblütig auf ihn und seine erhobene Waffe gerichtet. Seltsamerweise lag ihm jede Aufregung fern, er war so ruhig, als beobachtete er Zug und Gegenzug bei einem Schachspiel, das andere spielten. Es fiel ihm keinen Augenblick ein, daß dieses Spiel um seine eigene Person ging, daß sein Leben dabei auf dem Spiel stand.
»Schießt mich ruhig nieder«, sagte er mit grimmigem Lächeln, »aber dann müßt Ihr Euch darüber klar sein, daß England nicht ruhen wird, bis Ihr hängt.«
»England hat *Sie* hierher geschickt, um *mich* an den Galgen zu bringen, so ist es doch«, erwiderte Sweet in bitterem Ton.
»Nein«, sagte Hornblower, »ich bin hier, um Euch an Eure Pflicht gegen König und Vaterland zu erinnern.«
»Soll das Vergangene vergessen sein?«
»Ihr werdet Eure Sache vor gerechten Richtern vertreten können, Sweet, Ihr und Eure Spießgesellen.«
»Das bedeutet doch nichts anderes als den Galgen, wie ich schon sagte«, gab Sweet zur Antwort, »und wenn ich an das Schicksal denke, das einigen von den anderen bevorsteht, dann könnte ich sogar noch von Glück reden.«
»Vor einem einwandfreien, unparteiischen Gericht«, betonte Hornblower, »das jeden mildernden Umstand gehörig in Anrechnung bringt.«
»Nur als Zeuge gegen Chadwick würde ich mich den Richtern stellen«, gab der Alte zur Antwort. »Volle Amnestie für uns – ein unparteiisches Gericht für Chadwick, das sind unsere Bedingungen, Sir.«
»Narren seid ihr«, sagte Hornblower, »verscherzt euch eure letzten Aussichten. Wenn ihr euch jetzt ergebt, Chadwick freilaßt und das Schiff in einwandfreiem Zustand ausliefert, dann wird das vor Gericht zu euren Gunsten schwer ins Gewicht fallen. Was habt ihr dagegen zu gewärtigen, wenn ihr euch weigert? Den Tod, nichts als den Tod. Wie könntet ihr euch der Vergeltung entziehen, die euer Vaterland über euch verhängt? Niemand kann euch davor retten.«
»Doch, mit Verlaub, Herr Kapitän, Boney«, fiel ihm der alte Mann trokken ins Wort.
»Ihr verlaßt euch also wirklich auf das, was euch dieser Bonaparte verspricht?« Hornblower überlegte krampfhaft, wie er diesem unerwarteten Gegenangriff am besten begegnen könnte. »Natürlich brächte er dieses Schiff gern in seinen Besitz, das ist klar. Aber mit euch und euresgleichen würde er nicht viele Umstände machen. Ich will euch etwas sagen: Bona-

parte kann es sich nicht leisten, Meuterern die Stange zu halten – seine Macht steht und fällt ja mit der Disziplin seiner Armee. Er wird euch ganz einfach ausliefern, damit wir ein Exempel statuieren können.«
Das war ein blindlings im dunkeln abgefeuerter Schuß, der denn auch gründlich am Ziel vorbeiging. Sweet steckte seine Pistole wieder ins Koppel, zog drei Briefe aus der Tasche und schwenkte sie höhnisch vor Hornblowers Gesicht.
»Das hier ist ein Brief des Festungskommandanten von Harbour-Grace«, sagte er, »der heißt uns nur willkommen. Und der hier kommt von dem Präfekten des Departements Untere Seine. Er verspricht, uns zu helfen, wenn wir Proviant und Wasser brauchen. Und das dritte ist ein Schreiben aus Paris, es ist mit der Post gekommen. Darin wird uns zugesichert, daß wir in Freiheit bleiben, daß wir die französischen Bürgerrechte erhalten und daß jeder von uns obendrein eine Rente bekommt, wenn er das sechzigste Lebensjahr vollendet hat. Die Unterschrift dieses Schreibens lautet: *Marie Louise, Kaiserin, Königin und Regentin.* Boney wird doch ein Wort nicht brechen, das seine eigene Frau gegeben hat.«
»Ihr seid also tatsächlich mit dem Gegner in Verbindung getreten?« stieß Hornblower hervor. Es war ihm schlechthin unmöglich, Ruhe und Fassung zu heucheln.
»Ja«, sagte der Alte, »wenn *Sie* die Aussicht vor Augen hätten, auf allen Schiffen der Flotte ausgepeitscht zu werden, dann hätten Sie auch nicht anders gehandelt.«
Es war ganz aussichtslos, diese Verhandlungen fortzusetzen. Den Meuterern war, wenigstens für den Augenblick, nicht beizukommen. An Bord ihres Schiffes war kein Anzeichen zu entdecken, das auf Bedenklichkeit oder auf Meinungsverschiedenheiten schließen ließ. Wenn man ihnen etwas mehr Zeit zum Nachdenken gab, wenn sie noch ein paar Stunden Gelegenheit hatten, zu überlegen, was es hieß, daß ihnen kein Geringerer als Hornblower im Nacken saß, dann mochten ihnen vielleicht doch noch Zweifel kommen, ob ihr Verhalten richtig war. Nicht ausgeschlossen, daß sich dann unter den Meuterern eine Gruppe abspaltete, die darauf ausging, das Schiff in ihre Hände zu bekommen, um auf diese Weise ihren Kopf zu retten. Oder sie gerieten doch noch an die Getränke – Hornblower fand es nämlich noch immer völlig rätselhaft, daß eine meuternde englische Schiffsbesatzung wie diese nicht völlig betrunken war. Kurz, es konnte immer noch etwas geschehen. Wenn er jetzt das Feld räumte, dann durfte er aber nicht feig mit eingezogenem Schwanz von Bord schleichen, sondern er mußte sich kämpfend und mit klirrenden Waffen zurückziehen.
»Ihr seid also nicht nur Meuterer, ihr seid Verräter!« brüllte er. »Schweinehunde seid ihr, sonst nichts! Das hätte ich mir denken können. Keine

Sekunde länger will ich die gleiche Luft atmen wie ihr, damit ich meine Lungen nicht daran verpeste.«

Er wandte sich zur Reling und rief nach seinem Boot.

»Wir sind solche Schweinehunde«, sagte der alte Mann, »daß wir Euch jetzt laufen lassen, obwohl wir Euch mit Leichtigkeit zu Chadwick ins Orlopdeck sperren könnten. Wie wäre es, wenn wir Euch die neunschwänzige Katze schmecken ließen, Kommodore Sir Horatio Hornblower? Was würden *Sie* dazu sagen, Sir? Ihr habt es nur unserer Schonung zu verdanken, wenn Euch morgen das Fleisch heil auf den Rippen sitzt. Vergeßt das nicht! Gehabt Euch wohl, Kapitän.«

Diese letzten Worte hinterließen bei Hornblower einen giftigen Stachel. Sie weckten Bilder in seiner Phantasie, die ihn schaudern machten. Jedenfalls war es mit seinem Selbstbewußtsein nicht weit her, als er sich nun wieder mühsam unter den Enternetzen hindurchwand.

Die *Flame* wiegte sich noch immer friedlich beigedreht am Wind, während sein Boot auf dem Rückweg über die Wogen tanzte. Hornblowers Blick wanderte zwischen der *Flame* und der *Porta Coeli* hin und her. Die beiden Schwesterschiffe glichen sich wie ein Ei dem anderen, der auffallende, kreuzförmige Patsch im Vormarssegel der *Flame* war das einzige Merkmal, an dem sie zu unterscheiden waren. Er empfand es wie eine Ironie, daß nicht einmal das geübte Auge des Fachmanns diese beiden Briggs voneinander zu unterscheiden vermochte, von denen die eine ihrem König die Treue hielt, während auf der anderen offener Aufruhr herrschte. Diese Vorstellung war ganz dazu angetan, seinen bitteren Empfindungen neue Nahrung zu geben. Sein erster Versuch, die Meuterer zur Vernunft zu bringen, war gründlich und vollständig fehlgeschlagen. Nach allem, was er gehört hatte, bestand nicht die geringste Hoffnung, daß sie von ihren Bedingungen abgingen, es blieb ihm also nur die Wahl, entweder darauf einzugehen und den Meuterern Straflosigkeit zu versprechen, oder sie mit ihrem Schiff Bonaparte in die Arme zu treiben. Weder das eine noch das andere bedeutete aber eine Lösung seiner Aufgabe. Dazu hätte man ihn nicht gebraucht, jeder unerfahrene kleine Fähnrich in der Flotte hätte so etwas auch gekonnt. Ein bißchen Zeit stand ihm allerdings noch zur Verfügung, man konnte ja kaum annehmen, daß die Nachricht von der Meuterei schon durchgesickert war. So wie er die Lage sah, war aber auch weiteres Zuwarten nur Zeitverschwendung, wenn es nicht im Lauf der Zeit doch noch zu Unstimmigkeiten unter den Meuterern kam, was er freilich kaum annehmen durfte.

Das Boot hatte inzwischen den halben Weg zwischen den beiden Briggs zurückgelegt. Hätte er nur diese zwei Schiffe unter seinem Kommando, dann wollte er hier unter der normannischen Küste schon Leben in die

Bude bringen, sein Gefühl sagte ihm, daß er damit die ganze Seinemündung auf den Kopf stellen konnte. Solche Gedanken gaben seiner Verbitterung immer neue Nahrung. Dann aber war sie mit einem Schlage fort, wie weggeblasen. Der Einfall war da, und mit dem Einfall stellten sich auch gleich die alten, wohlbekannten körperlichen Zustände ein: Trockenheit im Hals, Kribbeln in den Beinen und beschleunigter Herzschlag. Seine Blicke schweiften zwischen den beiden Briggs hin und her, heftige Erregung quoll in ihm auf, und sein Geist begann ungewollt Berechnungen anzustellen, in denen die Gezeiten, der Wind und die Tageslänge gegebene Größen waren.

»Legt euch ein bißchen mehr ins Zeug«, ermahnte er die Bootsbesatzung. Die Männer taten schon ihr Bestes, aber die Gig konnte ihm in seiner neuen gehobenen Stimmung natürlich nie genug Fahrt laufen.

Brown sah ihn von der Seite an und hätte nur zu gern gewußt, wie der Plan aussah, der da soeben im Gehirn seines Kapitäns Gestalt annahm. Brown selbst hatte natürlich die Lage ebenso erfaßt wie Hornblower und konnte sich keinen brauchbaren Ausweg denken. Jetzt sah er nur, daß sich sein Kapitän immer und immer wieder nach der Meutererbrigg umwandte.

»Riemen ein!« knurrte Brown die Bootsgäste an, als der wachhabende Offizier dem Boot das Zeichen zum Längsseitkommen gab.

Der Bugmann schlug seinen Haken in die Rüsten, und Hornblower vermochte seine Ungeduld so wenig zu zügeln, daß er sogleich mit linkischem Ungestüm an der Bordwand emporklomm. Freeman erwartete ihn auf dem Achterdeck, und Hornblower hatte noch die Hand grüßend am Hut, als er ihm schon die ersten Befehle gab.

»Lassen Sie bitte sofort den Segelmacher kommen, Mr. Freeman, ich brauche auch seine Maate und außerdem jeden Mann, der mit Nadel und Segelhandschuh umzugehen weiß.«

»Aye, aye, Sir.«

Da hatte man mit Meuterern zu tun und sollte ausgerechnet Segel machen! Aber Befehl war Befehl, auch wenn er noch so ausgefallen war. Hornblower starrte zur *Flame* hinüber, die immer noch außer Schußweite beigedreht lag. Die Meuterer hielten, weiß Gott, eine starke, eine uneinnehmbare Stellung, die jedem Frontalangriff trotzte und deren Flanken ebenso unüberwindlich waren. Blieb also nur der Ausweg, sie zu umgehen und dazu einen erheblichen Umweg in Kauf zu nehmen. Vielleicht hatte er einen solchen Umweg entdeckt, der sich als gangbar erwies. Da gab es ein paar zufällige Umstände, die ihm nützlich sein konnten, reine Glücksfälle. Seine Sache war es, sich dieser Zufälle zu bedienen und sie bis zum letzten auszunutzen. Es war dabei nicht zu vermeiden, daß er alles auf eine Karte setzte, aber er wollte tun, was in seiner Macht stand, um die Gefahr eines Fehlschlages nach Möglichkeit einzuschränken. Glück hat nur derjenige, der weiß, wieviel er dem Zufall überlassen darf.

Ein alter Seemann mit gebeugten Schultern wartete darauf, daß ihm Hornblower seine Aufmerksamkeit zuwandte. Neben ihm stand Freeman.

»Segelmachersmaat Swenson, Sir.«

»Danke, Mr. Freeman. Sehen Sie den Patsch auf dem Vormarssegel dort, Swenson? Nehmen Sie mein Glas, und schauen Sie sich das Segel einmal genauer an.«

Der schwedische Segelmacher nahm das Glas in seine knorrigen Hände und hob es ans Auge.

»Mr. Freeman, ich möchte, daß die *Porta Coeli* ein Vormarssegel bekommt, das genauso aussieht wie jenes dort, so daß kein Auge die beiden unterscheiden kann. Wird das möglich sein?«

Freeman sah Swenson an.

»Aye, aye, Sir, das kann ich machen«, sagte Swenson und ließ seinen Blick von Freeman zu Hornblower und dann wieder zurück zu Freeman wandern. »Ich habe noch eine Rolle weißes Bramtuch und nehme das alte Vormarssegel dazu – o ja, es geht, Sir.«

»Ich möchte, daß es um vier Glasen auf der Nachmittagswache fertig und klar zum Unterschlagen ist. Macht euch nur gleich an die Arbeit.«

Hinter Swenson hatte sich inzwischen eine kleine Gruppe von Leuten angesammelt, das waren jene Besatzungsmitglieder, die sich nach dem Ergebnis der befohlenen Umfrage auf das Segelnähen verstanden. Einige von ihnen grinsten über das ganze Gesicht. Hornblower glaubte zu spüren, wie auf seine ungewöhnliche Anordnung hin eine Welle gespannter Erregung das ganze Schiff durcheilte, so wie das stille Wasser des Teiches sich kräuselt, wenn man einen Stein hineinwirft. Niemand durchschaute einstweilen, was Hornblower wirklich vorhatte, dennoch waren sich alle Mann im klaren, daß er irgendeine Teufelei im Schilde führte. Das allein aber war ein besseres Mittel zur Hebung der Disziplin und der guten Stimmung an Bord als jeder planmäßige Dienst.

»Hören Sie zu, Mr. Freeman«, sagte Hornblower und trat dabei an die Reling, »ich habe folgenden Plan: Die *Flame* und die *Porta Coeli* gleichen sich wie zwei Erbsen, und wenn wir dieses Vormarssegel untergeschlagen haben, sind sie überhaupt nicht mehr voneinander zu unterscheiden. Die Meuterer sind bereits mit Land in Verbindung getreten, das haben sie mir selbst erzählt, und mehr noch, Mr. Freeman, der Platz, mit dem sie verhandelt haben, ist Le Havre – Harbour-Grace, Mr. Freeman. Boney und der Festungskommandant haben ihnen Geld und Freiheit versprochen, wenn sie die *Flame* einbrächten. Nun werden ganz einfach wir an ihrer

Stelle einlaufen. Da ist dieser Westindienfahrer, den wir heute morgen aufkommen sahen...«

»Den holen wir heraus, Sir!«

»Ja, vielleicht. Weiß Gott, was wir drinnen vorfinden, aber wir sind ja auf alles gefaßt. Wählen Sie zwanzig Mann und einen Offizier aus, Leute, auf die Verlaß ist. Und geben Sie jedem einzelnen genaue Befehle, was er zu tun hat, für den Fall, daß es uns gelingt, eine Prise zu besetzen. – Vorsegel, Marssegel, Ruder, Kappen der Ankertrosse usw.... Aber das wissen Sie ja alles genausogut wie ich. Wir werden gerade bei Einbruch der Dunkelheit vor der Einfahrt stehen, vorausgesetzt, daß der Wind so bleibt, wie er ist, was ich annehme. Es müßte merkwürdig zugehen, wenn wir den Froschfressern im Dunkel der Nacht nicht einen Streich spielen könnten, mit dem wir sie gründlich ärgern.«

»Bei Gott, Sir, und die werden denken, daß es die Meuterer waren! Dann werden sie glauben, die ganze Meuterei sei nur ein Theater gewesen! Und sie werden...«

»Hoffentlich werden sie, Mr. Freeman.«

6

Als der Tag zur Neige ging, entfernte sich die *Porta Coeli* aus der Nähe der *Flame*. Augenscheinlich war man noch zu keinem Entschluß gekommen, wie man sich den Meuterern gegenüber weiter verhalten sollte. Die Brigg überquerte die breite Mündung der Seine bei frischer Brise mit halbem Wind von Backbord. Das diesige Wetter hielt immer noch an, und die Entfernung sowohl von der *Flame* wie von Le Havre wurde bald so groß, daß es unmöglich war, irgendwelche Einzelheiten auszumachen. Da barg die *Porta Coeli* ihr Vormarssegel und ersetzte es durch das frisch eingestückte, das die begeisterte Segelmachergang inzwischen an Deck hinter dem Fockmast zurechtgeschneidert hatte. Andere Leute waren in aller Eile mit Pinsel und Farbe am Werk, um den Namen an der Bordwand gegen den anderen auszutauschen. Hornblower und Freeman trugen über ihrer Uniform einfache Peajacketts ohne Rangabzeichen. So hielten sie auf den Hafen ab. Freeman beobachtete die Einfahrt aufmerksam durch sein Glas.

»Da liegt der Indienfahrer, Sir. Vor Anker. Er hat einen Leichter längsseit. Natürlich löschen sie nicht am Quai, hier nicht. Die löschen die Ladung in Leichter und Schuten und schicken sie damit flußaufwärts nach Rouen und Paris. Natürlich! Das hätte ich mir aber gleich denken können.«

Hornblower hatte daran gedacht. Sein Glas musterte soeben die Befestigungen der Stadt, die Forts St. Adresse und Tourneville hoch oben auf

dem steilen Kliff über der Stadt, den doppelten Leuchtturm auf dem Kap de la Hève – der nun schon seit zwölf Jahren kein Feuer mehr gezeigt hatte – und die Batterien unten neben der alten Hafenmole. Diese letzteren konnten seinem Unternehmen am gefährlichsten werden, oben, in den großen Forts erfuhr man hoffentlich nicht schnell genug, was unten geschah, um noch rechtzeitig das Feuer eröffnen zu können.
»Weiter drinnen liegen eine Menge Schiffe, Sir«, fuhr Freeman fort, »vielleicht sogar Linienschiffe. Sie haben die Rahen gekreuzt. Ich bin noch nie so nah herangekommen.«
Hornblower warf einen Blick nach dem westlichen Himmel. Die Nacht fiel nun rasch ein, die Kimm war immer noch diesig, nichts deutete darauf hin, daß es bald aufklaren wollte. Er brauchte jetzt genug Licht, um gut hineinzufinden und nachher genug Dunkelheit, um in ihrem Schutz wieder heil herauszukommen.
»Da kommt das Lotsenboot heraus, Sir«, sagte Freeman, »sie denken natürlich, wir seien die *Flame.*«
»Danke, Mr. Freeman, sehen Sie zu, daß die Leute an der Reling tüchtig ›Hurra‹ schreien. Und setzen Sie den Lotsen sofort fest, wenn er an Bord kommt. Ich werde das Schiff selbst hineinlotsen.«
»Aye, aye, Sir.«
Ein solcher Befehl war für den britischen Janmaaten gerade das richtige. Die Leute waren gleich begeistert bei der Sache, sie veranstalteten an der Verschanzung ein Gebrüll wie die Wahnsinnigen, warfen ihre Hüte in die Luft und führten wilde Freudentänze auf, kurz, es ging zu, wie man es bei einer richtigen Horde Meuterer erwartet. Die *Porta Coeli* braßte ihr Großmarssegel back, das Lotsenboot schor längsseit, und der Lotse schwang sich in die Großrüsten.
»Leebrassen!« rief Hornblower, das Großmarssegel faßte wieder Wind, das Ruder wurde übergelegt, und die *Porta Coeli* nahm Kurs auf den Hafen. Freeman aber versetzte dem Lotsen mit der Schulter von hinten einen Stoß zwischen seine Schulterblätter, der ihn haargenau durch den Niedergang unter Deck beförderte. Dort wurde er sofort von zwei bereitstehenden Leuten wahrgenommen und gefesselt.
»Der Lotse ist festgesetzt, Sir«, meldete Freeman.
Auch er wurde nun offenbar von der Erregung des Augenblicks mitgerissen. Der Lärm, den die Leute vollführten, wirkte ansteckend auf ihn, sein ironisch-belustigtes Gehaben von vorhin war völlig vergessen.
»Etwas Steuerbord«, sagte Hornblower zum Rudergänger gewandt. »Stütz! Recht so, wie's jetzt geht!«
Es wäre die Höhe der Schande, wenn sie jetzt samt allen ihren ehrgeizigen Hoffnungen elend auf den Sandbänken strandeten, die schützend vor der

Einfahrt lagen. Hornblower zweifelte daran, daß sich seine Erregung je wieder legen und kühlem Gleichmut Platz machen könne.
»Ein Kutter kommt uns aus der Einfahrt entgegen«, meldete Freeman.
Das war wohl die Begrüßungsabordnung. Vielleicht überbrachte das Boot auch den Befehl für den Liegeplatz – wahrscheinlich war es das eine und das andere.
»Lassen Sie die Leute wieder ›Hurra‹ schreien«, befahl Hornblower, »und nehmen Sie die ganze Gesellschaft gleich beim Anbordkommen fest.«
»Aye, aye, Sir.«
Jetzt kamen sie in die Nähe des großen Indienfahrers, der noch mit aufgegeiten Segeln vor einem einzigen Anker lag. Längsseit von ihm lag ein Leichter, aber allem Anschein nach hatte man mit den Löscharbeiten noch nicht ernstlich begonnen. In dem schwindenden Tageslicht konnte Hornblower gerade noch ein Dutzend Leute von dessen Besatzung ausmachen, die an der Reling standen und neugierig zu ihnen herübersahen. Hornblower ließ das Großmarssegel wieder backsetzen, der Kutter kam längsseit, und ein halbes Dutzend Amtspersonen kletterten an Deck der *Porta Coeli.* Nach ihren Uniformen zu urteilen, gehörten sie der Kriegsmarine, dem Heer und dem Zolldienst an. Sie schritten langsam auf Hornblower zu und sahen sich dabei mit höchster Neugier um.
Die *Porta Coeli* kam auf Hornblowers Befehl alsbald wieder in Fahrt. Als sie sich in der zunehmenden Dunkelheit ein Stück von dem Kutter entfernt hatte, drehte er plötzlich auf und hielt nun auf den Indienfahrer zu. Die an Bord gekommenen Franzosen aber sahen sich plötzlich von blinkenden Entermessern umzingelt.
»Wer den Mund aufmacht, ist des Todes«, sagte Freeman.
Irgendeiner fing dennoch zu reden an, brach in wortreiche Proteste aus. Da landete der Pistolenknauf eines Matrosen auf seinem Schädel und schnitt dem Aufgeregten das Wort vom Munde ab, er brach bewußtlos zusammen. Die anderen wurden eilig durch die Großluke unter Deck befördert. Sie brachten vor Schreck und Bestürzung keinen Laut hervor.
»Sehr gut, Mr. Freeman«, sagte Hornblower in jener beiläufigen Redeweise, die den Eindruck erwecken sollte, als fühlte er sich hier, mitten in einem feindlichen Hafen, durchaus wohl und zu Hause. »Bitte setzen Sie jetzt die Boote aus. Großmarssegel back!«
Die »zuständigen Stellen« an Land gaben sich jetzt sicher alle Mühe, die Bewegungen der Brigg trotz der einbrechenden Dunkelheit zu verfolgen. Machte die *Porta Coeli* ein nicht vorgesehenes Manöver, dann zerbrachen sie sich wohl zunächst nur den Kopf darüber, welche Umstände und Erwägungen den an Bord befindlichen Vertretern des Hafenmeisters – der in Wirklichkeit gebunden und geknebelt unter Deck lag – veranlaßt

haben mochte, seine ursprüngliche Absicht zu ändern. Die *Porta Coeli* verlor allmählich die Fahrt, die Blöcke der Läufer quietschten, als die Boote zu Wasser rauschten, die eingeteilten Leute sprangen hinein. Hornblower lehnte sich über die Reling:

»Denkt daran, keinen Schuß!«

Die Riemen griffen klatschend ins Wasser, die Boote näherten sich dem Indienfahrer. Inzwischen war es richtig Nacht geworden, Hornblower konnte die Boote kaum die fünfzig Meter Wegs zu dem anderen Schiff mit den Augen verfolgen und erkannte noch weniger, wie die Leute drüben an der Bordwand hochenterten. Man hörte nur ein paar überraschte Ausrufe, die schwach herüberdrangen, und dann einen einzigen, lauten Schrei, der den Leuten an Land wahrscheinlich ein Rätsel aufgab, aber deshalb noch lange keinen Anlaß zu mißtrauischen Vermutungen bot. Da kamen die Boote auch schon wieder zurück, jedes gepullt von den zwei Mann, die eigens dazu bestimmt worden waren. Die Bootstaljen wurden eingehakt, die Boote vorgeheißt. Während noch die Scheiben in den Blöcken quietschten und pfiffen, hörte Hornblower vom Indienfahrer her ein knirschendes Geräusch und dann ein- oder zweimal einen dumpfen Schlag. Der Mann, der zum Kappen der Ankertrosse eingeteilt war, führte offenbar seinen Auftrag aus und hatte auch seine Axt nicht mitzunehmen vergessen, als er an Bord ging. Hornblower hatte das befriedigende Gefühl, seine Sache gut gemacht zu haben, er hatte die Prisenmannschaft heute nachmittag selbst mit größter Sorgfalt unterwiesen, hatte jedem einzelnen Mann genau erklärt, was er zu tun hatte, und seine Befehle so lange durchgegangen und wiederholt, bis jeder vollkommen mit der Rolle vertraut war, die er spielen sollte. Diese Sorgfalt machte sich jetzt bezahlt.

Gegen den diesigen Nachthimmel konnte er gerade noch erkennen, wie nun die Marssegel des Indienfahrers ihre Umrisse veränderten, sie wurden von den abgeteilten Leuten vorgeschotet. In solchen Lagen konnte man wirklich dem Himmel für jeden erstklassigen Seemann danken, der sich auch in dunkler Nacht auf einem fremden Schiff sofort zurechtfand und ohne Zaudern und Verwirrung gleich nach dem richtigen Ende griff. Hornblower sah, wie jetzt die Rahen des Indienfahrers herumkamen, und dann unterschied er in der Dunkelheit einen schwarzen Schatten, der sich drüben von der Bordwand löste. Richtig, das war der Leichter, den man losgeworfen hatte und abtreiben ließ.

»Sie können vollbrassen, Mr. Freeman, wenn ich bitten darf«, sagte er. »Der Indienfahrer wird in unserem Kielwasser folgen.«

Die *Porta Coeli* gewann langsam Fahrt und nahm Kurs auf die südöstliche Hafeneinfahrt, der Indienfahrer folgte ihr dicht achteraus. Einige lange, bange Sekunden noch schien sich wirklich kein Mensch um das ganze

Unternehmen zu kümmern. Dann aber hörte man einen Anruf, er kam offenbar von dem Kutter, der die Vertreter der Behörden an Bord gebracht hatte. Hornblower hatte schon so lange kein französisches Wort mehr gehört, daß er jetzt nicht gleich verstand, was der Rufende wollte.
»Comment?« rief er durch sein Megaphon zurück.
Wieder fragte eine zornig erregte Stimme, was, in Teufels Namen, er eigentlich vorhabe.
»Ankerplatz – Rhabarber, Rhabarber – Strom – Rhabarber, Rhabarber – Ebbe!« war die Antwort, die Hornblower hinüberrief.
Nun beschwor der Unbekannte im Kutter nicht mehr den Teufel, sondern Gott.
»Wer, in Gottes Namen, sind Sie?«
»Rhabarber, Rhabarber, Rhabarber«, brüllte Hornblower zurück, dann wandte er sich halblaut an den Rudergänger: »Langsam Backbord.«
Die Aufgabe, gleichzeitig diese Unterredung mit französischen Beamten zu führen und das Schiff durch ein schwieriges Fahrwasser aus dem Hafen zu bringen, stellte die höchsten Anforderungen an seine Aufmerksamkeit und Sammlung, obwohl er sich vorher die Fahrrinne an Hand der Karte genau eingeprägt hatte.
»Drehen Sie bei!« brüllte die Stimme aus dem Dunkel.
»Pardon, mon Capitaine«, schrie Hornblower zurück. »Rhabarber, Rhabarber – Ankertrosse – Rhabarber – unmöglich!«
Wieder kam eine zornige Antwort aus dem Kutter, diesmal voll unverhohlener Drohung.
»Recht so, wie's jetzt geht«, rief Hornblower dem Rudergänger zu. »Mr. Freeman, lassen Sie bitte das Lot besetzen.«
Er war sich darüber klar, daß er nun keine kostbaren Sekunden mehr gewinnen konnte. Wenn der Lotgast erst begann, laut seine Wassertiefen auszusingen und damit verriet, daß die Brigg wirklich und im Ernst die Absicht hatte, das Weite zu suchen, dann mußte das die Behörden an Land endgültig auf die Beine bringen. Da stach ein Flämmchen wie eine Stecknadelspitze durch den nächtlichen Dunstschleier, und gleich darauf hallte ein Musketenschuß über die Wasserfläche. Der Kutter wandte das schnellste und wirksamste Verfahren an, die Küstenbatterien auf das aufmerksam zu machen, was hier vorging.
»Klar zum Wenden!« stieß Hornblower heiser hervor. Sie waren jetzt an der kitzligsten Stelle des Fahrwassers, das sie wieder nach draußen führte.
Die Segel der Brigg schlugen knallend, als sie durch den Wind ging.
Gleichzeitig leuchtete eine größere Flammenzunge rot in der Finsternis, und gleich darauf hörte man auch den dazugehörigen Schuß. Das war

das Jagdgeschütz des Kutters, ein Sechspfünder, den man inzwischen klargemacht und geladen hatte. Hornblower vernahm aber nichts von der abgefeuerten Kugel. Er hatte jetzt seine ganze Aufmerksamkeit dem Indienfahrer zugewandt, der im Kielwasser der Brigg gerade noch zu unterscheiden war. Da, nun ging auch er sauber durch den Wind! Dieser Steuermannsmaat – wie hieß er doch? richtig Calverly! –, den Freeman als Kommandant der Prisenbesatzung empfohlen hatte, war offenbar ein besonders tüchtiger Mann und verdiente eine Anerkennung. Er mußte daran denken, wenn sein Bericht fällig war.

Jetzt blitzte es aus der Richtung der Mole mehrmals hintereinander auf, und dann erschütterte rollender Donner die Luft. Die schweren Zweiunddreißigpfünder hatten endlich das Feuer eröffnet. Noch war das Getöse des letzten Schusses nicht verhallt, da hörte man eine der Kugeln dicht vorüberheulen, und Hornblower fand sogar irgendwie Zeit, sich Rechenschaft zu geben, wie verhaßt ihm dieses Geräusch doch war. Sie mußten die Mole runden, befanden sich also noch minutenlang im Feuerbereich dieser Batterie. Einstweilen war weder auf der Brigg noch auf dem Indienfahrer ein Treffer zu beobachten – das Feuer zu erwidern hatte keinen Zweck, da die leichten Sechspfünder auf die schwerbefestigte Batterie doch keinen Eindruck machten, während ihr Mündungsfeuer nur den Standort ihres Schiffes verriet. Er horchte auf die Tiefenmeldungen des Lotgasten, danach dauerte es noch eine ganze Anzahl von Minuten, ehe sie wieder wenden und dann von der Mole ablaufen konnte. Andererseits verging aber auch eine ziemlich lange Zeit, ehe die Batterie mit ihrer zweiten Salve herauskam. Anscheinend hatte Bonaparte seine Küstenbefestigungen von ausgebildeten Kanonieren entblößt, um die Artillerie seiner Armee in Deutschland bemannen zu können. Ungeübte Rekruten aber, die man plötzlich an die Geschütze rief und die obendrein im Dunkel hantieren mußten, waren natürlich alles andere als schnell und geschickt. Da war sie endlich, die zweite Salve, wieder das Blitzen und Donnern wie vorhin, diesmal aber ohne das Geheul eines vorüberfliegenden Geschosses – wahrscheinlich hatten die Kanoniere keinen Anhalt mehr für Seitenrichtung und Erhöhung, was bei dieser Dunkelheit kein Wunder war. Für Hornblower boten die blitzenden Mündungsfeuer eine willkommene Gelegenheit, sein gegißtes Besteck durch eine Peilung nachzuprüfen. Der Ausguckposten vorn am Bug schrie plötzlich laut auf. Hornblower blickte voraus und konnte gerade noch ein dunkles Viereck über der Verschanzung unterscheiden. Das Lotsenboot lief der *Porta Coeli* geradewegs vor den Bug. Was man dort sah, war der Oberteil seines Großsegels. Das sollte wohl ein verzweifelter Versuch sein, der Brigg doch noch den Weg zu verlegen.

»Recht so!« befahl Hornblower dem Rudergänger.

Der Schwächere war da verkauft! Es gab ein splitterndes Krachen, als Brigg und Lotsenboot Steuerbordbug auf Steuerbordbug einander rammten. Ein Zittern lief durch den Rumpf der *Porta Coeli,* sie holte einmal langsam über, lief aber unbeirrt ihren Kurs weiter, während das Lotsenboot polternd an ihrer Bordwand entlangscheuerte. Einen Augenblick verfingen sich die beiden Fahrzeuge, rissen sich aber sofort wieder los, und als sie zuletzt voneinander frei kamen, hörte man vom Lotsenboot her ein dünnes, verzweifeltes Schreien. Der Rammstoß mußte den Bug des kleinen Schiffchens eingedrückt haben wie eine Eierschale, und wahrscheinlich drang jetzt das Wasser durch das Leck in Strömen ein. Allmählich erstarb das Geschrei, Hornblower konnte deutlich hören, wie eine der jammernden Stimmen plötzlich gurgelnd erstickte, das war sicher die Stimme eines verzweifelten Schwimmers, dessen Mund sich mit Wasser füllte. Der Indienfahrer hielt immer noch seinen Kurs im Kielwasser der Brigg.

»Gerade acht!« rief der Lotgast.

Jetzt konnte er schon auf den anderen Bug gehen. Als er gerade den Befehl dazu gab, feuerte die Molenbatterie noch einmal eine Salve, die wieder keinen Schaden anrichtete. Ehe die Geschütze nun wieder geladen sein konnten, befanden sie sich schon außerhalb ihres Schußbereichs.

»Das war eine ausgezeichnete Leistung, Mr. Freeman«, sagte Hornblower laut. »Jeder einzelne Mann der Besatzung hat seine Pflicht hervorragend erfüllt.«

Irgendwer begann im Dunkeln »Hurra« zu rufen, die Rufe pflanzten sich über das ganze Schiff hin fort, und bald schrien die Leute wie die Wilden: »Horny! Unser Horny soll leben!« brüllte einer dazwischen, und sofort verdoppelte sich der Lärm.

Sogar die kleine Prisenbesatzung des Indienfahrers stimmte begeistert ein, sie war achtern im Kielwasser deutlich zu hören.

Hornblower fühlte plötzlich ein seltsames Stechen in den Augen, dann aber schlug seine Empfindung gleich wieder um, und er schämte sich ein bißchen, daß ihm diese Einfaltspinsel so ans Herz gewachsen waren. Und außerdem ...

»Mr. Freeman«, sagte er in mürrischem Ton, »bitte sorgen Sie dafür, daß die Leute ihren Mund halten.«

Er hatte alles aufs Spiel gesetzt, nicht nur das Leben, sondern vor allem auch seinen Ruf. Wäre der Plan mißglückt, wäre die *Porta Coeli* etwa durch einen unglücklichen Treffer bewegungsunfähig geworden und in Feindeshand gefallen, dann hätte sich bestimmt kein Mensch damit aufgehalten, über den tieferen Sinn seines Vorgehens nachzudenken, der darin lag, die Franzosen glauben zu machen, daß die ganze Geschichte von der

Meuterei der *Flame* nur ein geschickt inszenierter Schwindel sei, der der Brigg das Einlaufen in den Hafen ermöglichen sollte. Nein, dann hätte man ganz andere Dinge behauptet. »Für diesen Hornblower«, hätte es geheißen, »war anscheinend die ganze Meuterei nur eine willkommene Gelegenheit, sich zu bereichern. Nur seine Gier nach Prisengeldern hat ihn dazu bewogen, die *Porta Coeli* sinnlos hinzuopfern, die Meuterer aber ungeschoren zu lassen.« Ja, so hätten sie geredet, und der Augenschein hätte ihre Behauptung bestätigt. Hornblowers Ansehen aber hätte dabei einen Schaden erlitten, der nie wiedergutzumachen war. Er hatte also nicht nur Leben und Freiheit daran gewagt, sondern seine Ehre dazu. Völlig sinnlos hatte er alles aufs Spiel gesetzt, hatte er einem mageren Gewinn zuliebe einen riesigen Einsatz auf den Tisch geworfen. Er war eben ein unverbesserlicher Narr. Mit der Zeit verlief sich diese Welle dunkler Vorstellungen wieder. Wie war es denn gewesen? Hatte er nicht seine Aussichten sorgfältig abgewogen und hatte seine Rechnung nicht gestimmt? Nun konnte es lange dauern, ehe es den Meuterern gelang, die französischen Behörden über die Verwechslung aufzuklären, wenn ihnen das überhaupt noch möglich war. Hornblower konnte sich genau vorstellen, wie in diesem Augenblick die Ordonnanzen über Land jagten, um die Küstenbefestigungen in Honfleur und Caen zu warnen. Dadurch befanden sich aber die Meuterer in einer völlig veränderten Lage: Er hatte ihnen den Rückzug abgeschnitten und hatte obendrein Bonaparte unter seinen Batterien in der Mündung seines wichtigsten Stromes einen glänzend gelungenen Streich gespielt. Dann war da außerdem noch die Prise. Wenn darüber abgerechnet wurde, dann trafen auf seinen Anteil mindestens tausend Pfund. Das war ein schöner Batzen Geld, ein angenehmer, hoch willkommener Zuwachs seines Vermögens, den Barbara und er bestimmt gut gebrauchen konnten.

Als sich die Erregung der letzten Stunden allmählich legte, fühlte er sich sehr müde. Er war schon im Begriff, Freeman davon zu unterrichten, daß er unter Deck gehen wolle, unterließ es aber, weil es eine unnötige Verschwendung von Worten gewesen wäre. Wenn Freeman ihn nicht an Deck fand, dann mußte er sich ohnehin sagen, daß er in seiner Kammer war. Todmüde schleppte er sich unter Deck und zu seiner Koje.

7

»Mr. Freeman läßt melden, Sir«, sagte Brown, »daß der Tag eben anbricht. Schönes Wetter, Sir. Der Wind hat während der Nacht auf Süd zu West zurückgedreht und weht mit mäßiger Stärke. Wir liegen beigedreht, auch die Prise. Es läuft letzte Flut, Sir.«

»Schön, schön«, sagte Hornblower und wand sich aus der Koje. Der Schlaf lag ihm noch schwer in den Gliedern, die Kammer schien ihm kalt und dabei doch stickig, obgleich das Heckfenster offen war.
»Ich möchte mein Bad haben«, sagte Hornblower mit plötzlichem Entschluß. »Geh hin und laß die Deckwaschpumpe klar machen.«
Er fühlte sich schmutzig und konnte keinen Tag länger ohne Bad leben, obwohl man schon November schrieb und im Kanal lag. Als er durch den Niedergang an Deck erschien, fing er ein paar überraschte und scherzhafte Bemerkungen der Leute auf, die die Deckwaschpumpe auftakelten, aber er schenkte ihnen keine weitere Aufmerksamkeit. Er warf den Schlafrock ab, ein verlegener, etwas aufgeregter Seemann richtete im Halbdunkel der Morgendämmerung das Schlauchmundstück auf ihn, während ein anderer die Pumpe bediente. Das bitterkalte Seewasser brannte auf der nackten Haut wie Feuer. Mit wilden Bewegungen sprang, tanzte und wand er sich unter den eisigen Güssen, die ihm den Atem nahmen. Die Matrosen merkten nicht, daß er ihnen Einhalt gebot und spritzten quer über das Deck hinter ihm her, als er zuletzt dem unbarmherzigen Strahl durch Flucht zu entkommen versuchte.
»Ausscheiden!« schrie er endlich verzweifelt, als er schon halb erfroren und halb ertrunken war. Da hörte der unerbittliche Wassersturz auf. Brown warf ihm das große Handtuch über und frottierte ihm die prickelnde Haut, während er unter der Nachwirkung der Kälte immer noch schaudernd von einem Bein auf das andere hüpfte.
»Ich wäre eine Woche lang starr vor Kälte, wenn ich das versuchte, Sir«, meinte Freeman, der dem Vorgang höchst interessiert zugesehen hatte.
Hornblower sagte nur: »Ja«, und nahm damit Freeman den Mut, das Gespräch fortzusetzen.
Während er in seiner Kammer bei geschlossenem Fenster in die Kleider fuhr, fühlte er seine Haut herrlich glühen. Auch das Zittern hörte nun auf. Durstig trank er den dampfenden Kaffee, den Brown ihm gebracht hatte, und genoß das angenehme und völlig unerwartete Gefühl körperlichen Wohlbehagens, das ihn durchströmte. Froh gestimmt, eilte er wieder an Deck.
Der Morgen war schon hell geworden, der gekaperte Indienfahrer war beigedreht eine halbe Kanonenschußentfernung in Lee zu erkennen.
»Haben Sie Befehle, Sir Horatio?« fragte Freeman, die Hand grüßend am Hut.
Hornblower ließ seinen Blick rund um die Kimm wandern, um ein bißchen Zeit zu gewinnen. Er hatte seinen Dienst gröblich vernachlässigt, seit dem Erwachen, nein seit dem Schlafengehen hatte er keinen Gedanken mehr an seine Aufgabe gewandt. Eigentlich hätte er jetzt die Prise sofort

nach England zurückzuschicken gehabt, aber das konnte er unmöglich tun, ohne ihr einen schriftlichen Bericht mitzugeben. Dabei war ihm der bloße Gedanke an die Abfassung eines solchen Schriftstückes ein Greuel.

»Die Gefangenen, Sir«, gab Freeman zu bedenken.

Mein Gott, ja, die Gefangenen hatte er ganz vergessen. Er mußte sie befragen und schriftlich niederlegen, was sie auszusagen hatten. Hornblower gab sich darüber Rechenschaft, daß er bei allem körperlichen Wohlbefinden dennoch faul war bis in die Knochen – ein seltsames Nebeneinander.

»Vielleicht haben sie wirklich eine Menge zu sagen, Sir«, fuhr Freeman erbarmungslos fort. »Der Lotse spricht etwas Englisch, wir hatten ihn gestern abend in der Offiziersmesse. Er sagt, Boney habe wieder einmal Hiebe bekommen. Bei einem Ort, der Leipzig oder so ähnlich heißt. Er sagt, die Russen würden in einer Woche den Rhein überschreiten. Boney ist schon in Paris. Vielleicht ist der Krieg jetzt wirklich bald zu Ende.«

Hornblower und Freeman sahen einander an. Nun war schon ein volles Jahr vergangen, seit die Welt das Kriegsende erwartete, und manche Hoffnung war im Lauf dieses Jahres erblüht und wieder verwelkt. Und doch, die Russen am Rhein! Die englische Armee, die unten im Süden auf französischem Boden stand, hatte das Napoleonische Reich nicht zerschlagen können; vielleicht gelang es der neuen Invasion, dieses Ziel zu erreichen. Man hatte allerdings schon oft vorausgesagt, auch Hornblower selbst hatte es zuweilen getan – die erste Niederlage in offener Feldschlacht werde Bonapartes Ruf der Unbesiegbarkeit und seiner Herrschaft mit einem Schlage ein Ende machen. Darin hatte man sich geirrt, vielleicht täuschte man sich jetzt auch mit den Erwartungen, die man an die jüngsten Invasionen in das Herz des Napoleonischen Reiches zu knüpfen liebte.

»Segel in Sicht!« schrie der Ausguck und fügte im gleichen Atem hinzu: »Die *Flame*, Sir.«

Da lag sie genau wie zuvor, der Morgendunst hatte sich für einen Augenblick zerteilt und zeigte sie kurz dem Blick, dann schlug er wieder vor ihr zusammen. Schließlich vertrieb aber ein frischer Wind auch die letzten Schwaden, so daß die *Flame* deutlich in Sicht blieb. Da kam Hornblower zu dem Entschluß, mit dem er lange vergeblich gerungen hatte.

»Lassen Sie bitte Klarschiff anschlagen, Mr. Freeman, jetzt wollen wir sie herausholen.«

Das war natürlich das einzig Richtige. Noch während der Nacht, vielleicht eine Stunde nachdem der Indienfahrer weggenommen war, konnten alle französischen Häfen in der näheren Umgebung schon davon Kenntnis haben, daß die britische Brigg mit dem weißen Kreuz im Vormarssegel ein doppeltes Spiel trieb und sich nur als Meutererschiff ausgab. Die Nachricht mochte um Mitternacht auch die Südseite der Seinemündung erreicht haben, wenn der Kurier die Fähre bei Quilleboeuf oder anderswo benutzte. Dann war man überall auf einen neuen Streich des gefährlichen Schiffes gefaßt und erwartete diesen natürlich vor allem hier an der entgegengesetzten Seite der Strommündung. Wenn Hornblower jetzt zögerte, dann gab er den Meuterern Gelegenheit, neuerdings mit Land in Verbindung zu treten und die Lage zu klären. Übrigens mußte sich das Rätsel für die französischen Landbehörden ganz von selbst lösen, sobald sie nur entdeckten, daß jetzt *zwei* englische Briggs, die Schwesterschiffe waren, in der Seinebucht lagen. Dann blieb den Meuterern sogar die Mühe einer Erklärung erspart. Es war also keine Stunde zu verlieren.

Das waren alles klare und schlüssige Überlegungen. Und doch . . ., Hornblower stand auf dem Achterdeck und mußte fortgesetzt aufgeregt schlukken. Jetzt ging es also doch noch auf Leben und Tod, noch eine Stunde, dann war hier der Teufel los. Dann bestrichen die Karronaden der *Flame* mit ihren Ladungen aus gehacktem Blei das Deck, auf dem er stand. Noch eine Stunde, dann war er vielleicht tot, oder er schrie unter dem Messer des Feldschers. Gestern abend hatte ihm Mißerfolg gedroht, heute drohte ihm der Tod. Die angenehme Wärme, die ihn nach seinem Bad durchglüht hatte, war völlig verflogen, er spürte, wie er in der Morgenkühle zu frösteln begann. Eine tiefe Verachtung gegen sich selbst erfüllte ihn, und er zwang sich, mit raschen, lebhaften Schritten auf dem winzigen Achterdeck auf- und abzugehen. Seine schönen Erinnerungen, so sagte er sich, machten ihn zur Memme. Da war der Gedanke an Richard, wie er im sinkenden Abend neben ihm herlief und seinen Finger dabei eisern mit dem kleinen Händchen umklammert hielt, oder die Erinnerung an Barbara, ja selbst die Vorstellung von Smallbridge oder von der Wohnung in der Bondstreet – er wollte sich von diesen schönen Dingen nicht trennen, er hatte noch keine Lust, »des warmen Lebens heiteren Bezirk« zu verlassen. Mit allen Fasern hing er an diesem Dasein und stand dabei vielleicht schon kurz vor seinem Ende.

Die *Flame* hatte mehr Segel gesetzt – das Gaffelgroßsegel und ein paar Klüver. Sie konnte damit am Wind Honfleur anliegen, ohne in den Feuerbereich der *Porta Coeli* zu geraten. Nun wandte sich Hornblowers rastloser Geist, ungeachtet aller aufwühlenden Empfindungen, alsbald den taktischen Problemen zu, die sich aus der Lage des Augenblicks ergaben. Darüber traten auch die leidigen Angstzustände rasch in den Hintergrund.

»Sorgen Sie bitte dafür, daß die Leute bald Frühstück bekommen, Mr. Freeman«, sagte er. »Und dann möchte ich gern, daß die Geschütze noch nicht ausgerannt werden.«

»Aye, aye, Sir.«

Das bevorstehende Gefecht war vielleicht langwierig und erbittert, deshalb

mußte die Mannschaft unbedingt vorher gefrühstückt haben. Und wenn sie die Geschütze ausrannten, dann wußte auf der *Flame* gleich jedermann, daß die *Porta Coeli* einen Kampf erwartete. Das mochte sie auf den Gedanken bringen, daß ihre Flucht unter französischen Schutz vielleicht doch nicht so einfach war, wie sie sich dachte. Je gründlicher man sie überraschte, desto besser waren die Aussichten auf einen leichten Sieg. Hornblower starrte durch sein Glas zur *Flame* hinüber. Er fühlte eine dumpfe, verbissene Wut gegen diese Meutererbande, die an aller Bedrängnis schuld war und deren Wahnsinnstat nun sogar sein Leben in Gefahr brachte. Das Mitgefühl, das er für diese Leute noch aufbringen konnte, als er in der Admiralität im sicheren Zimmer saß, hatte sich in wütende Feindschaft verwandelt. Die Lumpen verdienten wirklich nichts anderes als den Strick... Dieser Gedanke rief einen plötzlichen Wandel in seiner Stimmung hervor, so daß er sogar zu lächeln vermochte, als nun Freeman vor ihn hintrat und ihm die Brigg gefechtsklar meldete. »Danke sehr, Mr. Freeman.«
Sein Blick zuckte förmlich vor Erregung, er faßte sofort wieder die *Flame* ins Auge, da hörte man neuerlich einen Ruf aus dem Topp.
»An Deck! Von Land her kommen viele kleine Fahrzeuge. Halten anscheinend Kurs auf die *Flame,* Sir.«
Die Meutererbrigg machte heute wieder genau das gleiche Manöver wie gestern, sie hielt auf die französische Küste zu, ehe die *Porta Coeli* in Schußweite kam. Offenbar wollte sie immer noch lieber Schutz suchen als kämpfen. Die Meuterer nahmen wohl an, daß jene kleinen Fahrzeuge eine Art Begrüßungsgeleit darstellten und sie in den Hafen bringen sollten. Außerdem konnte das Wetter jeden Augenblick wieder dick werden, so daß sie der Sicht entzogen waren. Da! Die *Flame* hielt ihr Großsegel lebend, ihr ganzes Verhalten deutete auf zunehmende Unentschlossenheit hin. Wahrscheinlich war jetzt auf ihrem Achterdeck eine hitzige Auseinandersetzung im Gange. Ein Teil der Kerle bestand wohl darauf, daß man außer Schußweite der *Porta Coeli* blieb, während eine andere Partei doch vor dem unwiderruflichen Entschluß zurückschrecken mochte, sich den Franzosen auszuliefern. Vielleicht, höchstwahrscheinlich gab es noch eine dritte Gruppe, die darauf erpicht war, kehrtzumachen und zu kämpfen, und endlich eine vierte, die Angsthasen und die am wenigsten Belasteten, die nichts anderes wünschten, als sich zu ergeben und auf die Milde des Kriegsgerichts zu bauen. Jedenfalls waren die Ansichten geteilt. Nun holten sie die Großschot wieder an und liefen weiter, geradewegs auf Honfleur und die entgegenkommenden Kanonenboote zu. Zwei Meilen freien Fahrwassers schieden die *Flame* von der *Porta Coeli.*
»Jetzt rücken ihr die Kanonenboote auf den Leib, Sir«, sagte Freeman,

ohne das Glas vom Auge zu nehmen. »Und der Fischlogger dort ist gepackt voll Menschen ... Himmel! Ein Schuß!«

Auf der *Flame* war ein Warnungsschuß gefallen. Vielleicht wollten sie, daß die Franzosen in gehörigem Abstand blieben, bis die Debatte an Bord ihr Ende gefunden hatte. Dann ging sie vor den Wind, als hätte sie plötzlich die feindselige Absicht der Franzosen erkannt. Während sie abfiel, stürzten sich alle die kleinen Fahrzeuge auf sie wie Hunde auf ein gehetztes Wild. Die *Flame* feuerte ein halbes Dutzend unzusammenhängender Schüsse, die man nicht mehr gut als Salve bezeichnen konnte. Die Kanonenboote hielten geradewegs auf sie zu, sie hatten ihre langen Riemen, sechs auf jeder Seite, ausgebracht, was sie schneller und handiger machte. Ihre Buggeschütze spuckten Rauch und Feuer, und über das Wasser hallte der dumpfe Donner der Vierundzwanzigpfünder, mit denen sie bewaffnet waren – ein Ton, der sich deutlich von dem helleren, schärferen Knall der Karronaden der *Flame* unterschied. Nun ging der Logger längsseit, und Hornblower konnte durch sein Glas unterscheiden, wie sich die Entermannschaften auf das Deck der *Flame* ergossen.

»Lassen Sie bitte die Geschütze ausrennen, Mr. Freeman«, sagte er.

Diese ganzen Vorgänge spielten sich mit einer geradezu atemberaubenden Schnelligkeit ab. Hornblower hatte natürlich nichts Derartiges vorausgesehen. Dort vorn ging es also bereits hart auf hart, immerhin wenigstens nicht gegen Engländer, sondern gegen Franzosen. Nun sprangen auch vom Deck der *Flame* Rauchwolken auf und verrieten ihm, daß sich wenigstens ein Teil ihrer Besatzung dem Gegner zur Wehr setzte. Er machte ein paar Schritte nach vorn und richtete das Wort an die Geschützführer.

»Hört zu, Männer! Diese Kanonenboote müssen unbedingt versenkt werden, sobald wir herankommen. Eine Breitseite für jedes von ihnen genügt, wenn ihr nur dafür sorgt, daß eure Schüsse sitzen. Zielt genau auf den Mastfuß, und schießt nur, wenn ihr sicher seid, daß ihr trefft.«

»Aye, aye, Sir«, hörte man einige Stimmen antworten. Da stand Brown neben ihm.

»Ihre Pistolen, Sir, ich habe sie frisch geladen und neue Zündblättchen eingesetzt.«

»Danke«, sagte Hornblower. Er steckte die Waffen in sein Koppel, eine an jede Seite, so daß er sie notfalls leicht mit der Hand ziehen konnte. Dabei kam er sich vor wie ein Junge, der Seeräuber spielt. Und doch konnte in fünf Minuten von diesen Pistolen unter Umständen sein Leben abhängen. Dann zog er seinen Säbel halb aus der Scheide und überzeugte sich, daß er nicht klemmte, eilte aber, noch während er ihn wieder zurückstieß, ans Ruder, wo jetzt sein Platz war.

»Etwas luven«, sagte er, »recht so!«

Die *Flame* war in den Wind geschossen und trieb nun mit backen Segeln – offenbar war im Augenblick niemand am Ruder. Der Logger lag längsseit, die vier Kanonenboote hatten ihre Segel geborgen und trieben »auf Riemen«, zwischen der *Porta Coeli* und den beiden anderen Schiffen. Hornblower konnte beobachten, wie ihre Geschützbedienungen an den Vierundzwanzigpfünder-Buggeschützen hantierten.
»Mr. Freeman, bitte lassen Sie die Schoten besetzen. Ich segle dazwischen hinein – sehen Sie, dort. Aufgepaßt! Klar bei den Geschützen! So, Achtung! Rhe!«
Das Ruder wurde hart zu Bord gelegt, und die *Porta Coeli* drehte durch den Wind auf den anderen Bug. Sie benahm sich so handig, wie man es sich nur wünschen konnte. Hornblower hörte dicht vor dem Bug einen Schuß krachen, dann öffnete sich neben der Nagelbank des Großmastes das Deck wie ein Vulkan und spie einen Hagel von Splittern aus. Die Kugel eines Vierundzwanzigpfünders war aus nächster Entfernung mit Erhöhung abgeschossen worden, hatte den schwachen Rumpf der Brigg glatt durchschlagen und war auf ihrem weiteren Wege von unten her durch das Oberdeck gekracht.
»Klar zum Wenden! Rhe!« schrie Hornblower. Wieder ging die *Porta Coeli* über Stag. Diese Wendung führte sie genau in die schmale Lücke zwischen zwei Kanonenbooten hinein. In rascher Folge lösten sich ihre Karronaden an beiden Seiten. Da, das Kanonenboot an Steuerbord lag jetzt ganz nahe. Hornblower sah eine Handvoll Männer achtern bei der Ruderpinne stehen und mittschiffs zwei Mann an jedem der langen Riemen, die wie die Verrückten zerrten, um das Fahrzeug herumzuschwenken. Ein weiterer Haufen bediente das Geschütz am Bug, und am Mast stand ein Mann, der ein rotes Taschentuch um den Kopf gebunden hatte. Er stützte sich mit der Hand gegen den Mast, und Hornblower konnte sogar erkennen, wie ihm vor tödlichem Entsetzen die Kinnlade herabsank, so daß sein Mund weit offen klaffte. Dann krachten die Treffer in ihr Ziel. Der Mann mit dem roten Taschentuch war plötzlich weg, verschwunden – vielleicht über Bord gewirbelt, wahrscheinlich aber zu Brei zermalmt. Der schwache Rumpf des Kanonenbootes, das ja nichts anderes war als ein großes Ruderboot, dem man vorn für das Geschütz ein paar Verstärkungen eingebaut hatte, ging gleich in Stücke, seine Bordwände zersplitterten von den Geschossen wie unter den Schlägen eines riesigen Hammers, und das Wasser strömte unter Hornblowers Augen sofort in Massen ein. Die mit größter Senkung der Mündung aus nächster Nähe gefeuerten Schüsse mußten nicht nur die Bordwand, sondern auch den Boden des Kanonenboots durchschlagen haben. Je mehr es nun an Stabilität verlor, desto stärker machte sich das Gewicht des Buggeschützes geltend, so daß zuletzt das

Vorschiff unterschnitt, während das Heck noch aus dem Wasser ragte. Dann verlor die Kanone ihren Halt und glitt in die Tiefe, das von dem Gewicht befreite Wrack legte sich sogleich wieder auf ebenen Kiel, aber nur für einen kurzen Augenblick, dann kenterte es. Zwischen den treibenden Wrackstücken schwammen ein paar Männer umher. Hornblower warf nun einen Blick nach Backbord. Das andere Kanonenboot war genauso hart getroffen, es hielt sich gerade noch an der Oberfläche, und der Rest seiner Besatzung lag neben ihm im Wasser. Der Führer dieser Kanonenboote war ein ausgemachter Narr, daß er seine gebrechlichen Fahrzeuge dem Feuer eines richtigen, sachgemäß geführten Kriegsschiffes aussetzte, mochte es auch so klein sein wie die *Porta Coeli.* Kanonenboote taugten eben nur dazu, hilflose, gestrandete oder entmastete Havaristen vollends niederzuzwingen.

Die *Flame,* immer noch mit dem Fischlogger längsseit, lag nun dicht voraus.

»Mr. Freeman, bitte lassen Sie mit Kartätschen laden. Wir wollen bei dem Franzosen längsseit gehen. Zuerst feuern wir eine Breitseite, dann entern wir ihn, gedeckt durch den Qualm.«

»Aye, aye, Sir.«

Freeman wandte sich ab, um der Besatzung seine Befehle zuzurufen.

»Mr. Freeman, ich brauche jeden entbehrlichen Mann für die Entermannschaft. Sie selbst bleiben hier an Bord . . .«

»Sir!«

»Sie bleiben hier. Suchen Sie sich sechs gute Leute heraus, mit denen Sie die Brigg in Sicherheit bringen können, falls wir nicht zurückkommen. Ist das klar, Mr. Freeman?«

»Jawohl, Sir Horatio.«

Während die *Porta Coeli* sich dem Franzosen näherte, hatte Freeman noch Zeit genug, alle nötigen Anordnungen zu treffen, und Hornblower fand die Zeit, sich zu seiner eigenen Überraschung klarzumachen, daß er das Wort von dem »nicht zurückkommen« durchaus ernst gemeint hatte. Es war keine bloße Redensart, um etwa die Männer anzuspornen, nein, er, der sich sonst vor einem Schatten fürchten konnte, war jetzt plötzlich erstaunlicherweise fest entschlossen, zu siegen oder zu sterben. Die Männer brüllten wie wild, als sie sich nun dem Franzosen näherten, dessen Name *La Bonne Célestine von Honfleur* auf dem Spiegel zu lesen stand.

An Bord erkannte man blaue Röcke und weiße Hosen, das waren Soldaten. Es stimmte also, daß Bonaparte seine Seeleute zum Heer einziehen mußte, weil ihm dort ausgebildete Artilleristen fehlten, und daß er sie auf den Schiffen durch frisch gemusterte Rekruten ersetzte. Ein Jammer, daß dieses Gefecht nicht weiter draußen in See stattfand, weil dann bestimmt die meisten von ihnen seekrank gewesen wären.

»Bring uns längsseit«, sagte Hornblower zum Rudergänger. An Bord der *Bonne Célestine* herrschte arge Verwirrung. Hornblower beobachtete, wie ein Teil der Leute an die Geschütze ihrer freien Backbordseite rannte. »Ruhe, Männer!« schrie Hornblower. »Ruhe!«

An Bord der Brigg wurde es plötzlich mäuschenstill, so daß Hornblower kaum die Stimme zu erheben brauchte, um sich auf dem winzigen Oberdeck verständlich zu machen.

»Ihr Geschützführer sorgt mir gefälligst dafür, daß jeder Schuß sitzt«, sagte er. »Entermannschaften, seid ihr klar, mir zu folgen?«

Ein allgemeiner Schrei war die Antwort. Dreißig Mann kauerten mit Pieken und Entermessern bewaffnet hinter der Verschanzung. War die Breitseite abgefeuert und das Großsegel geborgen, dann kamen weitere dreißig Mann dazu. Das war gewiß nicht viel. Man konnte nur hoffen, daß die Breitseite vorher ordentlich aufräumte und daß die unausgebildeten Landratten auf der *Bonne Célestine* nicht standhielten. Hornblower warf einen Blick nach dem Rudergänger, einem graubärtigen Seemann, der kaltblütig die Entfernung zwischen den beiden Schiffen abschätzte und gleichzeitig genau auf das Großsegel achtete, das zu killen begann, sobald er höher an den Wind ging. Guter Seemann, das – Hornblower nahm sich vor, an ihn zu denken, er verdiente eine lobende Erwähnung. Nun wirbelte er das Rad hart nach Luv.

»Nieder Großsegel!« brüllte Freeman.

Die Geschütze der *Bonne Célestine* krachten betäubend, und Hornblower fühlte, wie ihn Pulverkörner ins Gesicht stachen, während rings um ihn dicker Qualm wirbelte. Da krachten auch die Karronaden der *Porta Coeli* los. Hornblower riß seinen Säbel aus der Scheide, und in der nächsten Sekunde legten sich die beiden Schiffe knirschend aneinander. Den Säbel in der Faust, sprang er im dicksten Qualm auf die Verschanzung, im gleichen Augenblick sah er, wie sich neben ihm eine Gestalt mit einem einzigen Satz über das Schanzkleid schwang und noch vor ihm auf dem Deck der *Bonne Célestine* landete – das war Brown, der sofort mit geschwungenem Entermesser auf die Gegner losging. Hornblower sprang ihm nach, aber Brown blieb vor ihm und führte nach rechts und links kräftige Hiebe gegen die Schattengestalten, die aus dem alles einhüllenden Qualm auftauchten. Hier lagen Tote und Verwundete in Menge, eine Kartätschladung von der *Porta Coeli* hatte sie niedergemäht. Hornblower stolperte über ein abgeschossenes Glied, er fing sich im Fallen, bemerkte gerade noch die drohende Spitze eines aufgepflanzten Bajonetts, das auf ihn zielte, und wich ihr mit einer blitzschnellen Wendung aus. Im nächsten Augenblick hielt er dem angreifenden Franzosen mit der Linken eine Pistole dicht vor die Brust und drückte ab. Inzwischen hatte der Wind den Mündungsqualm verweht. Auf dem Vorschiff kämpfte ein Teil der Entermannschaften gegen eine am Bug in die Enge getriebene Gruppe von Franzosen – Hornblower hörte das Geklirr ihrer Waffen. Achtern dagegen war kein einziger Franzose zu sehen. Der Steuermannsmaat Gibbons stand an der Flaggleine und holte gerade die Trikolore nieder, die im Topp geweht hatte. An Steuerbord lag die *Flame* und über ihrer Verschanzung waren die Tschakos französischer Infanterie zu erkennen. Nun tauchten dort Kopf und Schultern eines Mannes auf, die Mündung einer Muskete zielte herüber, erst auf Gibbons, dann auf Hornblower. In diesem Augenblick feuerte Hornblower den zweiten Lauf seiner Pistole ab, da sackte der Franzose hinter der Verschanzung zusammen. Unterdessen ergoß sich gerade eine neue Welle von Entermannschaften der *Porta Coeli* über das Schanzkleid.

»Los, vorwärts!« schrie Hornblower – jetzt kam alles darauf an, sich der *Flame* zu bemächtigen, ehe es dort gelang, wirksame Maßnahmen zur Abwehr zu treffen.

Die beiden Briggs hatten einen viel höheren Freibord als der Logger, also mußten sie diesmal nach oben klettern. Hornblower hatte den linken Arm über das Schanzkleid der *Flame* geschlagen und versuchte, mit Schwung vollends hinaufzugelangen, aber der Säbel war ihm dabei zu sehr im Wege.

»Verflucht noch eins, so hilf mir doch!« knurrte er über seine Schulter weg. Sogleich setzte ihm einer der nachfolgenden Matrosen die Schulter unter den Achtersteven und gab ihm in der besten Absicht einen solchen Schwung, daß er glatt über die Verschanzung hinüberschoß und drüben auf allen vieren im Wassergang landete, während sein Säbel klirrend über das Deck rutschte. Eben wollte er hinkriechen, um ihn wieder zu holen, da warnte ihn ein sechster Sinn vor drohender Gefahr. Er warf sich nach vorn, flach an Deck, und entging so mit knapper Not dem Hieb des Entermessers, der ihm gegolten hatte. Außerdem war er dem Angreifer dabei mit aller Gewalt gegen die Schienbeine gefahren. Nun aber brach eine ganze Woge von Menschen über ihm zusammen, er wurde von allen Seiten gestoßen und getreten und fand sich zuletzt hilflos eingequetscht unter dem Körpergewicht eines Mannes, der ihn vollends niederzukämpfen suchte, und dessen er sich mit verzweifelter Kraft erwehrte. Er hörte über sich Browns brüllende Stimme, Pistolenschüsse und Säbelgeklirr. Dann trat plötzlich Stille ein. Der Mann, mit dem er eben noch gerungen hatte, lag auf einmal matt und kraftlos über ihm. Dann wurde er weggezogen, und Hornblower stand auf.

»Sind Sie verwundet, Sir?« fragte Brown.
»Nein«, antwortete er. Vor ihm lagen drei oder vier Tote, achtern am Ruder stand eine Gruppe französischer Soldaten und dazwischen einige Matrosen. Sie waren alle entwaffnet und wurden von zwei britischen Seeleuten mit gezogener Pistole bewacht. An Deck saß ein französischer Offizier, dem das Blut aus dem Ärmel tropfte und die Tränen über die Wangen liefen – er war noch ein halbes Kind. Hornblower wollte ihn gerade ansprechen, da wurde seine Aufmerksamkeit plötzlich abgelenkt.
»Sir! Sir!«
Der aufgeregte Rufer war ein ihm unbekannter englischer Seemann, in weiß-rotgestreiftem Hemd. Er war ganz außer sich vor Erregung und fuchtelte mit den Händen in der Luft herum, daß sein Zöpfchen von einer Seite zur anderen flog.
»Sir! Ich habe gegen die Froschfresser gekämpft. Ihre Leute können das bezeugen! Ich und die anderen hier!« Damit zeigte er hinter sich auf ein verschüchtertes Häufchen Matrosen, die sich bis dahin im Hintergrund gehalten hatten, nun aber näher traten. Einige von ihnen stimmten laut in seine Beteuerungen ein, alle aber nickten bestätigend mit dem Kopf.
»Meuterer?« fragte Hornblower. In der Hitze des Gefechts hatte er die Meuterei ganz vergessen.
»Ich bin kein Meuterer, Sir, ich habe nur getan, was mir befohlen wurde, sonst hätten sie mich umgebracht. War es nicht so, Maate?«
»Zurück da!« donnerte Brown. Die Klinge seines Entermessers war rot von Blut.
Da rollte sich vor Hornblowers hellsichtigem Blick plötzlich eine Reihe von Zukunftsbildern ab. Er sah das Kriegsgericht vor sich, den Halbkreis der Richter in ihrer glitzernden Gala, vor ihnen die gequälten Gefangenen, arme, eingeschüchterte Wesen, die der Verhandlung, in der es für sie um Leben oder Tod ging, aufmerksam, aber nur halbverstehend folgten, dann endlich sich selbst, wie er als Zeuge seine Aussage machte und sich gewissenhaft an jedes einzelne Wort zu erinnern trachtete, das auf beiden Seiten gefallen war. Ein einziges solches erinnertes Wort mochte die Frage: Peitsche oder Strick entscheiden.
»Nehmt diese Leute fest!« stieß er hervor. »Nehmt sie unter Bewachung.«
»Sir! Sir!«
»Nichts da! Schluß damit!« fuhr Brown sie an.
Erbarmungslose Hände zerrten die Widerspenstigen trotz ihres Einspruchs hinweg.
»Wo sind die übrigen Meuterer?« fragte Hornblower.
»Unter Deck, Sir, nehme ich an«, sagte Brown. »Ein paar von den Frenchies sind auch unten.«

Merkwürdig, wie oft es geschah, daß eine geschlagene Besatzung sich unter Deck flüchtete. Hornblower war für seine Person ehrlich überzeugt, daß er sich lieber an Deck der Raserei eines außer Rand und Band geratenen Siegers entgegenstellen würde, ehe er feige in der finsteren Enge des Zwischendecks die Waffen streckte. Da drang ein lauter Anruf von der *Porta Coeli* an sein Ohr.
»Sir Horatio!« rief Freemans Stimme, »wenn wir die Schiffe nicht bald in Fahrt setzen, werden wir alle auf Grund geraten. Ich bitte um Erlaubnis, loswerfen und Segel setzen zu dürfen.«
»Warten Sie!« antwortete ihm Hornblower.
Er sah sich um. Da lagen die drei Schiffe nebeneinander festgemacht, hier, dort, überall gab es Gefangene unter Bewachung. Sowohl auf der *Flame* als auch auf der *Bonne Célestine* wimmelte es unter Deck von Leuten, deren man sich noch nicht bemächtigt hatte, wahrscheinlich war ihre Gesamtzahl viel größer als die seiner eigenen Mannschaft. Plötzlich vernahm er unter seinen Füßen einen schlitternden Krach, dem lautes Schreien und Wehklagen folgte. Die *Flame* erzitterte unter dem heftigen Schlag, der sie getroffen hatte. Natürlich, er hatte ja vor kaum einer Sekunde einen Schuß gehört, ohne weiter darauf zu achten. Er blickte sich suchend um. Die beiden überlebenden Kanonenboote lagen ein paar Kabellängen entfernt »auf Riemen«, ihr Bug zeigte auf die nebeneinander liegenden Schiffe. Hornblower konnte sich denken, daß sie schon auf flachem Wasser lagen und dadurch für jeden Angriff von seiner Seite so gut wie unerreichbar waren. Wieder löste sich von einem der Kanonenboote ein Ballen Rauch, wieder krachte es entsetzlich unter Deck, wieder hallten Schreie auf. Diese Vierundzwanzigpfünder-Kugeln durchschlugen wahrscheinlich das ganze Schiff glatt der Länge nach, das leichte Holzwerk einer Brigg vermochte ihrer Kraft kaum besser Einhalt zu gebieten als Papier. Wie ein Schwimmer sich in einen reißenden Strom stürzt, den er zu durchschwimmen hat, so warf sich Hornblower jetzt mit aller Kraft darauf, zu tun, was unbedingt sofort geschehen mußte.
»Brown! Sorge mir dafür, daß sofort alle Luken geschalkt werden!« befahl er. »Jedes Luk wird mit einem Posten besetzt. Mr Gibbons!«
»Sir?«
»Schalken Sie ihre Luken! Klar zum Segelsetzen!«
»Aye, aye, Sir.«
»Die Toppsgäste her! An die Fallen! Wer kann das Ruder übernehmen? Was? Keiner von euch? Mr. Gibbons, haben Sie einen Rudergänger übrig? Schicken Sie ihn sofort herüber. Mr. Freeman! Sie können loswerfen und Segel setzen. Treffpunkt ist die andere Prise.«
Wieder krachte ein Schuß von den verfluchten Kanonenbooten gerade

unter ihm in das Heck der *Flame.* Gott sei Dank war der Wind ablandig, so daß man leicht aus ihrer Reichweite gelangen konnte. Die *Porta Coeli* hatte bereits ihr Gaffelgroßsegel gesetzt und war auch schon frei von der *Bonne Célestine.* Auf dieser stieg gerade unter Gibbons Leitung das Luggergroßsegel am Mast hoch, während ein halbes Dutzend Seeleute bereits dabei war, sie von der *Flame* abzusetzen.

»Heiß vor!« befahl Hornblower, als sich die Schiffe voneinander trennten. »Rudergänger! Hart Steuerbord!«

Ein Geräusch außenbords erregte seine Aufmerksamkeit. Einzelne Leute – Meuterer oder Franzosen – zwängten sich durch die Schußlöcher – stürzten sich ins Wasser und schwammen auf die Kanonenboote zu. Hornblower sah Nathaniel Sweet in zwanzig Fuß Entfernung mit kräftigen Stößen davonschwimmen, seine weißen Haarsträhnen schleppten im Wasser nach. Von allen Meuterern durfte er am wenigsten entkommen. Wenn einer sterben mußte, war er es, um Englands willen, um der Flotte willen. Der Wachtposten am achteren Niedergang machte ihm nicht gerade den Eindruck eines Scharfschützen.

»Gib mir dein Gewehr«, sagte Hornblower und riß es ihm auch schon aus der Hand.

Während er wieder an die Reling eilte, prüfte er noch rasch Zündladung und Schloß der Waffe. Dann zielte er sorgfältig auf den weißen Kopf im Wasser und drückte ab. Der Wind trieb ihm den Qualm in die Augen, nahm ihm aber nur für einen Augenblick die Sicht. Als der Blick wieder frei war, sah er das lange, weiße Haar noch eine Sekunde an der Oberfläche, dann sank es langsam unter und verschwand. Sweet war tot. Vielleicht lebte irgendwo in England eine alte Frau, die nun Witwe war und weinte, wenn sie von seinem Ende erfuhr. Aber es war dennoch besser, daß er tot war. Hornblower ging wieder an seine Aufgabe, die *Flame* an den befohlenen Treffpunkt zu bringen.

8

Eigentlich eine tolle Unverschämtheit von diesem Lebrun, kurzerhand um eine Unterredung zu bitten! Hornblower hatte wirklich auch so schon genug um die Ohren. Da mußten die klaffenden Schußlöcher in der Bordwand der *Flame* wenigstens so weit gedichtet werden, daß das Schiff ohne Gefahr den Kanal überqueren konnte, da war die knappe Besatzung der *Porta Coeli,* die keineswegs durch die Bank aus Seeleuten bestand, auf nicht weniger als vier Schiffe zu verteilen (die zwei Briggs, den Indienfahrer und den französischen Logger), während doch gleichzeitig für die über hundert Gefangenen dieser und jener Herkunft unbedingt genügend Wachmannschaften gestellt werden mußten. Vor allem war es nötig, die Meuterer genauestens zu überwachen, damit nichts geschehen konnte, was dem Gerichtsverfahren vorgriff. Und zu alldem kam noch das Schlimmste, das war der ausführliche Bericht, den er zu schreiben hatte. Man möchte meinen, gerade diese letzte Aufgabe müßte ihm ganz besonders leicht von der Hand gegangen sein, da ja wirklich nur eine lange Kette von Erfolgen zu melden war. Hatte er denn nicht zwei Prisen aufgebracht und den Meuterern die *Flame* abgenommen? Lag nicht der größte Teil der Bande sicher in Eisen unter Deck, und hatte er nicht endlich den Rädelsführer mit eigener Hand niedergeschossen? Gewiß, das alles war gut zu berichten, aber es kostete doch Mühe, körperliche Anstrengung. Und Hornblower war todmüde. Übrigens war die Abfassung dieses Berichtes doch nicht so ganz einfach, wie es auf den ersten Blick schien. Hornblower sah nämlich jetzt schon voraus, daß es ihm nicht leicht fallen werde, zwischen der Scylla unverhohlener Prahlerei und der Charybdis verlogener Bescheidenheit ungefährdet hindurchzusteuern – hatte er nicht oft genug einen üblen Geschmack im Munde verspürt, wenn er die literarischen Ergüsse anderer Offiziere zu lesen bekam? Außerdem war da diese Erschießung des Nathaniel Sweet durch ihn, den schrecklichen Kommodore Hornblower. So etwas nahm sich sicher in einer Seekriegsgeschichte wunderbar aus, und überdies konnte der ganze Fall auch vom Standpunkt der Disziplin in der Navy gar nicht besser erledigt werden. Wie aber würde Barbara darüber denken?

Ihn selbst machte die Erinnerung an den weißhaarigen Kopf, der da vor seinen Augen langsam versank, alles andere als froh, und er fürchtete sehr, daß Barbara womöglich Abscheu und Widerwillen gegen ihn empfand, wenn sie in so betonter Weise erfuhr, daß er persönlich Blut vergossen, daß er einen Menschen mit diesen seinen Händen getötet hatte (mit diesen Händen, die sie nach ihren eigenen Worten so sehr liebte und die sie schon so manches Mal geküßt hatte). Hornblower mußte sich mit Gewalt aus dem zähen Gestrüpp von Gedanken und Erinnerungen an Barbara und an Nathaniel Sweet befreien, das ihn nicht loslassen wollte. Er entdeckte, daß er noch immer völlig geistesabwesend den jungen Matrosen anstarrte, den Freeman zu ihm geschickt hatte, um ihm Lebruns Ersuchen zu übermitteln.

»Meine Empfehlung an Mr. Freeman«, sagte er endlich, »er möge mir den Burschen hereinschicken.«

»Aye, aye, Sir«, antwortete der Matrose und hob dabei die Fingerknöchel zur Ehrenbezeigung an die Stirn. Dann wandte er sich unendlich erleichtert zum Gehen. Der Blick des Kommodore war ihm durch und durch gegangen. Mindestens drei Minuten lang hatte er ihn angeschaut, und dem armen Jungen war zumute, als wären es drei lange Stunden gewesen.

Ein bewaffneter Posten brachte Lebrun in die Kammer, Hornblower musterte ihn mit strengem Blick. Er war einer aus dem halben Dutzend Gefangener, die der *Porta Coeli* beim Einlaufen in Le Havre in die Hände gefallen waren, ein Mitglied der Abordnung, die zu ihrer Begrüßung an Bord gekommen war, weil sie glaubte, die *Flame* vor sich zu haben, und deren Übergabe durch die Meuterer erwartete.

»Sprechen Monsieur Französisch?« fragte Lebrun.

»Ein bißchen.«

»Gewiß mehr als ein bißchen, wenn alles wahr ist, was man sich über Kapitän Hornblower erzählt«, erwiderte Lebrun.

»Was wollen Sie eigentlich von mir?« fiel ihm Hornblower barsch in die Rede und bereitete damit seiner kontinentalen Suada ein rasches Ende. Lebrun stand noch in jüngeren Jahren, er hatte einen olivenfarbenen Teint und blitzend weiße Zähne. Sein Wesen und seine Erscheinung vermittelte den Eindruck des Ölig-Glatten. »Ich bin Adjoint des Barons Momas, Bürgermeisters von Le Havre.«

»Ja?« Hornblower gab sich Mühe, jedes Zeichen von Interesse zu unterdrücken, aber er war sich doch darüber im klaren, daß der Bürgermeister einer großen Stadt wie Le Havre unter dem Kaiserreich eine höchst einflußreiche Persönlichkeit war und daß dessen Adjoint als sein Assistent und Vertreter einen wichtigen Beamtenposten bekleidete.

»Sie werden doch sicher von der Firma Momas Frères schon gehört haben. Sie treibt seit Generationen Handel mit beiden Amerika, die Geschichte ihres Aufstieges ist die Geschichte der Entwicklung von Le Havre selbst.«

»Ja, und?«

»Umgekehrt haben Krieg und Blockade für das Vermögen der Firma Momas die gleichen verheerenden Folgen gehabt wie für die Wirtschaft der ganzen Stadt.

»Ja, und?«

»Die *Caryatide*, das Schiff, das Sie uns vor zwei Tagen durch ihren genialen Handstreich wegnahmen, hätte uns allen wieder zu Wohlstand verhelfen können. Ich brauche Ihnen nicht zu erklären, daß ein solches Schiff, dem es gelingt, die Blockade zu brechen, zehn andere aufwiegt, die in friedlichen Zeitläuften den Hafen erreichen.«

»Ja, und?«

»Herr Baron und die ganze Stadt Le Havre werden ganz verzweifelt darüber sein, daß das Schiff gekapert wurde, ehe noch die Ladung gelöscht werden konnte.«

»Ja, und?«
Die beiden Männer sahen einander an wie zwei Duellanten während einer Pause des Zweikampfes. Hornblower war entschlossen, nichts von der neugierigen Spannung zu verraten, die ihn beherrschte, Lebrun aber konnte den Entschluß nicht finden, sich Hornblower rückhaltlos zu eröffnen.
»Ich darf doch annehmen, Monsieur, daß ich für alles, was ich Ihnen weiterhin mitzuteilen habe, auf unbedingte Geheimhaltung rechnen kann.«
»Ich kann Ihnen da nichts versprechen, im Gegenteil, ich muß Ihnen sogar erklären, daß ich verpflichtet bin, alles, was Sie sagen, der Regierung Seiner Majestät von Großbritannien zu melden.«
»Ihre Regierung wird im eigenen Interesse auf Geheimhaltung bedacht sein«, meinte Lebrun nachdenklich.
»Die Minister Seiner Majestät werden darüber nach eigenem Ermessen entscheiden«, entgegnete Hornblower.
Jetzt schien sich Lebrun endlich zu einem Entschluß durchgerungen zu haben:
»Wissen Sie, Monsieur«, fuhr er fort, »daß Napoleon bei Leipzig eine entscheidende Niederlage erlitten hat?«
»Ja.«
»Die Russen stehen am Rhein.«
»Gewiß.«
»Die Russen stehen am Rhein!« wiederholte Lebrun, als könnte er selbst nicht recht daran glauben.
Mein Gott, alle Welt, ob Freund oder Feind Bonapartes, war einstweilen noch ganz benommen von der Tatsache, daß dieses festgefügte Riesenreich seine Grenzen in ein paar kurzen Monaten durch halb Europa zurückverlegen müssen.
»Und Wellington marschiert auf Toulouse«, fügte Hornblower hinzu — es konnte nichts schaden, wenn er Lebrun auch an die britische Drohung von Süden her erinnerte.
»Gewiß, das Kaiserreich steht vor dem Zusammenbruch.«
»Ich weiß es zu schätzen, Ihre Meinung darüber zu erfahren.«
»Wenn das Reich zusammenbricht, dann gibt es Frieden, und wenn Friede ist, beginnt wieder der Handel.«
»Ohne Zweifel«, sagte Hornblower, der immer noch nicht wußte, worauf der andere abzielte.
»Während der ersten paar Monate wird riesig verdient werden. Ganz Europa war jahrelang von allen Erzeugnissen des Auslandes abgeschnitten. Jetzt, in diesem Augenblick zahlt man für ein Pfund echten Bohnenkaffee mehr als hundert Franken.«
Endlich deckte Lebrun seine Trümpfe auf, allerdings mehr unfreiwillig als

aus freien Stücken. Sein Gesicht zeigte nämlich plötzlich einen Ausdruck habsüchtiger Gier, der Hornblower vieles verriet.
»Alles das ist völlig klar«, sagte Hornblower zurückhaltend.
»Eine Firma, die auf den Frieden gut vorbereitet wäre und ihre Läger bis unters Dach mit sofort verfügbaren Kolonialwaren aufgefüllt hätte, könnte ein glänzendes Geschäft machen, sie würde jede Konkurrenz weit überflügeln. Millionen wären da zu verdienen, Millionen!« Lebrun träumte wahrscheinlich von der Möglichkeit, einige dieser Millionen für die eigene Tasche zu retten.
»Ich habe leider sehr viel zu tun, Monsieur«, sagte Hornblower, »wollen Sie daher die Güte haben, zur Sache zu kommen.«
»Seine Majestät von Großbritannien wird es vielleicht seinen Freunden gnädigst gestatten, rechtzeitig solche Vorbereitungen zu treffen«, sagte Lebrun. Die Worte kamen ihm langsam über die Lippen, das war nur zu verständlich, denn sie kosteten ihm den Hals unter der Guillotine, wenn Bonaparte das Geringste davon erfuhr. Lebrun war also bereit und im Begriff, um geschäftlicher Vorteile willen seinen Kaiser und sein Reich zu verraten.
»Dazu müssen diese Freunde Seiner Majestät vorher den unwiderleglichen Beweis liefern, daß sie *wirklich* seine Freunde sind.«
»Also ein quid pro quo«, sagte Lebrun und setzte damit Hornblower zum erstenmal während dieser Unterredung in Verlegenheit – die lateinischen Worte klangen im Munde des Franzosen so völlig ungewohnt, daß er zunächst in seinem ganzen Wortschatz nach der Bedeutung dieses seltsamen Ausdrucks suchen mußte, ehe er endlich begriff.
»Ja, ich sehe Ihrem Angebot entgegen, Monsieur«, sagte Hornblower mit feierlicher Würde, »mache Sie aber darauf aufmerksam, daß ich außerstande bin, Ihnen Gegenversprechungen zu machen. Die Regierung Seiner Majestät wird es wahrscheinlich ablehnen, sich in irgendeiner Form zu binden.«
Wie gut es ihm auf einmal gelang, Gehaben und Redeweise dieser Diplomaten nachzuahmen! Sein hochmögender Schwager Wellesley hätte auch nicht anders gesprochen. Vielleicht benahm sich jeder Mensch so, sobald er sich mit hoher Politik befaßte. In diesem Falle war es jedenfalls ganz nützlich, weil es ihm half, seine Spannung zu verbergen.
»Ein quid pro quo«, wiederholte Lebrun nachdenklich. »Setzen wir einmal den Fall, die Stadt Le Havre kündigte dem Kaiser die Treue und erklärte sich für Ludwig XVIII?«
Der Gedanke an eine solche Möglichkeit war Hornblower eben noch durch den Kopf geschossen, er hatte ihn aber gleich wieder fallenlassen. So etwas wäre zu schön gewesen, um wahr zu sein.

»Gut, gesetzt den Fall, das würde geschehen, was dann?« meinte er vorsichtig.
»Das Beispiel der einen Stadt zöge andere nach sich. Es könnte eine Lawine ins Rollen bringen. Und Bonaparte würde diesen Schlag nicht überdauern.«
»Er hat schon viele Schläge überdauert.«
»Aber keinen wie diesen. Wenn sich Le Havre für den König erklärte, dann würde es damit zum Verbündeten Englands und könnte nicht länger der Blockade unterworfen bleiben. Sollte es dennoch der Fall sein, dann könnte wenigstens die Firma Momas Frères eine besondere Erlaubnis zur Einfuhr von Waren erwirken. Meinen Sie nicht auch?«
»Das ist wohl möglich. Aber denken Sie daran, daß ich Ihnen nichts versprechen kann.«
»Und wenn Ludwig XVIII. wieder den Thron seiner Väter innehat, dann wird er in Gnaden derer gedenken, die sich als erste für seine Sache entschieden haben«, sagte Lebrun. »Vielleicht kann der Adjoint des Herrn Baron Momas dann noch auf eine große Laufbahn hoffen.«
»Darüber hege ich nicht den geringsten Zweifel«, gab Hornblower zu, »aber Sie haben mir bis jetzt nur von Ihren eigenen Empfindungen und Meinungen berichtet. Sind Sie denn sicher, daß Monsieur le Baron genauso denkt wie Sie? Und dann, wie immer Monsieur le Baron sich entscheiden mag, welche Sicherheit hat er dafür, daß die Stadt seiner Entscheidung folgt?«
»Für den Baron kann ich mich verbürgen, Monsieur, verlassen Sie sich darauf. Ich kenne seine Ansichten, ich weiß genau, wie er denkt.«
Vermutlich hatte Lebrun seinem Herrn im Auftrag der Kaiserlichen Regierung nachspioniert und trug jetzt keine Bedenken, die so erworbenen Kenntnisse in ganz anderer Weise zu verwerten, weil er sich davon größeren Nutzen versprach.
»Aber die Stadt? Und die anderen Behörden?«
»An dem Tag, an dem Sie mich gefangennahmen, Sir«, sagte Lebrun, »trafen aus Paris ein paar Muster eines Aufrufs und die Aushängebogen mit den neuesten Kaiserlichen Dekreten ein. Wir mußten den Aufruf drucken lassen – es war meine letzte Amtshandlung, den Auftrag dazu zu vergeben. Kommenden Montag wird er angeschlagen werden, und gleichzeitig sind die Dekrete zu veröffentlichen.«
»Schön, und was weiter?«
»Es handelt sich um die brutalste Maßnahme in der brutalen Geschichte unseres Kaiserreiches. Aushebung! – Erfassung des restlichen Rekrutenjahrgangs 1815, Nachprüfung aller früheren Jahrgänge bis 1802. Sieb-

zehnjährige Knaben, Krüppel, Invaliden, Familienväter, auch solche, denen es gelungen war, sich freizukaufen, kurz, alle werden eingezogen.«

»Frankreich muß sich doch mit der Zeit an diese fortwährenden Aushebungen gewöhnt haben.«

»O nein, Sir, im Gegenteil, Frankreich hat sie gründlich satt. Ich bin dienstlich über die Zahl der Deserteure unterrichtet und weiß, mit welcher Strenge man gegen sie vorgeht. Aber es geht ja nicht allein um die Aushebungen, die anderen Erlasse sind fast noch rücksichtsloser. Diese Steuern! Direkte Steuern, indirekte Steuern, Droits Réunis, und wie sie sonst noch alle heißen! Diejenigen von uns, die den Krieg heil überstehen, sind Bettler.«

»Und Sie glauben, die Veröffentlichung dieser Dekrete werde eine so starke Unzufriedenheit hervorrufen, daß es wirklich zum Aufstand kommt?«

»Das vielleicht nicht, aber sie böte dem entschlossenen Führer eine glänzende Handhabe.«

Dieser Lebrun war ein schlauer Fuchs – seine letzte Bemerkung war klug und wahrscheinlich richtig.

»Wie werden sich die anderen Spitzen der Stadt dazu stellen? Der Militärgouverneur? Der Präfekt des Departements?«

»Ein Teil von ihnen ist sicher. Ich kenne ihre Einstellung genauso wie die des Barons Momas. Und die anderen – nun, ein Dutzend rechtzeitiger, mit einem Schlag durchgeführter Verhaftungen, ein Aufruf an die Truppen in den Kasernen, die Ankunft britischer Streitkräfte (die Ihrigen, Sir!), ein herzlich gehaltener Appell an die Bevölkerung, die Verkündigung des Belagerungszustandes, die Schließung der Tore, und alles ist überstanden. Le Havre ist, wie Sie wohl wissen, gut befestigt und könnte nur von einer Armee eingenommen werden, die über schwere Belagerungsartillerie verfügt. Bonaparte hat weder das eine noch das andere frei. Die Nachricht aber von diesem Schlag würde trotz aller Versuche Bonapartes, sie zu unterdrücken, wie ein Sturmwind bis in die letzten Winkel des Kaiserreiches dringen.«

Man mochte über die Moral dieses Lebrun denken, wie man wollte, jedenfalls hatte er Einfälle und Phantasie. Das war ein richtiger Coup d'État, den er da mit wenigen Worten skizziert hatte. War ein solcher Versuch erfolgreich, dann mußte er Wirkungen von großer Tragweite zeitigen. Ja die staatsbürgerliche Treue erhielt im ganzen Kaiserreich selbst dann einen empfindlichen Stoß, wenn er fehlschlug. Verrat war immer ansteckend, es war so, wie Lebrun gesagt hatte. Ratten hatten es stets eilig, dem Beispiel eines Leittieres zu folgen, wenn es galt, ein sinkendes Schiff zu verlassen. Im Grunde war auch schlimmstenfalls wenig zu verlieren, wenn er auf Lebruns Absichten einging, dagegen ergab sich daraus unter Umständen ein außerordentlicher Gewinn.

»Monsieur«, sagte Hornblower, »ich habe Sie bis jetzt geduldig angehört, aber Sie haben mir keine greifbaren Vorschläge gemacht. Worte, nebelhafte Ideen, Hoffnungen, Wünsche, das war alles, was ich von Ihnen zu hören bekam. Ich bin, wie gesagt, ein schwerbeschäftigter Mann. Kommen Sie also bitte endlich zu klaren Vorschlägen, und fassen Sie sich so kurz, wie es Ihnen irgend möglich ist.«

»Gut. Hören Sie meinen Vorschlag. Setzen Sie mich an Land – als Vorwand könnte ein Auftrag zu Verhandlungen über den Austausch der Gefangenen dienen. Ermächtigen Sie mich, Monsieur le Baron Ihre augenblickliche Unterstützung zuzusagen. In den drei Tagen, die mir bis zum nächsten Montag noch zur Verfügung stehen, kann ich alle nötigen Vorbereitungen treffen. Sie halten sich bis dahin in unmittelbarer Nähe, und zwar mit allen Streitkräften, die Ihnen zur Verfügung stehen. Wenn wir uns der Zitadelle bemächtigt haben, heißen wir dort die weiße Flagge. Sobald Sie dies sehen, laufen Sie so schnell wie möglich ein. Das allein wird genügen, um alle, die etwa anderer Meinung sind, zur Räson zu bringen. Als Gegenleistung dafür – nichts als eine Lizenz zur sofortigen Einfuhr von Kolonialwaren für die Firma Momas Frères und Ihr Ehrenwort als Gentleman, daß Sie König Ludwig davon unterrichten werden, daß ich, Hercule Lebrun, Ihnen dieses Unternehmen als erster vorgeschlagen habe.«

Hornblower machte nichts als: »Ha-Hm.« Seit ihn seine Frau damit aufzog, suchte er diesen Laut geflissentlich zu unterdrücken, aber in diesem kritischen Augenblick entfuhr er ihm eben doch. Er mußte unbedingt nachdenken, und dazu brauchte er unbedingt Zeit. Da er nicht mehr gewohnt war, Französisch zu sprechen, hatte ihn die lange Unterredung eben angestrengt. Er rief mit erhobener Stimme nach dem Posten vor der Tür: »Befehl an den Wachhabenden: Der Gefangene hier soll wieder abgeholt werden.«

»Sir!« wollte Lebrun aufbegehren.

»Binnen einer Stunde hören Sie meine Entscheidung«, sagte Hornblower. »Inzwischen kann ich Sie, schon um den Schein zu wahren, nicht besser behandeln als die anderen.«

»Sir! Bitte denken Sie daran, Schweigen zu wahren! Um Gottes willen verraten Sie kein Wort!«

Lebrun wußte genau, warum er so auf Geheimhaltung erpicht war. Es war gewiß kein Kinderspiel, gegen einen Machthaber vom Schlage Bonapartes einen Aufruhr anzuzetteln. Hornblower machte sich das klar, während er an Deck stieg. Im Auf- und Abgehen schlug er sich dann alle nebensächlichen Probleme aus dem Kopf und befaßte sich nur noch mit dieser einen Frage, die von allen die wichtigste war.

9

Noch wehte die Trikolore über der Zitadelle von Le Havre, der Festung Ste. Adresse. Hornblower konnte sie durch sein Glas ausmachen; er stand an Deck der *Flame*, die sich unter gekürzten Segeln eben außerhalb der Reichweite der Küstenbatterien hielt. Er war unwiderruflich entschlossen, Lebruns Vorhaben zu unterstützen.

Eben gab er sich wieder einmal – zum wievieltausendsten Male? – die Versicherung, daß er dabei kaum viel verlieren, aber jedenfalls, und zwar ohne Rücksicht auf den Ausgang des Unternehmens, eine Menge gewinnen konnte. Was dabei auf dem Spiele stand, war höchstens das Leben Lebruns und – vielleicht – das Ansehen des Kapitäns Hornblower. Der Himmel allein mochte wissen, was die Leute in Whitehall und Downing Street sagten, wenn sie von dieser Geschichte erfuhren. Bisher hatte sich ja noch niemand Gedanken darüber gemacht, wer Frankreich regieren sollte, wenn Bonaparte einmal gefallen war, jedenfalls war man sich über eine Wiedereinsetzung der Bourbonen keineswegs einig. Die Regierung konnte es außerdem ablehnen, die Zusage einzulösen, die er Lebrun wegen der Einfuhrlizenzen gegeben hatte. Sie konnte eines Tages stolz verkünden, daß sie nicht die Absicht habe, die Ansprüche Ludwigs XVIII. anzuerkennen. Er war sich völlig im klaren darüber, daß man ihm wegen der Mehrzahl der Maßnahmen, die er seit der Wegnahme der *Flame* getroffen hatte, tüchtig auf die Finger klopfen konnte.

Er hatte zum Beispiel seine Vollmachten dazu benutzt, vierzig Meuterer, mit anderen Worten, alle Matrosen und Schiffsjungen, die zur Besatzung der *Flame* gehörten, kurzerhand zu begnadigen. Zur Rechtfertigung dieses Schrittes konnte er nur seine Zwangslage anführen. Er hätte nämlich jeden verfügbaren Mann allein dazu gebraucht, die Meuterer und die gefangenen Franzosen unter gehöriger Bewachung zu halten und die beiden Prisen mit Besatzungen auszustatten. Dann wären ihm nicht einmal genug Leute übriggeblieben, um die beiden Briggs sicher über See zu bringen, geschweige denn eine neue Unternehmung einzuleiten. Diese Schwierigkeiten hatte er sich durch ein paar kurzerhand gefaßte Entschlüsse vom Hals geschafft. Die Franzosen wurden samt und sonders unter der Parlamentärflagge mit der *Bonne Célestine* an Land gebracht. Lebrun hatte den unverdächtigen Auftrag, sich um ihren Austausch zu bemühen. Der Indienfahrer hatte so wenig Besatzung bekommen, wie eben noch zu verantworten war, und war mit Depeschen an Pellew und das Kanalgeschwader unterwegs. Auf diese Weise war es ihm möglich gewesen, die beiden Briggs mit ausreichender Besatzung unter seinem Kommando an Ort und Stelle zu behalten. Auch Chadwick war er gut losgeworden. Er hatte ihn mit der Überbringung der Depeschen und der Führung des Indienfahrers betraut. Chadwick war nach zwei Wochen Haft und ständiger Drohung mit dem Strick als bleicher Mann aus dem dunklen Verlies der *Flame* aufgetaucht. Man konnte nicht gerade behaupten, daß seine rotumränderten Augen vor Freude strahlten, als er feststellen mußte, daß er seine Befreiung ausgerechnet dem jungen Hornblower zu verdanken hatte, der einst in der Kadettenmesse der *Indefatigable* noch jünger gewesen war als er und jetzt so unendlich, so unerreichbar weit über ihm stand. Chadwick hatte wohl ein bißchen – aber wirklich nur ein klein wenig – aufgemuckt, als er seine Befehle erhielt. Er hatte die Depeschen wortlos auf der Hand gewogen, wahrscheinlich hätte er nur zu gern gewußt, was über ihn selbst darin geschrieben stand. Aber dann behielt doch die Klugheit – oder war es die Macht der Gewohnheit? – bei ihm die Oberhand. Er sagte nichts als: »Aye, aye, Sir«, und wandte sich zum Gehen.

In diesem Augenblick waren die Depeschen gewiß schon in Pellews Hand oder gar, nach dem dieser davon Kenntnis genommen hatte, bereits auf dem Wege nach Whitehall. Der Indienfahrer hatte ja günstigen Wind gehabt, um das Kanalgeschwader vor Start Point zu erreichen, und die von ihm beantragten Verstärkungen fanden die gleiche gute Gelegenheit, um zu ihm zu stoßen. Pellew ließ ihn damit gewiß nicht im Stich, das wußte er genau. Es war nun fünfzehn Jahre her, seit sie sich zuletzt gesehen hatten, und fast zwanzig Jahre, seit Pellew ihn auf der *Indefatigable* zum Leutnant befördert hatte. Heute war Pellew Admiral und Geschwaderchef und er selbst Kommodore. Aber Pellew war bestimmt auch heute noch der gleiche treue Freund und hilfsbereite Kamerad, der er stets gewesen war.

Hornblower warf einen Blick nach See zu. Am dunstigen Horizont erkannte man undeutlich die Umrisse der *Porta Coeli,* die dort draußen kreuzte. Sie sollte die Verstärkungen anhalten, ehe sie in Sicht der Küste kamen, weil er keine Veranlassung hatte, die Behörden in Le Havre auf die Vermutung zu bringen, daß irgend etwas Besonderes los sei. Im Grunde war die Vorsicht wohl überflüssig, denn England hatte es sich noch immer angelegen sein lassen, dem Feind seine Seemacht in möglichst eindrucksvoller Weise vor Augen zu führen und die feindliche Küste als die eigentliche Front des Seekrieges zu betrachten. So war es auch für die Bürger von Le Havre gar nichts Besonderes, daß die *Flame* hier, unmittelbar vor ihrer Nase, die englische Kriegsflagge zeigte. Unter diesen Umständen trug Hornblower natürlich keine Bedenken, sich so nahe der Stadt zu halten, daß er die Trikolore auf der Zitadelle mit dem Glas deutlich erkennen konnte.

»Daß mir gut auf Signale von der *Porta Coeli* geachtet wird!« ermahnte er den Fähnrich der Wache in scharfem Ton.

»Aye, aye, Sir.«

Die *Porta Coeli*, das Himmelstor – die Männer nannten sie Silly Porter. Ein seltsamer Name! Hornblower erinnerte sich dunkel, einmal von einem Gefecht gelesen zu haben, das dazu Veranlassung gegeben hatte, diesen Namen in die Schiffsliste der Navy aufzunehmen. Die erste *Porta Coeli* war ein spanisches Kaperschiff gewesen – wahrscheinlich nicht viel mehr als ein Pirat –, das vor Havanna weggenommen worden war. Sie hatte sich so verbissen zur Wehr gesetzt, daß man beschlossen hatte, zum Andenken an dieses Gefecht ein englisches Schiff auf ihren Namen zu taufen. Übrigens waren die meisten ausländischen Schiffsnamen in der englischen Marineliste, wie *Tonnant* oder *Téméraire*, gleichfalls auf solche Gefechte zurückzuführen. Wenn der Krieg lange genug gedauert hatte, dann gab es zuletzt in der Navy mehr Schiffe mit ausländischen als mit englischen Namen, und bei den gegnerischen Marinen ergab sich womöglich das umgekehrte Bild. Schon jetzt verzeichnete ja die französische Marine mit Stolz eine *Swiftsure*, und vielleicht hatten die Amerikaner künftig eine *Macedonian* in ihrer Liste. Von einer französischen *Sutherland* war Hornblower bis jetzt allerdings noch nichts zu Ohren gekommen – bei diesem Gedanken durchfuhr ihn ein schmerzender Stich. Er schob den Kieker mit einem Ruck zusammen, drehte sich auf dem Absatz um und begann schnell auf und ab zu gehen, als wollte er den Erinnerungen entfliehen, die ihn plötzlich bestürmten. Er dachte nicht gern an die Übergabe der *Sutherland*, obwohl ihn das Kriegsgericht doch so glänzend freigesprochen hatte. Es war merkwürdig, die Scham, die er über dieses Ereignis empfand, wurde im Verlauf der Zeit nicht etwa geringer, sondern immer größer und bitterer. Und dann rief der Kummer über die *Sutherland* unweigerlich die Erinnerung an Maria wach, die nun schon fast drei Jahre in ihrem Grabe ruhte. Er dachte an jene Zeit der Armut und der Verzweiflung, an seine billigen, tombakenen Schuhschnallen und an sein liebevolles Mitgefühl für die gute Maria, jenen elenden, armseligen Ersatz für die echte, die wahre Liebe. Dabei fand er, daß ihm diese Erinnerungen bitter weh taten. Die ganze Vergangenheit wurde in seiner Vorstellung wieder lebendig, sie stand aus dem Grabe auf, und das war genauso schauderhaft, wie wenn eine Leiche plötzlich wieder zum Leben erwachte. Er dachte an Maria, wie sie leise schnarchend an seiner Seite schlief, er erinnerte sich an den sauren Geruch ihres Haares. Seine Maria war ein Mensch ohne

Takt und ohne Verstand gewesen, aber er hatte sie trotz allem gern gehabt, so wie man ein Kind leiden mag. Dennoch hatte sie ihm nicht annähernd das bedeutet, was ihm jetzt sein Richard war. Er zitterte förmlich unter der Gewalt der Bilder, die er beschworen hatte, da verblaßten sie ganz unversehens, und an ihre Stelle trat die Gestalt Marie de Graçays. Welcher Teufel ritt ihn, jetzt an *sie* zu denken, an die vorbehaltlose Liebe, die sie ihm geschenkt, an ihre Wärme, ihre Zärtlichkeit, ihr blitzschnelles Verständnis für jede seiner Stimmungen? War er von Sinnen, sich jetzt nach dieser anderen zu sehnen wie ein Verhungernder nach Speise, obwohl er doch eine treue, verständnisvolle Frau besaß, deren Armen ihn der Dienst erst vor kaum einer Woche entführt hatte?

Er versuchte mit Gewalt an Barbara zu denken, umsonst, alle Vorstellungen von ihr, die er beschwor, wurden sofort durch das Bild Marias verdrängt. Da war es noch besser, sich weiter mit der Übergabe der *Sutherland* zu quälen. So schritt Hornblower an diesem trüben, frostigen Wintertag an Deck der *Flame* auf und nieder, und die Geister der Vergangenheit wichen ihm nicht von der Seite. Wenn die Männer sein grimmiges Gesicht sahen, vermieden sie es noch ängstlicher als sonst, seinen Weg zu kreuzen. Aber die meisten von ihnen vermuteten doch nichts anderes, als daß ihr Hornblower eben dabei war, wieder irgendeine neue Teufelei gegen die Franzosen auszuhecken.

Erst am Spätnachmittag kam die ersehnte Unterbrechung.

»Signal von der *Porta Coeli*, Sir! Achtzehn – einundfünfzig – zehn, das heißt: eigene Schiffe in Sicht in Nordwest.«

»Danke sehr. Fragen Sie: ›Wie heißen die Schiffe?‹«

Das mußte die Verstärkung sein, die Pellew für ihn abgeteilt hatte. Die Signalgäste griffen nach den Flaggen und holten an den Leinen.

Es dauerte mehrere Minuten, bis der Fähnrich der Wache die Antwort niedergeschrieben hatte und ihre Bedeutung in der Schiffsliste nachsehen konnte.

»*Nonsuch*, 74 Geschütze, Kapitän Bush, Sir.«

»Herrgott, Bush!«

Dieser freudige Ausruf war ihm ganz unwillkürlich entfahren, der bloße Gedanke an die handfeste Gestalt seines alten, treuen Freundes, der da eben erst an der Kimm auftauchte, schlug wie das Weihwasser der Kirche das ganze Teufelspack in die Flucht, das ihm gerade im Nacken saß. Das war echt Pellew, daß er ihm von allen verfügbaren Kommandanten gerade Bush sandte, weil er um die alte Freundschaft wußte, die ihn mit Hornblower verband.

»*Camilla*, 36 Geschütze, Kapitän Howard, Sir.«

Howard war ihm nicht bekannt. Er blätterte in der Rangliste. Da stand er: Kapitän zur See, mit einem Rangdienstalter von noch nicht zwei Jahren. Wahrscheinlich war Pellews Wahl auf ihn gefallen, weil er jünger war als Bush.

»Danke sehr. Antworten Sie: ›Kommodore an . . .‹«

»Verzeihung, Sir, die *Porta* signalisiert weiter: ›Haben – an Bord – dreihundert Seesoldaten – über Besatzungsstärke‹.«

Bravo, Pellew! Er hatte wahrhaftig sein Geschwader von Seesoldaten entblößt, um Hornblower eine Truppe zur Verfügung stellen zu können, mit der sich etwas anfangen ließ. Wenn er den Zug Seesoldaten der *Nonsuch* und eine Abteilung Matrosen dazurechnete, dann hatte er jetzt ein Landungskorps von rund fünfhundert Mann, um in Le Havre einzumarschieren, sobald sich die Gelegenheit dazu bot.

»Danke sehr. Geben Sie jetzt: ›Kommodore an *Nonsuch* und *Camilla*: Hocherfreut, Sie unter meinem Kommando zu wissen‹.«

Hornblower sandte wieder einen spähenden Blick nach Le Havre hinüber. Dann sah er sich prüfend den Himmel an, schätzte die Windstärke, dachte an den Stand der Tide und rechnete sich aus, wann die Nacht anbrach. Drüben in der Stadt mußte Lebrun heute nacht losschlagen, wenn aus dem Plan überhaupt etwas werden sollte. Auch er mußte also bereit sein zu handeln.

»Geben Sie: ›Kommodore an alle Schiffe: Nach Dunkelwerden heranschließen. Nachterkennungssignal: Zwei Laternen nebeneinander an der Fockrahe‹.«

»– an – der – Fockrahe. Aye, aye, Sir«, wiederholte der Fähnrich, während er das Signal mit dem Griffel auf die Schiefertafel kritzelte.

Es war schön, Bush wiederzusehen, seine Hand zur Begrüßung zu schütteln, als er im Dunkel der Nacht das Deck der *Flame* betrat. Es war eine reine Freude, mit Bush und Howard und Freeman in der stickigen, kleinen Kajüte zusammenzusitzen und ihnen Pläne und Absichten für den kommenden Tag zu entwickeln. Es wirkte wunderbar befreiend, nach all der grauenhaften, selbstzerfleischenden Innenschau von vorhin wieder einen neuen Schlag gegen den Feind planen zu dürfen. Bush sah ihn mit seinen tiefliegenden Augen lange und prüfend an.

»Sie haben sich schon wieder viel zugemutet, Sir, seit Sie sich eingeschifft haben.«

»Ja, natürlich«, meinte Hornblower.

Die letzten Tage und Nächte waren für ihn wirklich eine einzige Hetzjagd gewesen, auch nach der Wegnahme der *Flame* hatte die Plackerei kein Ende gehabt, die Umorganisation, die Beratungen mit Lebrun, die Abfassung der Depeschen und Berichte, alles das hatte ihn unausgesetzt in Atem gehalten.

»Entschuldigen Sie meine Offenheit, Sir, aber ich fürchte, daß es zuviel für Sie war«, fuhr Bush fort. »Sie sind noch nicht genügend erholt, um wieder Dienst zu machen.«

»Das ist ja Unsinn, was Sie da sagen«, protestierte Hornblower. »Ich habe doch fast ein Jahr Urlaub hinter mir.«

»Krankenurlaub, Sir. Nach dem Typhus. Und jetzt . . .«

»Und jetzt«, fiel ihm Howard, ein hübscher, dunkelhaariger, jung aussehender Mann, eifrig ins Wort, »was haben Sie in den wenigen Tagen schon wieder alles geleistet: Ein Schiff aus dem feindlichen Hafen geholt, ein siegreiches Seegefecht geführt, drei Prisen weggenommen, zwei Fahrzeuge versenkt, ein Landungsunternehmen geplant, einen mitternächtlichen Kriegsrat abgehalten.«

Da stieg in Hornblower plötzlich der Ärger auf.

Er blickte finster von einem zum anderen und fragte dann:

»Was wollen Sie eigentlich, meine Herren? Wollen Sie mir etwa klarmachen, daß ich nicht mehr diensttauglich bin?«

Seine gereizte Stimmung machte sie sofort schüchtern.

»Nein, Sir«, sagte Bush.

»Dann behalten Sie bitte Ihre Ansichten für sich.«

Der arme Bush. Dabei hatte er sich doch nur voll ehrlicher Besorgnis nach der Gesundheit seines Freundes erkundigen wollen. Das wußte Hornblower auch ganz genau und war sich obendrein völlig im klaren darüber, wie unanständig es von ihm war, Bush für die Stunden des Elends büßen zu lassen, die er heute durchlitten hatte. Und doch konnte er der Versuchung des Augenblicks nicht widerstehen. Noch einmal blickte er von einem zum anderen und zwang sie alle, ihre Augen niederzuschlagen. Aber kaum hatte er das getan, kaum hatte er sich das armselige bißchen Genugtuung verschafft, das aus einer solchen Machtprobe zu gewinnen war, da reute ihn sein ganzes Benehmen, und er versuchte, es nach Kräften wiedergutzumachen.

»Meine Herren«, sagte er, »ich habe meine Worte eben nicht genügend überlegt. Wenn wir morgen miteinander ins Gefecht gehen, dann müssen wir einander unbegrenztes Vertrauen schenken. Können Sie mir also verzeihen?«

Ihre Antwort war ein verlegenes Gemurmel. Bush war über die Maßen erstaunt, eine solche Entschuldigung von einem Manne zu hören, der für seine Begriffe das Recht hatte, jedem ins Gesicht zu sagen, was er wollte.

»Ich hoffe, Sie haben alle verstanden, was ich morgen erreichen will — vorausgesetzt, daß wir morgen angreifen«, fuhr Hornblower fort.

Sie nickten, und ihre Blicke wanderten nach der Karte, die vor ihnen ausgebreitet lag.

»Keine Fragen mehr?«
»Nein, Sir.«
»Ich weiß, daß der ganze Plan nicht viel mehr ist als ein skizzenhafter Entwurf. Unvorhergesehene Zufälle, plötzliche Schwierigkeiten können nicht ausbleiben. Kein Mensch kann im voraus wissen, was geschehen wird. Eines nur weiß ich genau, die Schiffe dieses Geschwaders werden unter allen Umständen in einem Geiste geführt werden, der unserer stolzen Flotte Ehre macht. Daran vermag ich keinen Augenblick zu zweifeln, denn Kapitän Bush und Mr. Freeman haben sich schon oft genug unter meinen Augen als tapfere, entschlossene Männer bewährt, und auch über Kapitän Howard habe ich sehr viel Rühmliches gehört. Mit unserem Angriff auf Le Havre beginnen wir ein neues Blatt, nein, schreiben wir ein neues Kapitel der Geschichte der Tyrannei.«
Sie freuten sich sichtlich über seine Worte, deren Aufrichtigkeit sie unmöglich bezweifeln konnten, da sie ihm wirklich von Herzen gekommen waren. Als er ihrem Blick begegnete, lächelten sie. Maria hatte zu ihren Lebzeiten für jene angenehmen Lobreden, die den Zweck hatten, denjenigen, an den sie gerichtet waren, in gute Stimmung zu versetzen, einen merkwürdigen Vergleich. Sie nannte sie »Zucker für die Vögelchen«. Auch seine letzten Sätze eben waren nicht viel anderes gewesen »als Zukker für die Vögelchen«, und doch war jedes Wort davon völlig aufrichtig gewesen. Nein, doch nicht jedes, denn über die Fähigkeiten und Leistungen Howards wußte er in Wirklichkeit so gut wie nichts. In diesem Punkt hatte er also wirklich nur leere Phrasen gemacht. Aber seinen Zweck hatte er jedenfalls erreicht.
»Damit wäre der dienstliche Teil unseres Zusammenseins beendet, meine Herren. Wie wollen wir uns den Abend nun weiter vertreiben? Womit kann ich Ihnen eine Freude machen? Kapitän Bush wird noch wissen, daß wir früher am Abend vor einem Gefecht immer Whist gespielt haben. Er macht sich allerdings nicht viel aus Whist, nicht wahr?«
Das war sehr gelinde ausgedrückt. Whist spielen war für Bush eine Strafe, aber er nickte mit gutmütigem Grinsen zu Hornblowers lustiger Stichelei, und es war rührend zu beobachten, wie er sich darüber freute, daß Hornblower sich jener Eigenheit noch so gut erinnerte.
»Sie sollten Ihre Nachtruhe haben, Sir«, sagte er, und sprach dabei als Ältester gleichzeitig im Namen der beiden anderen Kommandanten, die ihn durch einen stummen Blick dazu aufgefordert hatten.
»Ich sollte eigentlich auf mein Schiff zurück, Sir«, unterstützte ihn Howard.
»Ich auch, Sir«, fiel Freeman ein.
»Nein, nein, ich lasse Sie noch nicht weg«, widersprach Hornblower.

Freeman entdeckte auf dem Regal an der Schottwand ein Spiel Karten.
»Ich möchte Ihnen allen noch schnell die Karten legen, ehe wir uns verabschieden«, schlug er vor. »Meine Großmutter, die Zigeunerin, hat mich diese Kunst gelehrt, Sir. Ich habe noch nicht alles vergessen, was ich von ihr erfuhr.«
So stimmte es also doch, daß Freeman Zigeunerblut in den Adern hatte. Angesichts seiner dunklen Haut und einer kohlschwarzen Augen hatte Hornblower längst etwas Derartiges vermutet. Aber nun war er doch etwas verblüfft, wie unbekümmert sich Freeman dazu bekannte.
»Ja, legen Sie Sir Horatio die Karten«, sagte Bush.
Freeman mischte mit gewandten Fingern, danach legte er das Päckchen Karten auf den Tisch, ergriff Hornblowers Hand und legte sie darauf.
»Heben Sie bitte dreimal ab, Sir.«
Hornblower machte den ganzen Hokuspokus geduldig mit, hob ab, hob wieder ab, während Freeman dazwischen mischte. Endlich nahm Freeman die Karten auf und begann, sie offen auf den Tisch auszulegen.
»Diese Seite bedeutet die Vergangenheit«, erklärte er, während er das verwickelte Bild prüfend überblickte, »und jene die Zukunft. Hier, im Vergangenen, steht vieles zu lesen. Da sehe ich Reichtum, Gold, dann sehe ich Gefahr, Gefahr und wieder Gefahr. Und Gefängnis, zweimal Gefängnis, Sir. Dann ist da eine dunkle Frau. Und eine blonde Frau. Und Reisen, Reisen über See.«
Freeman redete mit der Gewandtheit eines richtigen Wahrsagers. Er rasselte seine ganze Weisheit herunter, ohne eine Pause zu machen, ohne Atem zu holen. Was sich dabei ergab, war eine hübsche Übersicht über Hornblowers Laufbahn. Hornblower hörte ihm mit Vergnügen dabei zu und staunte aufrichtig über die Zungenfertigkeit, die er entwickelte. Was Freeman sagte, konnte allerdings jeder sagen, der von seiner Vergangenheit etwa das wußte, was der allgemeinen Kenntnis zugänglich war. Nur einmal, als er kurz auf die tote Maria anspielte, zuckte er ärgerlich mit den Brauen, aber er lächelte gleich wieder, als Freeman rasch darüber hinwegglitt und alsbald auf seine Erlebnisse in der Ostsee zu sprechen kam. Dabei redete er nicht etwa seine Alltagssprache, sondern echten Zigeunerjargon, und das mit solcher Gewandtheit, daß es eine Freude war, ihm zuzuhören.
»Hier ist auch noch eine Krankheit, Sir«, schloß er, »eine sehr gefährliche Krankheit, von der Sie erst vor kurzem wieder genesen sind.«
»Erstaunlich!« sagte Hornblower mit gespielter Bewunderung. Im Vorgefühl eines Kampfes entwickelte Hornblower immer seine besten menschlichen Eigenschaften. So begegnete er auch jetzt seinem jungen Untergebe-

nen mit einer Wärme und Herzlichkeit, die ihm unter gewöhnlichen Umständen nie zu Gebote gestanden hätten.

»Ja, das ist weiß Gott erstaunlich, Sir«, sagte Bush.

Hornblower mußte sich darüber wundern, daß Bush sich so beeindruckt zeigte. Daß Freeman es so leicht vermocht hatte, ihn durch geschickte Verwertung seiner Kenntnisse über Hornblowers Vergangenheit an der Nase herumzuführen, erklärte allerdings manchen billigen Erfolg, den die Scharlatane bei harmlosen Menschen davontrugen.

»Und wie steht es mit der Zukunft?« fragte Howard. Hornblower stellte mit einiger Erleichterung fest, daß wenigstens Howard den Unsinn nicht so ernst nahm.

»Ja, die Zukunft«, begann Freeman wieder und betrachtete die andere Hälfte der aufgelegten Karten, während er mit den Fingern auf den Tisch trommelte. »Die Zukunft birgt stets mehr Geheimnisse als die Vergangenheit. Ich sehe eine Krone, eine goldene Krone.«

Er ordnete ein paar Karten um.

»Doch, es ist eine Krone, wie man es auch versuchen mag.«

»Haha! Horatio I., König der Kannibaleninseln«, lachte Hornblower. Hätte es noch eines Beweises für seine milde Gemütsverfassung bedurft, dann hätte ihn dieser Scherz mit dem eigenen Namen geliefert – das war nämlich ein Punkt, in dem er sonst ganz besonders empfindlich war.

»Und hier ist wieder Gefahr. Gefahr und eine blonde Frau. Die beiden gehen Hand in Hand ... Gefahr wegen einer blonden Frau ... Gefahr *mit* einer blonden Frau. Hier sind Gefahren aller Art, Sir. Ich möchte Ihnen raten, sich vor blonden Frauen sehr in acht zu nehmen.«

»Diesen Rat braucht man wirklich nicht aus den Karten herauszulesen«, sagte Hornblower.

»Die Karten sagen manchmal die Wahrheit«, antwortete Freeman und blickte ihn dabei mit seinen glitzernden Augen seltsam durchdringend an.

»Eine Krone, eine blonde Frau, Gefahr«, wiederholte Hornblower, »und was sonst?«

»Mehr kann ich nicht finden, Sir«, sagte Freeman und schob die Karten zusammen.

Howard zog eine große, silberne Uhr aus der Tasche.

»Wenn uns Freeman verraten hätte, ob wir morgen auf der Zitadelle die weiße Flagge sehen werden oder nicht«, sagte er, »dann hätten wir diesen so angenehmen Abend unter Umständen gern noch verlängert. So aber muß ich unbedingt noch meine Befehle geben.«

Hornblower war ehrlich betrübt, als sie ihn verließen. Er stand an Deck der *Flame* und sah, wie ihre Gigs allmählich im Dunkel der Winternacht verschwanden, während die Pfeife des Bootsmannsmaaten gerade die Mittelwache an Deck rief. Es war schneidend kalt, das fühlte man besonders, wenn man aus der heißen Stickluft der Kammer kam. Vielleicht kam es von dieser Kälte, daß Hornblower plötzlich seine Einsamkeit und Verlassenkeit noch viel stärker empfand als sonst. Hier auf der *Flame* hatte er nur zwei Wachhabende, die er sich von der *Porta Coeli* ausgeliehen hatte. Morgen wollte er sich einen dritten von der *Nonsuch* oder der *Camilla* holen. Morgen? Nein, heute. Noch heute konnte der Handstreich Lebruns auf Le Havre gelingen. Und er, Hornblower, war vielleicht schon heute tot.

10

Als der Tag anbrach, oder, besser gesagt, als sich das Dunkel der Nacht unmerklich langsam in stumpfes Grau verwandelte, da herrschte Nebel – in dieser Jahreszeit und in dieser Gegend kein Wunder. Die *Porta Coeli* war nur ein kaum wahrnehmbarer, dunklerer Schattenkern im einförmigen Grau, man konnte sie gerade noch erkennen. Hornblower rief sie mit aller Lungenkraft an. Er hörte gleich darauf leise die Meldung von drüben, daß die *Nonsuch* achtern in Sicht sei, und einige Sekunden später die weitere, daß die *Nonsuch* ihrerseits achteraus die *Camilla* in Sicht habe. Er hatte also sein Geschwader in der Hand, und es blieb ihm nichts mehr zu tun, als zu warten. Dabei stellte er sich zum aber hundertsten Male die Frage, wie es die Männer aushielten, um diese Jahreszeit allmorgendlich barfuß das Oberdeck zu waschen, während ihnen das eisige Wasser um die Beine spritzte. Aber sie lachten und scherzten dabei sogar besonders munter – britische Seeleute waren eben doch ein zäher Menschenschlag. Wahrscheinlich hatte man auch vor dem Mast längst erraten, daß etwas Besonderes in der Luft lag; allein die Zusammenfassung von Schiffen deutete ja auf ein neues Unternehmen hin, und diese Aussicht versetzte die Männer in gehobene Stimmung. Hornblower wußte genau, daß ihre Freude an dem unbekannten Abenteuer mindestens teilweise dadurch begründet war, daß sie sich des Erfolges völlig sicher fühlten. Es mußte herrlich sein, so felsenfest auf einen anderen Menschen bauen zu können, daß kein Raum für Zweifel blieb. Schwankend zwischen Neid und Mitleid sah er den Männern bei ihrer Arbeit zu.

Dabei befand er sich selbst in einem Zustand fieberhafter Spannung. Wieder und wieder ging er im Geist die Verabredungen durch, die er mit Lebrun abschließend getroffen hatte, ehe er ihn an Land entließ. Sie waren einfach genug, verblüffend einfach, wie es ihm jetzt schien. War denn dieses Werkzeug nicht allzu schwach, allzu simpel, wenn man ein Kaiserreich stürzen wollte, das halb Europa beherrschte? Aber Verschwörungen

mußten *einfach* sein – je verwickelter ein Mechanismus war, desto leichter konnte er versagen. Das war einer der Gründe gewesen, weshalb er darauf bestanden hatte, seinen Teil der Aufgabe bei Tage durchzuführen. Er fürchtete eben die verschiedenen Versager, die bestimmt eingetreten wären, wenn er sich darauf eingelassen hätte, seine kleine Armee im Dunkel der Nacht in dieser unbekannten Stadt zu landen. Tageslicht verdoppelte seine Aussichten auf Erfolg, es verdoppelte allerdings auch die Verluste, wenn der Erfolg ausblieb.
Hornblower sah auf die Uhr – gut zehn Minuten lang hatte er sich dazu gezwungen, sie in der Tasche steckenzulassen.
»Mr. Crawley«, sagte er zu dem Steuermannsmaaten, der sein neuer Erster Offizier auf der *Flame* war, »lassen Sie Klarschiff anschlagen.«
Wie er erwartet hatte, stand der Wind als leichter Zug aus Osten. Das Einlaufen nach Le Havre war unter diesen Umständen ein kitzliges Manöver, und er war froh, daß er sich entschlossen hatte, mit der kleinen tapferen *Flame* die Spitze zu nehmen und der schwerfälligen alten *Nonsuch* den Weg zu zeigen.
»Schiff ist klar zum Gefecht, Sir«, meldete Crawley.
»Danke sehr.«
Hornblower sah wieder nach seiner Uhr – immer noch eine volle Viertelstunde bis zum Einlaufen. Eine nach achtern an die *Porta Coeli* gerichtete Anfrage ergab, daß auch die anderen Schiffe alle schon gefechtsklar waren. Er lächelte vor sich hin. Freeman, Bush und Howard waren also, genau wie er selbst, viel zu ungeduldig gewesen, um zu warten, bis es wirklich Zeit war.
»Wohlgemerkt, Mr. Crawley«, sagte er, »wenn ich während des Einlaufens fallen sollte, dann bringen Sie die *Flame* dennoch unter allen Umständen am Kai längsseit. Sorgen Sie nur dafür, daß Kapitän Bush so schnell wie möglich benachrichtigt wird, aber laufen Sie mit der *Flame* auf jeden Fall weiter.«
»Aye, aye«, sagte Crawley, »ich werde Ihrem Befehl entsprechend handeln.«
Konnte der verdammte Kerl bei der Erörterung solcher Dinge nicht wenigstens ein bißchen mehr dergleichen tun? Nach dem Ton zu urteilen, in dem Crawley geantwortet hatte, mußte man ja fast annehmen, daß er den Tod Hornblowers für eine ausgemachte Sache hielt. Hornblower kehrte ihm den Rücken und ging mit raschen Schritten an Deck auf und ab, um sich der durchdringenden Kälte zu erwehren. Er warf einen Blick zu den Männern hin, die untätig auf ihren Gefechtsstationen warteten.
»Hopp, Seeleute! Husch die Lerche!« rief er. »Zeigt einmal, daß ihr noch springen könnt.«

Es hatte keinen Sinn, mit einer steifgefrorenen Besatzung ins Gefecht zu gehen. Die Geschützbedienungen und die Leute an den Schoten begannen, auf ihren Stationen richtige Bocksprünge zu vollführen.

»Springt, Kerls, springt!«

Hornblower hüpfte selbst herum wie ein Wilder, um ihnen ein Beispiel zu geben, denn er wollte, daß sie sich gründlich erwärmten. Bei jedem Sprung schlug er sich gleichzeitig die Arme um den Leib, und die Epauletten der Gala, die er trug, hüpften dazu im Takt auf und nieder.

»Höher, immer höher!«

Seine Beine begannen zu schmerzen, und zuletzt bekam er kaum noch Luft, aber er wollte doch unter keinen Umständen vor den Mannschaften aufhören. Es tat ihm jetzt etwas leid, daß er der Regung nachgegeben hatte, die ihn mit der Springerei anfangen hieß.

»Halt!« rief er endlich. Die eine Silbe kostete ihn buchstäblich den letzten Atemhauch. Er stand da und keuchte, und die Männer grinsten belustigt.

»Hurra, Horny!« hörte man da eine Stimme vom Vorschiff her. Es war nicht festzustellen, wer gerufen hatte. Aber die Leute nahmen den Ruf sofort auf und brachen in ein heiseres Hurrageschrei aus.

»Ruhe!!«

Brown stand neben ihm und reichte ihm seine Pistolen. Um seine Augenwinkel zuckte es schalkhaft.

»Laß das Grinsen sein!« fuhr ihn Hornblower an.

Nun verbreitete sich bestimmt wieder eine neue Hornblowerlegende in der Navy, ähnlich jener anderen von dem Hornpipe, der an Deck der *Lydia* getanzt worden war, während sie die *Natividad* verfolgte. Hornblower zog seine Uhr. Nachdem er sie wieder eingesteckt hatte, griff er nach dem Megaphon:

»Mr. Freeman! Ich gehe über Stag. Geben Sie durch die Linie weiter: Im Kielwasser wenden. Mr. Crawley!«

»Sir?«

»Zwei Mann ans Lot, bitte.«

Ein einzelner Lotgast konnte fallen, Hornblower wollte aber möglichst sichergehen, daß die Tiefenmeldungen nicht abrissen.

»Vorschoten! Großschot!«

Die *Flame* ging auf den Backbordbug, sie machte mit den Schratsegeln in der leichten Brise an die drei Knoten Fahrt. Hornblower sah, wie der Schatten der *Porta Coeli* dem Beispiel der *Flame* folgte. Und dahinter, immer noch unsichtbar, kam die alte *Nonsuch* – Hornblower hatte sie seit ihrer Ankunft noch mit keinem Auge erblickt. Wann hatte er sie überhaupt das letztemal gesehen? Das war damals in Riga gewesen, als er von Bord ging und sich den Typhus holte. Ja, der gute, alte Bush. Der

Gedanke, daß er sich auf die donnernden Breitseiten der *Nonsuch* und Bushs unwandelbare Treue stützen durfte, gab Hornblower ein angenehmes Gefühl zuversichtlicher Ruhe.

Die Lotgäste sangen ihre Tiefen aus, und die *Flame* tastete sich langsam durch das Fahrwasser nach Le Havre hinein. Hornblower hätte nur zu gern gewußt, was sich dort in der Stadt in diesen Stunden abspielte, aber dann rief er sich ärgerlich zur Ordnung und sagte sich, daß er es ja früh genug erfahren werde. Er hatte jetzt den Eindruck, als wüßte er wirklich noch jedes einzelne Wort der langen Unterredung mit Lebrun, in der sie alle Einzelheiten des tollen Unternehmens festlegten, das jener ausgeheckt hatte. Natürlich hatten sie dabei auch die Möglichkeit in Betracht gezogen, daß im entscheidenden Augenblick Nebel herrschte – ein Seemann, der dies im Winter in der Seinebucht außer acht ließe, wäre ja ein ausgemachter Narr.

»Tonne Steuerbord voraus, Sir«, meldete Crawley.

Das war die Mittelgrundtonne, das einzige Seezeichen in den verschiedenen Fahrwassern nach Le Havre, das die Franzosen nicht eingezogen hatten. Hornblower folgte der Tonne mit den Augen, wie sie dicht längsseit vorüberglitt und dann nach achtern entschwand. Der Flutstrom neigte sich ein bißchen über und staute sich an ihrer seewärts gewandten Seite zu einer kleinen Welle auf. Sie näherten sich jetzt der Hafeneinfahrt.

»Hört genau her«, rief Hornblower laut über Deck. »Es fällt kein Schuß ohne meinen ausdrücklichen Befehl. Wer aus irgendeinem Grunde ein Geschütz abfeuert, ohne von mir Befehl dazu zu haben, den lasse ich nicht nur auspeitschen, den lasse ich hängen. Der baumelt an der Fockrahe, noch ehe die Sonne heute untergeht. Habt ihr das verstanden?«

Hornblower war wirklich entschlossen, diese Drohung wahrzumachen – wenigstens in dem Augenblick, als er sie aussprach –, und als er sich nun umsah, ließ der Ausdruck seines Gesichts darüber keinen Zweifel aufkommen. Hier und dort murmelten die Leute »Aye, aye, Sir« – sie hatten ihn begriffen.

»Qui va là?« schrie da eine Stimme querab aus nächster Nähe durch den Nebel. Hornblower vermochte gerade noch das französische Wachboot zu erkennen, das bei dickem Wetter vor der Einfahrt auf und ab zu rudern pflegte. Er war sich mit Lebrun darüber einig gewesen, daß es nicht einfach sein werde, dieses Wachboot von der Befolgung seiner Dienstvorschriften abzubringen.

»Depeschen für Monsieur le Baron Momas«, rief Hornblower als Antwort. Der zuversichtliche Ton, das fließende Französisch und der Name Momas, alles das zusammengenommen mochte ihm so viel Zeitgewinn einbringen, daß das Geschwader unangefochten in den Hafen gelangte.

»Wie heißt das Schiff?«
Man konnte nicht gut annehmen, daß die Seeleute im Wachboot die *Flame* nicht erkannten. Die Frage war also wahrscheinlich nur rhetorischer Natur und hatte wohl den einzigen Zweck, dem verblüfften Kommandanten da drüben noch etwas Zeit zum Überlegen zu verschaffen.
»Britische Brigg *Flame*«, rief Hornblower zurück. Er hatte in diesem Augenblick das Ruder gelegt, um den Molenkopf zu runden.
»Drehen Sie bei, oder ich schieße auf Sie!«
»Wenn Sie schießen, tragen Sie die Verantwortung«, antwortete Hornblower. »Wir haben wichtige Depeschen für Baron Momas!«
Für den Rest des Weges bis zum Kai stand der Wind jetzt günstig. Die Kursänderung führte die *Flame* dicht an das Wachboot heran. Hornblower sah den Offizier vorn neben dem Buggeschütz stehen, an seiner Seite stand ein Matrose mit einem glühenden Luntenstock in der Hand. Die Leute erkannten zweifellos Hornblowers Gala und wurden dadurch vielleicht wieder stutzig, da es doch keinem Menschen einfiel, seine Galauniform anzuziehen, wenn er ins Gefecht gehen wollte. Auch das mochte ihm wieder etwas Zeitgewinn einbringen. Nun sah er, wie der Offizier heftig zusammenfuhr. Er hatte die *Porta Coeli* erkannt, die hinter der *Flame* aus dem Nebel auftauchte. Ein kurzer Befehl, die glühende Lunte senkte sich auf das Zündloch, der Dreipfünder donnerte los, und die Kugel fuhr krachend in die Bordwand der *Flame*. Dieser Schuß mußte natürlich die Batterien am Molenkopf und gegenüber am Kai alarmieren.
»Das Feuer wird nicht erwidert!« rief er. Vielleicht konnte er dadurch wieder etwas Zeit gewinnen und vielleicht brachte ihm die gewonnene Frist sogar Nutzen. Er konnte allerdings nicht recht daran glauben.
Hier im Hafenbecken war der Nebel nicht so dicht. Er unterschied bereits die schattenhaften Umrisse des Kais, die sich rasch immer deutlicher abzeichneten. In wenigen Minuten wußte er, ob er in der Falle saß oder nicht, ob die Batterien ihn nicht mit einem vernichtenden Feuerhagel empfingen. Hornblower ging noch einmal in rasender Eile alle getroffenen Vereinbarungen durch, während sich zu gleicher Zeit ein Teil seiner Aufmerksamkeit mit der Aufgabe befassen mußte, das Schiff gut längsseit zu bringen. Er konnte einfach nicht glauben, daß Lebrun ein doppeltes Spiel spielte. Wenn es aber wirklich so war, dann würde das dennoch nur für ihn selbst und für die *Flame* Vernichtung bedeuten, die anderen Schiffe hatten auch dann noch gute Aussicht, wieder herauszukommen.
»Luv!« befahl er dem Rudergänger. Für die nächsten Sekunden war er vollauf damit beschäftigt, mit der *Flame* am Kai anzulegen. Es kam darauf an, das Manöver so schnell wie möglich auszuführen und dennoch allzu schwere Beschädigungen des Schiffes zu vermeiden. Die *Flame* legte sich

knirschend und krachend längsseit, die Fender stöhnten, als fühlten sie körperliche Qualen. Im nächsten Augenblick sprang Hornblower in voller Gala mit Säbel, Dreimaster, Epauletten und allem sonstigen Zubehör erst auf das Bollwerk und von dort auf den Kai. Er nahm sich keine Zeit, sich umzusehen, aber er zweifelte nicht einen Augenblick, daß die *Porta Coeli* geankert hatte und bereitlag, überall unterstützend einzugreifen, wo es nötig war, er war sicher, daß die *Nonsuch* schon dabei war anzulegen und ihre Seesoldaten angetreten bereithielt, um sie sofort an Land werfen zu können.

Er ging mit langen Schritten über den Kai und fühlte, wie sein Herz mit harten Schlägen klopfte. Dort lag die erste Batterie, ihre Geschütze starrten ihm aus den Schießscharten drohend entgegen. Hinter den Kanonen herrschte Bewegung, und aus der Wachunterkunft im Hintergrund kamen immer mehr Leute gerannt. Nun erreichte er den Rand des Grabens, seine Linke erhob sich zu einer Geste, die den Geschützbedienungen Einhalt gebot.

»Wo ist euer Chef?« rief er.

Er brauchte nicht lange zu warten, da sprang ein junger Mann in der blau-roten Uniform der Artilleristen auf die Brustwehr.

»Was wollen Sie?« fragte er.

»Verhindern Sie unter allen Umständen, daß Ihre Leute schießen!« sagte Hornblower. »Haben Sie Ihre neuen Befehle denn noch nicht erhalten?« Seine Gala, seine sichere Haltung und die ganzen höchst sonderbaren Begleitumstände brachten den jungen Artillerieoffizier völlig außer Fassung.

»Welche neuen Befehle?« fragte er unsicher.

Hornblower spielte den Gereizten.

»So lassen Sie doch endlich Ihre Leute von den Geschützen zurücktreten«, sagte er, »sonst geschieht womöglich doch noch ein bedauerliches Unglück.«

»Monsieur, aber dort...!« Der Artillerieleutnant zeigte nach dem Kai hinunter. Hornblower folgte seinem Blick, er fand zum erstenmal eine Sekunde Zeit, sich umzusehen. Der Anblick ließ sein Herz noch stärker klopfen als zuvor, aber diesmal vor freudiger Erregung. Die *Nonsuch* lag schon an der Pier, die *Camilla* kam soeben längsseit, aber wichtiger war noch etwas anderes: Auf dem Kai selbst trat bereits ein mächtiger Block von Rotröcken an, und die erste Abteilung davon, mit einem Offizier an der Spitze, setzte sich schon mit geschulterten Musketen im Geschwindschritt in Bewegung, um zu ihm zu gelangen.

»Schicken Sie sofort zu der anderen Batterie«, sagte Hornblower, »und unterrichten Sie deren Chef, damit es kein Mißverständnis gibt.«

»Aber, Monsieur ...!«

Hornblower stampfte ungeduldig mit dem Fuß. Schon hörte er hinter sich den festen Gleichschritt der Seesoldaten und gab ihnen mit der Hand hinter seinem Rücken ein Zeichen, daß sie ohne Aufenthalt an ihm vorüber- und weitermarschieren sollten.

»Die Augen links!« kommandierte der führende Leutnant und entbot dazu dem französischen Offizier einen schneidigen militärischen Gruß. Diese Höflichkeit nahm dem Franzosen auch das letzte bißchen Wind aus den Segeln, so daß ihm jeder weitere Protest auf den Lippen erstarb. Die Seesoldaten schwenkten inzwischen um die linke Flanke der Batterie, immer unmittelbar am Rande des trockenen Grabens entlang. Hornblower wagte es nicht, den jungen Franzosen oben auf der Brustwehr auch nur eine Sekunde aus dem Auge zu lassen, aber er konnte sich auch so ausmalen, was sich jetzt im Rücken der Batterie abspielte. Das Ausfalltor war offen, und die Seesoldaten marschierten kurzerhand ein, immer noch in Viererkolonne, immer noch mit geschultertem Gewehr.

Schon waren sie zwischen den Geschützen, schon stießen sie die Kanoniere von ihren Stücken weg und rissen ihnen die glühenden Luntenstöcke aus der Hand. Der junge Offizier rang entsetzt die Hände.

»Ende gut, alles gut, Monsieur«, sagte Hornblower. »Wie leicht hätte eben ein höchst unerfreulicher Zwischenfall entstehen können.«

Nun hatte er einen Augenblick Muße sich umzusehen. Eine zweite Abteilung Seesoldaten war im Geschwindschritt zu der anderen Batterie unterwegs, weitere Gruppen von Matrosen und Seesoldaten marschierten nach den verschiedenen strategischen Punkten, die er in seinem Befehl aufgeführt hatte. Und Brown keuchte eben den Abhang herauf, um ihm zur Seite zu sein.

Das Geklapper von Pferdehufen veranlaßte ihn, sich wieder zurückzuwenden. Ein französischer Offizier kam herangaloppiert und riß seinen Gaul vor ihm zusammen, daß der Kies hoch aufspritzte.

»Was soll das bedeuten!?« schrie er. »Was geht hier vor?«

»Haben Sie denn das Neueste noch nicht gehört?« fragte Hornblower dagegen. »Seit zwanzig Jahren die schönste Nachricht für ganz Frankreich?!«

»Und die wäre?«

»Die Herrschaft Bonapartes ist zu Ende«, sagte Hornblower. »Es lebe der König!«

Das war ein Zauberwort, gleich einer magischen Beschwörungsformel aus uralter Zeit. Vive le roi! Seit 1792 hatte das in den weiten Grenzen Frankreichs kein Mensch mehr zu rufen gewagt. Dem berittenen Offizier

blieb vor Überraschung einen Augenblick der Mund offenstehen. Aber er hatte sich gleich wieder gefaßt:
»Das ist nicht wahr!« schrie er. »Der Kaiser regiert nach wie vor!«
Er sah sich um, griff in die Zügel und wollte davonreiten.
»Anhalten, Brown!« sagte Hornblower.
Brown tat einen langen Schritt, packte mit seinen riesigen Fäusten das Bein des Offiziers und wuchtete ihn mit einem einzigen Schwung aus dem Sattel. Hornblower griff sofort nach den Zügeln, daß das Pferd nicht durchgehen konnte. Brown aber rannte um den Gaul herum und befreite den anderen Fuß des gestürzten Offiziers aus dem Steigbügel.
»Ich brauche Ihr Pferd, Sir«, sagte Hornblower.
Damit setzte er den Fuß in den Bügel und schwang sich linkisch in den Sattel. Das aufgeregte Tier hieb aus und hätte ihn um ein Haar abgeworfen. Aber er fand doch wieder Halt im Sattel, riß den Kopf des Pferdes herum und ließ es dann in wildem Galopp auf die andere Batterie zurasen. Sein Dreimaster flog davon, Säbel und Epauletten tanzten und sprangen auf und nieder, während er sich krampfhaft bemühte, im Sattel zu bleiben. Er jagte an der anderen Abteilung Seesoldaten vorüber, hörte die Hurras, die sie ihm zuriefen, und brachte schließlich das rasende Tier im letzten Augenblick am Rand des Grabens zum Stehen. Da kam ihm ein neuer Gedanke. Er trabte um die Batterie herum und gelangte an den Haupteingang auf ihrer Rückseite.
»Öffnen!« schrie er. »Im Namen des Königs!«
Dieses Machtwort tat seine Wirkung. Die Riegel schoben sich rasselnd zurück, und die obere Hälfte des riesigen Eichentores öffnete sich. Ein paar verdutzte Gesichter sahen ihm entgegen, und hinter ihnen erblickte er die Mündung eines angeschlagenen Gewehres – wahrscheinlich war das irgendein fanatischer Bonapartist oder ein sturer Kerl, dem durch Bluff nicht beizukommen war.
»Nehmt doch dem Trottel dort das Gewehr weg!« befahl Hornblower. Die Bedrängnis des Augenblicks gab seiner Stimme eine Schärfe, die ihm sofort Gehorsam verschaffte. »So, und nun auf mit dem Tor!«
Schon hörte er den Marschtritt seiner Seesoldaten in nächster Nähe.
»Aufmachen!!« brüllte er.
Endlich öffnete man, und Hornblower ritt langsam in die Batteriestellung ein.
Da standen in ihren Bettungen zwölf riesige Vierundzwanzigpfünder, ihre Mündungen wiesen durch die Scharten hinunter auf den Hafen. Im Hintergrund stand der Ofen zum Erhitzen der Geschosse, daneben erhob sich eine Pyramide aus Kugeln. Hätten diese beiden Batterien ihr Feuer eröffnet, dann hätte sich auf dem Wasser bestimmt kein Gegner längere Zeit

zu halten vermocht. Überdies hätten sie den Kai samt der ganzen Seefront der Stadt von Angreifern reingefegt. Und diese Batterien mit ihren fünf Fuß dicken und acht Fuß hohen Brustwehren, mit ihren zehn Fuß tiefen, in massiven Fels geschnittenen Gräben wären nie anders zu erobern gewesen als durch eine kunstgerechte Belagerung. Die Kanoniere starrten ihn und die hinter ihm einmarschierenden rotröckigen Seesoldaten völlig fassungslos an. Ein blutjunger Leutnant trat auf ihn zu:

»Ich verstehe das Ganze nicht«, sagte er. »Wer sind Sie eigentlich, und warum haben Sie vorhin jene Worte gebraucht?«

Der junge Leutnant brachte es einfach nicht fertig, das Wort König auszusprechen. Es war für ihn tabu. Deshalb redete er darum herum wie eine alte Jungfer, die an ihren Arzt eine peinliche Frage richten muß. Hornblower lächelte ihn ruhig an, er brauchte jetzt seine ganze Selbstbeherrschung, um seinen Jubel zu verbergen. Das mußte unbedingt sein, denn jeder allzu offen gezeigte Triumph konnte in diesem Augenblick nur Schaden bringen.

»Für Frankreich beginnt heute eine neue Epoche«, sagte er.

Da hörte man die Klänge einer Musikkapelle. Hornblower saß ab, ließ sein Pferd einfach stehen und eilte die Stufen hinauf, die auf der Rückseite in die Brustwehr geschlagen waren. Der Leutnant folgte ihm auf dem Fuße. Zu ihren Häupten hingen die riesigen Arme des Semaphors, und vor ihnen breitete sich das weite Bild des Hafens aus. Unten am Kai lag das Geschwader, die einzelnen Abteilungen des Landungskorps in roten Röcken oder weißen Hemden waren nach verschiedenen Richtungen auf dem Marsch, und auf dem Kai selbst zog die Musikkapelle der Seesoldaten im Gleichschritt mit rasselnden Trommeln und schmetternden Hörnern nach der Stadt. Die roten Röcke, das weiße Lederzeug und die glitzernden Instrumente boten einen prächtigen Anblick. Das war die Krone von Hornblowers Einfällen gewesen. Nichts konnte die schwankenden Verteidiger besser von seinen friedlichen Absichten überzeugen als eine Militärkapelle, die mit schmetternder Marschmusik durch die Straßen zog.

Die Hafenverteidigung war nun in seiner Hand, und damit hatte er seinen Teil der Aufgabe erfüllt. Was immer Lebrun zugestoßen war, dem Geschwader drohte jedenfalls keine ernstliche Gefahr mehr. Gesetzt den Fall, der Hauptteil der Garnison wäre fest geblieben und wendete sich nun gegen ihn, so konnte er jetzt in aller Gemütsruhe die Kanonen der Batterie vernageln, die Pulvermagazine in die Luft jagen und seine Schiffe aus dem Hafen warpen. Natürlich nahm er dann auch an Beute und Gefangenen mit, was er noch in die Hand bekam. Wenn es einen kritischen Augenblick gegeben hatte, dann war es der gewesen, in dem das Wachboot seinen Schuß abgab. Schießen ist immer ansteckend. Aber die Tatsache, daß nur ein einziger Schuß gefallen war, der lange Verzug, der Nebel, all das hatte den unerfahrenen Batteriechef dazu bestimmt, auf einen Befehl seines Vorgesetzten zu warten, so daß Hornblower Zeit bekam, seinen persönlichen Einfluß geltend zu machen. Lebrun mußte wenigstens teilweise erfolgreich gewesen sein, das war jetzt schon zu erkennen. Als er die *Flame* verließ, war er noch nicht entschlossen gewesen, ob er die Stabsoffiziere der Garnison im entscheidenden Augenblick zu einem Bankett einladen oder zu einem Kriegsrat einberufen wollte. Wofür er sich immer entschieden hatte, jedenfalls hatte er den Erfolg gehabt, daß die Hafenverteidigung ohne jede Führung war. Außerdem hatte Lebrun das Märchen in die Welt gesetzt, daß während der Nacht das Einlaufen eines Blockadebrechers erwartet werde, und gefordert, daß die Verteidigungswerke am Hafen auf einlaufende Schiffe keinesfalls feuern sollten, ehe sie genau wüßten, wen sie vor sich hätten. Wie man sah, hatte auch das seine Wirkung nicht verfehlt. Lebrun wollte nach dem, was er Hornblower erzählte, die Tatsache gehörig ausschlachten, daß die *Flame* ausgerechnet in dem Augenblick angegriffen worden war, als sie einlief, um sich zu ergeben, und daß man gerade dadurch den Engländern die Gelegenheit verschafft hatte, sie im letzten Augenblick wegzunehmen.

»Ich will in Zukunft kein solches Durcheinander mehr erleben«, hatte Lebrun mit vielsagendem Grinsen hinzugefügt. »Ordre, Contreordre, Désordre, nicht wahr?«

So oder so war es ihm sicherlich gelungen, in den Batterien einen solchen Wirrwarr und ein solches Gefühl der Unsicherheit hervorzurufen, daß Hornblower die günstigsten Voraussetzungen für seinen Handstreich vorfand – der Mann war eben ein geborener Intrigant. Einstweilen hatte Hornblower allerdings noch keine Ahnung, ob auch der andere Teil des Coup d'État geglückt war. Auf keinen Fall durfte er jetzt innehalten. Die Geschichte bot allzu viele Beispiele dafür, daß aussichtsreiche Unternehmungen nach guten Anfängen nur deshalb erfolglos blieben, weil irgendein Mensch es in entscheidender Minute unterließ, sie voranzutreiben.

»Wo ist mein Pferd?« fragte Hornblower. Abgesehen von der etwas vagen Feststellung, daß für Frankreich eine neue Epoche angebrochen sei, ließ er den Wissensdurst des jungen Leutnants unbefriedigt.

Als er die Stufen der Brustwehr wieder hinunterstieg, sah er, daß ein gewitzter Seesoldat sich seines Gauls bemächtigt hatte und ihn am Zaumzeug festhielt. Die Rotröcke machten den etwas lächerlichen Versuch, sich mit den völlig verdatterten französischen Rekruten zu verbrüdern. Hornblower kletterte wieder in den Sattel und trabte durch das Tor ins Freie. Einerseits hätte er jetzt brennend gern einen kühnen Vorstoß unternom-

men, andererseits scheute er sich davor, sein Landungskorps in die engen Straßen der Stadt einrücken zu lassen, ohne zu wissen, ob man ihn dort als Freund empfing. Da kam ihm Howard in eleganter Haltung entgegengeritten, augenscheinlich hatte auch er sich ein Pferd besorgen können.
»Haben Sie Befehle, Sir?« fragte Howard. Zwei Fähnriche und Brown liefen neben ihm her, die Fähnriche dienten anscheinend als Melder.
»Noch nicht«, gab ihm Hornblower zur Antwort. Er versuchte, möglichst ruhig zu erscheinen, während er doch vor Unruhe und Ungeduld fast verging.
»Ihr Hut, Sir«, sagte der tüchtige Brown; er hatte ihn auf dem Weg von der ersten zur zweiten Batterie aufgehoben.
Da kam ein Reiter im Galopp herangeprescht, er trug eine weiße Armbinde, und in seiner Hand flatterte ein weißes Taschentuch. Als er Hornblowers goldgestickte Uniform erblickte, zügelte er sein Pferd.
»Sie sind Monsieur – Monsieur ...« begann er.
»Hornblower.« Noch kein Franzose hatte es fertiggebracht, diesen Namen auszusprechen.
»Von Baron Momas, Sir. Die Zitadelle ist in unserer Hand. Der Baron ist soeben im Begriff, sich in die Stadt auf den Hauptplatz zu begeben.«
»Und die Soldaten in den Kasernen?«
»Die halten Ruhe.
»Die Hauptwache am Tor?«
»Davon weiß ich nichts, Sir.«
»Howard, nehmen Sie Ihre Reserve und rücken Sie so schnell wie möglich zum Stadttor. Dieser Mann hier kommt mit Ihnen, um die Wache dort über die Lage zu unterrichten. Wenn die Wachmannschaften nicht zu uns übergehen wollen, dann lassen Sie sie ruhig desertieren. Sie können landeinwärts marschieren, das spielt keine Rolle. Wenn irgend möglich, vermeiden Sie Blutvergießen, aber bemächtigen Sie sich unter allen Umständen des Stadttores.«
»Aye, aye, Sir.«
Hornblower erklärte dem Franzosen, was er eben gesagt hatte.
»Brown, du kommst mit mir. Wenn ich gebraucht werden sollte, Howard, dann finden Sie mich auf dem Hauptplatz.«
Howard konnte kein großes Ehrengeleit mehr aufstellen, es bestand nur aus je etwa zwanzig Matrosen und Seesoldaten, dafür schmetterte die Kapelle um so lauter und fröhlicher ihre Marschweisen, als Hornblower nun im Triumph durch die Hauptstraße einzog. Die Leute sahen sich je nachdem neugierig, verdrossen oder gleichgültig nach ihnen um, das war alles, nirgends bemerkte man etwas von tätlichem Widerstand. Auf der Place de l'Hôtel de Ville herrschte mehr Leben und Betrieb. Hier sah

man viele Berittene. Eine Abteilung der Polizei, die in Linie angetreten war, gab dem Schauspiel, das sich hier vollzog, das Gepräge ehrbarer Gesetzlichkeit. Was aber vor allem ins Auge fiel, war die Menge weißer Abzeichen. Die Gendarmen trugen weiße Kokarden auf ihren Hüten, die berittenen Amtspersonen hatten weiße Schärpen oder Armbinden angelegt. Weiße Flaggen – allem Anschein nach hatte man einfach Bettlaken dazu benutzt – hingen aus den meisten Fenstern. Zum ersten Male seit zwanzig Jahren wehte hier auf französischem Boden wieder die weiße Farbe der Bourbonen.

Als er auf den Platz einritt, kam ein dicker Mann zu Fuß auf ihn zugeeilt. Um seinen Bauch trug er eine weiße Schärpe, gestern (so mußte Hornblower unwillkürlich denken) war es wohl noch die Trikolore gewesen. Hornblower machte sogleich heftige Gesten, um die Musik zum Schweigen zu bringen, kletterte aus dem Sattel und übergab Brown die Zügel seines Pferdes. Dann schritt er auf den Mann zu, der niemand anderes sein konnte als Momas.

»Unser Freund!« rief Momas mit ausgebreiteten Armen. »Unser Verbündeter!«

Dann fiel er Hornblower um den Hals, der aber fragte sich in diesem feierlichen Augenblick nur, was wohl seine Jantjes und Rotröcke hinter ihm denken mochten, wenn sie sahen, wie hier ein englischer Kommodore von einem fetten Franzosen abgeküßt wurde. Dann trat das Gefolge des Bürgermeisters herzu, und er tauschte auch mit diesen Herren Begrüßungen aus. An ihrer Spitze stand Lebrun, der über das ganze Gesicht strahlte.

»Ein großer Augenblick, Sir!« sagte der Bürgermeister.

»Ja, das ist wirklich ein großer Augenblick, Monsieur le Baron.«

Der Bürgermeister winkte mit erhobener Hand nach dem Flaggenmast, der vor dem Rathaus stand.

»Der feierliche Akt kann beginnen«, sagte er.

Lebrun stand mit einem Blatt Papier neben ihm. Momas nahm es ihm aus der Hand und stieg damit die Stufen am Fuß des Flaggenmastes empor. Dann holte er tief Atem und verlas den Inhalt des Schriftstückes mit aller Lungenkraft, deren er fähig war. Seltsam, wie sich die französische Vorliebe für formale Gesetzlichkeit und äußerliche Ordnung selbst in diesem Augenblick offenkundigen Verrats nicht verleugnen konnte. Der ganze Aufruf war mit sprachlichen Archaismen durchsetzt und schien in seiner langatmigen Weitschweifigkeit kein Ende nehmen zu wollen. Er gedachte der Greueltaten des thronräuberischen Emporkömmlings Napoleon Bonaparte, stritt ihm alle Hoheitsrechte ab und leugnete seinen Anspruch auf die Treue des französischen Volkes. »Dagegen«, so lautete die feierliche Erklärung, »bekennen sich alle Franzosen freiwillig und begeistert zu der ununterbrochenen Herrschaft Seiner Allerchristlichsten Majestät Ludwigs XVIII., Königs von Frankreich und Navarra.« Bei diesen klingenden Worten holten die Männer am Fuß des Flaggenmastes geschäftig an den Leinen, und die weiße Standarte der Bourbonen stieg langsam am Mast in die Höhe. Nun war die Zeit für eine Geste der Anteilnahme von britischer Seite gekommen. Hornblower wandte sich nach rückwärts zu seinen Leuten.

»Drei Hurras für den König!« schrie er.

Dann stieß er den Dreimaster in die Höhe: »Hip, hip hip –«

»Hurra!« fielen die Seesoldaten ein.

Die Hurras hallten dumpf über den Platz. Wahrscheinlich wußte von den Seesoldaten nicht einer unter zehn, für welchen König sie ihre Hurras ausbrachten, aber das tat nichts zur Sache.

»Hip, hip, hip!« – »Hurra!«

»Hip, hip, hip!« – »Hurra!«.

Hornblower setzte seinen Hut wieder auf und grüßte in steifer Haltung zu dem weißen Banner hinauf. Dann war es aber Zeit, höchste Zeit, die Verteidigung der Stadt gegen die rasende Wut Bonapartes in die Hand zu nehmen.

11

»Eure Exzellenz«, sagte Lebrun, während er sich in das Zimmer schob, in dem Hornblower an seinem Schreibtisch saß, »eine Abordnung der Fischer bittet Sie um Gehör.«

»Ja?« sagte Hornblower. Bei Lebrun nahm er sich immer in acht, seine Gedanken nicht voreilig zu verraten.

»Es ist mir gelungen, herauszufinden, welchen Wunsch sie haben, Eure Exzellenz.«

Natürlich, Lebrun war immer darauf bedacht, Geheimnisse herauszufinden, darauf konnte man sich verlassen. Hornblower hatte ihn einstweilen bei dem immerhin verständlichen Glauben gelassen, daß er es besonders schätze, in jedem zweiten Satz mit »Eure Exzellenz« angeredet zu werden, und daß man damit etwas bei ihm erreichen könne.

»Ja?«

»Es handelt sich um eines ihrer Fahrzeuge, das unlängst als Prise aufgebracht wurde ...«

»Ja?«

»... obwohl es eine von Ihnen ausgestellte Bescheinigung an Bord hatte, daß es in dem freien Hafen von Le Havre beheimatet sei. Das englische Kriegsschiff nahm darauf keine Rücksicht.«

»So, wirklich?«

Hornblower hatte gerade in diesem Augenblick den Bericht des Kommandanten der englischen Brigg vor sich auf dem Schreibtisch liegen, der den Fischer aufgebracht hatte. Das wußte Lebrun allerdings nicht. Der Kommandant war der festen Überzeugung, daß das Fahrzeug, ehe er es stellte, gerade aus Honfleur drüben jenseits der Seinemündung herausgekommen war, wo es seinen Fang verkauft hatte. Honfleur stand noch unter der Herrschaft Bonapartes. Es war daher blockiert, und Fische brachten dort mindestens dreimal soviel Geld ein als in dem freien Le Havre. Ihr Verkauf war aber verbotener Handel mit dem Feind. Man konnte also damit rechnen, daß das englische Prisengericht den Fall untersuchen und aburteilen würde.

»Wir haben doch den Wunsch, uns die Sympathien der Bevölkerung zu erhalten, Eure Erzellenz, und ganz besonders die des seefahrenden Teils derselben. Könnten Sie dieser Abordnung nicht die Zusage geben, daß die Eigner ihr Fahrzeug zurückerhalten werden.«

Hornblower hätte gern gewußt, wieviel Lebrun schon von den Reedern der Fischerflotte eingesteckt hatte, damit er in dieser Sache seinen Einfluß geltend machte. Anscheinend war er bereits im besten Zuge, den Reichtum zusammenzukratzen, nach dem er ebenso dürstete wie nach Macht und Ansehen.

»Bringen Sie mir die Abordnung herein«, sagte Hornblower.

Er hatte jetzt noch ein paar Sekunden Zeit, um sich seine Ansprache an die Leute zurechtzulegen. Das war ihm deshalb angenehm, weil sein Französisch doch noch Lücken hatte, so daß er Vokabeln oder Satzkonstruktionen, die ihm nicht zu Gebot standen, durch Umschreibungen ersetzen mußte. Die Abordnung trat ins Zimmer. Sie bestand aus drei grauhaarigen normannischen Fischern, die den Eindruck hochachtbarer Bürgerlichkeit machten und ihre besten Sonntagsanzüge trugen. Sie sahen so freundlich drein, wie es ihrem feierlichen Wesen überhaupt gelingen wollte. Lebrun mußte ihnen im Vorzimmer versichert haben, daß sie bestimmt auf Entgegenkommen rechnen könnten. Sie waren daher ganz entgeistert, als Hornblower sofort auf den Handel mit dem Feind und seine Folgen zu sprechen kam. Hornblower erklärte ihnen, daß Le Havre sich im Kriegszustand mit Bonaparte befand und daß es in diesem Krieg für beide Parteien auf Leben und Tod ging. Er sagte ihnen, daß in Le Havre Hunderte von Köpfen unter der Guillotine fallen würden, wenn Bonaparte aus diesem Krieg als Sieger hervorginge und die Stadt zurückeroberte. Die Schauderszenen, die sich zwanzig Jahre zuvor beim Fall von Toulon abgespielt hätten, würden sich dann in Le Havre tausendmal schauriger wiederholen.

Noch bedürfe es einer gemeinsamen Anstrengung, um den Tyrannen endgültig niederzuringen. Sie sollten lieber ihr Teil dazu beitragen, statt immer nur um ihre persönliche Bereicherung besorgt zu sein. Zum Schluß gab Hornblower nicht nur seine Absicht bekannt, das Fischerfahrzeug der Rechtsprechung eines britischen Prisenhofes zuzuführen, sondern erklärte darüber hinaus, er sei im Falle einer Wiederholung des gleichen Vergehens entschlossen, Schiffsleitung und Mannschaft des betreffenden Schiffes vor ein Kriegsgericht zu stellen. Dieses aber werde bei der gegebenen Sachlage ohne Zweifel auf Tod erkennen.

Lebrun führte die Abordnung wieder hinaus. Wie er seinen Schützlingen jetzt wohl den Mißerfolg erklärte? Hornblower hätte das gern gewußt, aber er hatte nur einen Augenblick Zeit, sich mit diesem Gedanken zu befassen. Die Ansprüche, die an die Zeit und an die Arbeitskraft des Gouverneurs von Le Havre gestellt wurden, waren ungeheuer. Hornblower stieß angesichts des Stapels unerledigter Schriftstücke, der sich auf seinem Schreibtisch türmte, einen tiefen Seufzer aus. Es gab so unendlich viel zu tun. Da war zum Beispiel dieser Pionieroffizier Saxton, der gerade von England angekommen war und mit viel Geschrei den Bau einer neuen Batterie forderte, einer Lunette oder Flèche, wie es in der barbarischen Sappeursprache hieß, die die Verteidigungsanlagen des Rouentores decken sollte. Das war alles schön und gut, aber er mußte die Bürger der Stadt zur Zwangsarbeit pressen, wenn er diese Arbeit durchführen wollte. Von Whitehall waren eine Menge Papiere eingegangen, meist Berichte von Spionen, die sich auf Bonapartes militärische Stärke und seine Bewegungen bezogen. Er hatte sie alle überflogen, eine oder zwei davon verdienten ein genaueres Studium. Die Proviantschiffe, die Whitehall ihm gesandt hatte, mußten gelöscht werden – offenbar sollte Le Havre für den Fall einer Belagerung gut mit allen nötigen Nahrungsmitteln versehen sein, aber es blieb ihm überlassen, für die Einlagerung von tausend Faß Salzfleisch zu sorgen. Die Straßen der Stadt bedurften dringend polizeilichen Schutzes. Man hatte einige der bedeutendsten Bonapartisten ermordet, nach Hornblowers Meinung ging es dabei allerdings in der Hauptsache um die Begleichung persönlicher Schuldkonten, in einem Fall vermutete er sogar, daß Lebrun die Hand im Spiel hatte. Die andere Seite versuchte nun durch meuchlerische Ermordungen Vergeltung zu üben. Das konnte nicht so weitergehen, sonst lief er Gefahr, daß sich die Stadt, die er jetzt in seiner Gewalt hatte, in zwei Lager spaltete. Gegen die Meuterer der *Flame*, die er nicht begnadigt hatte, tagte gegenwärtig das Kriegsgericht. Sein Urteil mußte in jedem Fall auf Todesstrafe lauten – auch das gab eine Menge zu denken. Und endlich war er nicht nur Gouverneur von Le Havre, sondern gleichzeitig Kommodore eines englischen Geschwa-

ders und hatte als solcher die vielfältigen Pflichten eines Geschwaderchefs zu erfüllen. So mußte er zum Beispiel entscheiden, ob ...
Es litt Hornblower nicht auf seinem Stuhl, er ging schon wieder auf und ab. Dieser riesige Saal im Hôtel de Ville war für seine Spaziergänge auch viel besser geeignet als jedes Achterdeck eines Schiffes. Er hatte nun vierzehn Tage Zeit gehabt, sich an das Fehlen frischer Luft und weiter Horizonte zu gewöhnen. Sein Kopf war vornübergebeugt, seine Hände hielt er auf dem Rücken gefaltet, während er im Auf- und Abschreiten die Entscheidungen traf, die man von ihm verlangte. Das war nun der Lohn für seine Erfolge! Man hatte ihn in ein Büro gesperrt und an einen Schreibtisch gekettet, er mußte seine Zeit auf ein Dutzend Abteilungschefs und eine ungezählte Schar von Bittstellern verteilen. War er überhaupt noch Seeoffizier? Er kam sich fast vor wie einer jener gehetzten Geschäftsleute aus der Londoner City, nur daß es ein solcher als Kaufmann nicht nötig hatte, neben seiner sonstigen Arbeit und Verantwortung Tag für Tag lange Berichte nach Whitehall abzufassen. Es war gewiß eine große Ehre für ihn, daß man ihn mit dem Posten eines Gouverneurs von Le Havre betraut hatte, daß er bei dem Angriff gegen Bonaparte die Spitze halten durfte, aber es war auch eine schwere Last.
Da, schon wieder eine Unterbrechung: Ein älterer Offizier in dunkelgrüner Uniform, der ein Blatt Papier in der Hand schwenkte. Das war – wie hieß er doch? Richtig, Hau, Hauptmann bei den 60er Füsilieren. Niemand wußte genau, welcher Nation er im Augenblick angehörte, vielleicht wußte er es nicht einmal selbst. Das 60. Regiment war, seitdem es seinen Titel »Royal Americans« verloren hatte, zum Sammelbecken aller Ausländer geworden, die in den Dienst der britischen Krone traten. Hau war vor der Französischen Revolution offenbar Hofbeamter in einem der unzähligen Kleinstaaten auf dem französischen Rheinufer gewesen. Sein Fürst und Herr lebte seit zwanzig Jahren im Exil, die Landeskinder waren seit zwanzig Jahren Franzosen, und er selbst war diese zwanzig Jahre hindurch von der britischen Regierung zu den verschiedensten Aufgaben verwandt worden.
»Der Postbeutel des Foreign Office ist angekommen, Sir«, sagte Hau. »Diese Depesche hier ist als ›dringend‹ bezeichnet.«
Hornblower hatte sich eben mit der Ernennung eines neuen Juge de Paix befaßt, der alte war allem Anschein nach auf bonapartistisches Gebiet geflüchtet. Nun ließ er diese Angelegenheit fallen, um sich mit dem neuesten Problem zu beschäftigen.
»Sie schicken uns einen Prinzen«, meinte er, nachdem er den Brief gelesen hatte.
Hau zeigte sich sofort lebhaft interessiert.

»Wie heißt er, Sir?« fragte er.

»Es ist der Herzog von Angoulême.«

»Wird unter Umständen Erbe der bourbonischen Linie«, sagte Hau mit sorgfältig abgewogenen Worten. »Ältester Sohn des Herzogs von Artois, des Bruders Ludwigs. Durch seine Mutter stammt er vom Haus Savoyen ab. Seine Gattin ist Marie Thérèse, die Gefangene des Temple, Tochter des Märtyrerkönigs Ludwig XVI. Eine gute Wahl. Er dürfte etwa vierzig Jahre alt sein.«

Hornblower konnte sich nicht recht vorstellen, was ihm ein königlicher Prinz hier nützen sollte. Gewiß, manchmal mochte es gut sein, eine solche weithin sichtbare Galionsfigur zur Verfügung zu haben, aber Hornblower litt nun einmal unter der Bürde einer völlig nüchternen, illusionslosen Betrachtungsweise und sah daher kommen, daß ihn die Anwesenheit des hohen Herrn viel häufiger zusätzliche und dabei unnütze Arbeit kosten werde.

»Wenn der Wind günstig ist, wird er schon morgen eintreffen«, bemerkte Hau.

»Der Wind *ist* günstig«, sagte Hornblower mit einem Blick auf die Flaggenmasten vor dem Fenster, an denen die Unionsflagge Englands und die weiße Flagge der Bourbonen einträchtig nebeneinander flatterten.

»Die Umstände gebieten, daß der Prinz mit allen fürstlichen Ehren empfangen wird«, sagte Hau. Die Gedanken, die ihm dabei durch den Kopf gingen, waren nicht schwer zu erraten. Sie hatten die Wirkung, daß er unbewußt dazu überging, französisch zu sprechen. »Ein bourbonischer Prinz setzt nach zwanzig Jahren zum ersten Male wieder seinen Fuß auf französischen Boden! Am Kai wird er von allen Würdenträgern der Stadt begrüßt. Wir schießen Königssalut. Dann folgt der Zug zur Kirche, ein feierliches Tedeum, Einzug ins Rathaus und hier endlich ein großer Empfang.«

»Das ist alles Ihre Sache«, sagte Hornblower trocken.

Die bittere Winterkälte hielt immer noch ungebrochen an. Unten am Kai, wo Hornblower wartete, während die Fregatte mit dem Herzog an Bord in den Hafen gewarpt wurde, blies ein schneidender Nordost, gegen den sogar sein schwerer Mantel auf die Dauer keinen Schutz bot. Hornblower bedauerte die armen Matrosen und Soldaten, die hier angetreten waren, und die Besatzungen der Kriegsschiffe im Hafen, die auf den Rahen paradierten. Er selbst war eben erst vom Rathaus gekommen, wo er sich so lange aufgehalten hatte, bis ihm eine Ordonnanz meldete, daß die Landung des Herzogs unmittelbar bevorstehe. Die anderen Würdenträger und nachgeordneten Beamten, die sich jetzt hinter ihm gruppierten, waren schon längere Zeit versammelt. Hornblower hatte den deutlichen Eindruck, als hörte er sie auf ihrem Platz unisono mit den Zähnen klappern.

Mit der Aufmerksamkeit des Fachmannes beobachtete er das Warpmanöver der Fregatte, hörte er auf das Klappern des Spills und auf die scharfen Befehle der Offiziere. Langsam verholte das Schiff an den Kai. Die Fallreepsgäste und Bootsmannsmaate traten am Fallreep an, dann erschienen die Offiziere in Gala. Die Ehrenwache der Seesoldaten zog auf, vom Fallreep zum Kai wurde eine Laufbrücke gelegt. Da erschien auch schon der Herzog, eine große, steife Gestalt in Husarenuniform mit breitem, blauem Ordensband quer über der Brust. An Bord ertönte ein langer, trillernder Seitepfiff der Bootsmannsmaate, die Ehrenwache präsentierte, und die Offiziere hoben ihre Hände grüßend an den Hut.

»Treten Sie bitte vor, um Seine Königliche Hoheit zu begrüßen, Sir«, soufflierte Hau, der dicht hinter Hornblower stand.

Quer über die Mitte der Laufbrücke zog sich so etwas wie eine magische Linie, die der Herzog beim von Bord gehen überschritt. Er verließ damit das englische Schiff und betrat den Boden Frankreichs. In diesem Augenblick senkte sich die französische Königsstandarte im Topp der Fregatte, die Pfeifen erstarben mit einem letzten, klagenden Ruf. Die zusammengefaßten Musikkorps setzten mit einem schmetternden Triumphmarsch ein, die Salutgeschütze donnerten, Matrosen und Soldaten der Ehrenwache präsentierten ihre Gewehre nach den verschiedenen Reglements des Heeres, der Flotte, der Engländer und der Franzosen. Hornblower trat vor, schwang seinen Dreimaster mit der höfischen Geste vor die Brust, die er unter Haus Anleitung am Morgen sorgfältig einstudiert hatte, und verbeugte sich vor dem Vertreter Seiner Allerchristlichsten Majestät.

»Sir 'Oratio«, sagte der Herzog mit freundlicher Wärme – offenbar war es ihm auch während eines Menschenalters im Exil nicht gelungen, der Schwierigkeiten Herr zu werden, die den Franzosen beim Aussprechen von Hauchlauten zu befallen pflegen. Er sah sich um. »Ah! Frankreich, herrliches Frankreich!«

Dabei konnte sich Hornblower wirklich kaum etwas weniger Herrliches vorstellen als die Wasserfront von Le Havre bei diesem steifen Nordost. Immerhin, der Herzog hatte es sicher ehrlich gemeint, und für die Nachwelt nahmen sich diese Worte bestimmt gut aus. Vermutlich waren sie ihm von den feierlich aussehenden, uniformierten Würdenträgern seines Gefolges eingeprägt worden, die ihm jetzt über die Laufbrücke nachkamen. Einen von ihnen bezeichnete der Herzog persönlich als Monsieur ... Hornblower konnte den Namen nicht verstehen – und Chevalier d'Honneur. Dieser Herr stellte dann seinerseits den Stallmeister und den militärischen Adjutanten vor.

Im Winkel seines Gesichtsfeldes konnte Hornblower erkennen, wie sich die hinter ihm versammelten Beamten eben aus ihrer gemeinsamen Verbeugung wieder aufrichteten. Ihre Hüte behielten sie aber auch weiterhin vor dem Leib.

»Aber ich bitte Sie, meine Herren, bedecken Sie sich doch«, sagte der Herzog. Da verschwanden alle die Grauköpfe und Glatzen schleunigst unter den Hüten, mit denen sich die dankbaren Würdenträger gegen die beißende Winterkälte schützten.

Anscheinend klapperte auch der Herzog vor Kälte mit den Zähnen. Hornblower warf einen raschen Blick auf Hau und Lebrun, die einander mit der Miene gelassener Höflichkeit wegstießen, weil jeder ihm und dem Herzog am nächsten sein wollte, und entschloß sich kurzerhand, die weiteren Vorstellungen auf das Allernotwendigste zu beschränken und das umständliche Programm, das Hau und Lebrun ihm vorgelegt hatten, ganz einfach außer acht zu lassen. Es hatte wirklich keinen Sinn, wenn der Bourbonenprinz, den man ihm herübergeschickt hatte, womöglich gleich an Lungenentzündung starb. Momas mußte er natürlich vorstellen – der Name des Barons würde ja der Geschichte angehören, und nach ihm Bush, als ältesten Seeoffizier –, einen aus jedem Land, das versinnbildlichte gleichzeitig ihr Bündnis. Außerdem war das wieder etwas für Bush, der jeden Lord verehrte und jede Königliche Hoheit anbetete. Der Herzog würde sicher in Bushs Liste persönlicher Erinnerungen, an deren Spitze der Zar aller Reußen stand, einen Ehrenplatz einnehmen. Hornblower wandte sich um und winkte nach den Pferden, der Stallmeister eilte hinzu, um den Steigbügel zu halten, und der Herzog schwang sich in den Sattel. Er war, wie alle Angehörigen seines Hauses, ein geborener Reiter. Hornblower bestieg den ruhigen Gaul, den er für sich selbst bestimmt hatte, und die anderen folgten seinem Beispiel, einige der Zivilisten fühlten sich dabei durch den ungewohnten Säbel etwas behindert. Der Weg bis zur Kirche »Unserer Lieben Frau« war kaum eine viertel Meile lang, und Lebrun hatte dafür Sorge getragen, daß jeder Meter dieses Weges dem Bourbonen ein Willkommen entbot. Aus jedem Fenster wehten weiße Fahnen, und über die Auffahrt zum Westportal der Kirche spannte sich ein Triumphbogen aus weißen Lilien. Aber die Hochrufe der Menge hatten in dem schneidenden Wind einen dünnen Klang, und der Festzug, in dem jedermann vornübergebeugt einherkam, um sich gegen die Kälte zu schützen, vermochte wohl auch nicht viel Begeisterung zu wecken.

Die Kirche bot endlich ein dankbar begrüßtes Obdach – Hornblower verglich es in Gedanken mit dem Obdach, das sie im übertragenen Sinne allen Sündern gewährt, aber im nächsten Augenblick nahmen ihn schon wieder seine Pflichten in Anspruch. Er nahm seinen Sitz hinter dem Herzog ein,

Lebrun war mit Absicht so gesetzt worden, daß Hornblower ihn beobachten konnte und sah, was er jeweils zu tun hatte, wann er stehen, wann er knien mußte. Es war nämlich das erstemal, daß er eine katholische Kirche betrat und einem katholischen Gottesdienst beiwohnte. Deshalb bedauerte er auch ein bißchen, daß er geistig zu sehr in Anspruch genommen war, um alles um sich her so genau beobachten zu können, wie er es gern getan hätte. Die Gewänder und der uralte Ritus hätten ihn sicher angesprochen, aber er ließ sich immer wieder durch die Frage ablenken, welche Druckmittel dieser Lebrun angewandt haben mochte, um die zelebrierende Geistlichkeit zu dieser Herausforderung Bonapartes zu bewegen. Auch andere Dinge hätte er gern gewußt, so zum Beispiel, wieweit sich dieser Bourbonensproß nun auch am richtigen Feldzug beteiligen wollte, oder was es mit den Nachrichten auf sich hatte, die jetzt durchzusickern begannen und besagten, daß sich nunmehr endlich Truppen des Kaiserlichen Heeres in Richtung Le Havre bewegten.
Der Weihrauch, die Wärme, seine Müdigkeit und der Wirrwarr seiner Gedanken machten ihn schläfrig. Er war gerade im Begriff einzunicken, fuhr aber auf, als Lebrun sich plötzlich erhob. Hastig folgte er seinem Beispiel, und gleich darauf bewegte sich der Zug wieder ins Freie. Von Notre-Dame ritten sie, gepeitscht vom eisigen Wind, durch die Rue de Paris, dann rings um den großen Platz. Vor dem Rathaus stiegen sie wieder aus dem Sattel. Die Hochrufe des Volks klangen dünn und teilnahmslos, das Winken oder Hutabnehmen, womit der Herzog sich für die Huldigung bedankte, wirkte hölzern und mechanisch. Seine Königliche Hoheit besaß offenbar viel von dem stoischen Gleichmut, der ihn befähigte, körperliche Unbill in der Öffentlichkeit gelassen zu ertragen, ohne sich etwas anmerken zu lassen. Das war eine Fähigkeit, über die jeder Fürst verfügen muß, deren Erlernung ihn jedoch allem Anschein nach schweigsam und zurückhaltend gemacht hatte. Hornblower fragte sich, ob überhaupt eine Möglichkeit bestand, ihn vorteilhaft zu verwenden. Übertrug man nämlich dem Herzog dem Namen nach die Führung, dann kam es sofort zum Blutvergießen unter den Franzosen selbst, allerdings konnte Hornblower von diesem Augenblick an sicher sein, daß er den Anhängern der Bourbonen auch im Gefecht volles Vertrauen schenken durfte. Hornblower folgte ihm mit den Blicken, wie er die große Halle des Rathauses der Länge nach durchschritt – die riesigen Feuer, die an ihren beiden Enden brannten, reichten nicht aus, die eisige Kälte zu brechen, die auch hier herrschte – und wie er die Würdenträger der Stadt mit ihren Frauen, die ihm vorgestellt wurden, der Reihe nach begrüßte. Sein gespieltes Lächeln, die angemessenen, aber förmlichen Begrüßungsworte, die sorgfältig gewählten, von der bloßen Neigung des Kopfes bis zur leichten Verbeu-

gung abgestuften Höflichkeitsgesten verrieten seine sorgfältige Schulung. Hinter ihm und an seiner Seite drängten sich seine Ratgeber, die adligen Emigranten, die er mitgebracht hatte, dazu Momas und Lebrun als Vertreter des nachrevolutionären Frankreich und endlich Hau in Wahrnehmung der britischen Interessen. Kein Wunder, daß sich der Mann bewegte wie eine hölzerne Marionette, wenn alle diese Leute an den Drähten zogen.
Die Frauen hatten rote Nasen und über den langen Handschuhen rote Ellbogen. In ihren tiefdekolletierten Hoftoiletten bebten sie alle vor Kälte. Es waren die Frauen der Kaufleute und kleinen Beamten der Stadt, sie waren nicht gut angezogen, denn ihre Kleider waren erst heute, erst als sie erfuhren, daß sie zum Empfang geladen seien, in fliegender Hast zurechtgeschneidert worden. Ein paar Dicke keuchten in enggeschnürten Korsetts, einige Schlankere versuchten, jene weiche, durch kein Korsett gehemmte Grazie zu zeigen, die vor einem Jahrzehnt Mode gewesen war. Alle aber kochten förmlich vor Erregung über die Aussicht, einem richtigen königlichen Prinzen vorgestellt zu werden. Ihre Aufregung schien auch die Männer angesteckt zu haben, die nervös von einer Gruppe zur anderen rannten, Hornblower aber glaubte zu wissen, welche Angst jene wirklich verfolgte. Sie fürchteten, daß die ungeheuerliche Macht Bonapartes eben doch noch nicht endgültig zerstört sei, daß sie möglicherweise schon in ein paar Tagen ihr kleines Vermögen, ihre Aussichten auf Pension verlieren und als bettelarme Flüchtlinge oder gar als Opfer der Guillotine enden könnten. Das war ja einer der Gründe, weshalb der Herzog von England herübergekommen war: Diese Leute sollten endlich dazu gezwungen werden, sich offen zur Sache der Bourbonen zu bekennen. Wenn sie heute erschienen waren, dann hatte Lebrun durch privat erteilte Winke bestimmt nicht unwesentlich zu ihrem Entschluß beigetragen. Aber ihre Zweifel und Ängste blieben gut verborgen, die Geschichte würde später nur Kunde von dem glänzenden Empfang geben, der der Ankunft eines bourbonischen Prinzen auf französischem Boden festliches Gepräge verlieh. Hornblower war sich mit einem Male darüber im klaren, daß schon einstmals beim Empfang des »Jungen Präsidenten« in Hollywood allenthalben die gleichen Unterströmungen wirksam waren, was immer auch die im Volk verbreitete Geschichtslegende heute davon behaupten mochte. Anderseits entbehrte der Prätendent bei jenem Empfang der besonderen Zierde, die das scharlachrote Tuch der Seesoldaten und das Blau und Gold der Navy dem heutigen Feste verliehen.
Da zupfte ihn jemand am Ärmel, es lag etwas Mahnendes in dieser Berührung. Hornblower wandte sich langsam um und sah, daß Brown in seinem besten dunklen Zivilanzug hinter ihm stand.
»Oberst Dobbs hat mich zu Ihnen hereingeschickt«, sagte Brown.

Er sprach leise und ohne seinen Kapitän gerade anzusehen, dabei vermied er es, die Lippen mehr als unbedingt nötig zu bewegen. Offenbar wollte er weder die Aufmerksamkeit der Umstehenden erregen, noch irgendwem Gelegenheit geben zu hören, was er sagte.

»Nun?« fragte Hornblower.

»Es ist eine Depesche eingetroffen, Sir, und Oberst Dobbs sagt, er möchte sie Ihnen gern zeigen.«

»Ich komme sofort«, sagte Hornblower.

»Aye, aye, Sir.«

Brown schlich wieder davon. Wenn er wollte, konnte er sich trotz seiner Breite und Größe erstaunlich unauffällig benehmen. Hornblower wartete noch so lange, bis man nicht mehr gut annehmen konnte, daß sein Weggang mit Browns Nachricht in Verbindung stünde, dann erst ging er langsam an den Türwachen vorüber hinaus. Draußen eilte er, zwei Stufen auf einmal nehmend, die Treppe zu seinem Dienstzimmer empor, wo ihn schon der Seesoldatenoberst in seinem roten Waffenrock erwartete.

»Also doch! Sie sind unterwegs, Sir«, sagte Dobbs und gab Hornblower die Depesche zu lesen. Das war ein seltsames Dokument, ein langer, schmaler Papierstreifen, der trotz seiner geringen Breite der Quere wie der Länge nach klein zusammengefaltet gewesen war. Beim Anblick dieses merkwürdigen Schreibens sah Hornblower Dobbs zunächst einmal fragend an.

»Der Bote trug den Zettel zusammengefaltet in einem Knopf seines Mantels versteckt, Sir«, erklärte Dobbs. »Er stammt von einem Pariser Agenten.«

Es gab, wie Hornblower wußte, eine Menge von Persönlichkeiten in hohen Stellungen, die ihren kaiserlichen Herrn verrieten, indem sie militärische oder politische Geheimnisse, sei es für einen Augenblicksgewinn, sei es gegen die Aussicht auf künftige Beförderung preisgaben. Dieser Brief hier mußte auch aus einer solchen Quelle stammen.

»Der Bote hat Paris gestern verlassen«, sagte Dobbs. »Er ritt mit Postpferden nach Honfleur und kreuzte den Fluß heute abend nach Einbruch der Dunkelheit.« Der Brief war offenkundig von sachverständiger Hand geschrieben.

»Heute morgen«, hieß es darin, »ist Belagerungsartillerie aus dem Artilleriepark von Sablons auf dem Wasserwege stromabwärts gegangen. Es handelt sich um das 107. Artillerieregiment. Die Geschütze waren Vierundzwanzigpfünder, und zwar vermutlich vierundzwanzig Stück. Der Artillerie waren drei Kompanien Sappeure und eine Kompanie Mineure beigegeben. Angeblich soll General Quiot die Führung übernehmen. Welche Truppen ihm außerdem unterstellt sind, ist mir nicht bekannt.«

Der Brief trug keine Unterschrift, die Handschrift war offenbar verstellt.
»Ist das Schreiben auch echt?« fragte Hornblower.
»Jawohl, Sir. Harrison sagt es. Außerdem stimmt sein Inhalt mit den anderen Meldungen überein, die wir aus Rouen erhalten haben.«
Bonaparte, der sich im Osten Frankreichs zu tödlichem Ringen mit Russen, Preußen und Österreichern verbissen hatte, der im Süden mit Wellington um sein Leben kämpfte, hatte es also dennoch fertiggebracht, Streitkräfte zusammenzukratzen, um auch der neuen Drohung im Norden zu begegnen. Es gab ja keinen Zweifel, gegen wen diese Belagerungsartillerie eingesetzt werden sollte. Seineabwärts von Paris gab es nur einen einzigen Gegner, das waren die Rebellen in Le Havre. Die Entsendung von Sappeuren und Mineuren lieferte vollends den Beweis dafür, daß man eine Belagerung beabsichtigte, daß also die Geschütze nicht etwa nur zur Verstärkung irgendeiner Küstenbefestigung dienen sollten. Und Quiot hob soeben in Rouen zwei Divisionen aus.
Die Seine bot Bonaparte die beste Möglichkeit, einen Schlag gegen Le Havre zu führen. Die schweren Geschütze waren zu Wasser weit leichter zu befördern als auf dem Landwege. Das galt vor allem jetzt im Winter. Auch die Truppen legten den Weg viel rascher zurück, wenn man sie auf Schuten verlud, als wenn sie marschierten. Diese Schuten konnte man ja Tag und Nacht hindurch ohne Unterbrechung stromabwärts schleppen und treideln – vielleicht näherten sie sich in diesem Augenblick schon Rouen. Es konnte also höchstens noch ein paar Tage dauern, bis Quiot gegen die Stadt anrückte. Hornblower mußte an die andere Belagerung denken, die er mitgemacht hatte, die von Riga. Er erinnerte sich des erbarmungslosen Gleichmaßes, mit dem damals die Sappen vorgetrieben wurden, des uhrwerkgleichen Vorrückens der Schanzkörbe und Faschinen. Noch wenige Tage, dann drohte hier dieselbe tödliche Gefahr. Und er allein trug die Verantwortung, sie abzuwehren.
Unvermittelt überfiel ihn heftiger Unwille über seine Londoner Vorgesetzten, weil er sich überlegte, wie kümmerlich wenig sie ihn bis jetzt unterstützt hatten. Vierzehn Tage war Le Havre nun in britischer Gewalt, da hätte schon allerhand geschehen können. Mit den stärksten Ausdrücken, die er anzuwenden wagte, hatte er denen zu Hause zu verstehen gegeben, daß er tatenloses Zuwarten für unzweckmäßig halte – er erinnerte sich, daß er wörtlich so geschrieben hatte. Aber England, dessen ganzes Landheer unter Wellington unten im Süden im Kampf stand, das durch zwanzig endlose Kriegsjahre bis zum letzten ausgeblutet war, dieses England hatte eben für ihn nichts mehr übrig. So blieb der Aufruhr, den er entfacht hatte, notwendig in der Abwehr stecken und war daher im Rahmen des ungeheuren Entscheidungskampfes auch als militärischer Faktor

nur von untergeordneter Bedeutung. Gewiß, in politischer und moralischer Hinsicht war sein Unternehmen ein riesiger Erfolg gewesen, so versicherte man ihm wenigstens mit höchst schmeichelhaften Worten, militärisch dagegen schien es zu völliger Fruchtlosigkeit verurteilt zu sein. Bonaparte, dessen Reich angeblich schon im Wanken war, der auf den schneebedeckten Feldern der Champagne um sein Leben rang, konnte immer noch zwei Divisionen und einen Belagerungspark erübrigen, um Le Havre zurückzugewinnen. War dieser Mann je zu schlagen?

Hornblower hatte die Anwesenheit des Seesoldatenobersten ganz vergessen, er blickte an ihm vorbei ins Leere. War es nicht höchste Zeit, daß der Aufstand in Le Havre endlich von der Verteidigung zum Angriff überging, mochten seine Hilfsmittel und Möglichkeiten noch so beschränkt, mochte der Gegner noch so mächtig sein? Irgend etwas mußte geschehen, irgend etwas mußte gewagt werden. Er wollte sich unter keinen Umständen hinter den Wällen von Le Havre verschanzen wie ein Kaninchen in seinem Bau und geduldig warten, bis Quiot mit seinen Sappeuren auf der Bildfläche erschien und ihn aushob. Der bloße Gedanke daran war ihm unerträglich.

»Zeigen Sie mir noch einmal die Karte«, sagte er zu Dobbs. »Wie steht es eigentlich mit den Gezeiten? Wie, das wissen Sie nicht? Dann sehen Sie schleunigst nach, Mann. Außerdem wünsche ich Meldung über den Zustand der Straßen zwischen hier und Rouen. Brown! Geh sofort hin und hole mir Kapitän Bush aus der Empfangshalle.«

Er war noch immer dabei, seine Pläne auszuarbeiten und die vorbereitenden Befehle zu erteilen, als Hau ins Zimmer trat.

»Der Empfang nähert sich seinem Ende, Sir«, sagte Hau. »Seine Königliche Hoheit ist im Begriff, sich zurückzuziehen.«

Hornblower warf noch einen Blick auf die Karte der unteren Seine, die vor ihm ausgebreitet lag, sein Schädel rauchte vom Ausrechnen der Gezeitenströme und der Wegentfernungen.

»Ah! Danke, ausgezeichnet«, sagte er. »Ich werde mich fünf Minuten dort zeigen.«

Als Hornblower die Halle betrat, lächelte er — viele wandten sich nach ihm um und nahmen davon Notiz. Es lag eine gewisse Ironie darin, daß sich die guten Bürger, die hier beim Empfang versammelt waren, gerade dadurch besonders beruhigt fühlen sollten, daß Hornblower soeben die Nachricht von der Bedrohung ihrer Stadt erhalten hatte.

12

Der trübe Wintertag wich einer ebenso trüben, finsteren Nacht. Im letzten Licht des grauen Nachmittags stand Hornblower auf dem Kai und beobachtete das Klarmachen der Boote. Es war schon dunkel und diesig genug, daß diese Vorbereitungen für jeden Beobachter außerhalb der Stadt unsichtbar blieben, mochte er seinen Beobachtungsposten auch noch so günstig gewählt haben. Die Matrosen und Seesoldaten konnten also ungesehen ihre Boote bemannen. Nur noch eine Stunde, dann begann die Flut, man wollte keinen Augenblick versäumen, den günstigen Strom auszunutzen.
Das war wieder eins von den Opfern, die der Erfolg mit sich brachte: Da stand er nun und mußte zusehen, wie andere zu einem Unternehmen aufbrachen, das er brennend gern selbst geleitet hätte. Aber der Gouverneur von Le Havre, der Kommodore, konnte unmöglich Leben und Freiheit bei einem nebensächlichen Ausfall aus der Festung aufs Spiel setzen. Die Abteilung, die er entsandte, ließ sich in einem halben Dutzend Kriegsschiffsbarkassen unterbringen und war so klein, daß er sich sogar kaum berechtigt fühlte, einen Kapitän zur See als Führer einzusetzen.
Da kam Bush herangestapft, auf dem Kopfpflaster hörte man abwechselnd die schweren Tritte seines Holzbeins und die leichteren des Schuhs an seinem anderen Fuß.
»Keine weiteren Befehle, Sir?« fragte Bush.
»Nein, ich habe keine. Ich wünsche Ihnen nur noch von Herzen jeden denkbaren Erfolg«, sagte Hornblower.
Dabei streckte er ihm die Hand hin, und Bush schlug mit seiner Rechten ein – seltsam, wie hart und hornig Bushs Hände immer noch waren, als ob er nach wie vor seine Brassen und Fallen zu holen hätte. Bush blickte ihn mit seinen ehrlichen blauen Augen an.
»Besten Dank, Sir«, sagte er. Er zögerte einen Augenblick und fuhr dann fort: »Machen Sie sich unsertwegen keine Sorgen, Sir.«
»Wenn Sie das Kommando haben, Bush, dann mache ich mir nie Sorgen.«
Das war ehrlich gemeint. In all den Jahren engster Zusammenarbeit hatte Bush sich seine Methoden immer besser zu eigen gemacht. Man konnte sich darauf verlassen, daß er jede Aufgabe mit kluger Überlegung durchführte. Bush wußte genausogut wie er selbst, worauf es ankam. Er kannte den Wert der Überraschung, die Bedeutung schneller, plötzlicher, unerwarteter Schläge, er hatte die Notwendigkeit engster Zusammenarbeit zwischen allen Teilen der bewaffneten Macht erfaßt.
Die Barkasse der *Nonsuch* lag am Kai längsseit, eine Abteilung Sesoldaten war gerade im Begriff sich einzuschiffen. Die Leute saßen steif und linkisch auf ihren Duchten und hielten ihre Musketen senkrecht mit der Mündung

nach oben zwischen den Knien. Die Matrosen hielten unterdessen die Boote vom Bollwerk frei.

»Alles klar, ,Sir!« piepste eine Stimme aus der Achterplicht.

»Auf Wiedersehen, Bush«, sagte Hornblower.

»Auf Wiedersehen, Sir.«

Mit Hilfe seiner kräftigen Arme gelangte Bush trotz des Holzbeins mühelos in die Barkasse hinunter.

»Absetzen!«

Das Boot löste sich gleichzeitig mit zwei anderen Barkassen vom Kai. Es war gerade noch hell genug, daß man sehen konnte, wie der Rest der Flottille von den im Hafen verankerten Schiffen loswarf. Die Kommandos schallten über das Wasser zu Hornblower herüber.

»Ruder an!«

Bushs Boot setzte sich im Bogen an die Spitze des Verbandes, der sofort Kurs auf die Stromrinne nahm und bald von der Nacht verschlungen war. Hornblower starrte ihm noch eine ganze Zeit nach, obgleich er ihn im Dunkel längst aus den Augen verloren hatte. Dann erst wandte er sich zum Gehen. Wenn man den Zustand der Straßen in Betracht zog und sich an die Meldungen der verschiedenen Spione hielt, dann konnte man nicht mehr daran zweifeln, daß Quiot seinen Belagerungspark auf dem Wasserwege bis Caudebec schaffen wollte – wenn er seine riesigen Vierundzwanzigpfünder auf Schuten transportierte, dann legte er damit an einem Tage fünfzig Meilen zurück, während er auf dem Landweg, bei dem unergründlichen Schmutz, der jetzt alle Straßen bedeckte, für die gleiche Strecke mindestens eine Woche brauchte. In Caudebec gab es ein Bollwerk, eine Estacade, wie es auf französisch hieß, mit Einrichtungen zur Handhabung der größten Lasten. Quiots Vorhuten in Lillebonne und Bolbec konnten die Löscharbeiten sichern – so hatte sich der General das bestimmt überlegt. Boote, die im Dunkel der Nacht mit der Flut rasch stromaufwärts fuhren, hatten die besten Aussichten, jenes Bollwerk unbeobachtet zu erreichen. Dann konnte das Landungskorps nach Herzenslust sengen und zerstören. Bonapartes Truppen, Eroberer des Festlandes, kamen wahrscheinlich nicht auf den Gedanken, daß eine amphibische Unternehmung sie vom Wasser her in der Flanke packen konnte. Aber selbst wenn sie eine solche Möglichkeit in Rechnung stellten, waren die Boote, die mit der auflaufenden Flut sehr schnell vorwärts kamen, voraussichtlich imstande, die Stellungen der Abwehr im Dunkel zu durchbrechen und bis zu den Schuten vorzudringen. Aber trotz aller beruhigenden Versicherungen, die Hornblower sich auf diese Weise gab, war es doch nicht so ganz einfach, zuzusehen, wie die Männer jetzt in der Finsternis verschwanden. Hornblower kehrte dem Kai den Rücken und wanderte durch die dunkle Rue de Paris nach dem Rathaus. An den Straßenecken tauchte ein halbes Dutzend dunkler Schattengestalten auf, die wenige Meter vor oder hinter ihm mitkamen. Das waren die von Hau und Lebrun für ihn abgeteilten Leibwächter. Diese beiden hatten nämlich vor Entsetzen die Hände über dem Kopf zusammengeschlagen, als Hornblower die Absicht äußerte, ohne Begleitung und noch dazu zu Fuß durch die Stadt zu gehen. Da er von einer ständigen militärischen Wache nichts wissen wollte, waren sie schließlich auf diesen Ausweg verfallen. Hornblower beschloß, sich dadurch etwas aufzurütteln, daß er so schnell ging, wie ihn seine langen, dünnen Beine tragen wollten. Die körperliche Anstrengung tat ihm wohl, er mußte lächeln, als er das eilige Getrappel seiner Begleiter hörte, die sich mächtig beeilen mußten, um mit ihm Schritt zu halten. Eigenartigerweise hatten sie fast alle auffallend kurze Beine.

Sein Schlafzimmer bot ihm größere Sicherheit vor unerwünschten Störungen als irgendein anderer Ort. Er entließ Brown, sobald dieser die Kerzen auf dem Nachttisch angezündet hatte, dann streckte er sich mit einem Seufzer der Erleichterung auf dem Bett aus, ohne auf seine Uniform zu achten. Noch einmal stand er auf, nahm den schweren Bootsmantel vom Haken und deckte sich damit zu. Obgleich im Kamin ein Feuer brannte, war es im Zimmer doch recht feucht und kalt. Jetzt nahm er endlich die oberste der Zeitungen von dem Stapel, der neben ihm auf dem Nachttisch lag, und begann, die angestrichenen Absätze, die er vorher nur rasch überflogen hatte, gründlich zu lesen. Die Blätter stammten von Barbara. Ihren begleitenden Brief hatte er schon mehrmals gelesen und dann sorgsam in der Tasche verwahrt, für die Blätter hatte er noch keine Zeit gefunden.

Wenn die Presse wirklich die Stimme des Volkes war, was sie doch von sich behauptete, dann war die britische Öffentlichkeit von ihm und seinen jüngsten Unternehmungen einfach begeistert. Es fiel Hornblower seltsam schwer, sich in seine Lage vor nur wenigen Wochen zurückzuversetzen. Seine vielfältigen Pflichten als Gouverneur von Le Havre nahmen ihn so vollständig in Anspruch, daß er sich nur noch nebelhaft-undeutlich an das erinnerte, was sich vor der Einnahme der Stadt zugetragen hatte. Die Times hier ergingen sich jedenfalls in überschwenglichen Lobsprüchen über die Art, wie er die Lage in der Seinebucht gemeistert hatte. Das Blatt bezeichnete die Maßnahmen, die er getroffen hatte, um die Meuterer daran zu hindern, die *Flame* den Franzosen in die Hände zu spielen, als »ein Meisterstück an Scharfsinn und seemännischem Geschick, wie wir es von diesem hervorragenden Offizier nicht anders erwartet haben«.

Der ganze Artikel klang so großspurig, daß Hornblower sich unwillkürlich fragte, warum die Leute »wir« nicht gleich mit einem großen

W geschrieben hatten. Es hätte jedenfalls besser zum Tone des Ganzen gepaßt.
Da war der Morning Chronicle. Der verbreitete sich über die Tatsache, daß er die *Flame* über das Deck der *Bonne Célestine* hinweg geentert hatte. Es gebe in der Geschichte nur ein einziges Beispiel für eine ähnliche Tat – die Wegnahme der *San Joseph* durch Nelson bei Kap St. Vincent. Hornblower zog die Brauen hoch, als er dieses las. Ein solcher Vergleich war ganz abwegig. Er hatte doch gar keine andere Möglichkeit gehabt. In Wirklichkeit war ja nur die Mannschaft der *Bonne Célestine* niederzukämpfen gewesen, von der *Flame*-Besatzung hatte kaum jemand eine Hand gerührt, um die Wegnahme des Schiffes zu verhindern. Es war überhaupt Unsinn, ihn mit Nelson zu vergleichen. Nelson war ein Genie gewesen, er hatte die Gabe besessen, blitzschnell zu denken und alle Menschen zu befeuern, die mit ihm in Berührung kamen. Im Vergleich zu diesem Mann war er selbst wirklich nicht mehr als ein Durchschnittsoffizier, der sich redlich Mühe gab und etwas Glück gehabt hatte. Glück, geradezu unwahrscheinliches Glück war die eigentliche Wurzel seines Erfolges, Glück im Verein mit der Gewohnheit, alles gründlich zu überlegen und mit der hingebenden Treue seiner Untergebenen durchzuführen. Es war geradezu ein Skandal, daß man es wagte, ihn Nelson an die Seite zu stellen, es war widerwärtig und unanständig. Im Weiterlesen regte sich bei Hornblower ein peinlich beunruhigendes Gefühl in der Magengegend, genau das gleiche, das er auch dann hatte, wenn er nach längerem Landaufenthalt zum erstenmal wieder zur See fuhr und das Schiff in ein Wellental hinabsank. Jetzt nachdem dieser Vergleich mit Nelson einmal angestellt war, legte man dienstlich und öffentlich gewiß auch an alle seine künftigen Handlungen den gleichen Maßstab an. Gab es dabei eine Enttäuschung, dann schlug die Stimmung plötzlich um, und man riß ihn in Stücke. Er hatte schwindelnde Höhen erklommen, und die natürliche Folge davon war, daß er nun vor einem Abgrund stand. Hornblower mußte daran denken, wie er damals als Kadett mit Königszulage auf der alten *Indefatigable* zum ersten Male in den Großtopp bis zum Flaggenkopf geentert war. Das Entern selbst war gar nicht so schwer gewesen, nicht einmal in den Püttingswanten, aber dann, als er oben war und hinuntersah, hatte ihn plötzlich vor dieser Tiefe ein solches Entsetzen gepackt, daß ihm ganz schwindlig und übel wurde. Genau das gleiche Gefühl hatte er auch jetzt wieder.
Er warf den Morning Chronicle beiseite und langte nach dem Anti Gallican. Hier weidete sich der Schreiber vor allem an dem Schicksal der Meuterer. Er war hell begeistert über das Ende Nathaniel Sweets und legte besonderes Gewicht auf die Tatsache, daß Hornblower ihn mit eigener

Hand getötet hatte. Es stünde zu hoffen, so fuhr er fort, daß auch Sweets Komplicen bei diesem fluchwürdigen Verbrechen der Meuterei bald den Lohn bekämen, den sie verdienten, und daß der glückliche Schlag, mit dem Hornblower die *Flame* wiedergewann, die zuständigen Stellen nicht etwa dazu bestimme, unangebrachte Milde oder sentimentale Rücksichten walten zu lassen. Hornblower dachte an die zwanzig Todesurteile, die seiner Unterschrift harrten, und fühlte, wie die Übelkeit von neuem in ihm aufstieg. Dieser Schmock da hatte ja keine Ahnung, was Sterben bedeutete. Hornblower hatte wieder Sweets weißes Haar vor Augen, wie es auf dem Wasser schwamm, als der Qualm des Musketenschusses sich verzog. Armer, alter Mann – Chadwick wollte ihn degradieren und dann auspeitschen lassen. Zum zwanzigsten Male gab sich Hornblower darüber Rechenschaft, daß er in der Lage des anderen angesichts der Gewißheit, ausgepeitscht zu werden, genauso gemeutert hätte wie jener. Der Schreiber da hatte ja keine Ahnung von dem Übelkeit erregenden Klatschen der neunschwänzigen Katze, wenn sie auf den nackten Rücken eines Mannes niedersauste, er hatte gewiß noch nie das Schmerzgebrüll gehört, das erwachsene Männer ausstoßen konnten, wenn sie gefoltert wurden.

Eine spätere Nummer der Times besprach die Eroberung von Le Havre. Da standen natürlich genau die Worte, die er immer gefürchtet hatte, und zwar, wie man bei der Times erwarten konnte, auf lateinisch: Initium finis – der Anfang vom Ende. Die Times erwartete, daß es mit der Herrschaft Bonapartes, die nun schon so viele Jahre gedauert hatte, in den nächsten Tagen zu Ende gehen werde. Die Verbündeten hatten den Rhein überschritten, Le Havre war gefallen, Bordeaux hatte sich für die Bourbonen erklärt, alle diese Ereignisse gaben dem Schreiber die Gewißheit, daß das Letzte, die Entthronung Bonapartes, unmittelbar bevorstand. Dabei verfügte Bonaparte auch heute noch über ein völlig unversehrtes, schlagkräftiges Heer, mit dem er seinen Feinden mächtig zusetzte. Die letzten Meldungen sprachen sogar von klaren Siegen über die Preußen und Österreicher. Und Wellington unten im Süden vermochte gegen Soult nur winzige Fortschritte zu erzielen. Außer diesem Tintenkleckser, der wohlgeborgen in seiner staubigen Redaktion am Printing House Square den Schemel drückte, gab es wohl keinen Menschen, der den Mut gehabt hätte, ausgerechnet jetzt ein unmittelbar bevorstehendes Kriegsende zu prophezeien.

Und doch hielten ihn die Blätter wie durch einen seltsam krankhaften Zauber in ihrem Bann. Wenn er die eine Zeitung weggelegt hatte, griff er sofort nach der nächsten, obwohl er genau wußte, daß ihn eine wie die andere nur anwidern oder erschrecken würde. Dennoch konnte er so wenig aufhören, wie ein Opiumsüchtiger seine geliebte Pfeife wegzulegen vermag. So las er weiter und weiter, einen der angestrichenen Artikel nach dem anderen, außerstande, Schluß zu machen, so wie etwa die alte Jungfer kein Ende finden mag, die sich allein in einem einsamen Haus in dunkler Winternacht in einen von Monk Lewis' Schreckensromanen vertiefte. Angst und Schrecken hindern sie daran, das Buch zuzuklappen, und doch weiß sie genau, daß jedes Wort, das sie weiterliest, die Angst vor dem Aufhören nur noch vermehrt. Er war gerade mit dem Stoß Zeitungen zu Ende gekommen, da fühlte er, wie das Bett unter ihm leise zitterte. Zugleich flackerten einen Augenblick die Kerzen in seinem Leuchter wie von einem Luftzug. Hornblower machte sich keine weiteren Gedanken darüber – vielleicht war irgendwo ein schweres Geschütz abgefeuert worden. Allerdings hatte man nichts von einer Detonation gehört. Wenige Sekunden später hörte er, wie seine Schlafzimmertür leise geöffnet wurde. Als er den Kopf hinwandte, bemerkte er, daß Brown hereinspähte. Offenbar wollte er sich davon überzeugen, ob er schlief.

»Was ist los?« fuhr er ihn an. Er hielt mit seiner gereizten Stimmung sowenig hinter dem Berge, daß selbst Brown das Wort im Munde steckenblieb.

»Los, heraus damit!« knurrte Hornblower. »Warum werde ich gegen meinen ausdrücklichen Befehl gestört?«

Hinter Brown wurden Howard und Dobbs sichtbar. Anständigerweise waren sie nicht nur bereit, die Verantwortung für die Störung zu übernehmen, sondern auch den ersten zornigen Ausbruch des Kommodore über sich ergehen zu lassen.

»Wir haben eine heftige Explosion beobachtet, Sir«, sagte Howard, »das Aufblitzen war am Himmel deutlich zu sehen, und zwar in Ost zu Nord, Sir. Ich habe gleich eine Peilung genommen. Es könnte im Caudebec gewesen sein.«

»Wir fühlten die Erschütterung, Sir«, sagte Dobbs, »aber es war nichts zu hören, also ist die Entfernung wahrscheinlich sehr groß. Es mußte eine riesige Explosion gewesen sein, daß die Erschütterung davon bis hierher zu spüren war, obgleich man nichts mehr hören konnte.«

Demnach konnte man beinahe mit Sicherheit annehmen, daß Bush Erfolg gehabt hatte. Offenbar war es ihm gelungen, die französischen Munitionsschuten wegzunehmen und in die Luft zu sprengen. Tausend Schuß für jeden der vierundzwanzig Vierundzwanzigpfünder, das war für eine Belagerung das mindeste. Für jeden Schuß brauchte man acht Pfund Pulver. Das machte zusammen achtmal vierundzwanzigtausnd oder fast zweimal hunderttausend Pfund Pulver, also umgerechnet rund hundert Tonnen. Hundert Tonnen Pulver gaben eine ganz nette Explosion. Als Hornblower mit dieser Kopfrechnung fertig war, faßte er Howard und Dobbs wieder

ins Auge. Bis dahin hatte er sie angeblickt, ohne sie wirklich zu sehen. Brown war während dieser Besprechung seiner Vorgesetzten taktvoll aus dem Zimmer geschlüpft.
»Nun?« sagte Hornblower.
»Wir dachten, Sie hätten Wert darauf gelegt, sofort davon unterrichtet zu werden, Sir«, meinte Dobbs verlegen.
»Ganz richtig«, sagte Hornblower und verbarg sich wieder hinter seiner Zeitung. Dann ließ er sie noch einmal einen Augenblick sinken, sagte »Danke sehr« und hob das Blatt gleich wieder vor sein Gesicht.
Hinter der Zeitung verborgen, konnte Hornblower hören, wie seine beiden Stabsoffiziere aus dem Zimmer schlichen und die Tür leise hinter sich schlossen. Die Rolle, die er da eben gespielt hatte, gefiel ihm gar nicht so übel. Besonders dieses »Danke sehr« zum Schluß war ihm glänzend gelungen, es erweckte den Eindruck, daß er seinen Untergebenen gegenüber immer auf die Wahrung guter Formen bedacht blieb, obwohl ihn solche Kleinigkeiten, wie die Zerstörung eines Belagerungsparks, höchstens langweilen konnten. Aber schon im nächsten Augenblick stellte er voll bitteren Hohnes fest, daß er sich nicht zu gut gewesen war, diesen lächerlichen Triumph auszukosten. Da überkam ihn plötzlich eine gründliche Verachtung seiner selbst und versetzte ihn in eine bedrückte, elende Gemütsverfassung, die auch dann noch anhielt, als ihre eigentliche Ursache schon wieder abgeklungen war. Mit diesem Druck, der auf ihm lastete, hatte es offenbar noch eine andere Bewandtnis, Hornblower legte die Zeitung wieder beiseite und folgte mit dem Blick den Schattenspielen oben am Betthimmel. Da kam ihm auf einmal seine völlige Einsamkeit zum Bewußtsein. Er aber brauchte Gesellschaft, er brauchte Freunde, mehr noch, er brauchte sorgliche, tröstliche Liebe, Und gerade die war ihm als Gouverneur dieser trübselig-kalten, belagerten Stadt versagt. Er trug das ungeheure Gewicht der Verantwortung ganz und allein, er hatte niemand, der Ängste und Hoffnungen mit ihm teilte. Hornblower war schon im Begriff, in den Abgrund des Mitleids mit sich selbst zu stürzen, als er im letzten Augenblick solchen Wünschen und Vorstellungen Einhalt gebot. Die Entdeckung dieser Gefahr vermehrte indessen seine Selbstverachtung noch um ein bedeutendes. Er hatte sein eigenes Wesen immer mit viel zu kritischen Augen beobachtet und die eigenen Fehler viel zu klar erkannt, um sich wirklich selbst bedauern zu können. Natürlich war er auch daran selbst schuld, daß er jetzt so einsam war. Warum hatte er zum Beispiel Howard und Dobbs ohne jeden Grund abgewiesen? Ein vernünftiger Mensch hätte ganz einfach ihre freudige Erregung geteilt, eine Flasche Champagner holen lassen, um den Erfolg zu feiern, und ein paar nette Stunden mit ihnen verbracht. Es hätte ihrem Pflichteifer und ihrer Dienst-

freudigkeit bestimmt nichts geschadet, wenn er bei dieser Gelegenheit mit ein paar Worten angedeutet hätte, daß dieser Erfolg zu einem wesentlichen Teil ihrer Mitwirkung zu verdanken sei, ganz gleich, ob es wirklich so war oder nicht. In der Tat zahlte er jetzt den hohen Preis der Einsamkeit nur für das höchst flüchtige und obendrein höchst zweifelhafte Vergnügen, für etwas zu gelten, was er in Wirklichkeit nicht war, nämlich ein Mann, dem menschliche Regungen nichts anhaben konnten. Hornblower schluckte diese bittere Erkenntnis hinunter und zog daraus den Schluß, daß ihm im Grunde ganz recht geschah.

Er zog die Uhr, eine halbe Stunde war seit der Explosion vergangen, und die Ebbe lief hier an der Mündung schon eine gute Stunde länger. Auch oben in Caudebec mußte der Strom bereits vor einiger Zeit gekentert sein. Man durfte also hoffen, daß Bush mit seiner Flottille jetzt in begeisterter Siegesstimmung stromabwärts unterwegs war. Wahrscheinlich hatten sich die Soldaten des französischen Belagerungsparks dort oben völlig sicher gefühlt. Waren sie nicht von ihrem nächsten Gegner, der in Le Havre saß, zu Land noch fünfundzwanzig, zu Wasser mindestens noch dreißig Meilen entfernt? Stand nicht außerdem eine Armee von zwanzigtausend Mann bereit, um sie vor diesem Gegner zu schützen, der überdies bis zum heutigen Tage noch keinerlei Angriffsabsichten erkennen ließ? Dabei konnten wohlbemannte Boote diese Entfernung, für die die Infanterie, die Tagesstunden gerechnet, volle zwei Tage benötigte, in weniger als sechs Stunden zurücklegen, wenn sie sich von der reißenden Gezeitenströmung der Seine auf den Rücken nehmen ließen. Sie konnten also auf dem breiten, brückenlosen Strom im Lauf einer einzigen Nacht weit flußabwärts einen Schlag führen und ungesehen wieder zurückkehren. Gerade die Tatsache, daß die Seine so breit war und keine Brücken hatte, mochte Quiot und seine Armee dazu verleiten, in ihr nur eine erwünschte Flankendeckung zu erblicken und darüber zu vergessen, welche Möglichkeiten sie dem Feind als Heeresstraße bot. Quiot hatte bis zuletzt eine Division der kaiserlichen Garde befehligt. In den zehn Jahren ihres Siegeslaufes hatte diese Garde bis jetzt noch kein einziges Mal an einer Operation amphibischen Charakters teilgenommen.

Hornblower wurde gewahr, daß er dem gleichen Gedankengang schon einmal, nein, oft und oft nachgehangen hatte. Er putzte die tropfenden Kerzen, sah wieder nach der Uhr und streckte unter seinem Mantel ruhelos die Beine. Seine Hand griff unentschlossen nach den weggeworfenen Zeitungen, aber er zog sie sofort wieder zurück. Die unangenehme Gesellschaft seiner eigenen Gedanken war ihm immer noch lieber als die der Times und des Morning Chronicle. Ja, sie war ihm sogar entschieden mehr wert als dieses ganze subalterne Gewäsch, zumal er sie insoweit ein wenig genießbarer zu machen verstand, als er dabei das Bewußtsein haben durfte, seine Pflicht zu erfüllen. Er warf den Mantel von den Beinen ab und erhob sich. Dann zog er mit einiger Sorgfalt seinen Rock zurecht, kämmte sich vor dem Spiegel aufmerksam die Haare und schlenderte endlich aus dem Zimmer. Dem Posten vor der Tür gab es einen förmlichen Riß, als er seine Ehrenbezeigung machte – es war nicht schwer zu erraten, daß er im Stehen geschlafen hatte. Hornblower überquerte die weite Halle und betrat das gegenüberliegende Zimmer. Beim Öffnen der Tür schlug ihm warme Stickluft entgegen. Eine einzelne Kerze hinter einem Schirm gab so wenig Licht, daß kaum Einzelheiten zu unterscheiden waren. Dobbs saß schlafend an einem Tisch, sein Kopf ruhte auf den gekreuzten Armen, und hinter dem Tisch lag Howard auf einem Feldbett. In dem tiefen Schatten, der dort herrschte, vermochte Hornblower sein Gesicht nicht zu erkennen, er hörte nur sein leises, regelmäßiges Schnarchen.

Hier begehrte niemand nach seiner Gesellschaft, also zog er sich wieder zurück und schloß sachte die Tür. Wahrscheinlich hatte Brown seinen eigenen Schlupfwinkel, in dem er schlief. Hornblower spielte mit dem Gedanken, nach ihm zu schicken und sich eine Tasse Kaffee von ihm machen zu lassen, aber er ließ diese Absicht aus menschlicher Rücksichtnahme wieder fallen. Zuletzt kletterte er wieder in sein Bett und zog den Mantel über sich. Ein pfeifender Zugwind bestimmte ihn dazu, die Bettvorhänge zuzuziehen, vorher löschte er aber noch die Kerzen auf seinem Nachttisch. Er überlegte, daß er sich natürlich bedeutend wohler fühlen würde, wenn er sich vorher entkleidet hätte und richtig zu Bett gegangen wäre. Aber er konnte sich einfach nicht dazu aufraffen, es war ihm zu anstrengend. Darüber wurde ihm plötzlich klar, daß er entsetzlich müde war. In der schwarzen Dunkelheit zwischen den Bettvorhängen fielen ihm von selbst die Lider zu, und er sank, so wie er war, in voller Uniform in einen schweren Schlaf.

13

Die Tatsache, daß Hornblower in Kleidern geschlafen hatte, verriet Brown, Dobbs und Howard am frühen Morgen des nächsten Tages, daß es mit seiner Ruhe und seinem Selbstvertrauen doch nicht so glänzend bestellt war, wie er sie hatte glauben machen wollen. Keiner von den dreien war natürlich so töricht, auch nur ein Wort darüber zu verlieren. Brown öffnete nur die Vorhänge und machte seine Meldung.

»Der Tag bricht eben an, Sir. Kalter Morgen mit etwas Nebel. Letzte Ebbe, Sir. Vorläufig noch keine Nachricht von Kapitän Bush und seiner Flottille.«

»Schön«, sagte Hornblower und stellte sich steif auf seine Beine. Er gähnte und fuhr sich über sein stachliges Kinn. Wenn er nur wüßte, wie es Bush ergangen war! Wenn er sich nur nicht so scheußlich ungewaschen und unsauber fühlte! Er hatte das Bedürfnis zu frühstücken, aber er hatte ein noch viel dringenderes Bedürfnis, etwas über Bush zu hören. Obwohl er schon stundenlang geschlafen hatte, war er immer noch todmüde, aber er lieferte seiner Schlappheit einen Kampf von Mann zu Mann und rang sie nieder wie Christian den Apollyon.

»Mach mir ein Bad zurecht, Brown, und sieh zu, daß du damit fertig wirst, während ich mich rasiere.«

»Aye, aye, Sir.«

Hornblower zog sich aus, stellte sich vor den Waschtisch in der Ecke des Zimmers und begann, sich zu rasieren. Dabei hielt er seinen Blick ebenso geflissentlich von dem Bild seines nackten Körpers mit den dünnen, haarigen Beinen und dem etwas vorstehenden Bauche fern, das ihm der Spiegel zeigte, wie er seinen Geist davon abhielt, der Müdigkeit nachzugeben oder sich mit der Sorge um Bush zu beschäftigen. Brown und ein Seesoldat kamen mit der Badewanne herein und stellten sie in der Nähe ab. Hornblower rasierte sich mit Sorgfalt rings um den Mund und hörte dabei, wie das heiße Wasser mit Eimern eingegossen wurde. Es dauerte eine Weile, bis heiß und kalt im richtigen Verhältnis gemischt war, so daß das Bad die gewünschte Wärme besaß. Hornblower stieg hinein und ließ sich mit einem Seufzer des Wohlbehagens niedergleiten. Dabei schwappte eine ganze Menge überschüssigen Wassers, von seinem Körper verdrängt, aus der Wanne, aber das focht ihn nicht an. Erst dachte er daran, sich einzuseifen, aber dann scheute er die Anstrengung und die Körperverrenkungen, die damit verbunden gewesen wären. Also legte er sich nur auf den Rücken und ließ sich mit gelösten Gliedern angenehm durchweichen. Dabei hielt er die Augen geschlossen.

»Sir!«

Das war Howards Stimme. Er blickte auf.

»Es sind zwei Boote in Sicht, Sir. Sie kommen flußabwärts. Aber nur zwei.«

Und Bush hatte nach Caudebec sieben Boote mitgehabt. Hornblower zwang sich, ruhig zu warten, bis Howard mit seiner Meldung zu Ende war.

»Eins davon ist die Barkaß der *Camilla,* Sir. Ich konnte sie durch mein Glas erkennen. Und das andere .. Ich glaube nicht, daß es von der *Nonsuch* ist .. Aber ich kann es noch nicht sicher ausmachen.«

»Danke sehr, Herr Kapitän. Ich bin im Augenblick fertig.«

Ein vernichtender Schlag! Fünf von sieben Booten verloren – und Bush, er allem Anschein nach auch. Für einen kalten Rechner, der Gewinn und Verlust gefühllos abwägen konnte, war die Zerstörung des französischen Belagerungsparks – *wenn* er zerstört war – gut und gern den Verlust der ganzen Flottille wert. Aber Bush! Hornblower konnte den Gedanken einfach nicht ertragen. Mit einem Satz war er aus der Badewanne und sah sich nach einem Handtuch um. Da er es nicht gleich fand, riß er in der Erregung einfach das Laken aus dem Bett, um sich damit abzutrocknen. Erst als er damit fertig war und sein reines Hemd suchte, sah er die Handtücher am Waschtisch hängen, wo sie hingehörten. Während er sich hastig ankleidete, nahmen seine Angst und seine Besorgnis um Bush von Sekunde zu Sekunde zu. Der erste Schlag war längst nicht so schlimm gewesen wie diese langsam zunehmende Gewißheit, daß er ihn wirklich verloren hatte. Er trat in das Vorzimmer.

»Das eine Boot legt eben am Kai an, Sir. Ich werde den Offizier in spätestens fünfzehn Minuten zur Meldung hier haben«, sagte Howard. In der gegenüberliegenden Tür erschien soeben Brown. Jetzt oder nie, so schoß es bei seinem Anblick Hornblower durch seinen seltsam unberechenbaren Kopf, wäre Gelegenheit, sich wirklich als Mann von Eisen zu zeigen. Er brauchte nur zu sagen: »Mein Frühstück, Brown«, sich hinzusetzen und zu essen. Aber angesichts der Möglichkeit, daß Bush tot war, brachte er es einfach nicht fertig, eine einstudierte Haltung einzunehmen. Solche Posen waren gut und schön, wenn etwa ein Gefecht in Aussicht stand, hier aber handelte es sich um den Verlust seines besten, treuesten Freundes. Brown mußte ihm angesehen haben, wie es um ihn stand, denn er zog sich sofort zurück, ohne das Frühstück überhaupt zu erwähnen. Hornblower stand immer noch an der Tür, er war nicht fähig, einen Entschluß zu fassen.

»Die Kriegsgerichtsurteile liegen zur Bestätigung vor«, bemerkte Howard und deutete auf einen Stapel Papiere. Hornblower setzte sich, nahm eins davon zur Hand und sah hinein. Aber seine Gedanken waren ganz woanders. Er legte das Urteil wieder weg und sagte: »Das werde ich später erledigen.«

»Vom Land kommt neuerdings Apfelwein in großen Mengen in die Stadt. Die Bauern haben anscheinend gemerkt, daß damit ein gutes Geschäft zu machen ist«, sagte Dobbs. »Dadurch haben sich die Fälle von Trunkenheit unter den Mannschaften stark vermehrt. Könnten wir nicht . . ?«

»Das überlasse ich ganz Ihrem Dafürhalten«, sagte Hornblower. »Sagen Sie mir nur, was Sie veranlassen wollen.«

»Ich möchte vorschlagen, Sir, daß wir . .«

Die Besprechung dauerte nur wenige Minuten. Sie drehte sich natürlich um die vielumstrittene Frage der Festsetzung eines bestimmten Wechselkurses zwischen britischer und französischer Währung. Aber die nagende Angst um Bush ließ unterdessen keineswegs nach.

»Verdammt, wo bleibt dieser Offizier?« stieß Howard plötzlich ungeduldig hervor. Bei diesen Worten schob er seinen Stuhl zurück und verließ das Zimmer. Aber schon nach kurzer Zeit trat er wieder ein.

»Mr. Livingstone, Sir«, stellte Howard vor, »Dritter Offizier der *Camilla.*«

Mit ihm war ein Leutnant in mittleren Jahren ins Zimmer getreten, der seiner äußeren Erscheinung nach einen recht ruhigen, zuverlässigen Eindruck machte. Hornblower musterte ihn aufmerksam, während er hinzutrat.

»Bitte geben Sie uns Ihren Bericht.«

»Die Fahrt flußaufwärts verlief ohne weitere Zwischenfälle, Sir. Nur das Boot der *Flame* geriet einmal auf Grund, kam aber alsbald wieder frei. Als wir schon die Lichter von Caudebec erkennen konnten, wurden wir vom Ufer aus angerufen. Wir fuhren gerade durch die letzte Biegung. Kapitän Bush hielt mit seiner Barkaß die Spitze, Sir.«

»Und wo war Ihr Boot?«

»Mein Boot war das letzte der Linie, Sir. Befehlsgemäß fuhren wir weiter, ohne zu antworten. Dann sah ich zwei Schuten, die mitten im Strom vor Anker lagen und eine ganze Menge weiterer draußen am Ufer. Ich legte also Ruder und ging, meinem Befehle entsprechend, bei der am weitesten stromabwärts liegenden längsseits. Weiter stromaufwärts entwickelte sich nun ein ziemlich lebhaftes Musketenfeuer, aber da, wo wir waren, befanden sich anscheinend nur wenige Franzosen, jedenfalls hatten wir sie bald verjagt. Draußen am Ufer standen zwei Vierundzwanzigpfünder auf Transportwagen. Die ließ ich vernageln und dann mit Hilfe von Spaken vom Bollwerk ins Wasser befördern. Die eine Kanone fiel auf die längsseit liegende Schute und schlug gleich ihren Boden durch. Sie sank längsseit von meiner Barkaß, ihr Deck lag gerade in Höhe der Wasseroberfläche. Das war kurz vor dem Kentern des Stromes. Ich weiß nicht, was sie geladen hatte, Sir, ich möchte fast glauben, daß sie leer war, denn sie lag sehr hoch aus dem Wasser, als ich sie enterte. Ihre Luken waren offen.«

»Schön und weiter?«

»Dann führte ich meine Abteilung am Ufer stromauf, wie es befohlen war, Sir. Dort lagen eine Menge Geschosse, die soeben aus der nächsten Schute gelöscht worden waren. Diese Schute war erst halb leer. Ich ließ einen Teil meiner Leute zurück, die sie anbohren und die gelandeten

Kugeln ins Wasser rollen sollten, ich selbst rückte mit etwa fünfzehn Mann weiter. Wir trafen bald auf die Bootsbesatzung der *Flame*, die sich gerade mit einer Gruppe Franzosen herumschlug. Die Franzosen liefen weg, als wir sie in der Flanke packten. Auch hier standen Geschütze an Land, andere Geschütze waren noch auf den Schuten, Sir. Wir ließen sie alle vernageln, warfen die bereits gelandeten in den Fluß und bohrten die Schuten an. Pulver haben wir nirgends vorgefunden, Sir. Ich hatte Befehl, wenn möglich, die Schildzapfen der Geschütze abzusprengen, das konnte ich deshalb nicht tun.«

»Das sehe ich ein.«

Natürlich wäre es besser gewesen, die Schildzapfen abzusprengen und die Geschütze dadurch für immer unbrauchbar zu machen. Aber wenn sie gut vernagelt waren und im Schlamm vergraben in der Seine mit ihrer reißenden Gezeitenströmung lagen, dann waren sie bestimmt auch für geraume Zeit außer Gefecht. Die Kugeln vom Grund des Flusses wiederzuholen, war jedenfalls alles andere als einfach. Hornblower konnte sich so gut den Verlauf des kurzen, blutigen Dramas ausmalen, das sich im nächtlichen Dunkel am Ufer der Seine abgespielt hatte.

»Soweit waren wir gediehen, Sir, da hörten wir plötzlich Trommelwirbel, und dann stürzte sich eine Menge von Soldaten im Sturmangriff auf uns. Es muß mindestens ein Bataillon Infanterie gewesen sein – bis dahin hatten wir es anscheinend nur mit den Kanonieren und Sappeuren zu tun gehabt. Mein Befehl lautete dahin, daß wir uns zurückziehen sollten, wenn wir von stark überlegenen Streitkräften angegriffen würden. Deshalb liefen wir zu unseren Booten zurück. Wir hatten gerade abgelegt und erhielten noch Feuer von den Soldaten am Ufer, da ereignete sich die Explosion.«

Livingstone unterbrach seinen Bericht. Sein unrasiertes Gesicht war grau vor Müdigkeit. Als er zuletzt die Explosion erwähnte, bekam sein Ausdruck etwas Hilfloses. »Es müssen die Pulverschuten gewesen sein, Sir, die weiter flußaufwärts lagen. Ich weiß nicht, wie es kam. Vielleicht war es ein Schuß von Land, Sir, vielleicht hat aber auch Kapitän Bush . .«

»Sind Sie nach dem Beginn des Angriffs noch einmal mit Kapitän Bush in Fühlung gewesen?«

»Nein, Sir. Er war am entgegengesetzten Ende der Linie, und die Schuten bildeten am Ufer zwei getrennte Gruppen. Ich griff die eine an und Kapitän Bush die andere.«

»Das ist mir klar. Berichten Sie weiter über die Explosion.«

»Sie war sehr stark. Wir wurden alle von den Duchten geworfen. Dann kam eine hohe Welle angerollt, die uns überlief und das Boot bis zum

Dollbord mit Wasser füllte. Ich glaube, wir saßen mit dem Kiel auf Grund, Sir, als die Welle sich verlaufen hatte. Ein herabfallendes Wrackstück traf das Boot der *Flame*, erschlug Steurmannsmaat Gibbons und zerschmetterte das Boot. Während wir unser eigenes Boot auslösten, sammelten wir gleichzeitig die Überlebenden des anderen auf. Da vom Ufer her niemand mehr auf uns schoß, entschloß ich mich, zu warten. Es war jetzt genau Hochwasser, Sir. Nach kurzer Zeit stießen von weiter flußaufwärts noch zwei Boote zu uns. Das eine war die zweite Barkaß der *Camilla*, das andere das Fischerboot, das die Seesoldaten besetzt hatten. Wir warteten noch länger, aber die Boote der *Nonsuch* kamen nicht in Sicht. Mr. Hake von den Seesoldaten sagte mir, Kapitän Bush und die anderen drei Boote hätten im Augenblick der Explosion zusammen längsseit der Pulverschuten gelegen. Vielleicht war es doch ein Schuß, der die Ladung entzündet hat. Nachher begannen sie wieder, vom Ufer her auf uns zu schießen, deshalb gab ich als ältester Offizier den Befehl, den Rückweg anzutreten.«

»Das war unter den gegebenen Umständen sicher das einzig Richtige, Mr. Livingstone. Und dann?«

»An der nächsten Flußbiegung erhielten wir Feuer aus Feldgeschützen, Sir. Es lag in der Dunkelheit sehr schlecht, aber schließlich gelang es ihnen doch, ungefähr mit dem letzten Schuß unsere zweite Barkaß zu versenken. Dabei verloren wir noch einmal einige Leute. Zu dieser Zeit setzte schon sehr starker Ebbstrom ein.«

Livingstone war mit seinem Bericht offensichtlich zu Ende, aber Hornblower brachte es einfach nicht über sich, ihn zu entlassen, ohne noch eine letzte Frage an ihn zu richten.

»Und Kapitän Bush? Können Sie mir über seinen Verbleib wirklich nichts mehr sagen?«

»Leider nein, Sir. Von den Booten der *Nonsuch* haben wir keinen einzigen Überlebenden gefunden, keinen einzigen.«

»Ich danke Ihnen, Mr. Livingstone, gönnen Sie sich jetzt einen tüchtigen Schlaf, Sie haben Ihre Aufgabe sehr gut erfüllt.«

»Mr. Livingstone, denken Sie daran, daß ich noch heute Ihren schriftlichen Bericht und eine Verlustliste haben muß«, fiel Dobbs ein. Als stellvertretender Generaladjutant lebte er ganz in einer Atmosphäre von Tinte und Papier.

»Aye, aye, Sir.«

Livingstone zog sich zurück. Kaum hatte sich die Tür hinter ihm geschlossen, da tat es Hornblower leid, daß seine Anerkennung so dürftig ausgefallen war. Die ganze Operation war doch ein glänzender Erfolg gewesen. Ohne Belagerungspark und ohne Munition konnte Quiot Le

Havre nicht belagern, und es dauerte sicher längere Zeit, bis Bonapartes Kriegsministerium in Paris eine frische Belagerungsartillerie zusammenkratzen konnte. Aber der Tod Bushs warf auf alle Gedanken Hornblowers einen düsteren Schatten. Hätte er doch nie diesen unheilvollen Plan gefaßt – die längste Belagerung von Le Havre hätte er vorgezogen, könnte ihm Bush dabei noch lebend zur Seite stehen. Es war schwer, sich die Welt ohne Bush vorzustellen, sich eine Zukunft zu denken, in der er Bush nie, nie mehr wiedersah. Aber die Welt, ihr war ein Kapitän mit hundertfünfzig Mann ein lächerlicher Preis für diesen Erfolg, der Quiot seiner ganzen Offensivkraft beraubte. Die Welt hatte eben kein Verständnis.

Er sah Dobbs und Howard still und gedrückt auf ihren Stühlen sitzen, sie achteten seinen Schmerz. Aber dann reizten ihn gerade die düsteren Mienen, die sie zur Schau trugen, zur Gegenwehr. Sie sollten sich nicht etwa einbilden, dieser Schlag habe ihn so aus dem Gleichgewicht gebracht, daß er nicht mehr imstande sei, seine Pflicht zu erfüllen. Er wollte ihnen schon zeigen, daß sie sich gewaltig irrten.

»Legen Sie mir bitte die Kriegsgerichtsurteile vor, Kapitän Howard.«

Der Arbeitstag begann. Wenngleich der Schmerz ein Gefühl völliger Leere in ihm hervorrief, so vermochte er trotzdem klar zu denken, Entscheidungen zu fällen, kurzum, zu arbeiten, als ob nichts vorgefallen wäre. Und nicht nur das, es gelang ihm sogar, sich einen neuen Plan auszudenken.

»Gehen Sie zu Hau«, sagte er zu Howard, »und sagen Sie ihm, daß ich den Herzog gern kurz aufgesucht hätte.«

»Aye, aye, Sir.«

Howard erhob sich. Mit lächelndem Augenzwinkern übersetzte er Hornblowers Auftrag in die aufgeputzte Sprache des Hofes.

»Sir Horatio bittet Seine Königliche Hoheit, ihm gnädigst eine kurze Audienz gewähren zu wollen, falls Seine Königliche Hoheit geneigt sind, ihn zu empfangen.«

»So ist es richtig«, sagte Hornblower und mußte trotz allem Kummer lächeln. Ja, er konnte sogar noch lächeln.

Der Herzog empfing ihn stehend. Er wärmte seinen prinzlichen Rücken an einem prasselnden Kaminfeuer.

»Ich weiß nicht«, begann Hornblower, »ob Eure Königliche Hoheit mit den Umständen vertraut sind, die ursprünglich zu meiner Entsendung in die hiesigen Küstengewässer Veranlassung gaben.«

»Erzählen Sie mir davon«, sagte der Herzog. Vielleicht entsprach es nicht der Etikette, daß ein Mitglied des Königlichen Hauses sich offen dazu bekannte, irgend etwas nicht zu wissen. Jedenfalls machte das

Gebaren des Herzogs nicht den Eindruck, als ob ihm daran läge, es zu erfahren.

»Auf einem der Kriegsschiffe Seiner Majestät – Seiner Britischen Majestät – war eine Meuterei ausgebrochen.«

»Was Sie sagen!«

»Ich erhielt den Auftrag, diese Meuterei niederzuschlagen, und es ist mir gelungen, das Meutererschiff wegzunehmen und den größten Teil seiner Besatzung gefangenzusetzen.«

»Ausgezeichnet, ausgezeichnet!«

»Etwa zwanzig der Meuterer haben inzwischen vor Gericht gestanden. Sie wurden für schuldig befunden und zum Tode verurteilt.«

»Oh, ausgezeichnet!«

»Ich wäre nun glücklich, Eure Königliche Hoheit, wenn ich der Notwendigkeit überhoben wäre, diese Urteile vollstrecken zu lassen.«

»So?« Seine Königliche Hoheit, war offenbar nicht sehr interessiert. Die königlichen Lippen schienen sich im nächsten Augenblick zu einem wenig königlichen Gähnen teilen zu wollen.

»Ich selbst, Königliche Hoheit, kann aber als britischer Seeoffizier diese Leute unmöglich begnadigen, ohne dadurch die Disziplin aufs schwerste zu schädigen.«

»Selbstverständlich, selbstverständlich!«

»Etwas anderes wäre es, wenn Eure Königliche Hoheit zugunsten der Leute intervenieren wollten. In diesem Fall wäre ich wohl in der Lage, sie ohne Nachteil für die Manneszucht in Freiheit zu setzen, insofern es mir dann einfach nicht möglich wäre, den Wunsch Eurer Königlichen Hoheit abzuschlagen.«

»Und warum sollte ich intervenieren, Sir 'Oratio?«

Hornblower ließ diese Frage einstweilen unbeantwortet. »Eure Königliche Hoheit könnten sich zum Beispiel auf den Standpunkt stellen, daß es unziemlich wäre, die ersten glücklichen Tage der Rückkehr der angestammten Dynastie in ihre französische Heimat mit dem Blute dieser Engländer zu beflecken, mögen sie noch so schuldig sein. Das gäbe mir die nötige Handhabe, sie mit der Geste stärksten inneren Widerstrebens zu begnadigen. Sollte sich dann in Zukunft wirklich wieder einmal eine Besatzung versucht fühlen zu meutern, dann könnte sich eine solche Versuchung nicht wohl an der Hoffnung nähren, ein zweiter ähnlicher Glücksfall werde die Meuterer noch einmal vor den Folgen ihres Verbrechens bewahren. Die Welt wird gewiß kein zweites Mal das Glück erleben, die Familie Eurer Königlichen Hoheit auf den Platz zurückkehren zu sehen, der ihr Rechtens zukommt.«

Das war ein recht ungeschlachtes Kompliment. Hornblower hatte sich wenig geschickt ausgedrückt, es war leicht möglich, daß der Herzog ihm mißverstand. Aber glücklicherweise faßte er die Worte auf, wie sie gemeint waren. Nichtsdestoweniger schien er für die Sache selbst alles andere als begeistert zu sein. Mit echt bourbonischer Hartnäckigkeit kam er wieder auf seine erste Frage zurück.

»Aber *warum*, warum nur wollen Sie das von mir, Sir 'Oratio?«

»Ich bitte Sie im Namen der Menschlichkeit darum, Königliche Hoheit. Es gilt, das Leben von zwanzig nützlichen Menschen zu retten.«

»Wie, Meuterer sollen nützliche Menschen sein? Wahrscheinlich sind es Jakobiner, Revolutionäre, Gleichmacher, wenn nicht gar Sozialisten.«

»Königliche Hoheit, es sind Menschen, die in Eisen liegen und wissen, daß sie morgen durch den Strang hingerichtet werden sollen.«

»Was sie ohne jeden Zweifel auch verdienen, Sir 'Oratio. Das wäre ein schöner Beginn der Regentschaft, mit der mich Seine Allerchristlichste Majestät betraut hat, wenn meine erste Handlung vor der Öffentlichkeit darin bestünde, einem Haufen revolutionären Gesindels das Leben zu retten. Dafür hat sich Seine Allerchristlichste Majestät nicht während der verflossenen zwanzig Jahre ausschließlich damit befaßt, den Geist der Revolution zu bekämpfen. Die Augen der ganzen Welt ruhen auf mir.«

»Ich habe noch nie vernommen, Königliche Hoheit, daß die Welt an einem Akt der Milde Anstoß genommen hätte.«

»Sie haben seltsame Vorstellungen von Milde, Herr! Es scheint mir fast, als verfolgten Sie mit Ihrer merkwürdigen Zumutung eine ganz andere Absicht als die, die Sie ausgesprochen haben. Vielleicht sind Sie gar selbst ein Liberaler, einer dieser gefährlichen Menschen, die sich für Philosophen halten. Wenn Sie es fertig brächten, meine Familie dazu zu verleiten, daß sie sich durch ihren ersten öffentlichen Akt auf eine verzeihende Haltung gegenüber der Revolution festlegte, dann wäre es wirklich ein politischer Meisterstreich.«

Hornblower war über diese unglaubliche Unterstellung völlig entgeistert. »Herr!« fuhr es ihm heraus – »Königliche Hoheit...!« Auch auf englisch hätten ihm in diesem Augenblick die Worte gefehlt. Der Zwang, sich der französischen Sprache zu bedienen, machte ihn vollends hilflos. Was ihm die Worte raubte, war nicht nur die Beleidigung an sich, sondern ebensosehr die echt bourbonische Engstirnigkeit und mißtrauische Bauernschläue, die sich in den Worten des Herzogs offenbarte.

»Ich sehe mich nicht in der Lage, Ihrer Bitte zu willfahren, Monsieur«, sagte der Herzog und griff dabei nach dem Klingelzug.

Hornblower verließ das Audienzzimmer und eilte mit brennenden Wangen an Höflingen und Wachen vorüber. Er war in diesem Augenblick förmlich blind vor Wut – es kam sehr selten vor, daß er in solchen Zorn geriet. Seine natürliche Neigung, jede Angelegenheit von beiden Seiten zu betrachten, half ihm für gewöhnlich, eine ausgewogene, zugängliche Gemütslage zu bewahren. Weich schalt er sich darob in Augenblicken der Selbstverachtung. Er rannte in sein Dienstzimmer und warf sich dort in einen Sessel. Eine Sekunde später sprang er schon wieder auf und lief ziellos im Zimmer umher, gleich darauf setzte er sich wieder hin. Dobbs und Howard nahmen mit Staunen Notiz von dem Unwetter, das seine Züge verrieten, und beugten sich dann mit doppeltem Eifer über die vor ihnen liegenden Akten. Hornblower riß sich die Halsbinde ab und knöpfte mit zitternden Fingern die Weste auf, erst dann begann der gefährliche Druck in seinem Innern allmählich zu weichen. Dabei arbeitete sein Geist wie ein Mahlstrom. Seine Gedanken glichen einer wütend aufgewühlten, schäumenden See. Und darüber lag, dem Sonnenstrahl vergleichbar, der unversehens aus einer finsteren Bö hervorbricht und über das aufgeregte Meer hinleuchtet, trotz allem der freundliche Schein eines gesunden Humors, der nicht umhin konnte, das Schauspiel der eigenen zornbebenden Wut etwas belustigend zu finden. Dieser Humor gab alsbald seinen Entschlüssen ihren boshaften Einschlag, ohne sie jedoch im geringsten zu mildern. Er brauchte nur wenige Minuten, um sich über die nächsten Schritte schlüssig zu werden.

»Ich möchte diese französischen Burschen hier haben, die mit dem Herzog angekommen sind«, verkündete er, »den Stallmeister, den Chevalier d'Honneur und den Almosenier. Herrn Oberst Dobbs aber bitte ich, sich zur Niederschrift eines Briefes bereitzuhalten, den ich ihm diktieren werde.«

Die emigrierten Herren Berater des Herzogs traten mit fragender und leicht besorgter Miene ein. Hornblower blieb sitzen, er hatte sich sogar in betont lässiger Haltung in seinem Sessel zurückgelehnt.

»Schönen guten Morgen, meine Herren«, begrüßte er sie freundlich. »Ich habe Sie hierhergebeten, damit Sie sich mit anhören können, was ich jetzt an den Premierminister diktieren werde. Ich nehme an, daß Sie genug Englisch verstehen, um den Inhalt des Schreibens richtig zu erfassen. Sind Sie bereit, Herr Oberst?«

»An Seine Ehren, Lord Liverpool.

Mylord, zu meinem größten Bedauern sehe ich mich gezwungen, seine Königliche Hoheit, den Herzog von Angoulême, nach England zurückzusenden.«

»Monsieur!« fiel ihm der Stallmeister völlig fassungslos ins Wort, aber Hornblower winkte ihm ungeduldig, zu schweigen.

»Ich muß Eure Lordschaft leider davon in Kenntnis setzen, daß Seine

Königliche Hoheit durchaus den Willen zum ersprießlichen Zusammenwirken vermissen läßt, den die britische Nation von jedem Bundesgenossen zu fordern das Recht hat.«
Der Stallmeister, der Chevalier d'Honneur und der Almosenier waren wie ein Mann aufgesprungen. Howard drüben an seinem Schreibtisch glotzte ganz entsetzt herüber, Dobbs beugte sich eifrig über seine Feder. Sein Gesicht war nicht zu sehen, aber Hornblower bemerkte, wie sein Nacken allmählich zu einem warmen Purpurrot anlief, das sich mit der Scharlachfarbe seines Waffenrockes schlecht vertragen wollte.
»Bitte weiter, Herr Oberst.«
»Während der wenigen Tage, die ich die Ehre hatte, mit Seiner Königlichen Hoheit zusammenzuarbeiten, ist mir klargeworden, daß Seine Königliche Hoheit weder den Takt noch die Fähigkeit besitzt, die bei einer so hochgestellten Persönlichkeit dringend erwünscht wären.«
»Monsieur!« rief der Stallmeister, »Sie können diesen Brief unmöglich abschicken!«
Das sagte er erst auf französisch und dann auf englisch. Der Chevalier d'Honneur und der Almosenier bekräftigten seine Worte in beiden Sprachen auf das lebhafteste.
»So?« sagte Hornblower.
»Und Sie können Seine Königliche Hoheit nicht nach England zurückschicken. Das können Sie nicht! Nein, das können Sie nicht!«
»So?« sagte Hornblower wieder und lehnte sich weiter in seinem Stuhl zurück.
Die wütenden Einwände der drei Franzosen verstummten. Man brauchte diese Leute nur zu zwingen, einmal der unangenehmen Wahrheit ins Auge zu sehen, dann wußten sie sogleich, genausogut wie Hornblower selbst, wer in Le Havre die wirkliche Macht in Händen hatte. Doch niemand anders als der Mann, der als einziger eine zuverlässige und in guter Zucht stehende Truppe unter seinem Befehl hatte, der Mann, dessen bloßes Wort genügte, die Stadt der wütenden Rachsucht Bonapartes auszuliefern, der Mann, gegen dessen Willen kein Schiff ein- oder auslaufen konnte.
»Sind Sie etwa gar der Meinung«, fuhr Hornblower mit betontem Ernst fort, »Seine Königliche Hoheit könnte sich einem von mir gegebenen Einschiffungsbefehl mit Gewalt widersetzen? Sind die Herren je Zeuge gewesen, wenn ein Deserteur eingebracht wurde? Spießrutenlaufen ist gewiß keine sehr würdevolle Fortbewegungsart. Ich hab' mir sagen lassen, daß es recht schmerzhaft sein soll.«
»Aber dieser Brief«, warf der Stallmeister ein, »würde Seine Königliche Hoheit in den Augen der Welt herabsetzen. Er wäre ein schwerer Schlag

gegen das bourbonische Herrscherhaus und seine Sache. Er könnte sogar die Thronfolge gefährden.«
»Als ich die Herren dazu einlud, meinem Diktat zuzuhören, war ich mir darüber völlig im klaren.«
»Sie werden den Brief niemals abschicken«, sagte der Stallmeister, dem aus irgendeinem Grunde plötzlich Zweifel an Hornblowers ernsthafter Entschlossenheit gekommen waren.
»Doch, meine Herren, ich kann Ihnen nur versichern, daß ich ihn sowohl abschicken kann als auch willens bin, es zu tun.«
Ihre Blicke begegneten sich, die Zweifel des Stallmeisters schwanden wieder. Hornblower war offensichtlich fest entschlossen.
»Ich möchte annehmen, Sir«, begann der Stallmeister von neuem und warf dabei einen Zustimmung heischenden Seitenblick nach seinen Kollegen, »daß nur ein Mißverständnis vorliegt. Wenn Seine Königliche Hoheit, wie ich vermute, Eurer Exellenz eine Bitte abgeschlagen hat, dann ist sich Seine Königliche Hoheit wahrscheinlich nur nicht darüber im klaren gewesen, welche Bedeutung Eure Exellenz der betreffenden Angelegenheit beimessen. Falls Eure Exellenz uns jetzt nur gestatten würden, bei Seiner Königlichen Hoheit noch einmal vorstellig zu werden . . .«
Hornblower warf einen Blick auf Howard, der als kluger, schlagfertiger Mann das Stichwort sofort aufgriff.
»Jawohl, Sir«, warf er ein, »ich bin gewiß, daß Seine Königliche Hoheit dann verstehen wird, was Ihre Absichten sind.«
Dobbs sah von seiner Arbeit auf und nickte gleichfalls zustimmend. Aber es vergingen noch einige Minuten, ehe Hornblower sich davon abbringen ließ, seinen Entschluß von vorhin sofort in die Tat umzusetzen. Nur mit größtem Widerstreben gab er endlich den vereinten Vorstellungen nach, die sein eigener Stab und der des Herzogs in dieser Sache erhoben. Als sich der Stallmeister mit seinen Kollegen schließlich verabschiedete, um sich sofort zum Herzog zu begeben, lehnte sich Hornblower erlöst in seinem Sessel zurück. Endlich durfte sich seine gespielte Lässigkeit in echte Entspannung verwandeln. Aufregung und Freude über den diplomatischen Sieg bewirkten, daß er am ganzen Körper glühte und daß ihn immer wieder angenehm prickelnde Schauer überliefen.
»Seine Königliche Hoheit wird bestimmt Vernunft annehmen«, sagte Dobbs.
»Zweifellos«, stimmte ihm Howard in überzeugtem Tone zu. Hornblower aber dachte an die zwanzig Seeleute, die auf der *Nonsuch* in Eisen lagen und nichts anderes wußten, als daß sie morgen gehängt würden.

»Mir ist eben ein Gedanke gekommen«, sagte Howard, »ich könnte einen Parlamentär zu den Franzosen hinüberschicken – einen berittenen Offizier mit weißer Flagge, begleitet von einem Trompeter. Der könnte ein Schreiben von Ihnen, Sir, an General Quiot mitnehmen, in dem Sie jenen um nähere Nachrichten über Kapitän Bush bitten. Ich zweifle nicht daran, daß er so entgegenkommend sein wird, Sie von allen Umständen in Kenntnis zu setzen, die ihm selbst bekannt sind.«
Richtig, Bush! In der Aufregung der letzten Stunde hatte ihn Hornblower ganz vergessen gehabt. Seine lustvolle Spannung schwand wie Korn aus einem geschlitzten Sack, und der alte dumpfe Druck legte sich wieder auf sein Wesen. Auch die anderen bemerkten sofort den Wandel, der sich in ihm vollzog. Als Beweis dafür, wie sehr sie ihn nach so kurzer Zeit schon in ihr Herz geschlossen hatten, mag erwähnt sein, daß beide die Sturmzeichen auf seiner Stirn tausendmal lieber gesehen hätten als das Elend seiner wunden Seele.

14

Es war der gleiche Tag, an dem auch der Parlamentär zurückkam. Schon aus diesem Grunde konnte ihn Hornblower nie vergessen. Quiots höflicher Brief ließ keinen Raum für die leiseste Hoffnung; die grausigen Einzelheiten, die er enthielt, redeten eine allzu deutliche Sprache. Die paar menschlichen Überreste, die man gefunden hatte, waren begraben worden, irgendeine bestimmte Person festzustellen, war unmöglich gewesen. Bush war also tot, die Explosion hatte seinen kräftigen Leib in Fetzen gerissen. Der Gedanke, daß kein Grabstein Bushs Namen tragen würde, daß seine Überreste so vollständig zerstört waren, steigerte Hornblowers Schmerz. Er stellte ärgerlich fest, daß er diesem Gefühl so leicht nachgab. Wenn Bush die Wahl gehabt hätte, dann wäre er wahrscheinlich am liebsten auf See gestorben, niedergestreckt von einer Kugel im Kampf Schiff gegen Schiff, wenn dieser den Höhepunkt der Entscheidung erreicht hatte und der Sieg errungen war. Bush wollte bestimmt nicht anders begraben sein als eingenäht in seine Hängematte, eine Rundkugel zu Füßen und eine zu Häupten. Dann, wenn die Gräting sich neigte und die Hängematte unter der Kriegsflagge hervor in die See rauschte, sollten ein paar tapfere Seeleute eine Träne zerdrücken. Und das Schiff, sein geliebtes Schiff, sollte sich unterdes beigedreht, mit backgebraßten Marssegeln über der Tiefe wiegen, in die er versank. Es war ein schauerlicher Hohn des Schicksals, daß gerade dieser Mann bei einer nebensächlichen Plänkelei am Flußufer sein Ende fand und zu blutigen, unkenntlichen Fetzen zerrissen wurde.

Und doch, spielte es denn überhaupt eine Rolle, wie er gestorben war? Er hatte gelebt und im nächsten Augenblick war er tot, das war ein glückliches Ende. Viel größer war die Ironie, die darin lag, daß es ihn noch jetzt, nach zwanzig Jahren härtesten Krieges, getroffen hatte. Der Friede zeigte sich zwar erst am fernen Horizont, aber er war eben doch schon in Sicht. Die verbündeten Armeen näherten sich Paris, Frankreich blutete sich rasch zu Tode, und die verbündeten Regierungen traten bereits zusammen, um über die Friedensbedingungen zu beraten. Hätte Bush dieses eine, letzte Gefecht überlebt, dann hätte er lange Jahre hindurch den Segen des Friedens genießen dürfen. Als Kapitän zur See hätte er mit seiner Pension ein gesichertes Auskommen gehabt, und die Liebe seiner Schwestern hätte ihm das Leben verschönt. Bush hätte diese Annehmlichkeiten sicher genossen, und wenn es nur aus dem Grunde war, weil er wußte, daß alle vernünftigen Menschen sich über den Wert von Frieden und Sicherheit einig waren. Wenn Hornblower diesen Gedanken nachging, wurde ihm immer schmerzlicher klar, wieviel er persönlich verloren hatte. Er hätte nie geglaubt, daß er um einen Menschen so trauern konnte wie jetzt um Bush.

Der Parlamentär mit Quiots Brief war eben erst gegangen, und Dobbs bemühte sich noch eifrig, aus ihm herauszuholen, welchen Eindruck die französischen Truppen auf ihn gemacht hatten, da kam Howard hereingestürzt.

»Korvette *Gazelle* läuft soeben ein, Sir. Führt die Bourbonenflagge im Großtopp und gibt Signal: ›Habe an Bord Herzogin von Angoulême!‹«

»Ach nein!« sagte Hornblower. Sein Geist raffte sich mühsam aus der müden Gleichgültigkeit auf, die ihn wie mit Fesseln band.

»Melden Sie es dem Herzog! Und setzen Sie Hau in Kenntnis. Sagen Sie ihm, er soll sich um den Salut kümmern. Ich werde sie wohl mit dem Herzog zusammen auf dem Kai begrüßen müssen. Brown! Brown! Den Galarock! Den Säbel!«

Draußen herrschte feuchtes, mildes Wetter, das den kommenden Frühling ahnen ließ. Langsam warpte sich die *Gazelle* an den Kai, und wieder rollte der Salut donnernd über den Hafen, genau wie damals, als die Königliche Hoheit ankam. Der Herzog und seine Umgebung standen in fast militärischer Ordnung auf dem Kai, und an Bord der *Gazelle* bemerkte man eine Gruppe von Frauen in langen Mänteln, die darauf warteten, daß man die Laufbrücke herübergab. Nach der bourbonischen Hofetikette schienen alle lebhafteren Gefühlsäußerungen strengstens verpönt zu sein. Hornblower stand mit seinem Stab schräg hinter der Gruppe des Herzogs und stellte fest, daß weder die Männer auf dem Kai noch die Frauen an Deck einander einen Willkommengruß

zuwinkten. Eine einzige Frau, die am Kreuzmast stand, winkte mit dem Taschentuch. Das war ein kleiner Trost. Es gab also doch wenigstens einen einzigen Menschen, der sich den stoischen Vorschriften dieser Etikette nicht fügen wollte. Wahrscheinlich, so überlegte er, war das irgendein Serviermädchen oder eine Zofe, die unter den Soldaten auf dem Kai ihren Freund entdeckt hatte.
Nun kam die Herzogin mit ihrem Gefolge über die Brücke. Der Herzog ging ihr zur Begrüßung die vorgeschriebene Zahl von Schritten entgegen. Die Herzogin sank in den vorgeschriebenen Knicks, und der Herzog hob sie mit der vorgeschriebenen huldvollen Geste zu sich empor. Dann berührten sich ihre Wangen in der vorgeschriebenen Umarmung. Nun war die Reihe an Hornblower, vorzutreten und vorgestellt zu werden. Er beugte sich über die behandschuhte Hand, die auf seinem erhobenen Unterarm lag.
»Sir 'Oratio, Sir 'Oratio!« rief die Herzogin.
Hornblower richtete sich auf und begegnete dem Blick der blauen Bourbonenaugen. Die Herzogin war eine schöne Frau und mochte etwa dreißig Jahre zählen. Offenbar hatte sie ihm etwas sehr Dringliches mitzuteilen, schien aber unfähig, es zu sagen, als wäre ihre Zunge gefesselt. Die Regeln der Etikette hatten einen solchen Fall wahrscheinlich nicht vorgesehen. Endlich machte sie eine aufgeregte Geste mit dem Arm und sah sich um, als wollte sie Hornblowers Aufmerksamkeit auf jemand lenken, der hinter ihr stand. Dort stand eine Frau ganz allein, etwas abseits von den Kammerfrauen und Dames d'Honneur – Barbara! Hornblower mußte zweimal hinschauen, ehe er seinen Augen traute. Sie trat lächelnd auf ihn zu und er ging ihr mit ein paar langen Schritten entgegen – während er das tat, schoß ihm der Gedanke durch den Kopf, daß es nicht erlaubt war, den Hoheiten den Rücken zu kehren, aber er schlug all diese dummen Rücksichten in den Wind – und dann lag sie in seinen Armen. Ein Sturm von Gedanken überfiel ihn, als sie ihre Seewind eiskalten Lippen auf die seinen drückte. Es war gescheit von ihr, daß sie gekommen war, so sagte er sich, obgleich er es sonst immer schärfstens mißbilligt hatte, wenn Kommandanten und Admirale zu dienstlichen Unternehmungen ihre Frauen mitnahmen. Da die Herzogin hier war, erschien es ihm sogar durchaus zweckmäßig, daß er Barbara auch hier hatte. Das machte er sich blitzartig klar, ehe noch seine wärmeren menschlichen Gefühle an die Oberfläche gedrungen waren. Ein mahnendes Räuspern Haus, der hinter ihm stand, sagte ihm, daß er die ganze Empfangszeremonie aufhielt. Deshalb nahm er hastig seine Hände von Barbaras Schultern und trat etwas verlegen zurück. Die Wagen warteten schon.

»Sie fahren mit dem Herzogpaar, Sir«, flüsterte ihm Hau mit heiserer Stimme zu.
Die Wagen, die man in Le Havre aufgetrieben hatte, waren gerade keine Meisterstücke des Karossenbaus, aber sie erfüllten immerhin ihren Zweck. Der Herzog und die Herzogin hatten Platz genommen. Hornblower half Barbara beim Einsteigen und nahm dann selbst neben ihr Platz. Sie saßen mit dem Rücken zu den Pferden. Unter Hufgeklapper und kräftigem Gequietsche der Räder ging es durch die Rue de Paris.
»War das nicht eine hübsche Überraschung, Sir 'Oratio?« fragte die Herzogin.
»Eure Königliche Hoheit waren allzu gütig«, sagte Hornblower.
Die Herzogin beugte sich vor und legte ihre Hand auf Barbaras Knie.
»Sie haben eine sehr schöne und sehr gebildete Frau«, sagte sie.
Der Herzog neben ihr setzte sein übergeschlagenes Bein neben das andere und ließ ein gereiztes Hüsteln hören. Die Herzogin ging ihm wohl für eine Königstochter und künftige Königin von Frankreich in ihrer Herablassung etwas zu weit.
»Ich hoffe, Sie hatten eine angenehme Reise«, sagte der Herzog zu seiner Frau gewandt. Hornblower fragte sich in einer Anwandlung boshafter Neugier, ob es überhaupt Augenblicke gab, in denen er ihr anders als mit dieser starren Förmlichkeit begegnete.
»Wir werden über die Erinnerung daran hinwegkommen«, sagte die Herzogin lachend.
Sie war ein stolzes, bezauberndes Geschöpf und kannte sich nicht vor Erregung über dieses neue Abenteuer. Ihre Kindheit hatte sie als Prinzessin am glanzvollsten Königshof von ganz Europa verlebt, ihre erste Jugend als Gefangene der Revolution. Ihre Eltern, der König und die Königin, hatten unter der Guillotine geendet, ihr Bruder war im Gefängnis gestorben. Sie selbst war dann gegen eine Anzahl gefangener Generale ausgetauscht worden, und hatte ihren Vetter geheiratet. Danach war sie als Frau des Erben eines mittellosen, aber um so stolzeren Thronanwärters von Hof zu Hof durch ganz Europa gewandert. Alle diese Erfahrungen hatten einen warmherzigen Menschen aus ihr gemacht, — oder sollte man nicht vielmehr annehmen, daß die Etikette und die schäbige Eleganz all der Fürstenhöfe ihrem echten Monarchentum trotz allem nichts hatten anhaben können? Sie war der einzige, überlebende Sproß Marie-Antoinettes, deren persönlicher Zauber, deren lebhaftes Wesen und deren unbedachte Geradheit fast sprichwörtlich gewesen waren. Dieser Umstand mochte manche Eigenschaft an ihr erklären.
Da hielten sie schon vor dem Rathaus, man mußte aussteigen. Ein Marinedreimaster war ein höchst unhandliches Möbel, wenn man ihn unter

dem Arm halten und gleichzeitig Damen beim Aussteigen behilflich sein sollte. Später war noch ein Empfang angesetzt, aber man mußte damit so lange warten, bis die Koffer der Herzogin aus der Last der *Gazelle* herausgehievt waren und die Herzogin sich umgekleidet hatte. Hornblower führte Barbara in den Flügel des Gebäudes, in dem sich sein Hauptquartier befand. In der Vorhalle machten Ordonnanzen und Wachen ihre Ehrenbezeigung, im Hauptgeschäftszimmer sperrten Dobbs und Howard die Augen auf, als die Tür aufging und der Gouverneur einer Dame den Vortritt gab. Nach der ersten Überraschung sprangen sie eilig von ihren Stühlen hoch, Hornblower stellte sie vor, und sie machten, einer nach dem andern, ihren höflichen Kratzfuß. Natürlich wußten sie von ihr, wer hätte auch nicht von Lady Barbara Hornblower gehört, die des Herzogs von Wellington Schwester war?

Seiner Gewohnheit entsprechend, warf Hornblower einen Blick auf seinen Schreibtisch. Da lag immer noch Quiots Brief, so wie er ihn hatte liegen lassen, er war mit wunderbarer Handschrift geschrieben und trug eine reich verschnörkelte Unterschrift. Das erinnerte ihn wieder daran, daß ja Bush nicht mehr am Leben war. Dieses Leid allein war echt, tat wirklich weh, war immer gegenwärtig. Das andere, die Freude über Barbaras Ankunft, hatte ihn so überfallen, daß sie für sein Bewußtsein noch keinen Wirklichkeitswert besaß. So kam es, daß seine schweifenden Gedanken sich auch durch die entscheidende Tatsache, daß Barbara wieder bei ihm war, nicht in Fesseln schlagen ließen, sondern auf die seltsamsten Bahnen gerieten. Dem Verstand, der diese Gedanken dachte, waren die kleinen Dinge des Lebens wichtig, er bestand auf ihrer überlegten Ordnung. Dieser herrische Verstand ließ es einfach nicht zu, daß er sich jetzt gedankenlos seinem Eheglück hingab, er warf sich vielmehr auf die praktische Außenseite seines neuen Daseins mit ihrer ganzen Fülle von Einzelheiten, Dingen, die ihm bis jetzt nie in den Sinn gekommen waren. Hier war er, ein Offizier in aktiven Diensten, der keine geringere Aufgabe hatte, als sich in einem Ringen auf Leben und Tod gegen einen Kaiser der Franzosen zu behaupten. Und nun oblag ihm auch noch die Sorge um seine Frau. Die Aufgabe hieß, sein Leben so zu ordnen, daß beiden Verpflichtungen in ausgewogener Form Genüge geschah. Hornblower war gewiß ein vielseitiger Mensch, aber die Haupttriebfeder seines Lebens war doch von jeher sein Beruf gewesen. Ihm hatte er seit zwanzig Jahren, weil er ein erwachsener Mensch war, jedes persönliche Opfer gebracht. An diese ununterbrochene, vorbehaltlose Hingabe hatte er sich so gewöhnt, daß sie sich heute fast unwillkürlich und in der Regel ohne Murren vollzog. Er war auf den Kampf gegen Bonaparte in einer Weise erpicht und hatte sich gerade im Verlauf der letzten

Monate so stark darein verstrickt, daß er im Gegenteil eher geneigt war, jede Ablenkung von dieser Aufgabe als störend zu empfinden.

»Diese Tür, mein Schatz«, sagte er endlich. Seine Stimme klang etwas heiser, er wollte sich räuspern, besann sich jedoch und unterließ es. Wenn er sich räuspern mußte, dann war das ein sicheres Zeichen dafür, daß er nervös und befangen war. Barbara hatte es ihm schon vor Jahren ganz einfach dadurch abgewöhnt, daß sie ihn damit aufzog. Deshalb wollte er sich gerade in diesem Augenblick um keinen Preis räuspern, nicht vor Barbara und noch weniger vor sich selbst.

Sie gingen durch das kleine Vorzimmer, Hornblower stieß die Tür zum Schlafzimmer auf, trat beiseite, daß Barbara eintreten konnte, kam ihr nach und schloß die Tür hinter sich. Barbara blieb etwa in der Mitte des Raumes, den Rücken dem Fußende des Bettes zugekehrt, stehen. Sie lächelte mit einem Mundwinkel, die eine ihrer Brauen wölbte sich höher als die andere. Sie hob die Hand, um die Schließe ihres Mantels zu öffnen, ließ sie aber unverrichtetersache wieder sinken. Sollte sie über diesen unberechenbaren Mann lachen oder weinen? Aber sie war in Wellesley, ihr Stolz verbot ihr die Tränen, also riß sie sich zusammen. Eine Sekunde später trat Hornblower auf sie zu. Er kam gerade um diese Sekunde zu spät.

»Mein Schatz«, sagte er und ergriff ihre kalten Hände.

Lächelnd erwiderte sie seinen Blick. Ihr Lächeln war leicht, war spielerisch, aber es hätte gewiß zärtlicher sein können.

»Freust du dich, daß ich hier bin?« fragte sie. Dabei achtete sie darauf, daß auch diese Frage leicht hingeworfen klang und nichts von ihrer geheimen Angst verriet.

»Aber natürlich, selbstverständlich, mein Schatz!« Hornblower setzte alles daran, daß seine Antwort herzlich klang, dabei unterdrückte er das starke Bedürfnis, sich in sich selbst zurückzuziehen, das ihn in diesem Augenblick befiel, weil ihm seine telepathische Feinfühligkeit gerade eine Gefahr signalisiert hatte. »Ich kann es noch kaum glauben, daß du wirklich hier bist, mein Lieb.«

Das war die volle, aufrichtige Wahrheit, es tat ihm wohl, sie auszusprechen, weil ihn das innerlich entspannte. Er schloß sie in die Arme und sie küßten sich. Als ihre Lippen sich trennten, fühlte Barbara den Stich aufsteigender Tränen.

»Castlereagh entschied kurz vor seiner Abreise ins Hauptquartier der Verbündeten, daß die Herzogin ihrem Mann hierher nachkommen sollte«, erklärte sie. »Da habe ich gefragt, ob ich mich anschließen dürfte.«

»Ich bin glücklich, daß du es getan hast.«

»Castlereagh sagt, sie sei von dem ganzen Haus Bourbon der einzige Mann.«

»Es würde mich nicht überraschen, wenn diese Behauptung stimmte.«

Erst jetzt begannen sie wieder, den Gleichklang ihrer Herzen zu fühlen. Es kostete ihren stolzen Seelen jedesmal ein Opfer, sich einzugestehen, daß sie einander brauchten. Wieder küßten sie sich, und Hornblower fühlte, wie sich ihr Körper in seinen Armen entspannte. Da klopfte es an die Tür, deshalb machten sie sich voneinander los. Es war Brown mit einem halben Dutzend Matrosen, die Lady Barbaras Koffer angeschleppt brachten. Hebe, Barbaras kleine Negerzofe, zögerte erst ängstlich auf der Schwelle, ehe sie sich mit dem Gepäck ins Zimmer wagte. Barbara trat vor den Spiegel und machte sich daran, Hut und Mantel abzulegen. »Der kleine Richard«, sagte sie in ungezwungenem Gesprächston, »ist fröhlich und guter Dinge. Er redet ununterbrochen und hat immer noch seine alte Leidenschaft für das Graben. Seine Ecke im Garten sieht aus, als ob dort ein ganzes Heer von Dachsen an der Arbeit wäre. Dort im Koffer habe ich ein paar Zeichnungen von ihm. Ich habe sie für dich aufgehoben, obwohl man kaum sagen kann, daß sie besondere künstlerische Anlagen verraten.«

»Ich hätte mich auch gewundert, wenn sie es täten«, sagte Hornblower und setzte sich auf einen Stuhl.

»Vorsicht mit dieser Handtasche!« mahnte Brown einen der Matrosen. »Oder glaubst du vielleicht, du hast es mit einem Faß Salzfleisch zu tun? Sachte jetzt! Wo dürfen wir die Koffer Ihrer Ladyschaft hinstellen?«

»An die Wand hier, bitte«, sagte Barbara. »Hier sind die Schlüssel, Hebe.«

Es war ein unfaßbares, unnatürliches Wunder, daß er hier saß und Barbara zusah, wie sie vor dem Spiegel hantierte, während Hebe die Koffer auspackte, hier in dieser Stadt, die seinem Befehl als Militärgouverneur unterstand. Aber es bildete sich dadurch ein Zustand, der sich in der Enge seiner männlichen Vorstellungswelt nicht unterbringen ließ und daher beunruhigend wirkte. Zwanzig Jahre Bordleben hatten ihm in diesen Dingen eben doch starre Auffassungen anerzogen. Nein, alles zu seiner Zeit und am richtigen Platz.

Hebe stieß einen leisen, sogleich unterdrückten Schrei aus. Hornblower sah gerade noch, wie Brown mit den Matrosen einen zornigen Blick wechselte. Offenbar litten diese, was die Auswahl von Ort und Zeit betraf, keineswegs unter seinen Hemmungen, da sie selbst diesen Augenblick für passend hielten, Hebe mit einem listigen Kniff zu bedenken. Aber Brown würde mit den Kerlen schon fertig werden, darauf konnte er sich verlassen, er als Kommodore und Gouverneur konnte sich da nicht gut selbst einmischen. Kaum war Brown mit seinem Arbeitskommando endgültig verschwunden, da erschienen, durch Klopfen angekündigt, hintereinander gleich eine ganze Reihe von Besuchern. Als erster trat ein Kammerherr ein und überbrachte den herzoglichen Befehl, daß die Gäste zum abendlichen Diner in großer Toilette und mit gepuderten Haaren zu erscheinen hätten. Hornblower stampfte wütend mit dem Fuß, er hatte sich keine dreimal in seinem Leben den Kopf gepudert und kam sich dabei jedesmal vor wie ein Hanswurst. Gleich darauf erschien Hau. Ihn beschäftigten, wenn auch in anderer Form, die gleichen Fragen, die Hornblower selbst so unangenehm waren. Unter welchem Titel sollte die Verpflegung für Lady Barbara und ihre Zofe verbucht werden? Wo sollte die Zofe Quartier bekommen? Hornblower schlug ihn mit dem Befehl in die Flucht, seine Nase selbst in die Bestimmungen zu stecken und einen geeigneten Paragraphen in Anwendung zu bringen. Barbara bog gerade mit kühler Gebärde ihre Straußenfedern zurecht und verkündete sogleich, Hebe werde in dem Ankleidezimmer schlafen, das sich an das Schlafzimmer anschloß. Als nächster kam Dobbs. Er hatte die Depeschen durchgelesen, die mit der *Gazelle* gekommen waren, darunter befanden sich ein paar, die Hornblower gleich sehen mußte. Außerdem lagen auch noch andere Eingänge vor, die dem Gouverneur vorzulegen waren. Heute abend lief das Postschiff aus, er bäte um Unterschrift für den Nachtbefehl. Ferner sei ...

»Gut, ich komme«, sagte Hornblower. »Du entschuldigst mich doch, Liebling.«

»Boney ist wieder geschlagen worden«, sagte Dobbs in freudiger Erregung, als sich die Tür hinter ihnen geschlossen hatte. »Die Preußen haben Soissons besetzt und zwei von Boneys Armeekorps vernichtet. Aber das ist noch nicht alles.«

Nun waren sie im Geschäftszimmer angelangt, und Dobbs beeilte sich, Hornblower eine der eingegangenen Depeschen vorzulegen.

»London will uns nun endlich doch Truppen zur Verfügung stellen«, erklärte Dobbs. »Die Miliz hat sich freiwillig zum Einsatz außerhalb der Landesgrenzen bereit erklärt – jetzt, da der Krieg schon beinahe zu Ende ist. Wir können so viele Bataillone bekommen, wie wir anfordern. Ich würde vorschlagen, Sir, die Antwort noch dem Postschiff mitzugeben, das heute abend ausläuft.«

Hornblower versuchte sofort, alle Gedanken an Haarpuder und Hebes Liebebedürftigkeit abzuschütteln, um sich ganz auf das völlig neue Problem eines aufwärts gegen Paris gerichteten Vormarsches konzentrieren zu können. Was wußte man denn über den militärischen Wert dieser Miliztruppen? Ihre Führung mußte natürlich ein General bekommen, der bestimmt ein höheres Dienstalter hatte als er selbst. Wie lauteten doch gleich die Bestimmungen über das Vorgesetztenverhältnis zwischen einem durch königliches Patent eingesetzten Gouverneur und den Truppenkommandeuren? Das hätte er natürlich wissen müssen, aber es war eben nicht so einfach, den Wortlaut solcher Vorschriften immer gegenwärtig zu haben. Als er die Depesche zum erstenmal durchlas, war er so zerstreut, daß er kaum ein Wort davon begriff, er mußte sich zwingen, sie noch einmal von Anfang an aufmerksam und Wort für Wort durchzugehen. Einen Augenblick fühlte er sich versucht, das Papier einfach hinzuwerfen und Dobbs zu sagen, er möge nach seinem eigenen Ermessen antworten, aber er hatte sich gleich wieder in der Gewalt und begann, nüchtern und sachlich seine Antwort zu diktieren. Jetzt fesselte ihn die Aufgabe von Minute zu Minute mehr, und schließlich mußte er sein Tempo zügeln, damit Dobbs' Feder Schritt halten konnte.

Als er endlich fertig war und zum Schluß noch ein Dutzend Schriftstücke unterzeichnet hatte, eilte er in sein Schlafzimmer zurück. Barbara musterte sich im Spiegel, sie war ganz in weißem Brokat, trug kostbare Federn im Haar und hatte ihren schönen Schmuck von Halsketten und Ohrringen angelegt. Hebe stand neben ihr, bereit, ihr die lange Schleppe anzuheften. Beim Anblick von so viel Liebreiz und vornehmer Würde verhielt Hornblower unwillkürlich den Schritt. Aber neben der eleganten Erscheinung seiner Frau gab es auch noch einen anderen Grund, der ihm so plötzlich Einhalt gebot. Er sagte sich nämlich, daß er sich hier in diesem Zimmer unmöglich von Brown beim Umziehen helfen lassen konnte. Es ging einfach nicht an, daß er in Gegenwart Barbaras und Hebes und Browns seine langen Hosen auszog, um dafür Kniehosen und weiße Strümpfe anzulegen. Da klopfte Brown auch schon an die Tür, sein sechster Sinn hatte ihm wie üblich gesagt, daß Hornblower mit dem Dienst Schluß gemacht habe. Dieser entschuldigte sich also wegen der Störung, dann rafften sie beide rasch zusammen, was ihnen nötig schien, und gingen damit ins Ankleidezimmer... selbst da roch es aufdringlich nach weiblichem Parfüm. Hornblower begann sofort, sich hastig umzuziehen: die Kniehosen und Strümpfe, das goldgestickte Säbelkoppel. Brown hatte, wie nicht anders zu erwarten war, bereits eine Frau ausfindig gemacht, die sich glänzend darauf verstand, Halsbinden zu stärken, steif genug, daß sie sich beim Binden nicht zerknüllten und doch wieder weich genug, daß sie in den Falten nicht brachen. Zum Schluß hängte Brown ihm einen Schlafrock um, und Hornblower saß mit gebeugtem Kopf auf einem Stuhl, während Brown mit Puderstreuer und Kamm zu Werke ging. Als er sich endlich aufrichten konnte und sein

Bild im Spiegel sah, beschlich ihn eine stille Freude. Er hatte in letzter Zeit einfach deshalb, weil er zuviel zu tun hatte und zum Haarschneiden keine Zeit fand, seine Locken oder das, was noch davon übrig war, ziemlich lang wachsen lassen. Brown hatte nun diesen schneeweiß gepuderten Schopf so vorteilhaft gekämmt, daß von seiner beginnenden Glatze überhaupt nichts mehr zu sehen war. Das gepuderte Haar kontrastierte glänzend zu seinem wettergebräunten Gesicht mit den braunen Augen. Seine Wangen waren etwas hohl, die Augen ein bißchen melancholisch, aber sein Gesicht war deshalb längst nicht das eines alten Mannes. Gerade diese Tatsache aber wurde durch das weißgepuderte Haar besonders wirksam hervorgehoben. Es machte ihn geradezu jung und gab seiner ganzen Erscheinung eine auffallende Note. Wahrscheinlich hatten diese Wirkungen das meiste dazu beigetragen, daß die Mode überhaupt entstanden war. Das Blau-Gold seiner Uniform, das Weiß der Halsbinde und der gepuderten Haare, das rote Band des Bath-Ordens und dessen glitzernder Stern, das alles verlieh seiner Erscheinung einen ausgesprochenen vorteilhaften Rahmen. Höchstens für seine weißen Strümpfe hätte er sich etwas besser gepolsterte Waden gewünscht, das war aber auch der einzige Fehler, den er an sich entdecken konnte. Er sah noch einmal nach, ob Koppel und Säbel auch richtig saßen, nahm den Hut unter den Arm, die Handschuhe in die Hand und betrat das Schlafzimmer. Dabei fiel ihm im letzten Augenblick ein, anzuklopfen, ehe er die Klinke niederdrückte.
Barbara stand schon bereit. In ihrem weißen Brokat bot sie einen stattlichen, fast statuenhaften Anblick. Dabei kam dieser Gedanke an eine Statue nicht etwa nur durch den Zufall einer Wortspielerei zustande, Hornblower dachte vielmehr an eine ganz bestimmte Diana, die er irgendwo gesehen hatte. War es eine Diana gewesen? Jedenfalls hatte sie ihr faltenreiches Gewand genauso über dem linken Arm getragen wie Barbara ihre Schleppe. Das gepuderte Haar gab ihr einen kühlen Ausdruck, diese Mode paßte einfach nicht zu ihrem Teint und Gesichtsschnitt. Auch diese Kühle gemahnte ihn wieder an Diana.
»Der schönste Mann der Navy«, sagte sie.
»Ich wollte, ich könnte mich meiner Dame würdig zeigen«, erwiderte er mit einer linkischen Verbeugung. Sie nahm seinen Arm und stellte sich mit ihm vor den Spiegel. In ihrem Federschmuck war sie größer als er. Mit einer besonders wirkungsvollen Gebärde ließ sie ihren Fächer aufschnappen.
»Wie findest du uns?« fragte sie.
»Wie ich schon sagte«, wiederholte Hornblower, »ich wollte, ich wäre deiner würdig.«

Im Spiegel konnte man Brown und Hebe sehen, die sie aus dem Hintergrund bewunderten. Barbaras Spiegelbild lächelte ihm zu.
»Wir müssen gehen«, sagte sie und drückte seinen Arm. »Wir können Monseigneur unmöglich warten lassen.«
Sie mußten sich zu Fuß von einem Flügel des Rathauses zum anderen begeben, der Weg führte durch Korridore und Vorzimmer, in denen sich überall eine buntuniformierte Menge drängte. Ein merkwürdiges Geschick hatte es gefügt, daß dieses unscheinbare Gebäude jetzt zu gleicher Zeit als Sitz der Regierung, als Palast des Regenten, als Hauptquartier einer Invasionsarmee und endlich als Flaggschiff eines Geschwaders dienen mußte. Die Leute grüßten und zogen sich achtungsvoll nach beiden Seiten an die Wand zurück, als sie vorüberkamen, so daß Hornblower, während er die Verbeugungen nach rechts und links höflich erwiderte, eine gute Vorstellung davon bekam, wie einer Hoheit zumute war. Was man hier spürte, war Unterwürfigkeit und Liebedienerei, das war etwas ganz anderes als die männliche Achtung der Untergebenen, die er aus dem Borddienst gewöhnt war. Barbara rauschte an seiner Seite dahin, Hornblower sah sie zuweilen von der Seite an und fand, daß sie sich gewissenhaft bemühte, ihr Lächeln nicht einfrieren zu lassen. Da überkam ihn mittendrin ein ganz törichter Wunsch. Er wollte, er besäße ein harmloses, ganz unbeschwertes Gemüt und könnte auf eine natürliche, ungekünstelte Weise über die unerwartete Ankunft seiner Frau glücklich sein, könnte ihre Gegenwart ohne die Vorbehalte genießen, mit denen ihn seine ewige Selbstbeobachtung belastete. Er war sich völlig darüber im klaren, wie empfindlich er auf die winzigsten Einflüsse ansprach. Sein Wesen glich wahrhaftig einem jener schlechten Kompasse mit ungenügender Trägheit, die schon bei den kleinsten Kursabweichungen in wilde Schwingungen geraten und jedes Gegensteuern mit noch größeren Ausschlägen beantworten, bis das Schiff in den Händen eines schlechten Rudergängers schließlich so stark ins Gieren gerät, daß es wie ein Hund seinem eigenen Schwanz nachzulaufen scheint und alle Segel backschlagen. Auch ihm war in diesem Augenblick zumute, als wäre er so ein Hund, der seinen eigenen Schwanz verfolgte. Es nützte ihm nichts, zu wissen, daß er allein an dieser Verwirrung der Gefühle schuld war, daß seine Frau ihm nur deshalb nicht mit einfacher, aufrichtiger Liebe entgegenkam, weil ihr Wesen notgedrungen seine eigenen gegensätzlichen und verwickelten Empfindungen widerspiegelte. Ganz im Ggenteil, dieses Wissen machte den Wirrwarr nur noch scheußlicher. Er versuchte seine melancholische Stimmung abzuschütteln, sich an irgendeine einfache Tatsache des Lebens zu klammern, um dadurch sein inneres Gleichgewicht wiederherzustellen. Da fiel ihm sofort mit ent-

setzlicher Klarheit das eine Ereignis ein, das seit heute morgen im Mittelpunkt seines Bewußtseins stand. Er hatte es plötzlich genauso schreckhaft eindringlich vor Augen wie das Bild jenes Mannes, den er einst hatte hängen sehen, wie er, das Gesicht unter einem Tuch verborgen, am Strick verzuckte. Er hatte Barbara noch kein Wort davon gesagt.
»Du weißt es ja noch nicht, Liebling«, sprach er, »Bush ist tot.«
Er fühlte das Zucken, das die auf seinem Arm ruhende Hand durchfuhr, ihr Ausdruck aber zeigte nach wie vor das kühle Lächeln einer Statue.
»Er fiel, vier Tage ist es her«, schwatzte Hornblower mit dem Wahnsinn dessen, den die Götter vernichten wollen, weiter.
Es war wirklich Wahnsinn, einer Frau auf dem Weg zu einem fürstlichen Empfang, im Augenblick, da sie die Schwelle des festlichen Saales überschreiten wollte, eine solche Eröffnung zu machen. Hornblower war sich jedoch in seiner jetzigen Gemütsverfassung nicht mehr bewußt, wie verletzend diese Überrumpelung war. Und doch brachte er in diesem letzten Augenblick auf einmal genügend Scharfblick auf, um gewahr zu werden, was er bis dahin übersehen hatte: daß nämlich dieser Empfang für Barbara einen der großen Augenblicke ihres Lebens bedeutete, daß ihr schon vorhin, als sie Toilette machte, als sie ihm im Spiegel zulächelte, das Herz im Jubel der Vorfreude sang.
In seiner Begriffsstutzigkeit war er gar nicht auf den Gedanken gekommen, daß sie Geschmack daran finden könnte, hier eine gesellschaftliche Rolle zu spielen, daß es ihr wirklich Freude machen könnte, am Arm von Sir Horatio Hornblower, dem Helden des Tages, durch einen in strahlendes Licht getauchten Empfangssaal zu rauschen. Er hatte einfach gedankenlos vorausgesetzt, daß sie solche Feierlichkeiten, nicht anders als er selbst, wie eine unangenehme Pflicht geduldig über sich ergehen ließ.
»Seine Exzellenz der Herr Gouverneur und Lady Barbara 'Ornblower«, verkündigte der Haushofmeister an der weitgeöffneten Flügeltür.
Aller Augen waren ihnen zugewandt, als sie eintraten. Der letzte Gedanke, den Hornblower zu fassen vermochte, ehe er sich Hals über Kopf in den Schwachsinn der gesellschaftlichen Pflichten stürzte, war der, daß er seiner Frau auf irgendeine Weise den Abend verdorben hatte. Das machte ihn ärgerlich und unwillig, aber merkwürdigerweise gegen sie und nicht etwa gegen sich selbst.

15

Die Miliz war da. Von der Seekrankheit noch ganz grün im Gesicht, ergossen sich die Soldaten aus den vollgepackten Truppentransportern auf dem Kai. Außer ihren scharlachroten Uniformen brachten sie auch schon ein paar militärische Anfangsgründe mit, sie konnten in Linie und in Gruppenkolonne antreten, sie marschierten schon ganz stramm hinter ihren Regimentskapellen. Daß sie dabei in der fremden, ausländischen Stadt neugierig um sich gafften, konnte man ihnen nachsehen. Schlimmer war, daß sie sich bei jeder Gelegenheit, je nach Veranlagung, bis zur Raserei oder bis zum völligen Stumpfsinn betranken, daß sie auf mehr oder weniger harmlose Art hinter den Weibern her waren, daß sie sich Diebstähle, mutwillige Sachbeschädigungen und alle möglichen anderen Delikte zuschulden kommen ließen, die bei einer Truppe mit mangelhafter Disziplin an der Tagesordnung sind. Die Offiziere – einer der Bataillonskommandeure war ein Earl, ein anderer ein Baron – hatten ihre Leute nicht fest in der Hand, weil sie selbst nicht genügend Diensterfahrung besaßen. Hornblower mußte die entrüsteten Vorstellungen des Bürgermeisters und der anderen Zivilbehörden über sich ergehen lassen und war daher glücklich, als endlich die Pferdetransporte eintrafen und die versprochenen beiden Regimenter Yeomanry brachten. Damit besaß er nämlich die Kavallerie für die Vorhut, die ihm noch gefehlt hatte, und war nun endlich in der Lage, seine kleine Armee zum Vorstoß auf Rouen und womöglich sogar auf Paris anzusetzen.

Er saß gerade mit Barbara beim Frühstück, als die Nachricht eintraf. Barbara, in graublauem Negligé, goß ihm aus silberner Kanne Kaffee ein, und er legte ihr Spiegeleier mit Schinken vor. Diese häusliche Atmosphäre hatte für ihn immer noch etwas Unwirkliches. Er hatte schon drei Stunden angespannt gearbeitet, ehe er zum Frühstück kam, und stak noch so in seinen militärischen Gedankengängen, daß es ihm nicht ohne weiteres gelang, den Soldaten auszuziehen und ihn mit dem vertraulich plaudernden Ehemann zu vertauschen.

»Ich danke dir, mein Schatz«, sagte Barbara und nahm ihm den Teller aus der Hand.

Es klopfte.

»Herein«, rief Hornblower.

Es war Dobbs, einer der wenigen Menschen, die auch dann hier Zutritt hatten, wenn Sir Horatio mit seiner Frau beim Frühstück saß.

»Depesche von der Armee, Sir. Die Franzosen sind weg.«

»Wie, weg?«

»Auf und davon, Sir. Quiot ist in der vergangenen Nacht in Richtung

Paris abmarschiert. In Rouen ist kein französischer Soldat mehr zu finden.«
Die schriftliche Meldung, die Hornblower nun entgegennahm, enthielt in militärischer Ausdrucksweise nichts anderes, als was Dobbs eben berichtet hatte. Bonaparte zog anscheinend in verzweifelter Hast alle verfügbaren Truppen zur Verteidigung der Hauptstadt zusammen. Dadurch, daß er Quiot zurückzog, gab er die ganze Normandie dem gelandeten Gegner frei.
Hornblowers erster Gedanke war: »Wir müssen hinterher.«
Er wandte sich an Dobbs: »Sagen Sie Howard... Nein, ich komme lieber selbst. Du entschuldigst mich doch, Liebling?«
»Hast du wirklich nicht einmal Zeit, deinen Kaffee zu trinken und dein Frühstück zu essen?« fragte Barbara mit strenger Miene.
Der innere Zwiespalt stand Hornblower so deutlich im Gesicht geschrieben, daß Barbara hellauf lachen mußte.
»Drake«, fuhr sie fort, »nahm sich auch Zeit, sein Kartenspiel zu Ende zu spielen, und hat dennoch die Spanier geschlagen. So habe ich wenigstens in der Schule gelernt.«
»Da hast du auch ganz recht, mein Schatz«, sagte Hornblower, »also, Dobbs, in zehn Minuten.«
Dann machte er sich daran, seine Spiegeleier mit Speck zu verzehren. Vielleicht war es nicht schlecht für die Disziplin, wenn bekannt wurde, daß der sagenhafte Hornblower, Held so vieler kriegerischer Erfolge, doch Mensch genug war, um hie und da auf die Einwände seiner Frau zu hören.
»Das ist der Sieg«, sagte er und sah Barbara über den Tisch hinweg in die Augen. »Das ist das Ende.«
Jetzt war er wirklich im tiefsten Innern davon überzeugt, daß es sich so verhielt, und diese Überzeugung war viel mehr als das bloße Ergebnis einer Kette logischer Schlußfolgerungen. Der Tyrann Europas, der Mann, der die ganze Welt in Blut getaucht hatte, stand endlich vor seinem Fall. Barbara begegnete Hornblowers Blick, sie waren beide so tief bewegt, daß sie keine Worte fanden. Seit ihrer Kindheit hatten die Menschen nichts anderes gekannt, als Krieg und immer Krieg, nun sollten sie endlich erfahren, was Friede war. Ja, der Friede war fast ein unbekanntes Land für sie geworden.
»Friede«, sagte Barbara.
Hornblower fühlte sich etwas unsichter. Es war ihm ganz unmöglich, seine Empfindungen zu analysieren, weil er keinen sicheren Ausgangspunkt für seine Schlußfolgerungen finden konnte. Er war als Junge in die Navy eingetreten und hatte seither nichts anderes kennengelernt als

Krieg. Er konnte also so gut wie nichts von dem anderen, dem angenommenen Hornblower, wissen, zu dem er sich ohne diesen Krieg entwickelt hätte. Diese einundzwanzig Jahre mit ihren unausgesetzten, furchtbaren Anstrengungen, Härten und Gefahren, hatten etwas ganz anderes aus ihm gemacht, als er unter ruhigeren Verhältnissen geworden wäre. Hornblower war keine geborene Kampfnatur, er war ein begabter, feinfühliger Mensch, den nur ein Zufall vor die Aufgabe gestellt hatte, sich im Kampf zu bewähren. Seine geistigen Vorzüge hatten ihm dazu verholfen, daß ihm das gelang, aber sie hätten ihm auch in irgendeiner anderen Laufbahn Erfolg gebracht, und zwar um einen billigeren Preis als den, den er jetzt zu zahlen hatte. Seine fast krankhafte Feinfühligkeit, sein überempfindlicher Stolz, die vielen Schrullen und Schwächen seines Wesens mochten sehr wohl die Folge des harten, sorgenvollen Lebens sein, das er hinter sich hatte. Im Augenblick machte sich zwischen ihm und seiner Frau eine deutliche Kühle bemerkbar (nicht einmal die Leidenschaft, der sie beide ungehemmt die Zügel schießen ließen, hatte diese Kühle zu vertreiben vermocht, die sie jetzt beide hinter der Maske der guten Kameradschaft zu verbergen suchten), auch sie war sicher eine Folge seiner charakteristischen Mängel – allerdings trug auch Barbara ein bißchen Schuld daran. Aber den Hauptanlaß dazu hatte doch er selbst gegeben.

Hornblower wischte sich den Mund und erhob sich.

»Jetzt muß ich aber wirklich gehen, mein Schatz«, sagte er. »Bitte, vergib mir.«

»Natürlich mußt du gehen, wenn dich deine Pflicht ruft«, gab sie zur Antwort und reichte ihm ihre Lippen.

Er küßte sie und eilte aus dem Zimmer. Selbst mit ihrem Kuß auf den Lippen mußte er sich sagen, daß es eben doch falsch war, wenn ein Mann, der im aktiven Kriegsdienst stand, seine Frau bei sich hatte. Es machte ihn allemal weich, gar nicht zu reden von den sachlichen Unzuträglichkeiten, die sich fortgesetzt daraus ergaben. So hatte es sich zum Beispiel erst zwei Tage zuvor als notwendig erwiesen, ihm nachts, während er mit Barbara im Bett lag, eine dringende Meldung auszuhändigen.

Im Büro las er zunächst noch einmal die Meldung der vorgeschobenen Aufklärer durch. Daraus ergab sich ganz unzweideutig, daß es nicht möglich gewesen war, mit irgendwelchen kaiserlichen Truppen in Fühlung zu kommen, und daß nach den Aussagen, die aus der Stadt geflüchtete vornehme Bürger Rouens den britischen Patrouillen machten, auch in dieser Stadt kein einziger bonapartistischer Soldat zurückgeblieben war. Er brauchte nur anzugreifen, und Rouen war sein, außerdem fand offen-

bar der Wunsch, Bonaparte im Stich zu lassen und zu den Bourbonen überzugehen, immer größere Verbreitung. Die Zahl der Menschen, die Tag für Tag zu Lande oder zu Wasser nach Le Havre kamen, um dem Herzog ihre untertänigste Ergebenheit zum Ausdruck zu bringen, wurde immer größer. »Vive le Roi!« so riefen sie schon von weitem, wenn sie sich den Wachen näherten, »Lang lebe der König!«
Das war die Parole, mit der sich nur der Anhänger Bourbons zu erkennen gab, keinem Bonapartisten, keinem Jakobiner, keinem Republikaner wäre es je eingefallen, seine Lippen mit diesen Worten zu beschmutzen. Daneben nahm der Zustrom an Deserteuren und ausgehobenen Rekruten, die sich dem Militärdienst entziehen wollten, geradezu riesige Ausmaße an. Die Truppenverbände Bonapartes schienen zu lecken wie ein Sieb, und es war für ihn natürlich doppelt schwierig, die entstehenden Lücken wieder aufzufüllen, wenn die neuen Rekruten in die Wälder gingen oder bei den Engländern Schutz suchten, um nicht dienen zu müssen. Der Gedanke lag nahe, aus diesen Menschen den Kern einer neuen bourbonischen Armee zu bilden, aber dieser Versuch erwies sich von vornherein als Fehlschlag. Die Überläufer weigerten sich nämlich nicht nur, für Bonaparte zu kämpfen, sie wollten vielmehr samt und sonders vom Krieg überhaupt nichts mehr wissen. Das royalistische Heer, zu dessen Aufstellung Angoulême hierher entsandt worden war, zählte immer noch keine tausend Mann, und davon waren mehr als die Hälfte Offiziere, alles alte Emigranten, die in den Heeren der Gegner Frankreichs gekämpft hatten und jetzt nach Le Havre entboten waren.
Nichtsdestoweniger harrte Rouen eines neuen Herrn. Hornblowers Milizbrigade konnte die Stadt auf den schmutzigen Straßen marschierend erreichen, er und Angoulême konnten sich in Kutschen zwängen und hinter den Truppen herfahren. Der Einzug mußte ein festliches Schauspiel werden, soviel war sicher. Rouen, die Hauptstadt der Normandie, war kein Dingsda, und dahinter lag gleich Paris, das nervöse fiebernde Paris. Da kam ihm auch schon eine neue Idee. In Ostfrankreich hielten die alliierten Monarchen alle paar Tage hoch zu Roß Einzug in irgendeine eroberte Stadt. Da war er in der Lage, Angoulême für seinen Einzug in Rouen ein viel eindrucksvolleres Geleit zur Verfügung zu stellen, ein Geleit, das gleichzeitig den langen Arm der englischen Seemacht anschaulich machte und die Franzosen wieder einmal darüber belehrte, daß es nur Englands Seemacht zu verdanken war, wenn sich das Kriegsglück endlich gewendet hatte. Der Wind war westlich, wie es mit den Gezeiten stand, wußte er nicht genau, aber er konnte so lange warten, bis sie günstig lagen.
»Kapitän Howard«, sagte er, »geben Sie der *Flame* und der *Porta Coeli*

Befehl, seeklar zu machen. Ich will den Herzog und die Herzogin auf dem Wasserwege nach Rouen bringen – das Gefolge kommt natürlich mit... ja, auch Lady Barbara. Setzen Sie die Kommandanten davon in Kenntnis, daß sie für Empfang und Unterbringung der Herrschaften entsprechende Vorbereitungen treffen können. Und schicken Sie bitte nach Hau, damit ich mit ihm alle Einzelheiten festlegen kann. Herr Oberst Dobbs, Sie machen doch auch gern einmal einen kleinen Jachtausflug mit, nicht wahr?«

Als sich am nächsten Morgen eine Schar von Männern in glänzenden Uniformen und Damen in farbenfrohen Toiletten auf dem Achterdeck der *Porta Coeli* versammelten, da sah es wirklich so aus, als hätte man vor, eine fröhliche Segelfahrt zu unternehmen. Die *Porta Coeli* hatte sich schon vom Kai freigewarpt, und die Gäste wurden mit Booten an Bord gerudert. Freeman brauchte auf den Wink Hornblowers nur seine Befehle zum Segelsetzen und Ankerlichten über das Deck zu rufen, und die Fahrt den breiten Strom hinauf konnte beginnen. Die Sonne schien warm und verkündete, daß der Frühling nun wirklich da war, glitzernde Lichter tanzten auf lustigen, kleinen Wellen. Hornblower erriet aus den Geräuschen, daß man unter Deck noch fleißig am Werk war, um die Unterkünfte für die fürstliche Hofgesellschaft herzurichten, hier oben längs der Reling aber sah man nur lachende, erwartungsfrohe Gesichter. Auch für ihn selbst war es ein himmlisches Gefühl, wieder einmal ein Schiffsdeck unter den Füßen zu haben, den frischen Seewind auf den Wangen zu fühlen und bei einem Blick nach achtern die schmucke *Flame* unter allen ihren Schratsegeln auf ihrem Platz im Kielwasser zu beobachten. Herrlich auch, wieder einmal die weiße Kriegsflagge zu seinen Häupten und den Kommodorestander im Topp zu wissen. Daß das bourbonische Weiß-Gold daneben wehte, tat diesem Glück keinen Eintrag. Er begegnete Barbaras Blick und lächelte ihr zu. Der Herzog und die Herzogin traten zu ihm und zogen ihn gnädig ins Gespräch. Das Fahrwasser führte dicht am Nordufer des Stromes entlang, sie passierten Harfleur und tauschten mit der dortigen Batterie ihren Salut. Mit vollen acht Knoten Fahrt rauschten die Schiffe flußaufwärts, man kam schneller voran, als wenn man mit Kutschen gefahren wäre. Allerdings sah es damit wohl bald anders aus, wenn der Flußlauf schmäler wurde und sich zu winden begann. Das ferne Südufer rückte auch schon immer näher heran, die grünen Niederungen dort waren immer deutlicher zu unterscheiden, bis sie, wie es schien, von einer Minute zur anderen das Mündungsgebiet hinter sich hatten und die eigentliche Flußfahrt begann. Quilleboeuf war längst zurückgeblieben, und nun öffnete sich die lange, gerade Strecke, die bis Caudebec reicht. Auf dem linken Ufer breitete sich grünes Weideland mit reichen Bauernhöfen, rechter

Hand lagen steile, bewaldete Höhen. Das Ruder wurde gelegt, die Schoten angeholt. Da der Wind immer dazu neigt, dem Flußtal zu folgen, kam er auch jetzt noch gut achterlich ein, so daß sie, unterstützt durch die reißende Flut, ausgezeichnete Fahrt liefen. Jetzt wurde das Zeichen zum Lunch gegeben, und die Gesellschaft begab sich unter Deck. Die Damen kreischten angesichts des engen, steilen Niedergangs und der ständigen Bedrohung durch die niedrigen Decksbalken. Um für die fürstliche Gesellschaft genügend Platz zu schaffen, hatte man einige Schottwände herausgerissen und versetzt. Hornblower konnte sich vorstellen, daß die halbe Besatzung an Deck schlafen mußte, solange das Herzogspaar sich an Bord aufhielt. Die fürstliche Dienerschaft und die Stewards der Offiziersmesse begannen gemeinsam, den Lunch zu servieren – den einen machte dabei die ungewohnte Umgebung ebenso zu schaffen wie den anderen die fremdartige Tischgesellschaft, die sie bedienen mußten. Die Mahlzeit hatte kaum begonnen, da betrat Freeman den Raum und flüsterte dem zwischen der Herzogin und der Dame d'Honneur sitzenden Hornblower etwas ins Ohr. »Caudebec in Sicht, Sir«, wisperte er. Hornblower hatte befohlen, daß ihm dies gemeldet werden sollte.

Nun entschuldigte er sich mit ein paar Worten bei der Herzogin, verbeugte sich zum Herzog hinüber und schlüpfte unauffällig hinaus. Die Hofetikette hatte auch für das Bordleben ihre Gesetze und Regeln: Ein Seemann durfte ohne große Förmlichkeiten kommen und gehen, wenn die Führung des Schiffes solches verlangte. Caudebec war am Ende der geraden Flußstrecke in Sicht, die Schiffe kamen rasch näher, es dauerte nur noch Minuten, dann erübrigte sich sogar das Glas, das Hornblower jetzt noch auf das kleine Städtchen gerichtet hielt. Die Explosion, bei der Bush ums Leben gekommen war, hatte Zerstörungen verursacht, die sofort in die Augen fielen. Die Häuser waren sechs bis acht Fuß über dem Boden glatt wegrasiert, nur die massiv gebaute Kirche hatte dem gewaltigen Druck einigermaßen Widerstand geleistet. Allerdings war ihr Dach gleichfalls weggerissen, und die Fenster waren eingedrückt. Der lange, hölzerne Kai war ganz zerstört, längsseits von ihm ragten ein paar geschwärzte Wracktrümmer aus dem Wasser. Ein einzelnes Geschütz, ein Vierundzwanzigpfünder auf Transportlafette, stand am Ufer über dem Kai, das war alles, was von Quiots Belagerungspark übriggeblieben war. Nur wenige Leute ließen sich am Ufer blicken, sie starrten verwundert den beiden vorübersegelnden Kriegsschiffen nach.

»Ein scheußlicher Anblick, Sir«, bemerkte Freeman, der neben ihm stand.

»Ja«, sagte Hornblower.

Hier also war Bush gefallen. Hornblower gedachte in ehrerbietigem Schweigen seines toten Freundes. Wenn der Krieg zu Ende war, wollte er hier am Flußufer über dem Kai ein kleines Denkmal errichten lassen. Er verstieg sich sogar zu dem Wunsch, daß der zerstörte Ort nie wieder aufgebaut werden möchte, weil seine Trümmer am sichtbarsten an Bushs Tod erinnerten – diese Trümmer, ja, oder eine ganze Pyramide von Totenschädeln.

»Großschot! Vorschoten!« brüllte Freeman über das Deck hin.

Sie waren am Ende der langen Geraden angelangt und begannen den weiten Bogen nach Steuerbord. Mit einer Brigg in einem engen Fluß zu halsen, war gewiß kein Kinderspiel. Die dichtgeholten Segel kamen mit donnerndem Knallen über, als der Rückwind von den Uferhöhen einfiel. Das eigene Fahrtmoment half der Brigg an dieser Stelle weiter, langsam durchlief sie den Bogen des Flusses und kam dabei immer höher an den Wind. Durch Abfieren der Großschot erhielt sie anfangs noch einmal etwas Fahrt und Steuer, aber dann wurden die Schoten gleich wieder angeholt, dichter und immer dichter, je weiter es um die Biegung herumging, bis sie schließlich hoch am Wind auf einem Kurs lag, der dem bis Caudebec gesteuerten fast entgegengesetzt war. So lief sie in die neue Gerade ein, die sich jetzt vor den Blicken auftat. Da trat Hau neben Hornblower.

»Monseigneur wünscht zu erfahren«, sagte er, »ob Ihre Aufgabe hier an Deck sehr dringender Natur ist. Seine Königliche Hoheit möchte einen Trinkspruch ausbringen und würde es begrüßen, wenn Sie in das ausgebrachte Hoch einstimmen könnten.«

»Gut, ich komme«, sagte Hornblower.

Er warf noch einen letzten Blick auf Caudebec, das soeben hinter der Biegung verschwand, und eilte dann unter Deck. Schräge Sonnenstrahlen, die durch die offenen Pforten hereinfielen, schnitten durch den großen, improvisierten Kajütraum. Als Angoulême ihn eintreten sah, erhob er sich von seinem Stuhl, unter den niedrigen Decksbalken konnte er nur in gebückter Haltung stehen.

»Ich trinke auf das Wohl Seiner Königlichen Hoheit, des Prinzregenten!« sagte er und hob dabei sein Glas. Die ganze Gesellschaft tat ihm Bescheid. Dann richteten sich aller Blicke auf Hornblower. An ihm war es nun, die richtige Antwort zu finden.

»Seine Allerchristlichste Majestät!« rief Hornblower. Dann, als auch diese Zeremonie beendet war, erhob er sein Glas sogleich ein zweites Mal. »Seiner Allerchristlichsten Majestät Regent in der Normandie, Monseigneur, Seine Königliche Hoheit der Herzog von Angoulême!«

Dieser dritte Toast wurde unter allgemeinem lautem Beifall getrunken. Es lag ein Zug von fast peinvoller Dramatik darin, daß sie hier ruhig unter Deck bei Tisch saßen und einander zutranken, während draußen ein Kaiserreich in Trümmer ging. Die *Porta Coeli* segelte unterdes so hoch am Wind,

wie sie anliegen konnte, das sagte ihm die Lage des Schiffes unter seinen Füßen und das besondere, bezeichnende Rauschen des an der Bordwand entlangströmenden Wassers. Es fiel Freeman dort oben an Deck bestimmt nicht leicht, sich bis zur nächsten Biegung hochzukneifen – er hatte schon vorhin, bevor er unter Deck ging, gesehen, daß die Strecke, die sie eben durchfuhren, obendrein etwas nach Luv gebogen war und dazu zwang, immer höher an den Wind zu gehen. Hornblower hörte, wie Freeman wieder einen neuen Befehl ausrief, und verzehrte sich immer mehr vor Unruhe und Ungeduld. Er kam sich hier unten vor wie in einer Kindergesellschaft, bei der man sich sorglos unterhielt, während die Erwachsenen draußen der Aufgabe oblagen, die Welt in Ordnung zu halten. Endlich hielt er es nicht mehr aus, er machte wieder seine Entschuldigung heischende Verbeugung und schlüpfte hinaus, um an Deck zu gehen.
Es war genau, wie er es sich gedacht hatte. Die *Porta Coeli* lag mit dichten Schoten so hoch am Wind, wie es nur eben ging, nein, fast schon höher, als sie es vertrug. Ein zitterndes Killen lief über ihre Segel, und ihr Fortgang war nur noch ganz langsam und träge. Dabei war bis zur erlösenden Rückbiegung nach Osten noch gut eine halbe Meile zurückzulegen. Freeman sah zu den schlagenden Segeln hoch und schüttelte den Kopf.
»Sie werden es mit ein paar Aufschießern versuchen müssen, Mr. Freeman«, sagte Hornblower. Hier in diesem engen Flußlauf einen Kreuzschlag zu machen, schien ihm denn doch zu gewagt, obwohl sie den Flutstrom immer noch mit sich hatten.
»Aye, aye, Sir«, sagte Freeman.
Eine kurze Sekunde schätzte er den zur Verfügung stehenden Raum, auch die Männer an den Schoten waren sich über die Schwierigkeit des bevorstehenden Manövers völlig im klaren und harrten gespannt der raschen Folge von Befehlen, die zu seiner Durchführung gehörten. Jetzt fiel Freeman für einen kurzen Augenblick ab, daß die Segel sich füllten und das Schiff gute Fahrt bekam. Das brachte ihn allerdings rasch in bedrohliche Nähe des Leeufers. Dann hieß es: Schoten dicht; mit Luvruder schoß die *Porta Coeli* in den Wind und gewann damit ein paar Meter Luv, während allerdings gleichzeitig die eben gewonnene Fahrt fast ganz wieder verlorenging. Nun wurden die Schoten wieder geschrickt und das Ruder ein klein wenig aufgelegt, so daß sie wieder Fahrt gewann. Sie lag wieder hart am Wind und näherte sich dabei neuerdings merklich dem Leeufer.
»Gut gemacht«, sagte Hornblower. Er wollte noch hinzufügen, daß es besser sei, das nächstemal nicht so lange mit dem Manöver zu warten. Aber er sah, wie Freeman schon wieder die Entfernung schätzte, und kam zu dem Ergebnis, daß eine solche Mahnung unnötig war. Freeman hatte selbst eingesehen, daß es zwecklos war, durch übermäßige Höhe die Fahrt

zu opfern. Sobald die Segel schlugen, legte er jetzt Ruder, um abzuhalten und das Manöver von vorhin zu wiederholen. Diesmal traf er es so günstig, daß er mit dem Aufschießer fast die volle Breite des Flusses an Luv gewann. Mit einem Blick nach achtern überzeugte sich Hornblower, daß die *Flame* genau dem Beispiel ihres Schwesterschiffes folgte. Das Leeufer schien ihnen geradezu entgegenzueilen, es war gleich wieder Zeit, den Aufschießer zu wiederholen. Aber Hornblower stellte doch erleichtert fest, daß die nächste Biegung beruhigend näher kam.

In diesem Augenblick erschien im Niedergang der Kopf des Herzogs, der mühsam die schmale Treppe hochgeklettert kam, und alsbald ergoß sich auch der Schwarm der fürstlichen Gesellschaft wieder über das Deck. Freeman warf einen verzweifelten Blick auf Hornblower, und der faßte sofort den nötigen Entschluß. Er fixierte den Nächstbesten der Höflinge – zufällig war es der Stallmeister – mit einem Blick, der jenem das Scherzwort verschlug, das er der Dame an seiner Seite zugedacht hatte.

»Es stört, wenn Seine Königliche Hoheit und dero Gefolge sich jetzt an Deck aufhalten«, sagte Hornblower laut und vernehmlich.

Das heitere Geplauder verstummte wie abgeschnitten, Hornblower blickte in schmollende Gesichter und mußte schon wieder an Kinder denken, verwöhnte Kinder, denen man etwas abschlägt, was sie sich in den Kopf gesetzt hatten.

»Die Führung des Schiffes duldet zur Zeit keine Ablenkung«, fuhr Hornblower fort, um niemand im Zweifel zu lassen, warum er das Deck geräumt haben wollte.

Da hörte man auch schon Freeman den Männern an den Schoten neue Befehle zurufen.

»Schön, Sir 'Oratio«, sagte der Herzog. »Meine Damen, meine Herren, kommen Sie!«

Er blies mit aller Haltung zum Rückzug, die in dieser Lage aufzubringen war, nur der letzte der Hofschranzen wurde etwas unsanft in den Niedergang befördert, weil er den mit ihren Enden über Deck rennenden Seeleuten ungeschickt in die Quere kam.

»Fall ab!« sagte Freeman zum Rudergänger. Nun hatte er wieder eine kurze Atempause, während es hart am Wind ein Stückchen flußaufwärts ging. Da stellte er die Frage:

»Soll ich den Niedergang schalken lassen?«

Das war eine ausgesprochene Frechheit, er brachte sie auch mit entsprechendem Grinsen vor.

»Nein«, gab Hornblower barsch zur Antwort. Man merkte ihm an, daß ihm jetzt nicht nach Scherzen zumute war.

Mit dem nächsten Schlag gelang es der *Porta Coeli*, den Beginn der Linksbiegung zu erreichen. Von da an konnte sie mehr und mehr abfallen. Freeman machte ein sauberes Halsenmanöver, und dann ging es mit Backstagsbrise in die nächste Gerade. Auch hier trug das eine Ufer bewaldete Hügel, das andere fettes Weideland. Hornblower spielte einen Augenblick mit dem Gedanken, einen Läufer hinunterzuschicken und die Hofgesellschaft für die nächste Viertelstunde zum Andeckkommen einzuladen, aber er besann sich gleich eines Besseren. Sie sollten lieber bleiben, wo sie waren, alle, Barbara eingeschlossen. Er nahm sein Glas zur Hand und enterte schwerfällig in die Großwanten. Vom Großmars aus hatte er einen bedeutend weiteren Blick ins Land hinein. Es machte ihm ein seltsames Vergnügen, von diesem luftigen Sitz aus die grüne, lieblich hingebreitete französische Landschaft zu betrachten wie irgendein Reisender. Die Bauern waren an der Arbeit auf den Feldern, sie hoben kaum den Blick, als die beiden schönen Schiffe an ihnen vorübersegelten. Nirgends entdeckte man Spuren des Krieges, Anzeichen von Verwüstung. Abgesehen von Caudebec war die Normandie von den in Frankreich eingefallenen Heeren ganz verschont geblieben. Zuletzt, die Brigg näherte sich bereits der nächsten Krümmung, und eben begannen wieder die Vorbereitungen zum Halsen, erhaschte Hornblower für Sekunden einen Blick auf das ferne Rouen. Von seltsamer Erregung gepackt, sah er weit im Land die ragenden Türme der Kathedrale und all der anderen Kirchen. Als aber dann die Brigg in die Flußbiegung einsteuerte, schoben sich gleich wieder die Waldhügel des Ufers vor das Bild der Stadt. Da ruckte er sein Glas zusammen und stieg langsam hinunter an Deck.

»Vom Flutstrom ist nicht mehr viel zu spüren, Sir«, sagte Freeman.

»Nein, bringen Sie bitte das Schiff in der nächsten Geraden zu Anker, Mr. Freeman. Ankern Sie mit Bug- und Heckanker, und signalisieren Sie der *Flame*, das gleiche zu tun.«

»Aye, aye, Sir.«

Wieviel schöner und befriedigender war es für den menschlichen Geist, sich mit Naturerscheinungen wie dem Sinken des Tages oder dem Wechsel der Gezeiten zu beschäftigen, als sich mit menschlichen Launen, mit Prinzen und – Frauen abgeben zu müssen. Die beiden Briggs ankerten also im Strom, um hier während der Ebbe und der bevorstehenden Nachtstunden zu warten. Hornblower traf selbstverständlich Vorsichtsmaßnahmen gegen jeden überraschenden Angriff, er ließ Enternetze ausbringen und ein paar Boote während der Nacht Patrouille rudern. Dabei war er überzeugt, daß er von der erschöpften und gleichgültigen Landbevölkerung wenig zu befürchten hatte. Hätten sich noch irgendwelche Teile der Armee in Reichweite befunden, hätte Bonaparte nicht im Osten, sondern im Westen von Paris operiert, dann wäre die Lage natürlich eine ganz andere gewesen. Aber außer Bonaparte selbst und der bewaffneten Macht, die für ihn kämpfen mußte, gab es heute in Frankreich keinen Widerstand mehr, das Land fiel dem ersten besten Eroberer als wehrlose Beute anheim.

Die Gesellschaft an Bord der *Porta Coeli* amüsierte sich unterdessen weiter. Es war recht lästig, daß der Herzog, die Herzogin und die Damen und Herren des Gefolges auf der *Porta Coeli* sich fortgesetzt einbildeten, Bedienstete, Gepäckstücke und dergleichen zu benötigen, die sich an Bord der *Flame* befanden, so daß man ständig Boote zwischen den beiden Schiffen hin- und herschicken mußte. Offenbar durfte man von dieser Sorte Menschen kein anderes Benehmen erwarten. Dafür ließen sie über die enge Unterbringung erstaunlich wenig Klagen hören. Barbara teilte mit stoischem Gleichmut die kleine Kammer Freemans mit vier anderen Damen – sie wäre schon für zwei reichlich eng gewesen. Die fürstliche Dienerschaft hängte unter Anleitung der belustigten Seeleute klaglos ihre Hängematten auf. Man hatte eben doch den Eindruck, daß diese Menschen in den zwanzig Jahren der Verbannung und der Wanderschaft durch ganz Europa durch eine Schule gegangen waren, deren harte Lehren sie noch nicht vergessen hatten. Es war kaum anzunehmen, daß irgend jemand unter diesen Umständen richtigen Schlaf fand, aber bei der allgemein herrschenden Aufregung und freudigen Erwartung hätten sie wahrscheinlich auch in den Daunenbetten eines Palastes kein Auge zugetan.

Hornblower jedenfalls gab den Versuch einzuschlafen sehr bald auf, nachdem er sich eine Zeitlang vergeblich bemüht hatte, seine aufgeregten Gedanken zur Ruhe zu bringen. Er hatte sich seine Hängematte an Deck aufhängen lassen. (Seit der Überholung der *Lydia*, damals auf der Insel Coiba, hatte er in keiner Hängematte mehr geschlafen.) Nun lag er mit offenen Augen und blickte zum Nachthimmel hinauf, wenn ihn nicht ab und zu ein scharfer Regenschauer dazu zwang, sich die Persenning über den Kopf zu ziehen, die ihm als Schutz gegen die Unbilden des Wetters diente. Solange er wach lag, konnte er sich wenigstens davon überzeugt halten, daß der Westwind durchstand, wie man es in dieser Jahreszeit erwarten durfte. Hätte der Wind abgeflaut oder seine Richtung geändert, dann wären sie genötigt gewesen, die Reise nach Rouen mit den Schiffsbooten fortzusetzen, jedenfalls hatte er sich mit diesem Gedanken schon vertraut gemacht. Das fiel also weg. Im Gegenteil, die Morgendämmerung brachte sogar noch ein Auffrischen der westlichen Brise, dazu allerdings auch mehr Regen. Zwei Stunden nach Hellwerden setzte dann auch die Flut ein, und Hornblower konnte den Befehl zum Ankerlichten geben.

An der nächsten Flußbiegung trat die Kathedrale von Rouen frei vor den Blick, an der übernächsten waren die Schiffe von der Stadt nur noch durch eine verhältnismäßig schmale Landzunge getrennt, die sie in einem

langen, herrlich schönen Bogen umfuhren. Der Nachmittag war noch nicht weit vorgeschritten, als sie endlich auch diese letzte Biegung des Stromes hinter sich hatten und die Stadt in ihrer ganzen Größe vor ihnen ausgebreitet lag: die Insel mit ihren Brücken, die Bollwerke mit den zahllosen Flußschiffen, die Markthalle jenseits des Kais und die himmelstürmenden gotischen Türme, die schon der Verbrennung der Jungfrau von Orleans als Zeugen zugesehen hatten. Die Aufgabe, die Schiffe genau vor der Stadt zu Anker zu bringen, während noch die letzte Flut lief, war alles andere als einfach. Hornblower machte sich eine kleine Krümmung des Fahrwassers zunutze, um alle Segel backzusetzen und den Heckanker fallen zu lassen. Der Ankerplatz lag zwei Kabellängen weiter von der Stadt entfernt, als er ihn unter anderen Wind- und Stromverhältnissen gewählt hätte. Nun musterte er die Stadt aufmerksam durch das Glas und hielt Ausschau nach Anzeichen, die auf das Erscheinen einer Begrüßungsabordnung schließen ließen. Der Herzog stand neben ihm, er war ungnädiger Laune und neigte dazu, jede Verzögerung persönlich übelzunehmen.
»Mr. Freeman, lassen Sie bitte ein Boot für mich klarmachen«, sagte Hornblower nach einer Weile. »Und schicken Sie nach meinem Bootssteurer.«
Schon drängte sich das Volk auf den Kais, um neugierig nach den englischen Schiffen mit der Kriegsflagge und dem Lilienbanner der Bourbonen Ausschau zu halten. Zwanzig Jahre hatte man diese Flagge nicht mehr zu Gesicht bekommen. Eben unterhalb der Brücke, dort wo Brown mit dem Boot längsseits schob, standen die Leute schon Kopf an Kopf. Unter einem Kreuzfeuer von Blicken stieg Hornblower die Treppe vom Bootssteg hinauf. Aber man hörte keinen Laut, und die Menschen machten einen apathischen Eindruck, jedenfalls zeigten sie nichts von dem französischen Temperament, dem er anderswo bei Massenansammlungen ihrer Landsleute noch stets begegnet war. Mitten im Gedränge stand ein Mann in Uniform, anscheinend ein Sergeant der Douaniers. Den faßte Hornblower ins Auge.
»Ich möchte den Bürgermeister aufsuchen«, sagte er zu ihm.
»Jawohl, Monsieur«, gab der Zöllner höflich zur Antwort.
»Holen Sie mir einen Wagen herbei«, sagte Hornblower.
Dieses Ansinnen verursachte zunächst verlegenes Zögern, der Zöllner sah sich unsicher um. Aber bald wurden aus der Menge Vorschläge laut, und es dauerte gar nicht lange, bis ein ratternder Landauer auf der Bildfläche erschien. Hornblower kletterte hinein, und das Gefährt rumpelte mit ihm davon. Der Bürgermeister empfing ihn auf der Schwelle des Rathauses, er war ihm in größter Hast aus seinem Amtszimmer dorthin entgegengeeilt, als er von seiner Ankunft erfuhr.
»Ich frage Sie nach dem Empfang für Seine Königliche Hoheit«, begann

Hornblower. »Ich bin äußerst erstaunt ... Warum ist kein Salut geschossen worden? Warum lassen Sie die Glocken nicht läuten?«
»Monsieur – pardon, Eure Exzellenz –«, der Bürgermeister war sich nicht ganz im klaren, welchen Rang Hornblower seiner Uniform und dem Ordensband nach bekleidete. Er wollte jedenfalls sichergehen. »Wir ahnten nicht, wir wußten ja nicht genau ...«
»Sie müssen die Königsstandarte gesehen haben. Und Sie wußten außerdem ganz genau, daß Seine Königliche Hoheit von Le Havre hierher unterwegs war.«
»Gerüchtweise, ja«, gab der Bürgermeister unsicher zu. »Aber ...«
Der Bürgermeister wollte sagen, daß er gehofft hatte, der Herzog werde mit überwältigender Truppenmacht und vor allem ohne viel persönlichen Aufhebens in die Stadt einziehen, so daß niemand gezwungen war, öffentlich für die Bourbonen Partei zu nehmen, was bei einer feierlichen Begrüßung unvermeidlich war. Gerade um dieses öffentliche Bekenntnis aber war es Hornblower zu tun, gerade dazu wollte er ihn zwingen.
»Seine Königliche Hoheit«, sagte Hornblower, »ist ernstlich ungehalten. Wenn Sie seine Gunst wiedergewinnen und sich der Gnade Seiner Majestät des Königs, der ihm sehr bald folgen wird, versichern wollen, dann müssen Sie jetzt wenigstens nach besten Kräften versuchen, Ihren Fehler wiedergutzumachen. Von diesem Augenblick an, gerechnet in zwei Stunden, muß eine Abordnung, bestehend aus Ihnen selbst, allen Ihren Ratsherren, allen Standespersonen der Stadt, dem Präfekten und dem Unterpräfekten, falls sie noch hier sind, kurz, allen Persönlichkeiten von Rang und Namen, bereitstehen, Monseigneur feierlich willkommen zu heißen, wenn er landet.«
»Aber Monsieur ...«
»Es wird festgestellt werden, wer anwesend ist«, sagte Hornblower, »... und wer fehlt«, fügte er hinzu. »Die Kirchenglocken können sofort mit dem Geläut beginnen.«
Der Bürgermeister gab sich Mühe, Hornblowers Blick standzuhalten. Er lebte noch ganz in der Furcht vor Bonaparte und zitterte vor der Möglichkeit eines unvorhergesehenen Umschwungs, der ihn Bonaparte auf Gnade und Ungnade auslieferte. Dann wurde er natürlich für sein Verhalten beim Empfang der Bourbonen zur Verantwortung gezogen. Gerade deshalb wußte Hornblower genau, daß die Stadt Rouen es sich zweimal überlegen würde, in diesem Ringen neuerlich die Seite zu wechseln, wenn er sie einmal dazu vermocht hatte, den Bourbonen offen und vor aller Welt willkommen zu heißen. Er war fest dazu entschlossen, für die Sache des Königs immer mehr Verbündete zu gewinnen.
»Zwei Stunden«, sagte Hornblower, »reichen leicht aus, alle nötigen

Vorbereitungen zu treffen, die Abordnung zusammenzuholen, die Straßen zu schmücken und für Seine Königliche Hoheit und dero Gefolge angemessene Unterkünfte bereitzustellen.«

»Monsieur, Sie scheinen wirklich nicht zu verstehen, welche Weiterungen sich für uns aus einem so feierlichen Empfang ergeben werden«, versuchte der Bürgermeister einzuwenden. »Er bedeutet ...«

»Er bedeutet, daß Sie sich jetzt und hier entscheiden müssen, ob Ihnen an der Gunst Seiner Majestät des Königs gelegen ist oder nicht.« Dabei ließ Hornblower freilich unerwähnt, daß der Bürgermeister ja noch eine zweite, mindestens ebenso schwere Entscheidung zu treffen hatte, nämlich die, ob er es darauf ankommen lassen wollte, unter der Guillotine zu enden, wenn er Bonaparte in die Hände fiel.

»Ein kluger Mann«, fügte Hornblower bedeutungsvoll hinzu, »wird sich da keinen Augenblick besinnen.«

Der Bürgermeister besann sich jedoch so lange, daß Hornblower schon fürchtete, er werde Drohungen anwenden müssen. Er konnte zum Beispiel schon für den nächsten Tag harte Vergeltung durch die vorrückende Armee in Aussicht stellen. Wirksamer noch wäre die Drohung gewesen, die Stadt ohne Verzug mit seinen Schiffsgeschützen in Trümmer schießen zu lassen. Gewiß, es stand ihm frei, sofort solche Maßnahmen anzukündigen. Aber er hatte nicht die geringste Neigung, seine Drohungen womöglich wahrmachen zu müssen. Dann hätte er nämlich endgültig darauf verzichten müssen, den Eindruck zu erwecken, daß das Volk nach all den Jahren des Leides und der Tyrannei sein angestammtes Herrscherhaus mit echter Begeisterung willkommen hieß.

»Die Zeit drängt«, sagte Hornblower und zog dabei seine Uhr.

»Gut also«, sagte der Bürgermeister und rang sich endlich zu dem Entschluß durch, der immerhin für ihn den Tod bedeuten konnte. »Ich werde Ihrem Wunsche nachkommen. Darf ich Eure Exzellenz zu den Einzelheiten der Durchführung um Ihre Vorschläge bitten?«

Es bedurfte nur weniger Minuten, um alle diese Einzelheiten festzulegen. Hornblower hatte von Hau gelernt, wie man beim öffentlichen Auftreten von Fürstlichkeiten Regie führen mußte. Als alles besprochen war, verabschiedete er sich und fuhr durch die schweigende Menge wieder zum Bollwerk zurück, wo Brown, der schon begonnen hatte, sich um ihn Sorge zu machen, mit dem Boot auf seine Rückkehr wartete. Kaum hatten sie abgelegt, da spitzte Brown die Ohren. Das Geläut der ersten Kirche scholl feierlich über die Stadt hin, und knapp eine Minute später fiel eine zweite ein. An Deck der *Porta Coeli* aber lauschte der Herzog dem Bericht Hornblowers. Die Stadt traf alle Vorbereitungen, ihn würdig zu empfangen.

Als sie dann am Kai an Land stiegen, standen dort, wie versprochen, die

Häupter und Standesherren der Stadt zum Empfang bereit, waren Wagen und Pferde zur Stelle, waren die Straßen mit weißen Bannern geschmückt. Nur die Menge blieb teilnahmslos, benommen von dem Unheil, das sie erlitten hatte. Immerhin brachte diese Teilnahmslosigkeit den Vorteil, daß Rouen während des fürstlichen Aufenthaltes ruhig blieb. So nahmen auch die Empfänge wenigstens äußerlich einen harmonischen Verlauf, und Barbara und Hornblower sanken Nacht für Nacht todmüde und zerschlagen ins Bett.

Hornblower wandte nur den Kopf auf seinem Kissen, als das fortgesetzte Klopfen endlich bis zu seinem Bewußtsein vordrang.

»Herein!« brüllte er. Barbara an seiner Seite machte eine ärgerlich abwehrende Bewegung, als er noch im Halbschlaf mit dem Arm ausgriff und die Bettvorhänge aufzog.

Vor ihm stand Dobbs in Hausschuhen und Hemdärmeln, mit hängenden Hosenträgern und zerrauften Haaren. In der einen Hand hielt er einen Leuchter, in der anderen eine Depesche.

»Es ist aus!« sagte er. »Boney hat abgedankt! Blücher ist in Paris!«

Endlich! Das war der Sieg. Das war das Ende von zwanzig Jahren Krieg. Hornblower setzte sich im Bett auf und blinzelte in das Licht der Kerze.

»Der Herzog muß sofort Meldung haben«, sagte er. Er bemühte sich, seine Gedanken zu sammeln. »Ist der König noch in England? Was steht in der Depesche?« Er stieg in seinem Nachthemd aus dem Bett, Barbara hatte sich aufgerichtet, ihr Haar war vom Schlaf ganz zerzaust.

»Ich danke Ihnen, Dobbs«, sagte Hornblower. »Ich bin in fünf Minuten bei Ihnen. Veranlassen Sie bitte, daß der Herzog geweckt wird, und setzen Sie ihn davon in Kenntnis, daß ich mich sofort bei ihm melden werde.«

Während Dobbs sich zum Gehen wandte, griff Hornblower schon nach seiner Hose. Er hielt sich eben mühsam auf einem Bein im Gleichgewicht, um sie anzuziehen, da begegnete er Barbaras schlaftrunkenem Blick.

»Endlich Friede«, sagte er nur. »Der Krieg ist zu Ende.« Auch wenn man Hornblower so unerwartet aus dem Schlaf riß, wie eben jetzt, war er imstande, sich mit erstaunlicher Geschwindigkeit anzukleiden, wie ihm überhaupt jede Verrichtung rasch von der Hand ging. Er stopfte sein Nachthemd kurzerhand in die Hose, wobei sich das lange, weite und warme Gewand allerdings in unangenehmer Weise schoppte. Als er schon fast damit fertig war, kam endlich Barbaras Antwort:

»Haben wir es nicht immer gewußt, daß es so kommen würde?« meinte sie ein bißchen verdrießlich. Barbara hatte während der jüngsten Festlichkeiten allzuwenig Schlaf gefunden.

»Der Herzog muß es dennoch sofort erfahren«, sagte Hornblower, wäh-

rend er in seine Schuhe fuhr. »Ich nehme an, daß er schon beim Morgengrauen nach Paris aufbrechen will.«
»Beim Morgengrauen? Und wie spät ist es jetzt?«
»Sechs Glasen nehme ich an – drei Uhr.«
»Ach!« sagte Barbara und sank in ihr Kissen zurück.
Hornblower fuhr in seinen Rock und nahm sich die Zeit, ihr noch einen Kuß zu geben. Aber Barbara küßte ihn nur flüchtig wieder. Der Herzog ließ ihn im Wohnzimmer des geflüchteten Präfekten, in dessen Dienstwohnung er untergebracht war, gute fünfzehn Minuten warten. Dann hörte er sich im Kreise seiner versammelten Räte die große Nachricht an. Er zeigte dabei einen wahrhaft königlichen Gleichmut, seine Haltung war ganz unbewegt.
»Was geschieht mit dem Usurpator?« war die erste Frage, die er stellte, als er Hornblower angehört hatte.
»Die grundsätzliche Entscheidung über sein künftiges Geschick ist bereits gefallen, Königliche Hoheit. Man hat ihm ein kleines Fürstentum zugebilligt«, sagte Hornblower. Während er das noch aussprach, hatte er das Gefühl, etwas gänzlich Ungereimtes zu sagen.
»Und Seine Majestät, mein Onkel?«
»Darüber ist in der Depesche nichts gesagt, Königliche Hoheit. Seine Majestät wird zweifellos sofort England verlassen, vielleicht ist sie zur Stunde schon unterwegs.«
»Wir müssen zu ihrem Empfang in den Tuilerien sein.«

16

Hornblower saß in seinem Wohnzimmer im »Hotel Meurice« in Paris und las das raschelnde Pergamentblatt, das ihm die Kurierpost zwei Tage zuvor gebracht hatte, wieder und wieder durch. Für einen Menschen, der auf solche Dinge Wert legte, war sein Wortlaut mindestens ebenso erfreulich wie sein Inhalt:

Da die Größe und Dauer des Britischen Weltreiches zuvörderst dem Wissen und der Erfahrung seiner Untertanen auf allen Gebieten des Seewesens zu verdanken ist, halten Wir vornehmlich diejenigen Männer für würdig, die höchsten Ehrungen zu empfangen, die als Unsere getreuen Diener um die Erhaltung und Mehrung Unserer Herrschaft über die Weltmeere bemüht sind. Aus diesem Grunde haben Wir Uns entschlossen, Unseren liebwerten getreuen Sir Horatio Hornblower, Ritter des höchst ehrenwerten Bath-Ordens, in den Stand der Pairs von England zu erheben. Er stammt aus

alter keltischer Familie, ist von Jugend auf für den Seedienst erzogen worden und hat während einer Folge verschiedener Dienstleistungen einen hohen Rang und eine ausgedehnte Befehlsbefugnis in Unserer Marine erreicht. Solchen Erfolg hat er seinen ausgezeichneten Fähigkeiten, vor allem aber den wichtigen, von Uns durch gebührende Auszeichnungen gewürdigten Dienstes zu danken, die er Uns mit unverbrüchlicher Treue, unerschütterlichem Mut und bestem Erfolg bei den verschiedensten bedeutenden Gelegenheiten geleistet hat. Während der vergangenen blutigen Kriege, die so lange Jahre in Europa gewütet haben und deren Verlauf eine große Zahl von Kämpfen und Unternehmungen zur See verursachte, hat es kaum eine Tat von nachhaltiger Wirkung gegeben, an der er nicht entscheidenden Anteil hatte, noch waren Gefahren und Schwierigkeiten je zu groß, als daß er sie nicht durch seine ausgezeichneten Tugenden und mit Hilfe seines nie versagenden Glücks überwunden hätte.
Es erscheint Uns daher billig und recht, einen Untertan, der Unserer Person und seinem Vaterland so ausgezeichnet gedient hat, mit einem hohen Titel auszuzeichnen, um damit sowohl sein Verdienst sichtbar zu ehren, als auch andere zu Wertschätzung und Pflege aller männlichen Tugenden anzuspornen.

Nun war er also Mitglied des Oberhauses, Baron des Vereinigten Königreiches, Lord Hornblower of Smallbridge in der Grafschaft Kent. Es gab in der ganzen englischen Geschichte nur zwei oder drei weitere Beispiele dafür, daß ein Seeoffizier zum Pair ernannt worden war, ehe er den Rang eines Flaggoffiziers erreicht hatte. Lord Hornblower of Smallbridge hieß er nun. Er hatte sich natürlich dafür entschieden, in seinem neuen Titel den eigenen Familiennamen beizubehalten. Der Name Hornblower hatte gewiß etwas wunderlich Abseitiges an sich, aber er liebte ihn trotzdem und hatte keine Lust, ihn gegen die halbe Anonymität eines Lord Smallbridge oder Lord Ich-weiß-nicht-Wie einzutauschen. Pellew hatte sich dem Vernehmen nach für den Namen Lord Exmouth entschieden, aber Pellows Geschmack war eben nicht der seinige. Sein Schwager war sogar von seinem Grundherrntitel zum alten Familiennamen zurückgekehrt, als er die nächsthöhere Adelsstufe verliehen bekam. Aus dem Earl of Mornington wurde nämlich der Marquis Wellesley. Ein anderer Schwager mußte auf den Namen Wellesley deshalb verzichten, weil sein Bruder das Vorrecht darauf besaß, und nannte sich daher Wellington. Dabei hatte er offenbar das Bestreben gehabt, wenigstens den Anklang an seinen Familiennamen zu erhalten. Der war nun Herzog und stand damit natürlich hoch über dem einfachen Baron. Und doch waren sie nun alle drei Pairs, Lords und erbliche Gesetzgeber. Der kleine Richard war jetzt The Honourable Richard

Hornblower und trat eines Tages als zweiter Lord Hornblower die Nachfolge seines Vaters an. Diese ganzen Titelformalien entbehrten nicht eines belustigenden Zuges. Da war zum Beispiel Barbara. Sie war die Tochter eines Earls – in diesem Fall zählte nur der Rang ihres Vaters und nicht die Tatsache, daß der eine Bruder jetzt Marquis, der andere Herzog war – und stand als solche von vornherein auf einer höheren Rangstufe denn als Frau eines Ritters des Bath-Ordens. Bis gestern war sie Lady Barbara Hornblower gewesen, seit heute hieß sie infolge der Verleihung der Pairswürde an ihren Mann Lady Hornblower. Lord und Lady Hornblower, das klang nicht übel. Es war eine hohe Ehre und Auszeichnung, die würdige Krönung seiner Laufbahn. Ach was! Bei Licht besehen, war das Ganze ja doch nichts anderes als sinnloses Theater. Man legte ihm eine Robe um die Schultern und setzte ihm die Baronskrone auf den Kopf. Da fiel Hornblower plötzlich etwas ein, daß es ihm in seinem Sessel einen förmlichen Ruck gab. Hatte ihm nicht Freeman damals bei seiner lächerlichen Kartenschlägerei auf der *Flame* eine Krone prophezeit? Das war also richtig in Erfüllung gegangen. Dieser Freeman war ein verdammt gerissener Kerl, daß er das so gut erraten hatte, während ihm selbst nicht im Traum eingefallen wäre, daß er einmal Pair werden könnte. Dafür waren seine sonstigen Vorhersagen um so gründlicher daneben gegangen. Gefahr und eine blonde Frau hatte Freeman vorhergesehen, so war es doch gewesen? Jetzt war aber die Gefahr vorüber, der Friede stand vor der Tür, und in seinem Leben gab es keine blonde Frau, sofern man nicht Barbara mit ihren blauen Augen und hellbraunen Haaren als blond bezeichnen wollte.
Immerhin machte ihm die Geschichte doch zu schaffen, so daß er sich erhob und sicher begonnen hätte, im Zimmer auf und ab zu rennen, wenn nicht im gleichen Augenblick Barbara aus dem Schlafzimmer hereingekommen wäre. Sie war bereits in großer Toilette für den Empfang beim Britischen Botschafter, und zwar ganz in Weiß, da diese Einladung als die krönende Freundschaftskundgebung für das Haus Bourbon geplant war und die Damen dabei sämtlich in der weißen Hausfarbe der Bourbonen erscheinen sollten, ganz gleich, ob sie zu ihrem Teint stand oder nicht. Vielleicht war das der überzeugendste Beweis treuer Bundesgenossenschaft, den sie der wiedereingesetzten Dynastie darbieten konnten. Hornblower griff zu Hut und Mantel und war bereit, ihr das Geleit zu geben. Das war, überlegte er, von vierzig Abenden der vierzigste, an dem er genau das gleiche tat.
»Wir wollen bei Arthurs nicht allzulange bleiben«, sagte Barbara.
Arthur war ihr Bruder, der Herzog von Wellington. Er hatte jüngst den seltsam anmutenden Sprung vom Oberbefehlshaber der gegen Frankreich kämpfenden britischen Armee zum Botschafter Seiner Britischen Majestät

am Hof Seiner Majestät des Allerchristlichsten Königs gemacht. Hornblower stand die Überraschung auf dem Gesicht geschrieben.
»Weißt du«, erklärte Barbara, »wir wollen dann weiter zu den Polignacs. Dort treffen wir Monsieur le Prince.«
»Ja, mein Schatz«, sagte Hornblower und war wirklich der Meinung, es sei ihm gelungen, sich nichts von der Resignation anmerken zu lassen, mit der er sich ihrem Willen fügte.
Monsieur le Prince, das war der Prinz von Condé, der einer jüngeren bourbonischen Linie entstammte. Hornblower hatte inzwischen gelernt, sich in den verwirrenden Titulaturen der französischen Hofgesellschaft zurechtzufinden, Titulaturen, die man so, wie sie waren, aus dem vorigen Jahrhundert in das gegenwärtige herübergerettet hatte. Ob er wirklich der einzige war, der dieses ganze Unwesen als altmodischen Anachronismus empfand? Monsieur le Prince! Monsieur le Duc – das war der Herzog von Bourbon. Oder nicht? Monsieur –, nur Monsieur ohne die ehrenden Zusätze, war der Graf von Artois, Bruder und Erbe des Königs. Monseigneur wiederum war der Herzog von Angoulême. Wenn sein Vater seinen Onkel überlebte, dann wurde er eines Tages Dauphin von Frankreich. Auch diese Bezeichnung Dauphin war ein solches Überbleibsel, das an uralte, finstere Jahrhunderte gemahnte. Dabei war der künftige Dauphin, wie Hornblower genau wußte, ein ausgesprochener Schwachkopf. Das einzige, was an ihm auffiel, war ein hohes, gezwungenes Gelächter, das man deshalb nicht so leicht vergaß, weil es irgendwie an das Gackern eines Huhnes erinnerte.
Unterdessen waren sie die Treppe hinuntergegangen. Unten erwartete sie der Wagen und Brown, der ihnen beim Einsteigen half.
»Zur Britischen Botschaft, Brown«, sagte Hornblower.
»Jawohl, Mylord.«
Brown war in den ersten vierundzwanzig Stunden auch nicht ein einziges Mal über Hornblowers neuen Titel gestolpert. In seiner gereizten Stimmung hätte Hornblower etwas dafür gegeben, wenn ihm aus Versehen einmal ein »aye, Sir« entschlüpft wäre, aber bei Brown kam so etwas nicht vor. Er hatte einen viel zu klaren Kopf und dachte viel zu rasch, als daß ihm ein solcher Fehler unterlaufen wäre. Eigentlich war es überraschend, daß er sich dafür entschieden hatte, weiter bei ihm in Dienst zu bleiben. Er hätte es doch sehr gut selbst zu etwas bringen können.
»Du hörst ja kein Wort von dem, was ich sage«, sagte Barbara. »Arthur wird nach Wien gehen, um uns beim Kongreß zu vertreten. Castlereagh muß nach Hause, um das Parlament im Zaum zu halten.«
»Wie, Arthur wird den Botschafterposten wieder aufgeben?« fragte Hornblower, nur um das Gespräch weiterzuführen. Der Wagen rasselte über

das Kopfpflaster, die spärlichen Straßenlaternen gaben gerade so viel Helligkeit, daß man durch die Fenster das Gedränge der in allen Farben des Regenbogens uniformierten Pariser erkannte, die im Wirbel der ersten Friedenstage geschäftig da- und dorthin eilten.

»Natürlich, das andere ist doch viel wichtiger. Alle Welt trifft sich in Wien, jeder Hof des ganzen Erdballs ist dort vertreten.«

»Das ist anzunehmen«, sagte Hornblower. In der Tat wurde ja auf diesem Kongreß auch über das Schicksal der ganzen Welt entschieden.

»Darüber wollte ich eben mit dir sprechen. Arthur braucht eine Dame des Hauses, weil er natürlich eine Gesellschaft nach der anderen geben muß. Er hat mich nun gebeten, mitzukommen und dieses Amt zu übernehmen.«

»Oh, Gott!« Und er hatte geglaubt, ein belangloses, höfliches Gespräch zu führen! Nun sah er sich plötzlich vor diesem Abgrund.

»Findest du diesen Vorschlag nicht herrlich?« fragte Barbara.

Hornblower war schon im Begriff, mit einem ergebenen »Ja, mein Schatz« zu antworten, da wallten plötzlich Zorn und Empörung in ihm auf. Ungezählte Male hatte er seiner Frau zuliebe das Martyrium solcher offiziellen Festlichkeiten auf sich genommen. Und nun sollte diese Folter noch viel schrecklicher werden und überhaupt kein Ende mehr nehmen. Barbara sollte dem wichtigsten Delegierten dieses wichtigsten Kongresses, den die Welt je gesehen hatte, als Dame des Hauses, als Gastgeberin zur Seite stehen. Hornblower hatte inzwischen gelernt, daß die Diplomaten die Saat ihrer Pläne weit häufiger in den Salons ausstreuten als in den Kabinetten selbst. Auch Barbaras Salon mußte notwendig zum Schauplatz politischer Intrige und diplomatischer Doppelzüngigkeit werden. Sie war in diesem Salon die Dame des Hauses, Wellington selbst war der Hausherr, und er, welche Rolle spielte er? Jedenfalls war er dort noch viel überflüssiger, als er es hier schon war. Hornblower konnte nichts für sich entdecken als die erschreckende Aussicht, drei endlose Monate lang in Salons und auf Bällen erscheinen, Ballettvorstellungen über sich ergehen lassen zu müssen, ohne dem inneren, ja, ohne selbst dem äußeren Kreis der versammelten Gäste anzugehören. Niemandem würde es einfallen, ihm ein Kabinettsgeheimnis anzuvertrauen, und mit den kleinen Klatsch- und Skandalgeschichten der großen Welt wollte er durchaus nichts zu tun haben. Ein Fisch auf dem Trockenen war er dort in Wien, nichts anderes – übrigens kein übler Vergleich für einen in die Wiener Salons verschlagenen Seeoffizier ...

»Willst du mir nicht antworten?« fragte Barbara.

»Der Teufel soll mich holen, wenn ich das mitmache!« platzte Hornblower heraus. Merkwürdig – bei all seinem Takt- und Feingefühl unterlief ihm im Verlauf der Gott sei Dank seltenen Auseinandersetzungen mit Barbara immer wieder das Mißgeschick, daß er, bildlich gesprochen, einen Schmiedehammer schwang, um damit einer Mücke zu Leibe zu gehen.

»Du willst also nicht, mein Schatz?«

Während dieser paar kurzen Worte verwandelte sich Barbaras Ton von beleidigter Enttäuschung am Anfang bis zu feindseliger Bitterkeit am Ende des Satzes.

»Nein!« gab Hornblower schreiend zurück. Er hatte mit seinen wahren Empfindungen so lange und ängstlich hinter dem Berge gehalten, daß der Ausbruch jetzt besonders heftig ausfiel.

»Du willst mich also um das größte Erlebnis bringen, das mir je beschieden sein wird?« sagte Barbara mit einem schneidenden Eishauch in der Stimme.

Hornblower versuchte den Gefühlen, die ihn beherrschten, Gewalt anzutun. War es nicht viel einfacher, nachzugeben? Natürlich, ein Kinderspiel war das. Aber nein, er wollte nicht, konnte einfach nicht. Dabei hatte Barbara von ihrem Standpunkt aus tausendmal recht. Es war wirklich etwas Herrliches für sie, diesen Europäischen Kongreß als Hausfrau bewirten zu dürfen und in dieser Rolle an der Gestaltung einer zukünftigen Welt mitzuwirken. Aber andererseits hatte er, Hornblower, wirklich nicht die geringste Lust, dabei nur den Angehörigen, den kleinen Verwandten der Familie Wellesley zu spielen. Er hatte nun einmal nichts für Politik übrig, nicht einmal für Politik größten europäischen Stils. Wie kam er dazu, ungarischen Gräfinnen die Hand zu küssen und mit russischen Großfürsten leere Redensarten auszutauschen? Ja früher, als es sich darum, drehte, mit solchen Kinkerlitzchen einem höheren Zweck zu dienen, als er damit einen Erfolg erzielen, sein berufliches Ansehen fördern konnte, da hatte er sogar Freude daran empfunden. Er mußte eben wissen, wozu er so etwas auf sich nahm. Wenn es, wie hier, nur darum ging, seinen Ruf als Salonheld zu bewähren, dann wollte er lieber darauf verzichten. Auseinandersetzungen während einer Wagenfahrt scheinen sich stets dann zu ihrem Höhepunkt zuzuspitzen, wenn man am Ziel anlangt. Der Wagen hielt, und die Türhüter in der Livree des Hauses Wellington rissen den Schlag auf, ehe Hornblower noch Gelegenheit hatte, sich näher zu erklären oder wegen seines Benehmens um Entschuldigung zu bitten. Während sie das Gebäude der Botschaft betraten, überzeugte er sich mit einem besorgten Seitenblick, daß Barbara ein hochrotes Gesicht hatte und daß ihre Augen gefährlich glitzerten. Dabei blieb es während der ganzen Dauer des Empfanges. Hornblower beobachtete sie von weitem, sooft er konnte; sie schien sich ausgezeichnet zu unterhalten. lachte mit den Herren, die sie umdrängten, und tippte diesem oder jenem mit ihrem Fächer auf die

Schulter. Flirtete sie etwa? Die roten und blauen, schwarzen und grünen Röcke, die ihr Gefolge bildeten, gefielen sich offenbar in den untertänigsten Bücklingen. Und Hornblowers Ärger erhielt mit jedem Blick, den er zu ihr hinübersandte, neue Nahrung. Aber er kämpfte diese Stimmung mannhaft nieder und entschloß sich, die Angelegenheit in Güte beizulegen.

Als sie wieder in dem Wagen saßen, der sie zu den Polignacs brachte, sagte er: »Ich habe mir die Sache überlegt, mein Schatz. Es ist sicher das beste, wenn du nach Wien gehst. Arthur braucht dich, es ist deine Pflicht, ihm zu helfen.«

»Und du?« Barbaras Ton war immer noch frostig.

»Mich brauchst du ja nicht dabei, Liebling. Ich wäre dort nur etwas wie Bancos Geist bei Macbeths Mahl. In Smallbridge bin ich viel besser aufgehoben.«

»Das ist wirklich lieb von dir«, sagte Barbara. Bei ihrem Stolz fand sie sich nicht leicht damit ab, einem anderen verpflichtet zu sein. Fiel es ihr schon schwer, eine Bitte auszusprechen, so war es ihr vollends ein Greuel, sie widerwillig gewährt zu bekommen.

Da waren sie auch schon bei den Polignacs.

»Lord und Lady 'Ornblower«, verkündete der Haushofmeister.

Sie machten dem Prinzen ihre Aufwartung und wurden von dem Hausherrn und der Hausfrau höflich begrüßt. Aber, was war denn das...? Wie, in aller Welt...? Hornblower tanzte alles vor Augen. Sein Herz pochte hart gegen die Rippen, und seine Ohren dröhnten genau wie damals, als er in den Stromschnellen der Loire um sein Leben gerungen hatte. Der ganze Raum schien plötzlich in dichten Nebel gehüllt, aus dem sich nur ein einziges Gesicht deutlich abhob. Marie sah quer durch den Saal zu ihm herüber, um ihre Lippen spielte ein gequältes Lächeln. Marie! Hornblower fuhr sich mit der Hand über das Gesicht. Er zwang sich mit Gewalt, klar zu denken, nicht anders, als er es früher zuweilen hatte tun müssen, wenn er im Getümmel einer Schlacht halb von Sinnen war. Marie! Nur wenige Monate vor seiner Hochzeit mit Barbara hatte er sie noch seiner Liebe versichert und war fest davon überzeugt gewesen, daß er die Wahrheit sprach. Und sie hatte ihm gleichfalls ihre Liebe gestanden, er hatte dabei ihre Tränen auf seiner Wange gefühlt. Seine Marie, diese Frau, die so voll zärtlicher Hingabe, die so aufrichtig war. Er hatte gewußt, daß sie mit allen Fasern ihres Herzens an ihm hing, daß sie ihn brauchte. Und doch hatte er ihr Andenken verraten, hatte er Barbara geheiratet.

Er zwang sich, quer durch den Saal auf sie zuzugehen, und küßte formgerecht und höflich die Hand, die sie ihm bot. Immer noch zeigte sie ihm dieses unruhig zuckende Lächeln von vorhin, das ihm den Sturm ihrer Gefühle verriet. Genauso hatte sie ausgesehen, als ... nun, als er selbstsüchtig alles genommen hatte, was sie ihm geben konnte, gedankenlos wie ein Kind, das von der Mutterliebe jedes Opfer verlangt. Wie konnte er es wagen, ihr noch in die Augen zu sehen? Und doch brachte er es zustande. Sie blickten einander mit gespielter Wiedersehensfreude an. Dabei hatte Hornblower das Gefühl, einem Wesen gegenüberzustehen, das ihm zugehörte wie sein eigenes Herz. Marie war ganz in Goldbrokat gekleidet. Ihre Augen schienen sich richtig in ihn hineinzubrennen. Das war kein gedankenloser Vergleich, sondern buchstäbliche Wirklichkeit. Sein Verstand suchte sich an Barbara zu klammern, wie ein schiffbrüchiger Seemann sich an einem gesplitterten Mast festkrallt, der in der Brandung umhergeworfen wird. Hier stand Barbara in ihrer schlanken Eleganz, dort Marie in ihrer warmen Lebensfülle. Barbaras blaue Augen blitzten, Maries braune strahlten Wärme und Zärtlichkeit, Barbaras Haar war blond, fast braun, das Haar Maries war von der Farbe alten Goldes und spielte fast ins Kastanienbraune. Es gelang ihm mit dem besten Willen nicht, an Barbara zu denken, während Marie vor ihm stand. Da stand auch der Graf und wartete mit liebenswürdigem Lächeln auf seine Vorstellung. Er war wohl der gütigste Mensch der Welt, seine drei Söhne waren für Frankreich gefallen, und einmal hatte er Hornblower gesagt, daß er ihm ans Herz gewachsen sei wie ein eigenes Kind. Hornblower schüttelte ihm voll überströmender Freude über das Wiedersehen die Hände. Die Vorstellung selbst fiel ihm unendlich schwer. Es war auch wirklich keine so einfache Sache, Frau und Geliebte miteinander bekannt zu machen.

»Lady Hornblower ... Madame La Vicomtesse de Graçay, Barbara darf ich dir Monsieur le Comte de Graçay vorstellen.«

Ob sie einander feindselig maßen, seine beiden Frauen? Ob sie gar schon heimlich die Degen kreuzten, seine Frau und seine Geliebte, die eine, die er öffentlich auserwählt, und die andere, die er heimlich geliebt hatte?

»Der Herr Graf«, sagte Hornblower wie im Fieber, »und seine Schwiegertochter haben mir zu meiner Flucht aus Frankreich verholfen. Sie hielten mich so lange versteckt, bis die Nachforschungen aufgegeben wurden.

»Ach ja, ich kann mich gut erinnern«, sagte Barbara. Sie wandte sich den beiden zu und traktierte sie mit ihrem scheußlichen Schulfranzösisch.

»Jedenfalls weiß ich Ihnen ewig Dank für die großen Dienste, die Sie meinem Mann erwiesen haben.«

Eine neue Schwierigkeit! Marie und der Graf sahen ihn unsicher und fragend an. Sie fanden bei Barbara durchaus keine Ähnlichkeit mit jener Frau, die er ihnen vor vier Jahren so genau beschrieben hatte, als er noch ein Flüchtling war und sich in ihrem Schloß versteckt hielt. Es war kaum anzunehmen, daß sie von Marias Tod etwas gehört hatten, und noch weniger, daß sie von seiner raschen Wiederverheiratung mit Barbara wußten, mit Barbara, die von ihrer Vorgängerin in allem und jedem so grundverschieden war.

»Wir würden das gleiche auch heute wieder für ihn tun, Madame«, meinte der Graf. »Glücklicherweise wird es nie mehr nötig sein.«

»Und Leutnant Bush?« erkundigte sich Marie bei Hornblower. »Hoffentlich geht es ihm gut?«

»Er ist tot, Madame, fiel im letzten Monat des Krieges. Er war zuletzt Kapitän zur See.«

»Ach!«

Es war wirklich albern von ihm, in diesem Fall überhaupt von der Beförderung zum Kapitän zu sprechen. Hätte es sich um einen anderen als Bush gehandelt, dann wäre es allerdings verständlich gewesen. Jeder Seeoffizier wartete mit so brennender Sehnsucht auf diese Beförderung, daß man fast sagen konnte, der Kapitänsrang sei ein vollwertiges Entgelt für einen frühen Tod. Dieser Standpunkt hatte in der Tat bei irgendeinem gleichgültigen Menschen, den man zufällig kannte, eine gewisse Berechtigung, aber nicht bei Bush.

»Das tut mir aufrichtig leid«, sagte der Graf. Dann zögerte er etwas, ehe er weitersprach. – Jetzt, am Ende dieses schrecklichen Krieges, wagte man es ja nur mit Zagen, sich nach gemeinsamen Bekannten von früher zu erkundigen. Wie leicht konnte es sein, daß sie gefallen waren. »Und Brown? Diese Säule der Kraft? Ihm geht es hoffentlich gut?«

»O ja, Monsieur le Comte, sogar sehr gut. Er ist jetzt mein Leibdiener.«

»Wir haben damals einiges über Ihre Flucht zu lesen bekommen«, sagte Marie.

»Natürlich in der üblichen bonapartistischen Aufmachung«, fügte der Graf hinzu. »Sie haben doch damals ein Schiff weggenommen? Wie hieß es doch gleich? ... Die ...«

»Die *Witch of Endor*, Monsieur.«

Waren die Gefühle, die ihn jetzt durchströmten, allzu schmerzlich oder allzu schön? Hornblower wußte es nicht. Die Erinnerungen stürmten förmlich auf ihn ein, er dachte an das Château de Graçay, an die Flucht auf der Loire, die glorreiche Rückkehr nach England, an Bush und – ja, immer wieder – an jene süßesten Stunden mit Marie. Er blickte ihr in die Augen, aus denen ihm unergründliche Güte entgegenleuchtete. Mein Gott! Das war wirklich nicht mehr auszuhalten.

»Die Hauptsache, das, was wir zuallererst hätten tun sollen, haben wir leider vergessen«, sagte der Graf. »Wir haben Sie noch nicht zu der hohen Anerkennung beglückwünscht, die Ihre Dienste in Ihrer Heimat gefunden haben. Sie sind jetzt ein englischer Lord, und ich weiß sehr gut, was das bedeutet. Nehmen Sie meine aufrichtigsten Glückwünsche dazu entgegen, Mylord. Es gibt nichts, wirklich nichts, was mich aufrichtiger gefreut hätte.«

»Und meine Freude ist ebenso groß«, sagte Marie.

»Danke, danke«, sagte Hornblower und machte eine verlegene Verbeugung dazu. Auch er hatte sich kaum jemals in seinem Leben aufrichtiger gefreut als jetzt, da ihn der alte Graf mit dem Ausdruck echten Stolzes und ehrlichen Wohlwollens anstrahlte.

Auf einmal wurde er gewahr, daß Barbara, die neben ihnen stand, den Faden der Unterhaltung verloren hatte. Hastig übersetzte er ihr also den Inhalt des Gesprochenen ins Englische. Sie nickte und lächelte dem Grafen zu, als sie verstanden hatte. Aber dieses Dolmetschen erwies sich sogleich als ein falscher Schachzug; es wäre bestimmt besser gewesen, Barbara weiter französisch radebrechen zu lassen. Sobald er nämlich mit dem Übersetzen begann, wurde die Sprachschranke zwischen ihr und den anderen viel höher als zuvor, und er sah sich in die Lage versetzt, die Verständigung zwischen seiner Frau und seinen Freunden vermitteln zu müssen, während er doch gleichzeitig darauf bedacht war, daß der Abstand zwischen ihnen erhalten blieb.

»Wie gefällt Ihnen das Leben in Paris, Madame?« fragte Marie.

»Oh, danke, ganz ausgezeichnet«, sagte Barbara.

Hornblower hatte den Eindruck, daß die beiden Frauen einander von vornherein nicht mochten. Ganz unvermittelt erwähnte er, daß Barbara voraussichtlich nach Wien gehen werde, und Marie gab sich den Anschein, als sei sie über so viel Glück ganz hingerissen. So geriet die Unterhaltung allmählich ins Steife und Gespreizte. Hornblower wollte durchaus nicht wahrhaben, daß Barbara diese Entwicklung durch ihren Eintritt in das Gespräch verursacht haben könnte, und doch sagte ihm eine innere Stimme immer deutlicher, daß es sich so verhielt. Er hätte brennend gern frei und ungehemmt mit Marie und dem Grafen geplaudert; solange Barbara mit dabeistand, war er jedoch dazu einfach nicht imstande. Deshalb fühlte er sich bei allem Bedauern doch gleichzeitig erlöst, als eine allgemeine Bewegung unter den Gästen und das Herzutreten des Hausherrn dem Gespräch zu vieren ein Ende machte. Sie tauschten ihre Adressen aus und gaben sich das Versprechen, einander zu besuchen, vorausgesetzt, daß die geplante Wiener Reise Barbara noch genügend Zeit dazu ließ. Als Hornblower sich vor Marie verbeugte, fing er einen Blick auf, der ihm ihr herzzerreißendes Weh verriet.

Als sie wieder im Wagen saßen und zu ihrem Hotel zurückfuhren, tat sich Hornblower seltsamerweise insgeheim etwas darauf zugute, daß er

Barbara den Vorschlag gemacht hatte, allein nach Wien zu reisen, *ehe* sie mit den Graçays zusammengetroffen waren. Er konnte sich natürlich nicht denken, weshalb ihm dieser Umstand so angenehm und beruhigend vorkam, genug, daß es sich so verhielt und daß ihm sein Wissen darum irgendwie schmeichelte. Nachher saß er noch im Schlafrock plaudernd bei Barbara, während diese von Hebe mit vieler Umständlichkeit entkleidet und für die Nacht umfrisiert wurde.

»Als du mir zum erstenmal von Arthurs Vorschlag erzähltest, Schatz«, sagte er, »da konnte ich nicht sogleich ermessen, was er für dich bedeutete. Jetzt bin ich davon begeistert. Du bist dort Englands Erste Dame. Ich wüßte nicht, wem diese Rolle besser anstünde als dir.«

»Und du willst mich wirklich nicht begleiten?«

»Ich bin überzeugt, du wirst den Aufenthalt dort ohne mich besser genießen können«, sagte Hornblower. Das meinte er vollkommen ehrlich, denn er wußte im voraus, daß er ihr auf irgendeine Weise die Freude verdarb, wenn er in Wien mit einer ununterbrochenen Folge von Bällen und Balletts gequält wurde.

»Und du?« fragte Barbara. »Wirst du dich allein in Smallbridge wohl fühlen? Was meinst du?«

»Ich werde mich dort so wohl fühlen, wie das ohne dich möglich ist, mein Schatz«, sagte Hornblower. Auch das war völlig ehrlich gemeint.

Bis jetzt war noch kein Wort über die Graçays gefallen. Erfreulicherweise verabscheute auch Barbara die pöbelhafte Unsitte, die Menschen durchzuhecheln, mit denen man eben zusammengewesen war, eine Neigung, die ihn bei seiner ersten Frau oft genug zur Verzweiflung gebracht hatte. Sie lagen beide schon im Bett, und er hielt ihre Hände in den seinen, als sie den Namen zum ersten Male aussprach. Er kam ihr ganz plötzlich über die Lippen, ohne jede einleitende Spiegelfechterei und sichtlich alles andere als apropos.

»Deine Freunde, die Graçays, sind wirklich reizende Leute«, sagte sie.

»Sie sind so, wie ich sie dir geschildert habe«, sagte Hornblower. Ein Segen, daß er nicht versucht hatte, sein Erlebnis mit den Graçays zu übergehen, als er Barbara von seinen Abenteuern in Frankreich berichtet hatte. Aber deshalb hatte er ihr natürlich noch lange nicht alles erzählt, nein, längst nicht alles. Nicht sehr geschickt fuhr er fort: »Der Graf ist wirklich einer der liebenswürdigsten und gütigsten Menschen, die je auf Erden gewandelt sind.«

Aber Barbara ließ sich nicht ablenken: »Sie ist bestimmt eine schöne Frau«, sagte sie. »Die Augen, der Teint, das Haar ... Man findet ja so oft, daß Frauen mit rötlichem Haar und braunen Augen einen unreinen Teint besitzen.«

»Der ihrige ist vollkommen«, sagte Hornblower. Es schien ihm immer noch das beste zu sein, seiner Frau zuzustimmen.
»Warum hat sie eigentlich nicht wieder geheiratet?« wunderte sich Barbara. »Sie muß schon sehr jung geheiratet haben. Wie du sagst, ist sie ja schon mehrere Jahre Witwe.«
»Seit Aspern«, erklärte er, »also seit 1809. Ein Sohn des Grafen fiel bei Austerlitz, einer kam in Spanien ums Leben und der dritte, eben ihr Mann Marcel, bei Aspern.«
»Also vor beinahe sechs Jahren«, sagte Barbara.
Hornblower gab sich Mühe zu erklären, daß Marie selbst nicht von Adel sei, daß alles Vermögen, das sie besaß, bei einer Wiederheirat bestimmt an die Graçays zurückfallen würde, daß sie bei ihrem zurückgezogenen Leben wenig Gelegenheit habe, Männer kennenzulernen, die für eine Heirat in Frage kämen.
»Von nun an werden sie sich wohl mehr in der Gesellschaft bewegen«, bemerkte Barbara nachdenklich und fügte nach einer Pause *à propos de rien* hinzu: »Ihr Mund ist zu groß.«
Später, als Barbara schon ruhig atmend neben ihm schlief, dachte Hornblower noch einmal über alles nach, was sie zu ihm gesagt hatte. War es nicht lächerlich albern von ihm, daß er sich so ungern mit dem Gedanken an Maries Wiederheirat abgab? Er würde sie ja doch kaum jemals wiedersehen. Höchstens, daß er sie noch einmal besuchte, ehe er endgültig nach England zurückkehrte, das war aber auch alles. Und dann, dann war er wieder in Smallbridge, in seinen eigenen vier Wänden, dann hatte er seinen Richard um sich und seine englischen Dienstboten, die ihn versorgten. Langweilig und gefahrlos, so stellte er sich sein künftiges Dasein vor, aber es bot ihm dabei doch alle Aussichten auf Glück. Barbara blieb ja nicht ewig in Wien. Und dann konnte er mit seiner Frau und seinem Sohn ein gesundes, geordnetes und nützliches Leben führen. Mit diesem guten Vorsatz schloß er die Augen und fiel in einen ruhigen Schlaf.

17

Knappe zwei Monate später sitzt Hornblower im Reisewagen und fährt durch das französische Land. Sein Ziel ist Nevers und das Château der Graçay. Der Wiener Kongreß berät – oder tanzt – immer noch; ein Unzufriedener hatte kürzlich bemerkt, der Kongreß tanze und käme nicht vom Fleck. Und Barbara gab noch immer eine Gesellschaft nach der anderen. Der kleine Richard saß jetzt den ganzen Vormittag im Schulzimmer, und in Smallbridge gab es für einen tatendurstigen Mann nichts, rein gar nichts, zu tun, außer sich einsam und verlassen zu fühlen. Da hatte ihn die Versuchung angefallen wie ein Straßenräuber. Sechs Wochen war er ziellos im Hause umhergeschlichen, sechs wolkenverhangene, regnerische Wochen eines englischen Winters, sechs Wochen lang hatten ihn Butler, Haushälterin und Gouvernante umkreist wie Trabanten, sechs Wochen war er ziellose Wege geritten, hatte er geduldig die Gesellschaft seiner ländlichen Nachbarn über sich ergehen lassen. Dann hatte er es satt, gründlich satt. Als Kommandant war er gewiß auch einsam gewesen, aber da hatte er gleichzeitig eine Fülle von Aufgaben zu lösen, das war etwas ganz anderes, als einsam zu sein und nichts zu tun zu haben. Sogar die endlosen Pariser Gesellschaften waren noch besser gewesen als dieses Dasein. Er hatte sich dabei ertappt, daß er mit Brown lange Gespräche führte, alte Erlebnisse ausgrub und Erinnerungen austauschte. Dabei kam bestimmt nichts Gutes heraus. Es war immer noch seine Pflicht, seine Würde zu wahren, kein starker Mann durfte sich die Schwäche gestatten, seine Sehnsucht nach Arbeit und Anteilnahme so offen zu zeigen. Und dann hatte dieser Brown so begeistert von Frankreich gesprochen, von dem Château de Graçay, von ihrer Flucht auf der Loire ... ja, vielleicht war Brown daran schuld, daß auch Hornblowers Gedanken immer häufiger nach Graçay wanderten. Als Flüchtling war er dort mit offenen Armen aufgenommen worden, man hatte ihm ein Heim, Freundschaft und Liebe geboten. Er dachte an den Grafen – vielleicht kam es daher, daß ihn sein Gewissen nicht in Ruhe ließ, jedenfalls befaßte er sich fürs erste in seinen Gedanken viel stärker mit dem Grafen als mit Marie. Wie vollendet höflich, wie gütig, wie liebenswürdig war doch dieser Mann! Wahrscheinlich stand ihm der Graf jetzt, nach Bushs Tod, innerlich von allen lebenden Menschen am nächsten. Immer noch bestand zwischen ihnen jene Geistesverwandtschaft, die Hornblower vor Jahren so beglückend empfunden hatte. Unter der Oberfläche dieser Vorstellungen mochte ein wirbelnder Strom von Gedanken um Marie kreisen, aber davon wurde er nichts gewahr. Er wußte nur noch das eine: daß seine Unruhe eines Morgens schlechthin unerträglich war. Da hatte er in der Tasche nach dem freundlichen Brief des Grafen gefingert, den er einige Tage zuvor erhalten hatte. Darin hatte ihm dieser von seiner und seiner Schwiegertochter Rückkehr nach Graçay berichtet und seine Einladung wiederholt, er möge doch zu einem längeren Aufenthalt zu ihnen kommen. Da hatte er denn kurzerhand nach Brown gerufen, hatte ihm befohlen, für sie beide zu packen und die Kutsche anspannen zu lassen.

Vor zwei Nächten hatten sie im Gasthaus »Zur Sirene« in Montargis geschlafen und letzte Nacht im Posthaus zu Briare. Und nun fuhren sie eine verlassene Straße immer an der Loire entlang, die wie ein grauer Ozean zu ihrer Rechten dahinfloß. Sie war zu einer endlos breiten Wasserwüste angeschwollen, einsame Weiden standen metertief in der reißenden Flut und schienen sich mit ihren Wurzeln verzweifelt in den Boden zu krallen. Der Regen peitschte unablässig auf das Dach der Kutsche herab und trommelte auf dem gespannten Leder so laut, daß man sich drinnen kaum verständlich machen konnte. Hornblower hatte Brown neben sich sitzen, der arme Postillion hatte sich den Hut so weit über die Ohren gezogen, daß er den hochgeschlagenen Kragen seines Wettermantels berührte, und ritt mit vorgeneigtem Kopf auf dem Handpferd vor ihnen. Brown saß, ganz Gentlemans Gentleman, mit gekreuzten Armen neben ihm, schweigsam und zurückhaltend, bis er angesprochen wurde, und doch stets bereit, ein höfliches Gespräch zu führen, wenn Hornblower erkennen ließ, daß er dazu Lust verspürte. Brown hatte es hervorragend verstanden, ihm diese Reise bis in die kleinsten Einzelheiten so angenehm wie möglich zu machen. Allerdings war es auch nicht besonders schwer, für einen in Frankreich reisenden englischen Lord zu sorgen. Jeder Posthalter, mochte er in seinem Büro noch so unverschämte Reden führen, wurde sofort höflich und unterwürfig, wenn er Hornblowers Titel hörte.

Hornblower fühlte, wie Brown sich neben ihm aufrichtete und nach vorn in den Regen hinauszuspähen begann.

»Der Bec d'Allier«, sagte Brown, diesmal ohne angesprochen zu sein.

Auch Hornblower sah die Stelle, wo der graue Allier in spitzem Winkel in die graue Loire mündete – das ganze Land ringsum stand unter mittelstarkem Hochwasser. Es war schon eine merkwürdige Sache, einen Bootssteurer zu haben, der so gewandt und mit gutem Akzent Französisch sprach wie Brown. Offenbar hatte er die unter der Dienerschaft in Graçay verbrachten Monate bestens ausgenutzt – Hornblower konnte sich ja so gut daran erinnern! Damals waren sie nichts gewesen als geflüchtete Kriegsgefangene, sie beide – ja, und Bush. Hornblower hatte jetzt das Gefühl, daß Brown aus einem unerfindlichen Grunde genauso aufgeregt und unruhig war wie er selbst. Seine eigene Sehnsucht nach Graçay war ihm verständlich, aber Brown? Was konnte es sein, das ihn dort so anzog?

»Weißt du noch, wie wir hier vorbeikamen?« fragte Hornblower.

»Gewiß, Mylord, das weiß ich noch ganz genau«, sagte Brown.

Die Loire hinab hatte sie ja damals ihre denkwürdige Flucht aus Frankreich geführt, jene lange, seltsam glückhafte Reise nach Nantes, nach England, in den Ruhm. Graçay konnte nur noch wenige Meilen entfernt sein, Brown lehnte sich voll Erwartung vornüber. Richtig, da lag es, die grauen Türme, die von weitem aussahen wie Pfefferbüchsen, hoben sich in der regenverhangenen Ferne nur schwach gegen den grauen Himmel ab. Die Flagge, die am Flaggenstock über dem Schloß wehte, sah aus wie ein winziger, dunklerer Fleck. Der Graf war also zu Hause und Marie auch. Der Postillion trieb seine müden Gäule zu etwas lebhafterer Gangart an, das Schloß rückte näher und näher, der große, kaum für möglich gehaltene Augenblick stand dicht bevor. Den ganzen Weg über, von Smallbridge bis hierher, ja, seit dem Augenblick, da er den Entschluß zum Aufbruch gefaßt hatte, war ihm die Tatsache, daß er wirklich nach Graçay fuhr, immer noch wie ein Traum vorgekommen. Hornblowers Gefühle waren die eines Kindes, das den Mond begehrt, seine Sehnsucht war so groß, daß das Ziel seiner Wünsche allein dadurch in unerreichbare Ferne zu rücken schien. Und doch waren sie nun am Ziel. Die Pferde hielten am Tor, die schweren Flügel schlugen zurück und boten Einlaß, dann rollten sie weiter in den alten, vertrauten Schloßhof hinein. Da rannte schon der alte Butler Felix in den Regen heraus, um sie zu begrüßen, und drüben am Küchentrakt stand eine Gruppe von Serviermädchen mit Jeanne, der dicken Köchin. Der Wagen hielt neben der hohen Freitreppe. Auf ihrer obersten Stufe standen, durch das vorspringende Dach gegen Regen geschützt, der Graf und Marie. Es war wie eine Heimkehr.

Hornblower kletterte steif und linkisch aus dem Wagen. Er verbeugte sich vor Marie und küßte ihr die Hand, dann umarmte er den Grafen und legte nach Landessitte seine Wange an die seines Freundes. Der Graf klopfte ihm auf die Schulter:

»Willkommen! Willkommen!«

Welche Freude auf Erden war mit diesem Gefühl zu vergleichen, daß man wirklich gern gesehen war, daß man mit offenen Armen und offenen Herzen aufgenommen wurde? Hier war das vertraute Wohnzimmer mit den alten vergoldeten Louis-XVI.-Möbeln. Das runzlige Gesicht des Grafen wurde vor stahlender Freude ganz lebhaft, und Marie lächelte ihm zu. Da war der Mann wieder, der schon einmal ihr Herz gebrochen hatte, und sie wartete nur darauf, daß er es nun ein zweites Mal tat. Sie wußte schon jetzt, daß es dahin kommen mußte, denn sie liebte ihn. Das einzige, was Hornblower in sich aufnahm, war ihr Lächeln, das ihn begrüßte... Lächelte nicht eine Mutter so? In diesem Lächeln lag wirklich etwas von jener stolzen Traurigkeit, die aus dem Auge einer Mutter sprechen kann, wenn sie ihren Blick auf dem herangewachsenen Sohn ruhen läßt, von dem sie weiß, daß sie ihn sehr bald an das Leben verlieren wird. Hornblower empfing von alledem auch nur den flüchtigen Eindruck, denn seine Fähigkeit zur Beobachtung anderer Menschen wurde alsbald wie fortgespült von der steigenden Flut der eigenen Empfindungen. Am liebsten hätte er Marie an sich gerissen, hätte er ihren starken, köstlichen Leib in seinen Armen gefühlt, um alle Sorgen und Zweifel und Enttäuschungen in einer einzigen, trunkenen Umarmung zu vergessen. Hatte er nicht auch vor vier Jahren in recht selbstsüchtiger Weise bei ihr Vergessen gefunden?

»Das war eine schönere Ankunft für Sie als das letztemal, Mylord«, sagte der Graf.

Ja, das letztemal, da hatte er den verwundeten Bush bei sich gehabt, da hatte er sich, gejagt von den Gendarmen Bonapartes, verstecken müssen wie ein gehetztes Wild.

»Ja, das kann man wohl sagen«, sagte Hornblower. Dann wurde er nachträglich inne, wie förmlich ihn der Graf angeredet hatte. »Muß ich denn unbedingt Mylord für Sie sein, Sir? Ich dächte doch . . .«

Sie lächelten alle drei.

»Dann will ich 'Oratio zu Ihnen sagen, wenn Sie es mir gestatten«, sagte der Graf. »Ich bin mir der hohen Ehre wohl bewußt, die das Recht zu solcher Vertraulichkeit für mich bedeutet.«

Hornblower wandte sich Marie zu.

»'Oratio«, sagte sie, »'Oratio.«

Genauso hatte sie es mit ihrer leisen, umschlagenden Stimme auch damals zu ihm gesagt, wenn sie allein zusammen waren. Das eine kleine Wort, er brauchte es nur wieder zu hören, und schon überströmte ihn die alte Leidenschaft wie ein heißer Schauer. Er liebte, er war ganz angefüllt mit Liebe – mit aller Liebe, deren er fähig war. Er sah auch bestimmt keine Schlechtigkeit darin, daß er wieder hierhergekommen war und Marie neuen Qualen aussetzte. Die Sehnsucht hatte ihn einfach überwältigt. Aber vielleicht gab es auch noch eine andere Entschuldigung für sein Verhalten, nämlich seine dumme Bescheidenheit, die ihn unfähig machte zu begreifen, welche Liebe er in einer Frau zu entzünden vermochte. Aber da kam Felix mit dem Wein. Der Graf hob sein Glas. »Ich trinke auf Ihre glückliche Wiederkehr, 'Oratio«, sagte er.

Diese einfachen Worte riefen in Hornblowers Vorstellung blitzartig einen ganzen Zug von Bildern auf den Plan, eine Prozession seiner Heimkünfte, der Schar der Könige vergleichbar, die, herbeigezaubert, an Macbeth vorüberzogen. Ein Seemannsleben war ja eine Kette von Abschiednehmen und Wiederkehren. So war er immer wieder zu Maria zurückgekommen, die jetzt tot und begraben war, dann zu Barbara – und jetzt kehrte er zu Marie zurück. Es tat nicht gut, an Barbara zu denken, während er mit Marie zusammen war; in Barbaras Nähe hatte er allerdings oft genug an Marie gedacht.

»Ich nehme doch an, Felix«, wandte er sich an den alten Butler, »daß Brown sich gut zurechtgefunden hat?«

Ein guter Herr kümmert sich stets um das Wohlbefinden seines Dieners

– in diesem Falle hatte Hornblower seine Frage allerdings auch deshalb gestellt, weil er unbedingt auf andere Gedanken kommen wollte.
»Gewiß, Mylord«, sagte Felix. »Brown fühlt sich schon ganz zu Hause.« Felix sprach diese Worte mit völlig ausdrucklosem Gesicht und ohne die leiseste Betonung in der Stimme. Verbarg sich hinter so übertriebener Zurückhaltung eine Absicht? Wollte ihm Felix damit auf seine Weise einen Wink geben? Seltsam. Als Hornblower sich nachher zurückzog, um sich zum Diner umzukleiden, fand er Brown in seinem Zimmer vor und wurde von ihm musterhaft bedient wie je. Koffer und Handtasche waren bereits ausgepackt, der schwarze Frack – die letzte Londoner Mode – lag samt Hemd und Schlips bereit, und im Schlafzimmerkamin prasselte ein lustiges Feuer.
»Freust du dich, wieder hier zu sein, Brown?«
»Ich freue mich sehr darüber, Mylord.«
Brown besaß eine erstaunliche Sprachgewandtheit. Er beherrschte die Sprache des herrschaftlichen Dieners genauso fließend wie das Idiom des Mannschaftsraumes an Bord, den Dialekt des Bauerndorfes oder die Sprache der Londoner Gasse, und überdies konnte er recht gut Französisch. Seine Sicherheit im Ton war fast ein bißchen aufreizend, stellte Hornblower fest, während er sich vor dem Spiegel den Schlips band. Es kam wirklich nicht ein einziges Mal vor, daß er sich darin vergriffen hätte.
In der oberen Halle traf Hornblower mit Marie zusammen, die, wie er selbst, gerade zum Diner nach unten ging. Sie standen sich eine Sekunde lang stocksteif gegenüber, aufs äußerste überrascht, einander zu begegnen. Endlich verbeugte sich Hornblower und bot Marie den Arm, den sie mit einem leichten Knicks entgegennahm. Er fühlte, wie die Hand auf seinem Ärmel zitterte, dabei strömte ihn aus ihrer leichten Berührung eine Wärme an, als ginge er an einer geöffneten Ofentür vorüber.
»Mein allerliebster Schatz!« flüsterte Hornblower. Er war nahe daran, jede Selbstbeherrschung zu verlieren. Durch die Hand auf seinem Arm fuhr ein leises Zucken, aber Marie stieg weiter mit festen Schritten die Treppe hinunter. Das Diner verlief in angenehmster Weise. Die dicke Köchin Jeanne hatte sich selbst übertroffen, und der Graf war in bester Stimmung. Er wechselte im Gespräch zwischen Scherz und Ernst, machte witzige Bemerkungen und erwies sich als wohl unterrichtet in politischen Dingen. Sie besprachen die Politik der neuen bourbonischen Regierung, tauschten über die Ergebnisse des Wiener Kongresses ihre Vermutungen aus und gedachten nebenbei auch Bonapartes, der jetzt auf der Insel Elba saß.
»Ehe wir Paris verließen«, bemerkte der Graf, »vertrat man dort die Ansicht, daß er auf jener Insel ein zu gefährlicher Nachbar sei. Man schlug

vor, ihn an einen Ort zu verbringen, der mehr Sicherheit böte, und nannte in diesem Zusammenhang Ihre Insel St. Helena im Südatlantik.«

»In Europa wird es so lange weitergären, wie dieser Mann die Möglichkeit hat, immer neue Intrigen zu spinnen«, sagte Marie. »Warum soll ihm gestattet sein, uns fortgesetzt zu beunruhigen?«

»Der Zar läßt sich bei seinen Entscheidungen allzuleicht durch Gefühle bestimmen; er war sein Freund«, erklärte der Graf achselzuckend. »Und der Kaiser von Österreich ist immerhin sein Schwiegervater.«

»Sollten diese Monarchen wirklich imstande sein, ihrer persönlichen Zuneigung für diesen Mann auf Kosten Frankreichs, auf Kosten unserer Zivilisation Geltung zu verschaffen?«

Die Frauen schienen in der Politik immer in schärferer Form Partei zu nehmen als die Männer.

»Ich kann nicht recht glauben, daß die Person Bonapartes noch eine akute Gefahr für uns bedeutet«, meinte Hornblower in zufriedener Stimmung.

Während der Graf nach Tisch seinen Kaffee schlürfte, wanderten seine Augen sehnsüchtig nach dem Kartentisch.

»Besitzen Sie noch Ihre alte Meisterschaft im Whist, 'Oratio?« fragt er. »Wir sind zwar nur unser drei, aber das macht nichts, wir spielen ganz einfach mit einem Strohmann. Ich bin sogar der Ansicht, daß Whist mit Strohmann in mancher Hinsicht interessanter ist als zu vieren, obgleich das diesem oder jenem als Ketzerei erscheinen wird.«

Niemand sprach davon, daß damals Bush immer der vierte Mann der Partie gewesen war, aber alle dachten sie an ihn. Das Spiel begann. Einer um den anderen hob ab, mischte und gab, hob ab, mischte und gab. Es war gewiß etwas Wahres daran, wenn der Graf behauptete, Whist mit Strohmann sei interessanter als mit vieren. Jedenfalls erlaubte es eine genauere Berechnung der Aussichten. Der Graf spielte mit seinem gewohnten Schwung, Marie brachte ihr altes, tüchtiges Können zur Geltung, und Hornblower ging wie stets mit wissenschaftlicher Gründlichkeit zu Werke. Dennoch war irgend etwas nicht so, wie es sein sollte. Whist mit Strohmann hatte etwas Ruheloses, vielleicht kam das von dem ständigen Platzwechseln nach jeder Runde, das den gleichmäßigen Fortgang des Spieles immer wieder unterbrach. Jedenfalls gelang es Hornblower nicht, sich so in das Spiel zu versenken, wie er es sonst immer konnte. Seine Gedanken wanderten wieder und wieder zu Marie, die bald neben ihm, bald gegenüber saß, so daß ihm zweimal sogar kleine Fehler unterliefen. Am Ende des zweiten Rubbers faltete Marie ihre Hände im Schoß. »Ich glaube, ich habe für heute abend meine Schuldigkeit getan«, sagte sie. »'Oratio spielt sicher Piquet genauso meisterhaft wie Whist.

Vielleicht könnt ihr euch damit weiter die Zeit vertreiben. Ich möchte mich nämlich zurückziehen.«

Sofort sprang der Graf mit gewohnter Galanterie vom Stuhl auf, erkundigte sich, ob ihr etwas fehle, und geleitete sie auf ihre Versicherung, daß sie nur müde sei, mit der Geste des vollendeten Kavaliers zur Tür, nicht anders als er eine Königin geleitet hätte.

»Gute Nacht, 'Oratio«, sagte Marie.

»Gute Nacht, Madame«, sagte Hornblower, der neben dem Kartentisch stand.

Dabei wechselten sie einen einzigen Blick, der weniger als eine Zehntelsekunde währte und doch lang genug war, um alles auszudrücken, was sie einander zu sagen hatten.

»Ich nehme an, Marie hat richtig vermutet, wenn sie Ihnen auch im Piquetspiel meisterliches Können zutraut, mein lieber 'Oratio«, sagte der Graf, während er von der Tür zurückkam. »Marie und ich haben dieses Spiel oft genug zusammen gespielt, da uns für Whist der Partner fehlte ... Aber ich setzte da einfach voraus, daß Sie noch Lust haben weiterzuspielen! Wie unüberlegt von mir! Bitte ...«

Hornblower beeilte sich, dem Grafen zu versichern, daß ihm nichts lieber sei.

»Ausgezeichnet«, sagte der Graf und mischte mit seinen schlanken weißen Händen das Spiel. »Ich habe wirklich Glück.«

Heute abend hatte er in der Tat Glück bei seinem Spiel. Er ließ sich, wie es seine Gewohnheit war, auf die größten Wagnisse ein und wurde durch unwahrscheinliches Glück beim Ablegen belohnt. Seine niedere Sext lag stets über Hornblowers höherer Quint, hatte Hornblower drei Asse, drei Könige und drei Damen, dann retteten den Grafen bestimmt vier Buben, und zweimal bewahrte ihn Carte blanche vor der Niederlage, als Hornblower ihn mit einem Bombenblatt bedrohte. Hatte Hornblower ein starkes Blatt, dann kam dem Grafen das Glück zu Hilfe, war Hornblower schwach, dann war der Graf jedesmal unheimlich stark. Am Ende der dritten Partie sah Hornblower sein Gegenüber ganz ratlos an.

»Ich fürchte, dieses Spiel war nicht sehr interessant für Sie«, sagte der Graf mit zerknirschter Miene. »Es ist wirklich alles andere als höflich, einen Gast so zu behandeln.«

»In diesem Hause zu verlieren ist mir tausendmal lieber, als in jedem anderen zu gewinnen«, sagte Hornblower und sprach damit die volle Wahrheit.

Der Graf lächelte erfreut.

»Das ist ein unverdientes Kompliment«, sagte er. »Ich kann Ihnen darauf nur zur Antwort geben, daß es mir wenig ausmacht, ob ich gewinne oder verliere, solange ich Sie in meinem Hause weiß. Ich hoffe, daß ich das Glück haben werde, Ihre Gesellschaft recht lange zu genießen.«

»Das hängt ganz vom Verlauf des Wiener Kongresses ab«, sagte Hornblower, »nicht anders als die Zukunft Europas.«

»Sie wissen doch, daß dieses Haus das Ihrige ist«, sagte der Graf, nun wieder ganz ernst. »Marie und ich haben den herzlichen Wunsch, daß Sie es ganz als Ihr Eigentum betrachten.«

»Ihre Güte ist ohne Grenzen, Sir«, sagte Hornblower. »Gestatten Sie mir, daß ich jetzt nach meinem Leuchter klingle?«

»Erlauben Sie mir, es für Sie zu tun«, sagte der Graf und eilte auch schon nach dem Klingelzug. »Hoffentlich hat Sie Ihre Reise nicht zu sehr angestrengt. Felix, Mylord möchte sich zurückziehen.«

Felix humpelte ihm auf seinen gichtigen Beinen voran, als er an der geschnitzten Vertäfelung entlang die breite Eichentreppe emporstieg. Im Wohnzimmer seines kleinen Appartements trat ihm der schlaftrunkene Brown entgegen, den er sofort entließ. Er wolle, sagte er zu ihm, allein zu Bett gehen. Die unauffällige Tür dort in der Ecke führte in die Halle vor Maries Gemächern, die im Turm lagen – wie gut Hornblower das noch wußte! So manche Generation der Ladons, Grafen von Graçay, hatte in diesem Schloß ihre Intrigen gesponnen, vielleicht hatten einstens Könige und Prinzen diesen Durchgang benutzt, um zu der Angebeteten ihres Herzens zu gelangen.

Marie erwartete ihn, sie war ganz schwer von liebevoller Sehnsucht, sie war bis zum Rand voll Zärtlichkeit und Süße. Er sank in ihre Arme, sank in das Glück, sank in den Frieden selbst, den unermeßlichen Frieden, wie ihn das Meer verkündet, wenn es im Schein des Sonnenuntergangs leuchtend ruht. Ihr köstlicher Busen, auf dem seine Wange wieder ruhen durfte, bot ihm das herrlichste Willkommen, sein Duft beruhigte und berauschte ihn zugleich. Sie hielt ihn, sie liebte ihn, sie brach, überwältigt von ihrem Glück, in Tränen aus. Dabei wußte sie, daß sie sein Herz nur zur Hälfte besaß. Er war grausam, er war gedankenlos, er war selbstsüchtig, und doch war dieser sein schlanker, knochiger Leib, der jetzt in ihren Armen lag, ihr, ihr ein und alles auf der ganzen Welt. Es war toll von ihm, daß er noch einmal hierhergekommen war und sie selbstverständlich forderte. Hatte er ihr nicht schon genug Schmerz bereitet? Und sie wußte schon heute genau, daß dieser vergangene Schmerz ein Nichts war gegen das Leid, das ihr die Zukunft bringen mußte. Aber was galten jetzt noch Bedenken, es gab für ihn keinen anderen Weg. Sie liebte ihn so heiß, und die Zeit lief so schnell. Für sie gab es nur diesen einzigen, kurzen, hellen Augenblick, ehe sie das Dunkel der Sehnsucht und des Unglücks auf immer einhüllte. Wie galt es da, die Zeit zu nützen! Sie riß ihn wild an sich, sie schrie vor Leidenschaft, sie flehte die Zeit an, still zu stehen. Und die Zeit schien ihr Flehen zu erhören. Die Zeit stand wirklich still, während die ganze Welt in tollen Wirbeln um sie kreiste.

18

»Darf ich Sie einen Augenblick sprechen, Mylord?« fragte Brown.
Er hatte eben das Tablett mit dem Frühstück an Hornblowers Bett gestellt und die Vorhänge aufgezogen. Draußen glitzerte die Loire im Frühlingssonnenschein. Brown aber hatte achtungsvoll gewartet, bis Hornblower seine erste Tasse Kaffee geleert hatte und allmählich in das wache Leben zurückfand.
»Was ist denn los?« fragte Hornblower, während er Brown ins Auge faßte, der drüben an der Wand stehengeblieben war. In Browns Auftreten hatte sich etwas geändert. Etwas von der unterwürfigen Haltung des perfekten Herrschaftsdieners hatte sich verflüchtigt, und dahinter kam wieder das beherrschte Selbstbewußtsein des echten Seemannes zum Vorschein, der seinem Vorgesetzten aufrecht und erhobenen Hauptes entgegentrat, ganz gleich, ob er zur neunschwänzigen Katze verdonnert wurde oder ein Lob für tapferes Verhalten entgegennehmen durfte.
»Also, was ist los?« wiederholte Hornblower, der immer neugieriger wurde.
Für eine Sekunde tauchte die Befürchtung bei ihm auf, Brown könnte sich zu der wahnsinnigen Dummheit hinreißen lassen, ihn wegen seiner Beziehungen zu Marie zur Rede zu stellen, aber er ließ diesen Gedanken sogleich wieder fallen, weil er sich sagen mußte, daß so etwas gar zu albern und abgeschmackt wäre, als daß man es für möglich halten könnte. Und doch benahm sich Brown ganz anders als sonst, es sah fast so aus, als wäre er irgendwie in Verlegenheit.
»Ich weiß nicht recht, Sir, Verzeihung, Mylord« (heute stolperte Brown zum ersten Male seit Hornblowers Erhebung in den Pairsstand über dessen neuen Titel), »ich weiß nicht recht, ob Eure Lordschaft überhaupt etwas davon hören wollen. Ich möchte mir auch nichts Ungebührliches herausnehmen, Sir – Mylord.«
»So komm doch endlich damit heraus, Mann!« sagte Hornblower ungeduldig. »Und nenne mich ruhig Sir, wenn es dir das Reden erleichtert.«
»Die Sache ist die, Mylord, daß ich gern heiraten möchte.«
»Gütiger Himmel!« rief Hornblower überrascht. Aus irgendeinem unklaren Grund hatte er in Bown eine Art Weiberschreck gesehen, deshalb war es ihm auch noch nie in den Sinn gekommen, daß er den Wunsch

haben könnte zu heiraten. Nun beeilte er sich, die passenden Worte zu finden. »Wer ist denn die Glückliche?«

»Annette, Mylord, die Tochter Jeannes und Bertrands. Und der Glückliche bin ich, Mylord.«

»Jeannes Tochter? Ach ja, richtig! Das hübsche Mädchen mit den schwarzen Haaren.«

Hornblower stellte sich das Paar vor, die kleine, lebhafte Französin und den bärenstarken Engländer. Es ließ sich mit dem besten Willen nichts gegen diese Ehe einwenden. Brown war als Ehemann bestimmt den meisten anderen Männern vorzuziehen – das Mädchen, das ihn bekam, konnte jedenfalls von Glück sagen.

»Du bist doch selbst ein vernünftiger Mensch, Brown«, sagte er, »und brauchst mich in einer solchen Sache nicht um meinen Rat zu fragen. Ich bin überzeugt, daß du eine gute Wahl getroffen hast, und wünsche dir von ganzem Herzen eine frohe und glückliche Zukunft.«

»Ich danke Ihnen, Mylord.«

»Wenn Annette ebensogut kocht wie ihre Mutter«, fuhr Hornblower nachdenklich fort, »dann kann man dir wirklich Glück wünschen.«

»Auch darüber wollte ich mit Ihnen sprechen, Mylord. Trotz ihrer Jugend ist sie eine perfekte Köchin, die keinen Vergleich zu scheuen braucht. Das sagt Jeanne selbst, und wenn die es sagt, dann . . .«

»Dann können wir sicher sein, daß es so ist«, stimmte ihm Hornblower zu.

»Ich möchte mir nichts Ungehöriges herausnehmen. Mylord«, fuhr Brown fort, »aber ich dachte, wenn ich weiter in Ihrem Dienst bleiben darf, dann könnte Eure Lordschaft vielleicht die Möglichkeit in Betracht ziehen, meine Annette als Köchin einzustellen.«

»Bei Gott, das ist ein Gedanke!« rief Hornblower.

Vor seinem geistigen Auge dehnte sich bis an sein seliges Ende eine lange Kette herrlicher Mahlzeiten, jede so köstlich wie die, die ihnen hier Jeanette bereitete. Die Kost in Smallbridge war gewiß ganz ordentlich, aber ausgesprochen hausbacken. Smallbridge und französische Küche, welch reizvolles Spiel verwirrender Kontraste! Sicher konnte Smallbridge nur gewinnen, wenn Annette dort in der Küche regierte. Aber was waren das nur für Vorstellungen! Wo war auf einmal seine zweifelnde Unsicherheit geblieben, wo das Spiel mit dem Gedanken, nie mehr nach Smallbridge zurückzukehren? Hatte er diesen Ideen nicht immer wieder nachgehangen, wenn er sich im Geist mit Marie beschäftigte? Dennoch gelang es ihm jetzt, sich ganz unbefangen nach Smallbridge zu versetzen, sich vorzustellen, wie Annette dort seiner Küche vorstand. Nein, Schluß mit diesen Traumbildern! Er rüttelte sich wach.

»Darüber kann ich natürlich nicht selbst entscheiden«, sagte er, weil ihm alles daran gelegen war, Zeit zu gewinnen. »Du wirst verstehen, Brown, daß ich dabei Ihre Ladyschaft zu Rate ziehen muß. Hast du dir für alle Fälle noch eine andere Möglichkeit ausgedacht?«
»Es gibt noch eine Menge Möglichkeiten für mich, Mylord, immer vorausgesetzt, daß Sie damit einverstanden sind. Ich dachte zum Beispiel daran, ein kleines Hotel einzurichten – mein Prisengeld liegt ja noch unangetastet auf der Bank.«
»Und wo sollte das sein?«
»Vielleicht in London, Mylord, vielleicht aber auch in Paris oder in Rom. Ich habe auch das mit Felix, Bertrand und Annette schon genau besprochen.«
»Wahrhaftig!« sagte Hornblower überrascht. Er hatte bis jetzt nicht im Traum an eine solche Möglichkeit gedacht. Und doch ... »Ich zweifle keinen Augenblick, daß du auch damit Erfolg hättest, Brown.«
»Besten Dank, Mylord.«
»Aber sag mir eins. Das war bei dir wohl eine Liebe auf den ersten Blick, nicht wahr?«
»Eigentlich nicht, Mylord. Schon damals haben Annette und ich ... Sie verstehen, Mylord.«
»Ja, jetzt verstehe ich es«, sagte Hornblower.
Es war abenteuerlich zu denken, daß Brown, der Mann, der damals die rettende Leine auf die *Pluto* hinüberwarf, der Mann, der den Oberst Caillard mit einem einzigen Hieb seiner Faust unschädlich machte, daß dieser Mann nun hier vor ihm stand und in aller Ruhe davon sprach, daß er in Rom ein Hotel aufmachen wollte. Aber schließlich war es doch genauso abenteuerlich und ausgefallen, wenn er selbst im Ernst die Möglichkeit ins Auge faßte, ein französischer Seigneur zu werden und England für immer den Rücken zu kehren. Erst vergangene Nacht hatte er diesen Plan allen Ernstes erwogen. Während der letzten fünf Tage hatte er Marie auch im Sturm der Leidenschaft immer inniger liebengelernt – und Hornblower war kein solcher Narr, daß er nicht klar gesehen hätte, wozu das schließlich führen mußte.
»Wann willst du denn heiraten, Brown?« fragte er.
»Sobald es die hiesigen Gesetze erlauben, Mylord.«
»Ich habe keine Ahnung, wie es sich damit verhält«, sagte Hornblower.
»Ich werde mich erkundigen, Mylord. Haben Sie sonst noch Wünsche?«
»Nein, ich werde gleich aufstehen. Nach diesen aufregenden Neuigkeiten kann ich nicht länger liegenbleiben. Jedenfalls werde ich für ein anständiges Hochzeitsgeschenk sorgen.«
»Besten Dank, Mylord. Ich bringe sofort Ihr heißes Wasser.«

Marie erwartete ihn schon in ihrem Boudoir, als er mit dem Ankleiden fertig war. Sie küßte ihn zu ihrem Gutenmorgengruß und fuhr mit weicher Hand über seine glattrasierte Wange. Dann legte sie ihm den Arm auf die Schulter und führte ihn in ihr Turmzimmer, um ihm zu zeigen, daß die Apfelbäume unten im Obstgarten schon auszuschlagen begannen. Der Frühling war da, es war eine wahre Lust, in diesem herrlich grünenden Land zu lieben und geliebt zu werden. Er nahm ihre beiden weißen Hände in die seinen und küßte in einer Woge leidenschaftlicher Verehrung jeden einzelnen ihrer Finger.

Einen Tag um den anderen hatte er die Süße ihres Wesens, die Selbstlosigkeit ihrer Liebe, hatte er alles, was sie war, immer fester ins Herz geschlossen. Liebe und Verehrung mischten sich ihm zu einem berauschenden Zaubertrank. Hornblower hätte vor ihr auf die Knie sinken können wie vor einer Heiligen. Sie aber wußte um den Schwung der Leidenschaft, die ihn beflügelte, sie wußte immer, wie es um ihn stand.

»'Oratio«, das eine Wort nur sprach sie – warum nur brachte dieser kurze Laut, dieser lächerliche Name, sein Blut zum Sieden, wenn er ihn aus ihrem Munde so lustig ausgesprochen hörte?

Er riß sie an sich, sie hielt ihn umfangen, und in dieser Nähe fand er wie immer seinen Frieden. Sie verschwendete in solchen Augenblicken keinen Gedanken an die Zukunft. Die Zukunft brachte ihr den tragischen Verzicht, das wußte sie, aber die Gegenwart gehörte ihr, und jetzt in dieser Gegenwart brauchte Hornblower ihre Nähe. Als ihre Leidenschaft verebbte, lächelten sie sich beide an, wie es stets ihre Art war.

»Hast du schon das Neueste von Brown gehört?« fragte er.

»O ja, er will Annette heiraten. Das ist auch die richtige Frau für ihn.«

»Es scheint dir ja nicht gerade neu zu sein.«

»Ach, ich habe es schon gewußt, ehe Brown selbst eine Ahnung davon hatte«, sagte Marie. Dabei zeigte sich in ihrer Wange ein Grübchen, das gleich wieder verschwand, und aus ihren Augen blitzte der Schelm. So glich sie einer köstlichen, begehrenswerten Frucht.

»Das gibt ein hübsches Paar«, sagte Hornblower.

»Ja. Ihre Wäschetruhe steht auch schon bereit, und Bertrand hat für ein ›Dot‹ Sorge getragen.«

Dann gingen sie nach unten, um auch den Grafen einzuweihen. Der zeigte sich über die Nachricht aufrichtig erfreut.

»Die zivile Trauung kann ich selbst vornehmen«, sagte er. »Vielleicht wissen Sie noch, daß ich hier Maire bin. Der Posten ist dank der Tüchtigkeit meines Adjoint fast eine Sinecure für mich, aber ich kann von meiner Macht auch einmal Gebrauch machen, wenn mich die Lust dazu ankommt.«

Als sie Brown nachher hereinriefen, um von ihm die nötigen Angaben zu erhalten, erfuhren sie, daß er keine Eltern mehr hatte und das Oberhaupt seiner Familie war. Das ersparte ihm viel Zeit, weil es ihn der Notwendigkeit überhob, die elterliche Einwilligung zu seiner Heirat beizubringen, auf der das französische Gesetz bestand. König Ludwig XVIII. und seine Kammer hatten ihre erklärte Absicht, die Rechtsgültigkeit einer Ehe von der kirchlichen Trauung abhängig zu machen, noch nicht verwirklicht. Dennoch sollte auch die Kirche den Bund der beiden segnen, natürlich mit den Vorbehalten, auf denen sie bei gemischten Ehen immer bestand. Annette sollte ohne Unterlaß darauf bedacht sein, Brown zu ihrem Glauben zu bekehren, und ihrer beider Kinder sollten im katholischen Glauben erzogen werden. Brown nickte nur, als ihm diese Bedingungen eröffnet wurden, religiöse Skrupel waren offenbar eine leichte Last für seine breiten Schultern.

Die guten Leute in Smallbridge hatten schon erheblichen Ärgernis daran genommen, daß sie Barbaras Negerzofe in ihrer Gemeinde aufnehmen mußten, und hatten mit höchster Mißbilligung den Kopf geschüttelt, als sie vernahmen, daß Hornblower und Barbara der heidnischen Sitte frönten, täglich ein Bad zu nehmen. Was sie vollends dazu sagen würden, wenn nun gar ein papistisches Frauenzimmer auftauchte und eine papistische Familie in die Welt setzte, das konnte sich Hornblower mit dem besten Willen nicht vorstellen. Wie, dachte er da nicht schon wieder an Smallbridge? Er führte ja in der Tat ein richtiges Doppelleben. Mit sehr gemischten Gefühlen sah er den Grafen an, desen Gastfreundschaft er doch so schmählich mißbrauchte. Dabei fiel es ihm unendlich schwer, das Liebesverhältnis zwischen sich und Marie als etwas Schuldhaftes zu empfinden. Marie war ohne Schuld, soviel stand fest. Und er? Konnte er schuldig werden, wenn er unwiderstehlichem Zwang unterlag? War er etwa damals schuldig, als ihn kaum eine Meile von dem Punkt, an dem er jetzt stand, die Strömung der Loire wehrlos dahinwirbelte? Sein Blick wanderte zu Marie, und sogleich fiel ihn seine Leidenschaft wieder an und nahm seine Sinne gefangen wie je zuvor. Erschrocken fuhr er zusammen, als ihm endlich zu Bewußtsein kam, daß ihn der Graf mit seiner freundlichen Stimme ansprach.

»'Oratio«, fragte der Graf, »was meinen Sie, wollen wir bei der Hochzeit auch tanzen?«

Die Hochzeit wurde ein richtiges Fest, was Hornblower mit einigem Staunen vermerkte, da es nicht zu den recht unklaren und offenbar falschen Vorstellungen passen wollte, die er sich über das Verhältnis der Seigneurs des Ancien Régime zu ihrem Gesinde gebildet hatte. Im Hinterhof des Schlosses wurden die dickbauchigen Weinfässer aufgelegt, und für die Tanzmusik sorgte ein großes Orchester von Fiedlern und von Pfeifern aus der Auvergne. Diese letzteren spielten ein dem schottischen Dudelsack ähnliches Instrument, das Hornblowers musiktauben Ohren wahre Qualen bereitete. Der Graf führte die dicke Jeanne zum Tanz, der Brautvater Marie. Es gab Wein und Essen in Fülle, es gab kühne Scherze und hochtrabende Reden. Die ansässige Bevölkerung schien diese Hochzeit eines Mädchens aus ihrer Mitte mit dem fremden Ketzer mit erstaunlicher Toleranz hinzunehmen – die Bauern aus dem Dorf schlugen Brown kräftig auf die Schulter, und ihre Frauen drückten ihm unter fröhlichem Geschrei schmatzende Küsse auf die wettergebräunten Wangen. Aber Brown war eben allgemein beliebt und schien übrigens alle die fremdartigen Tänze wie durch einen sechsten Sinn zu meistern.

Im Gegensatz dazu war Hornblower nicht imstande, eine Note der Melodie von der anderen zu unterscheiden, er gab sich Mühe, wenigstens den Rhythmus zu erfassen und, so gut es ging, die Bewegungen der anderen Paare zu verfolgen. So zog er sich leidlich, wenn auch zuweilen mit seltsamen Bocksprüngen, aus der Affäre und wurde von einer rotwangigen Schönen immer gleich der nächsten weitergereicht.

Bald saß er an einem der auf Schragen stehenden Tische und stopfte sich den Bauch mit guten Dingen, bald wieder hopste er, von zwei gesunden Bauerndirnen untergefaßt, über das Kopfpflaster des Hofes und lachte dazu aus vollem Hals. Aber selbst hier, mitten in diesem Trubel, gab es für ihn noch Augenblicke der Selbstkritik, und dann mußte er sich innerlich wundern, daß er überhaupt solcher naiven Lebensfreude fähig war. Von Marie erhaschte er mitunter einen lächelnden Blick.

Hundemüde, aber in wunderbar froher Stimmung saß er endlich wieder im Salon des Schlosses und streckte auf höchst unsalonfähige Art seine Beine aus, während Felix, der sich wieder in einen tadellosen Haushofmeister verwandelt hatte, seine und des Grafen Aufträge entgegennahm.

»Neuerdings gehen hier merkwürdige Gerüchte um«, begann der Graf. Er saß straff und aufrecht auf seinem Stuhl und schien frisch und lebhaft wie immer. »Ich wollte nur das Fest nicht stören, sonst hätte ich schon eher mit Ihnen darüber gesprochen. Die Leute erzählen, Bonaparte sei aus Elba entkommen und in Frankreich gelandet.«

»Das ist in der Tat merkwürdig«, stimmte Hornblower etwas müde bei, es dauerte einige Zeit, bis sein benebelter Kopf imstande war, die Bedeutung dieser Nachricht ganz zu erfassen.

»Was kann er vorhaben?«

»Er erhebt neuerlich Anspruch auf den französischen Thron.«

»Dabei ist noch kein Jahr vergangen, seit ihn das Volk zur Abdankung zwang.«

»Das ist richtig. Vielleicht will uns Bonaparte das Problem selbst lösen, über das wir uns vor ein paar Tagen unterhielten. Der König wird ihn ohne Zweifel an die Wand stellen, wenn er seiner habhaft werden kann, damit ist dann allen neuen Intrigen und Störungsversuchen ein Ende bereitet.«

»Jawohl, so ist es.«

»Man mag mich töricht schelten, aber es wäre mir doch lieber gewesen, wenn die Nachricht von Bonapartes Tod zusammen mit der von seiner Landung eingetroffen wäre.«

Der Graf machte einen sehr ernsten Eindruck. Dieser Umstand bereitete Hornblower doch einige Unruhe, weil er des Grafen scharfes Auge in politischen Dingen nur zu gut kannte.

»Was für Befürchtungen hegen Sie denn, Monsieur?« fragte Hornblower, dem es allmählich gelungen war, seine Gedanken zu sammeln.

»Ich fürchte, daß er überraschende Erfolge hat. Sie kennen doch die Zaubermacht seines Namens, und der König – vielleicht waren auch seine Ratgeber schuld – hat nach seiner Thronbesteigung leider nicht so besonnen gehandelt, wie man hätte wünschen mögen.«

Sie mußten das Gespräch beenden, weil Marie heiter und glückstrahlend das Zimmer betrat, und setzten es auch nicht mehr fort, als sie ihre Plätze wieder eingenommen hatten. Während der nächsten beiden Tage gab es immer wieder Augenblicke, in denen sich Hornblower einer leichten Unruhe nicht erwehren konnte, obwohl die einzige Nachricht, die in dieser Zeit einging, nicht mehr brachte als eine Bestätigung der Gerüchte über die Landung, ohne alle näheren Einzelheiten. Diese unbestimmte Besorgnis legte sich wohl wie ein Schatten auf sein Glück, aber was verschlug ihm das, sein Glück kannte ja keine Grenzen, und es bedurfte schon mehr als eines bloßen Schattens, ihm ernstlich Abbruch zu tun. Das köstliche Frühlingswetter, die Spaziergänge unter den blühenden Obstbäumen und entlang der rauschenden Loire, die Ritte durch den Wald – wie war es möglich, daß sie ihm so viel Freude machten, da ihm doch das Reiten von jeher ein Greuel gewesen war? – Ja, sogar die Fahrten nach Nevers zu offiziellen Besuchen, die seine Stellung von ihm verlangte, all das fügte sich zu einer Kette goldener Stunden, deren jede für sich ein kostbares Kleinod war. Furcht vor Bonaparte vermochte diese Herrlichkeit nicht zu trüben, das vermochte ja nicht einmal die stille Sorge, mit der er jenem Brief aus Wien entgegensah, der doch unweigerlich eines Tages kommen mußte. Äußerlich beurteilt konnte sich Barbara nicht beklagen, sie war nach Wien gefahren, und Hornblower stattete während ihrer Abwesenheit seinen Freunden einen Besuch ab. Aber Barbara sah bestimmt tiefer. Wahr-

scheinlich schwieg sie sich aus, aber man konnte sicher sein, daß sie alles wußte.
So groß Hornblowers Glück auch war, er konnte ihm nie ungehemmt die Zügel schießen lassen, wie Brown das konnte. Hornblower beneidete Brown darum, daß er seine Liebe so ohne Scheu in aller Öffentlichkeit zur Schau tragen durfte. Er selbst und Marie mußten ja immer ein bißchen auf ihrer Hut sein, ein bißchen heimlich tun, und überdies machte ihm des Grafen wegen auch sein Gewissen etwas zu schaffen. Aber er konnte auch so glücklich sein, glücklicher, als er in seinem ganzen gequälten Dasein je gewesen war. Zum ersten Male in diesem Leben konnte er sich der gewohnten Selbstprüfung unterziehen, ohne fortwährend peinliche Entdeckungen zu machen. Zum ersten Male war er seiner selbst so sicher, wie er Mariens sicher war. Und diese Erfahrung war für ihn so unerhört neu und einschneidend, daß sie jede Befürchtung und Unruhe wegen der Zukunft zu überlagern, zu ersticken vermochte.
Er brachte es jetzt fertig, ruhig und friedlich dahinzuleben, bis die Gefahr ihm wirklich auf den Leib rückte, im Gegenteil, hätte sein Glück noch eines besonderen Reizes, einer besonderen Würze bedurft, was indessen keineswegs der Fall war, so hätte er sie gerade darin finden können, daß er die Sorgen und Gefahren der Zukunft kannte – und verachtete. Alles Schuldgefühl und alle Unruhe wegen der Zukunft hatten nur eine Wirkung: Ihn immer tiefer in Mariens Arme zu treiben, die Glut seiner Leidenschaft immer stärker zu entfachen, nicht als ob er je bewußt versucht hätte, diese bösen Dinge im Rausch seiner Liebe zu vergessen, sie mahnten ihn nur unablässig, die kurze Zeit zu nutzen, die ihm geschenkt war.
Seine Liebe war lauter und ohne Vorbehalt. Sie schenkte in grenzenlosem Entzücken, sie empfing, ohne sich zu zieren. Endlich, nach all den langen Jahren der Drangsal, war sie ihm doch noch zuteil geworden. Ein Zyniker möchte sagen, diese ganze Affäre sei wieder einmal ein Beispiel dafür, daß Hornblower es einfach nicht lassen konnte, nach Dingen zu begehren, die ihm vom Schicksal nicht zugedacht waren. Wenn es sich wirklich so verhielt, dann war sich Hornblower dessen zum mindesten nicht bewußt. Ihm kam in jenen Tagen immer wieder eine Zeile aus dem Gebetbuch in den Sinn: »Sein Dienst ist wahre Freiheit.« So war es auch um Hornblowers Dienen für Marie bestellt.
Die Loire führte immer noch Hochwasser. Die Stromschnelle, in der er einstens um ein Haar umgekommen wäre und die so die Ursache seiner Bekanntschaft mit Marie wurde, war ein gischtgesäumter Hang talwärts rasender, grüner Wassermassen. Hornblower konnte sie rauschen hören, wenn er oben im Turmzimmer in Maries Armen lag, und ihre Spazier-

gänge führten sie oft genug dorthin. Er konnte die gefährliche Stelle jetzt betrachten, ohne daß ihm die Erinnerung wieder den eisigen Schreck von damals durch die Glieder jagte. Das war aus und vorbei. Der Verstand sagte ihm wohl, daß er der gleiche Mensch war, der die *Castilla* geentert und der Wut El Supremos Trotz geboten hatte, der gleiche, der in der Rosasbucht auf Leben und Tod gekämpft und oft genug auf bluttriefenden Schiffsdecks gestanden hatte. Aber dennoch hatte er immer wieder die Empfindung, als seien diese Dinge einem ganz anderen widerfahren als ihm. Er hatte nie anders als in Frieden und Muße dahingelebt, und natürlich hatte ihn auch die Stromschnelle dort nie in Lebensgefahr gebracht. Es kam ihm ganz selbstverständlich vor, daß der Graf eine gute Nachricht hatte.

»Der Graf von Artois hat Bonaparte unten im Süden geschlagen«, sagte er. »Bonaparte selbst ist auf der Flucht und wird wohl bald in Gefangenschaft geraten. Diese Nachricht stammt aus Paris.«

So mußte es auch sein. Der Krieg war endgültig vorbei. »Ich glaube, wir können heute nacht ein Freudenfeuer anzünden«, sagte der Graf.

Das Freudenfeuer prasselte, und dazu wurden Trinksprüche auf den König ausgebracht.

Aber schon am nächsten Morgen sah alles anders aus. Als Brown Hornblower das Frühstück ans Bett stellte, meldete er ihm zugleich, daß ihn der Graf sobald wie möglich zu sprechen wünsche. Brown hatte das kaum gesagt, als der Graf auch schon ins Zimmer trat. Er machte in seinem Schlafrock einen verstörten, übernächtigten Eindruck.

»Bitte verzeihen Sie mir, daß ich so formlos bei Ihnen eindringe«, sagte der Graf – er konnte selbst in diesem Augenblick die Etikette nicht vergessen –, »aber ich konnte einfach nicht länger warten. Wir haben schlechte Nachrichten, die schlimmsten, die man sich denken kann.«

Hornblower konnte nur starren und warten, während der Graf alle Kraft zusammennahm, um die schreckliche Neuigkeit auszusprechen. Es kostete ihn sichtlich größte Überwindung.

»Bonaparte ist in Paris«, sagte der Graf, »der König ist geflohen, und Bonaparte ist wieder Kaiser. Ganz Frankreich ist wieder in seiner Hand.«

»Und die verlorene Schlacht?«

»Gerüchte, Lügen, nichts als Lügen! Nein, Bonaparte ist wieder Kaiser.«

Es kostete Hornblower Zeit, zu erfassen, was das bedeutete. Zunächst hieß es, daß wieder Krieg war, soviel war sicher. Was auch immer die anderen Großmächte unternahmen, für England war es jedenfalls untragbar, diesen heimtückischen, mächtigen Gegner jenseits des Kanals zu wissen. Also fuhren sich England und Frankreich abermals an die Kehle. Zweiundzwanzig Jahre war es jetzt her, daß der Krieg begonnen hatte, vielleicht brauchte es noch einmal zweiundzwanzig Jahre, um Bonaparte ein zweites Mal vom Thron zu stoßen, noch einmal zweiundzwanzig Jahre Elend und Menschenschlächterei. Diese Aussicht war geradezu niederschmetternd.

»Wie konnte denn das geschehen?« fragte Hornblower, weniger aus Neugierde als um Zeit zu gewinnen.

Der Graf breitete die feinen Hände in hoffnungsloser Geste aus.

»Es fiel kein einziger Schuß«, sagte er, »die Armee ist en masse zu ihm übergelaufen. Ney, Labédojère, Soult, sie alle haben den König verraten. Und Bonaparte raste in vierzehn Tagen von der Mittelmeerküste nach Paris. Das wäre sogar im sechsspännigen Wagen eine schnelle Reise.«

»Aber das Volk will doch nichts von ihm wissen«, wandte Hornblower ein. »Das ist uns doch allen genau bekannt.«

»Die Wünsche des Volkes haben gegen die der Armee kein Gewicht«, sagte der Graf. »Mit der Nachricht selbst kamen auch die ersten Erlasse des Usurpators heraus. Die Jahrgänge 1815 und 16 werden aufgerufen. Die königlichen Leibregimenter werden entlassen, die Kaiserliche Garde wird wieder aufgestellt. Bonaparte ist bereit, den Kampf gegen Europa von neuem aufzunehmen.«

Hornblower sah sich schon wieder an Deck eines Schiffes stehen, wie immer beladen mit drückender Verantwortung, umgeben von Gefahren, einsam und ohne Freund. Eine trostlose Aussicht!

Ein leises Klopfen verkündete den Eintritt Mariens. Auch sie war noch im Negligé, ihr herrliches Haar fiel ihr weit über die Schultern herab.

»Hast du die Nachricht gehört, Liebling?« fragte der Graf. Er äußerte sich weder zu ihrem Eintreten noch zu ihrem Aufzug.

»Ja«, sagte Marie. »Wir sind in Gefahr.«

»Gewiß«, sagte der Graf, »wir sind alle in Gefahr.«

Die Nachricht selbst hatte Hornblower so entsetzt, daß er sich bis jetzt noch nicht Zeit genommen hatte, darüber nachzudenken, welche persönliche Folgen sich für ihn aus der neuen Lage ergaben. Als englischer Seeoffizier wurde er natürlich sofort verhaftet und gefangengesetzt. Aber nicht nur das. Bonaparte hatte ja schon seit Jahren die Absicht, ihn wegen Seeräuberei gerichtlich zu belangen und erschießen zu lassen. Jetzt würde er diese Absicht zweifellos ausführen. Tyrannen hatten in solchen Dingen immer ein gutes Gedächtnis. Und der Graf? Und Marie?

»Bonaparte weiß, daß Sie mir bei der Flucht geholfen haben«, sagte Hornblower. »Das wird er Ihnen nie verzeihen.«

»Wenn ich ihm in die Hände falle, werde ich an die Wand gestellt«, sagte der Graf. Über Marie sprach er nicht, er warf ihr nur einen stummen

Blick zu. Bonaparte stellte sie zweifellos genauso an die Wand wie ihn selbst.
»Wir müssen von hier fort«, sagte Hornblower, »das flache Land kann noch nicht fest in der Hand Bonapartes sein. Mit schnellen Pferden ist es uns möglich, die Küste zu erreichen.«
Er griff schon nach der Bettdecke, um sie beiseite zu werfen, hielt aber im letzten Augenblick inne, weil er sich auf Maries Gegenwart besann.
»Ich bin in zehn Minuten fertig«, sagte Marie.
Als sich die Tür hinter ihr und dem Grafen geschlossen hatte, war Hornblower mit einem Satz aus dem Bett und rief zugleich nach Brown. Der Wandel vom verliebten Genießer zum Mann der Tat vollzog sich in Sekundenschnelle. Während er sich noch das Nachthemd vom Leibe riß, hatte er im Geist schon die Karte von Frankreich vor Augen, stellte er sich bereits den Verlauf der Straßen, die Lage der Häfen vor. In einem zweitägigen Ritt über die Berge konnten sie La Rochelle erreichen. Er fuhr hastig in die Hosen. Der Graf trug einen hochangesehenen Namen. Niemand würde es wagen, ihn oder seine Begleitung ohne ausdrücklichen Befehl von Paris zu verhaften. Mit Selbstsicherheit und zuversichtlichem Auftreten gelang es ihnen bestimmt, unangefochten durchzukommen. Im Geheimfach seines Koffers befanden sich außerdem zweihundert Napoléondors, der Graf mochte ihrer noch mehr besitzen. Das reichte für jede Bestechung. Sie konnten damit einen Fischer bezahlen, daß er sie auf See hinausbrachte; wenn das nicht ging, dann mußten sie eben ein Fischerfahrzeug stehlen.
Es war gewiß erniedrigend, beim ersten Auftauchen Bonapartes das Weite suchen zu müssen wie ein verängstigter Hase, so etwas vertrug sich auch keineswegs mit der Würde eines Pairs von England und eines Kommodore der britischen Flotte. Aber seine vornehmste Pflicht bestand unter den vorliegenden Umständen darin, der englischen Heimat sein Leben und seine nützlichen Dienste zu erhalten. Eine dumpfe Wut gegen den ewigen Friedensstörer Bonaparte stieg in ihm auf, vermochte es aber doch nicht, ihn ganz zu übermannen. Eigentlich war seine Empfindung gegen jenen Mann eher Zorn als Wut zu nennen, und in dieser Stimmung fand er schließlich auch allmählich aus der verdrossenen Resignation heraus, in die ihn die neue Lage zunächst versetzt hatte. Jedenfalls begann er ernstlich zu überlegen, ob er in diesen ersten Abschnitten des neuen Ringens nicht doch etwas Besseres tun konnte, als das Weite zu suchen, um sich erst später zum Kampf zu stellen. War er nicht im Herzen Frankreichs, mitten in Feindesland? Er hatte das sichere Gefühl, daß er gerade hier einen Schlag führen konnte, der dem Gegner ernstlich zu schaffen machte. Während er in seine Reitstiefel fuhr, wandte er sich an Brown.

»Was wird aus deiner Frau?« fragte er.
»Ich hatte gehofft, daß sie mitkommen darf, Mylord«, sagte Brown bescheiden.
Ließ er sie zurück, dann sah er sie erst nach Kriegsende, also vielleicht erst in zwanzig Jahren wieder, blieb er mit ihr zusammen hier, dann wurde er mit Sicherheit gefangengesetzt.
»Kann sie denn reiten?«
»Das wird bestimmt gehen, Mylord.«
»Dann sieh zu, daß sie sich schnell bereit macht. Wir können aber nicht mehr mitnehmen als den Inhalt der Satteltaschen. Sie kann Madame la Vicomtesse bedienen.«
»Besten Dank, Mylord.«
Zweihundert Napoléondors wogen recht schwer, aber es war wichtig, sie mitzuhaben. Hornblower stapfte in seinen Reitstiefeln die Treppe hinunter, Marie stand schon in der großen Vorhalle. Sie trug ein schwarzes Reitkleid und dazu einen feschen kleinen Dreispitz mit wehender Feder. Er musterte sie mit kritischen Blicken, konnte aber nichts an ihr entdecken, was unerwünschte Aufmerksamkeit erregt hätte. Sie war eine unauffällig gekleidete Dame von vornehmem Stand, sonst nichts. »Sollen wir noch jemand von unseren Leuten mitnehmen?« fragte sie.
»Das sind alles alte Männer. Ich glaube, es ist besser, wenn wir darauf verzichten. Der Graf, du, ich, Brown und Annette, das genügt. Wir brauchen fünf gute Pferde.«
»Genauso habe auch ich es mir vorgestellt«, gab Marie zur Antwort. Sie war eine Frau, die sich in schwierigen Lagen glänzend bewährte.
»Wir reiten in Nevers über die Brücke, dann weiter in Richtung Bourges und La Rochelle. In der Vendée sind wir am sichersten aufgehoben.«
»Es wäre zu überlegen, ob wir statt der großen Hafenstadt nicht besser ein kleines Fischerdorf zum Ziele nehmen sollten«, gab Marie zu bedenken.
»Das ist höchstwahrscheinlich richtig. Aber darüber können wir uns noch immer schlüssig werden, wenn wir uns der Küste nähern.«
»Gut.«
Obgleich sie stets zu Ratschlägen bereit war, wußte sie doch den Wert einer einheitlichen, bestimmten Führung zu würdigen.
»Wie steht es mit deinen Wertsachen?« fragte Hornblower.
»Ich habe meine Brillanten hier in der Satteltasche.«
Während sie noch sprach, erschien der Graf, auch er gestiefelt und gespornt. In der Hand trug er einen kleinen Lederbeutel, in dem es hell klimperte, als er ihn niedersetzte.
»Zweihundert Napoléondors«, sagte er.

»Ich habe ebensoviel bei mir. Wir haben also reichlich Geld.«

»Aber es wäre entschieden besser, wenn sie nicht so laut klimperten«, sagte Marie. »Ich will noch ein Tuch hineinstopfen.«

Felix brachte die Satteltaschen des Grafen und meldete, daß die Pferde bereitstünden. Brown und Annette warteten schon im Hof.

»Brechen wir also auf«, sagte Hornblower.

Der allgemeine Abschiedsschmerz war groß. Die Frauen schwammen alle in Tränen, Annettes hübsches Gesicht war vor Kummer ganz verschwollen und verweint, die Männer, geschult in der stoischen Haltung des herrschaftlichen Dienstes, blieben stumm.

»Lebe wohl, mein Freund«, sagte der Graf und streckte Felix die Hand hin. Sie waren beide alte Männer und mußten doch sehr damit rechnen, daß sie einander in ihrem Leben nicht wiedersahen.

Dann ritten sie aus dem Schloßhof hinaus und weiter auf der Straße, die an der Loire entlangführte. Wie zum Hohn herrschte wundervolles Frühlingswetter, die Obstblüten regneten auf sie herab, und der breite Strom glitzerte fröhlich in der Sonne. An der ersten Straßenbiegung kamen die Zinnen und Türme von Nevers in Sicht, an der nächsten war bereits das prächtige Palais Gonzaga zu erkennen. Hornblower streifte das Gebäude mit dem Blick, dann kniff er die Augen zusammen und spähte noch einmal genauer hin. Marie ritt neben ihm, der Graf an ihrer anderen Seite. Er sah sie beide an, als heischte er Bestätigung dessen, was er gesehen hatte.

»Das ist eine weiße Flagge, dort auf dem Palast, Mylord.«

»Es sieht so aus«, meinte Hornblower und schüttelte verwundert den Kopf.

»Meine Augen sind leider schon so schwach, daß ich überhaupt keine Flagge erkennen kann«, sagte der Graf etwas wehmütig.

Hornblower wandte sich im Sattel nach Brown um, der hinter ihnen ritt und nicht müde wurde, Annette Trost und Mut zuzusprechen.

»Das ist eine weiße Flagge, dorf auf dem Palast, Mylord.«

»Es scheint kaum glaubhaft«, sagte der Graf. »Meine Nachricht von heute morgen stammte nämlich aus Nevers. Beauregard, der Präfekt, hat sich sofort für Bonaparte erklärt.«

Das war in der Tat seltsam – es blieb sogar seltsam, wenn man annahm, daß irgendein Versehen vorlag.

»Wir werden ja bald Bescheid wissen«, sagte Hornblower. Er unterdrückte die natürliche Regung, seinem Gaul die Sporen zu geben und aus dem Trab in Galopp überzugehen.

Die weiße Flagge flatterte immer noch an ihrer Stange, als sie sich der Stadtgrenze näherten. Am Akzisentor stand eine Handvoll Soldaten in schmucken grauen Uniformen, ihre Grauschimmel waren hinter ihnen angekoppelt.

»Das sind die grauen Musketiere der königlichen Leibgarde«, sagte Marie.

Auch Hornblower erkannte die Uniformen wieder. Er hatte diese Truppen als Leibwache des Königs sowohl in den Tuilerien wie in Versailles gesehen.

»Graue Musketiere tun uns kein Leid an«, sagte der Graf.

Der Unteroffizier der Wache spähte ihnen scharf entgegen, während sie heranritten, zuletzt vertrat er ihnen den Weg und fragte sie nach ihren Namen.

»Louis Antoine Hector Savinien de Ladon, Comte de Graçay, mit Gefolge«, sagte der Graf.

»Sie können passieren, Herr Graf«, sagte der Unteroffizier. »Ihre Königliche Hoheit ist in der Präfektur.«

»*Welche* Königliche Hoheit?« murmelte der Graf verwundert vor sich hin. Auf dem Hauptplatz hielten einige Dutzend aufgesessene Reiter vom Regiment der grauen Musketiere. Hier und dort wehten ein paar weiße Flaggen, und als sie auf den Platz einritten, tauchte gerade im Tor der Präfektur ein Mann auf und machte sich daran, ein gedrucktes Plakat an die Wand zu kleben. Sie ritten herzu, um es zu lesen. Das erste Wort war schon von weitem leicht zu erkennen, es lautete: Franzosen!

Als sie gelesen hatten, meinte der Graf:

»Ihre Königliche Hoheit ist also die Herzogin von Angoulême.«

Der Aufruf wandte sich an alle Franzosen mit der Aufforderung, gegen den Tyrannen und Thronräuber zu den Waffen zu greifen und dem alten Königshaus Bourbon die Treue zu halten. Der König stand nach den Worten des Anschlages in Waffen bei Lille, der Süden Frankreichs hatte sich unter dem Herzog von Angoulême zum Widerstand erhoben, und ganz Europa setzte seine Armeen in Marsch, um das menschenfressende Ungeheuer wieder in Fesseln zu schlagen und dem Vater seines Volkes den Thron seiner Ahnen zurückzugeben. In der Präfektur empfing sie die Herzogin mit großer Freude. Ihre schönen Züge waren von Müdigkeit ganz entstellt, sie trug immer noch ihr schmutzbespritztes Reitkleid. Die ganze Nacht war sie mit ihrer Schwadron Musketiere durchgeritten und, der Proklamation Bonapartes dicht auf den Fersen, aus einer anderen Richtung in der Stadt eingetroffen.

»Man hat sich hier schnell genug entschlossen, ein zweites Mal die Seite zu wechseln«, sagte die Herzogin.

Nevers war keine Garnison und barg daher auch keine Truppen. Deshalb

war sie mit ihren hundert ausgebildeten Musketieren in der kleinen Stadt sofort und ohne Blutvergießen Herrin der Lage gewesen.
»Ich war gerade im Begriff, Sie zu mir zu bitten, Monsieur le Comte«, fuhr die Herzogin fort. »Daß wir das außerordentliche Glück haben würden, auch Lord 'Ornblower hier zu finden, konnten wir allerdings nicht ahnen. Ich möchte Sie zum Generalleutnant Seiner Majestät des Königs für das Nivernais ernennen, Herr Graf.«
»Glauben Eure Königliche Hoheit, daß eine Volkserhebung Erfolg haben könnte?« fragte Hornblower.
»Eine Volkserhebung?« Aus dieser Gegenfrage der Herzogin war verständnisloses Staunen herauszuhören.
Damit war aber für Hornblower das Urteil gesprochen. Die Herzogin war die klügste und tatkräftigste Persönlichkeit der ganzen Bourbonenfamilie. Und doch war auch sie nicht imstande, sich die Bewegung, die sie selbst entfesseln wollte, als »Volkserhebung« vorzustellen. Bonaparte war für sie nach wie vor ein Rebell, und sie sah ihre Aufgabe darin, die Rebellion zu unterdrücken, die er entfesselt hatte. Daß Bonaparte in Wirklichkeit in den Tuilerien regierte, daß die Armee ihm Gehorsam leistete, all das spielte für sie offenbar keine Rolle. Die harte Wirklichkeit hieß Krieg, Krieg auf Leben und Tod. Angesichts dieser Tatsache war Hornblower nicht in der Stimmung, sich mit Dilettanten auf eine sinnlose Wortklauberei einzulassen.
»Verschwenden wir unsere kostbare Zeit nicht im Spiel mit Begriffen«, sagte er. »Glauben Sie, daß die Kraft Frankreichs groß genug ist, Bonaparte zu vertreiben?«
»Er ist in Frankreich so verhaßt wie kein anderer Mensch.«
Hornblower blieb hartnäckig. »Das ist keine Antwort auf meine Frage, Königliche Hoheit.«
»Die Vendée ist bereit zu kämpfen«, sagte die Herzogin. »Dort ist Laroche-Jacquelin, dem alles Gefolgschaft leistet. Mein Mann macht den Süden mobil, der König und der Hof halten sich in Lille. Die Gascogne wird sich gleichfalls gegen den Usurpator stellen, denken Sie nur daran, wie ihm Bordeaux im vorigen Jahr die Gefolgschaft kündigte.«
Es schien in der Tat möglich, sogar wahrscheinlich, daß die Vendée sich erhob. Aber Hornblower konnte sich nicht gut vorstellen, daß der Herzog von Angoulême im Süden oder gar der fette, gichtgeplagte König im Norden in der Lage sein sollten, eine begeisterte Gefolgschaft zu gewinnen. Und was den Abfall von Bordeaux betraf, so mußte Hornblower bei dessen Erwähnung unwillkürlich an Rouen und Le Havre denken, an die teilnahmslose Bürgerschaft, an die widerspenstigen Rekruten, die nur den einen Wunsch hatten, gegen niemand mehr zu Felde ziehen zu müssen.

Ein Jahr lang hatten diese Leute jetzt die Segnungen des Friedens und die Vorzüge einer freiheitlichen Regierungsform genossen, möglicherweise brachten sie nun wirklich den Entschluß auf, für ihren Fortbestand zu kämpfen. Es konnte sein. Vielleicht.

»Ganz Frankreich weiß jetzt, daß es *möglich* ist, Bonaparte zu schlagen und vom Thron zu stoßen«, sagte die Herzogin mit nachdrücklicher Betonung. »Das schafft gegen früher eine ganz andere Lage.«

»Frankreich ist ein Pulvermagazin des Mißvergnügens und der Uneinigkeit«, sagte der Graf. »Ein Funke kann es zur Explosion bringen.«

Ach, Hornblower hatte den gleichen Traum geträumt, als er damals Le Havre besetzte. Er war bei seinen Überlegungen sogar auf das gleiche Bild verfallen ... und hatte sich gründlich getäuscht.

»Bonaparte hat eine Armee«, sagte er. »Man braucht selbst eine Armee, wenn man eine Armee vernichten will. Ich frage also: Wo finden wir eine Armee? Die alten Soldaten sind alle ergebene Anhänger Bonapartes. Und die Nichtsoldaten – werden sie kämpfen? Und wenn, können wir sie schnell genug bewaffnen und ausbilden?«

»Sie sind Pessimist, Mylord«, sagte die Herzogin.

»Die Welt hat noch keinen Soldaten gesehen, der es Bonaparte an Begabung, Tatkraft, Entschlossenheit und List gleichgetan hätte«, sagte Hornblower. »Man kann seine Schläge nur mit einem stahlharten Schild parieren, ein papierbespannter Reifen aus dem Zirkus taugt dazu nicht.«

Hornblower blickte die Versammelten nach diesen Worten einen um den anderen an, die Herzogin, den Grafen, Marie, den schweigsamen General und Hofmann, der seit dem Beginn der Debatte hinter der Herzogin gestanden hatte. Sie trugen düstere Mienen zur Schau, schienen aber zum Äußersten entschlossen.

»Sie schlagen also vor, daß sich zum Beispiel Monsieur le Comte hier dem Usurpator demütig ergibt und geduldig wartet, bis die Armeen Europas Frankreich befreien werden?« fragte die Herzogin mit leicht ironischem Unterton. Sie verstand sich besser darauf, Selbstbeherrschung zu üben, als die meisten anderen Mitglieder des Hauses Bourbon.

»Monsieur le Comte ist wegen der wertvollen Dienste, die er mir früher erwiesen hat, in Lebensgefahr und muß daher flüchten«, sagte Hornblower. Er war sich bewußt, daß er damit dem Standpunkt der anderen entgegenkam. Richtig betrachtet war es auf jeden Fall ein Vorteil, wenn im Inneren Frankreichs eine gegen Bonaparte gerichtete Bewegung entstand, und zwar ohne Rücksicht darauf, wie es um ihre Erfolgsaussichten bestellt war. Eine solche Bewegung war auch dann wertvoll, wenn sie sich verhältnismäßig leicht unterdrücken ließ, auch dann, wenn sie viel Blut kostete. Obendrein konnte man nicht einmal sagen, daß sie ganz ohne

Aussichten war, obschon Hornblower in dieser Hinsicht keine großen Hoffnungen hegte. Zum mindesten brachte jeder derartige Widerstand Bonaparte in Verlegenheit, sobald er Anspruch darauf erhob, im Namen des ganzen französischen Volkes zu handeln. Außerdem schwächte er ihn an der Nordostgrenze, wo ihm der unvermeidliche Zusammenstoß mit seinen alten Gegnern bevorstand, insofern er ihn dazu zwang, die zu seiner Bekämpfung nötigen Truppen hier zurückzulassen. Hornblower sah keine Möglichkeit zu siegreichen Unternehmungen, aber er hegte doch die freilich schwache Hoffnung, daß es gelingen könnte, in den Bergen und Wäldern mit einer verhältnismäßig geringen Zahl von Freischärlern einen kleinen Guerillakrieg anzuzetteln, der sich mit der Zeit vielleicht immer weiter ausbreitete.

Er, Hornblower, stand im Dienst des Königs Georg. Wenn er jetzt die Möglichkeit sah, auch nur einen einzigen Soldaten Bonapartes außer Gefecht zu setzen, so hatte er die Pflicht, sie zu nutzen, selbst auf die Gefahr hin, daß dabei hundert einheimische Bauern ums Leben kamen. Aber schon verfing er sich wieder in Zweifeln und Bedenken. Was war denn mit ihm? Ließ er sich in seinen Entscheidungen von menschlichen Rücksichten leiten? Oder war etwa seine Entschlußkraft erlahmt? Früher hatte er doch oft genug seine Männer mit höchst gefährlichen Aufträgen betraut und hatte nicht selten selbst an solchen Unternehmungen teilgenommen. Aber dieses Wagnis hier schien ihm eben völlig aussichtslos zu sein ... und überdies war notwendig auch der Graf darin verwickelt.

»Und doch«, bedrängte ihn die Herzogin, »geht jetzt Ihr Rat dahin, uns tatenlos in unser Schicksal zu ergeben?«

In diesem Augenblick war es Hornblower zumute wie einem Verurteilten auf dem Schafott, der die besonnte Welt mit einem letzten Blick umfaßt, ehe ihn der tödliche Stoß ins dunkle Nichts befördert. Von allen Seiten bedrohte ihn jetzt der Krieg mit seinen grausamen, unentrinnbaren Nöten.

»Nein«, sagte er, »ich rate zum Widerstand.«

Die düsteren Mienen um ihn her hellten sich mit einem Schlage auf. In diesem Augenblick wurde ihm klar, daß die Wahl zwischen Krieg und Frieden soeben in seiner Hand gelegen hatte. Hätte er sich weiterhin *gegen* Erhebung und Widerstand erklärt, dann wäre es ihm schließlich gelungen, auch die anderen zu seiner Ansicht zu bekehren. Diese Erkenntnis machte ihn noch unglücklicher, obwohl er sich die unanfechtbare Tatsache vor Augen hielt, daß ihn das Schicksal hier in eine Lage versetzt hatte, in der sich jeder Disput von selbst verbot. Er beeilte sich, von neuem das Wort zu nehmen. »Eure Königliche Hoheit«, sagte er, »haben mir Pessimismus vorgeworfen. Ich gebe zu, daß ich mir keine großen Hoffnungen machen kann. Was wir vorhaben, ist ein verzweifeltes Abenteuer, aber das heißt nicht, daß wir es nicht unternehmen sollten. Wir müssen uns nur davor hüten, unüberlegt und leichtfertig zu Werke zu gehen. Auf Schlachtenruhm und weithin sichtbare Erfolge haben wir nicht zu rechnen. Unser Kampf wird lange dauern, und er wird hart und ruhmlos sein. Wir werden hinter einem Baum hervor französische Soldaten niederschießen und dann das Weite suchen. Wir werden uns des Nachts an einen Posten heranschleichen, um ihm ein Messer ins Herz zu stoßen, wir werden bald hier, bald dort eine Brücke in Brand stecken, wir werden dem oder jenem Pferdegespann die Kehlen durchschneiden, jawohl, so und nicht anders werden unsere ›großen Siege‹ aussehen.«

Er hatte sagen wollen, »so wird unser Marengo, unser Jena aussehen«, aber er durfte die Siege Bonapartes in diesem Kreis um Gottes willen nicht erwähnen. Deshalb suchte er jetzt krampfhaft in seinem Gedächtnis nach bourbonischen Siegen.

»So sieht also unser Steinkerk und unser Fontenoy aus«, fuhr er endlich fort.

Es war nicht so einfach, diesen Menschen, die vom Wesen des Guerillakrieges keine Ahnung hatten, diese Art der Kriegführung in wenigen Sätzen zu erklären: »Der Generalleutnant Seiner Majestät des Königs für das Nivernais wird nichts anderes sein als ein gehetzter Flüchtling. Er wird sein Nachtlager unter einem Felsblock aufschlagen, er wird sein Fleisch roh essen, damit ihn der Rauch seines Feuers nicht verrät. Nur wer bereit ist, so zu leben, solche Härten auf sich zu nehmen, kann am Ende Erfolg haben.«

»Ich bin dazu bereit«, sagte der Graf, »bis zu meinem letzten Atemzuge.«

Hornblower wußte, daß die andere Wahl für ihn Verbannung hieß – Verbannung auf Lebenszeit.

»Ich habe nie daran gezweifelt, daß ich mich auf die Treue des Hauses Ladon verlassen kann«, sagte die Herzogin. »Ihr Patent wird sofort ausgefertigt, Herr Graf. Ich werde Sie mit voller königlicher Gewalt über das Nivernais ausstatten.«

»Was beabsichtigen Eure Königliche Hoheit persönlich zu unternehmen?« fragte Hornblower.

»Ich muß sofort weiter nach Bordeaux, um die Gascogne aufzurufen.«

Wahrscheinlich war dies das beste, was sie tun konnte – je weiter sich der Widerstand ausbreitete, desto lästiger mußte er Bonaparte werden. Marie konnte die Herzogin begleiten, und für den Fall, daß das Unternehmen zusammenbrach, gab es für beide die Möglichkeit, über See zu entkommen.

»Und Sie, Mylord?« fragte die Herzogin.

Aller Augen ruhte nach dieser Frage auf Hornblower, aber er wurde sich dessen überhaupt nicht bewußt. Diese Entscheidung war seine ganz persönliche, seine ureigenste Angelegenheit. Er war ein bewährter Seeoffizier und wußte, daß ihm das Kommando über ein Linienschiffsgeschwader sicher war, wenn er nach England zurückkehrte. Riesige Flotten pflügten nun bald wieder das Meer, und ihm fiel dann ein wesentlicher Anteil an ihrer Führung zu. Nach wenigen Kriegsjahren war er vielleicht schon Admiral und Flottenchef, war er vielleicht der Mann, von dem Wohl und Wehe ganz Englands abhing. Blieb er dagegen hier, dann konnte er bestenfalls hoffen, an der Spitze einer zerlumpten und hungrigen Räuberbande das Leben eines gehetzten Flüchtlings zu führen, im schlimmsten Falle aber drohte ihm der Strick an einem Baumast. Vielleicht hatte er wirklich die Pflicht, sich und seine seemännischen Gaben zum Wohle Englands aus dieser Sache herauszuhalten und zu bewahren. Aber schließlich gab es in England Dutzende von tüchtigen Seeoffizieren, während er hier den Vorteil für sich hatte, Land und Leute genau zu kennen, ja, mehr noch, bei den Franzosen einen gewissen Ruf zu genießen. Aber ausschlaggebend war für ihn etwas ganz anderes. Er dachte nicht daran, er brachte es nicht über sich, hier einen lächerlichen Aufruhr anzuzetteln, der für den Gegner nicht mehr bedeutete, als einen Nadelstich, um sich dann vor dem unvermeidlichen Zusammenbruch davonzumachen und seine Freunde hilflos im Stich zu lassen.
»Ich bleibe bei Monsieur le Comte«, sagte er, »vorausgesetzt natürlich, daß Eure Königliche Hoheit und er selbst damit einverstanden sind. Ich hoffe, ich kann ihm von einigem Nutzen sein.«
»Dessen bin ich gewiß«, sagte die Herzogin.
Hornblower begegnete Mariens Blick. Da ahnte er plötzlich mit Entsetzen, wozu sie sich entschlossen hatte.
»Madame«, sagte er zu ihr gewandt, »ich darf doch annehmen, daß Sie Ihre Königliche Hoheit begleiten werden.«
»Nein«, sagte Marie. »Sie werden jeden Mann brauchen können, und ich kann Ihnen ebensoviel nützen wie ein Mann. Ich kenne in dieser Gegend jede Furt und jeden Weg und Steg. Ich bleibe gleichfalls bei Monsieur le Comte.«
»Aber Marie . . .!« sagte der Graf.
Hornblower erhob keinen Einwand. Ebensogut hätte er gegen einen fallenden Ulmenast oder gegen eine Drehung des Windes aufbegehren können. Er sah jetzt in allem, was geschah, nur noch ein unausweichliches, unerbittliches Schicksal. Ein Blick in Maries entschlossenes Gesicht brachte auch die Vorstellungen des Grafen zum Schweigen.
»Gut denn«, sagte die Herzogin.

Sie sah sich im Kreise um. Es war Zeit, höchste Zeit, mit dieser Erhebung Ernst zu machen. Hornblower aber hieß jetzt alle persönlichen Empfindungen schweigen. Für ihn war wieder Krieg, Krieg mit all seinen Problemen des Raumes, der Zeit und der menschlichen Möglichkeiten. Fast unwillkürlich machte er sich daran, die verwickelten Fäden aufzunehmen. Über dem Schreibtisch, an dem der Präfekt gesessen hatte, um die Anordnungen der Pariser Regierung durchzuführen, hing eine in großem Maßstab gehaltene Karte des Departements, an den anderen Wänden hingen weitere Karten in noch größerem Maßstab, die die Unterpräfekturen darstellten. Er ließ seine Augen darüber hinwandern. Die Karten zeigten Straßen, Flüsse, Wälder . . . Lebe wohl, England!

»Vor allem ist es wichtig zu wissen«, begann er, »wo die nächsten Standorte regulärer Truppen sind.«

Der Feldzug an der oberen Loire hatte begonnen.

19

Der Waldweg, dem sie folgten, traf im rechten Winkel auf einen anderen. Selbst hier, im Schatten der Fichten, herrschte eine drückende Schwüle – Gewitterluft. Hornblowers Füße waren voll schlimmer Blasen, auch auf dem weichen Nadelboden schleppte er sich nur unter großen Schmerzen weiter. Nirgends regte sich ein Laut, es war völlig windstill, so daß man nicht einmal das Rauschen der Bäume vernahm. Die Hufe der Gäule sanken lautlos in die weichen Nadeln, drei von ihnen waren Packpferde und trugen Proviant und Munition, auf zweien saßen Verwundete, und das fünfte ritt Seine Exzellenz der Herr Generalleutnant des Königs für das Nivernais. Zwanzig Männer und zwei Frauen schlichen hinter Hornblower müde den Pfad entlang, das war die Hauptmacht der Armee Seiner Allerchristlichsten Majestät. Es gab noch eine Vorhut, die fünf Mann stark war und unter Browns Führung irgendwo weiter vorn marschierte, und eine Nachhut von ebenfalls fünf Mann, die in weitem Abstand folgte.

Am Kreuzweg erwartete sie ein Verbindungsmann, den Brown als umsichtiger Führer zurückgelassen hatte, damit beim Gros kein Zweifel entstand, welchen Weg er eingeschlagen hatte. Als sie herankamen, wandte dieser Mann sich um und deutete schweigend auf ein grauweißes Etwas, das neben dem Weg in der Luft zu schweben schien. Es war die Leiche eines Mannes in bäuerlicher Kleidung, sie hing, mit einem Strick um den Hals, an einem Fichtenast. Das Weiße war ein großes gedrucktes Plakat, das ihm auf die Brust geheftet war. Darauf stand:

Franzosen aus dem Nivernais!

Ich bin an der Spitze einer starken Truppenmacht hier eingerückt und verlange, daß alle törichten Versuche, der Regierung unseres erhabenen Kaisers Napoleon Widerstand entgegenzusetzen, sofort ein Ende nehmen. Ich habe mit Freude festgestellt, daß der wahnsinnige Plan des Grafen de Graçay, dem Kaiser, den die Bitten und das Verlangen von vierzig Millionen treuer Untertanen auf den Thron zurückgeholt haben, Widerstand entgegenzusetzen, bei euch so wenig Anklang gefunden hat. Nur einige wenige haben sich dazu verleiten lassen, zu den Waffen zu greifen.

Ich tue euch daher kund und zu wissen, daß mich Seine Kaiserliche Majestät in Ihrer huldreichen Milde ermächtigt hat, jedem Franzosen, mit Ausnahme der am Schluß dieses Aufrufes aufgezählten Personen, Pardon und Straffreiheit zuzusichern, der sich, vom Datum dieses Aufrufes an gerechnet, innerhalb von vierzehn Tagen bei einem der mir unterstellten Truppenteile meldet, um seine Waffen abzuliefern und sich für seine Person zu ergeben. Er soll das Recht haben, als freier Mann auf seinen Hof, zu seinem Geschäft, in den Schoß seiner Familie zurückzukehren.

Wer seine Waffen nicht abliefert, wird zum Tode verurteilt, das Urteil wird sofort vollstreckt.

Jedes Dorf, das den Rebellen Unterschlupf gewährt, wird niedergebrannt, die maßgebenden Männer der Einwohnerschaft werden erschossen.

Jede Person, die den Rebellen hilft, sei es als Führer oder durch Übermittlung von Nachrichten, wird erschossen.

Ausnahmen von der Amnestie: der obengenannte Graf de Graçay und seine Schwiegertochter, bekannt unter dem Namen Vicomtesse de Graçay. Außerdem ein Engländer, der unter dem Namen Lord Hornblower bekannt ist und von uns gesucht wird, um den Lohn für ein Leben voller Gewalttaten und Verbrechen zu empfangen.

gezeichnet: Graf Emanuel Clausen,

Den 6. Juni 1815. *General und Divisionskommandeur.*

Der Graf sah zu dem blauschwarzen Gesicht des Toten empor.

»Wer ist das?« fragte er.

»Paul Marie von der Mühle, Herr«, sagte der Mann, der sie erwartet hatte.

»Also sind sie hier schon vorübergekommen«, sagte Hornblower, »das heißt, daß wir jetzt hinter ihnen sind.«

Einer der Männer griff mit der Hand nach dem Toten. Wahrscheinlich wollte er das Plakat abreißen.

»Halt!« rief Hornblower im letzten Augenblick. »Sie sollen nicht wissen, daß wir hier vorübergekommen sind.«

»Aus dem gleichen Grunde müssen wir den armen Teufel da unbeerdigt hängen lassen«, sagte der Graf.
»Ja, wir müssen unbedingt weiter«, sagte Hornblower. »Sind wir erst über die Furt, dann können wir uns eine Atempause gönnen.«
Er warf einen Blick auf seine erbärmliche kleine Streitmacht. Einige waren beim Haltmachen sofort zu Boden gesunken, andere wieder lehnten sich müde auf ihre Musketen, und ein paar der Männer buchstabierten das Plakat, das an der Brust des toten Paul Marie hing. Sie sahen es nicht zum ersten Male.
»Los, Kinder!« sagte der Graf.
Das Gesicht des alten Mannes war weiß vor Erschöpfung. Er hing nur noch im Sattel. Der elende Gaul, auf dem er ritt, war kaum in besserer Verfassung als der Reiter selbst, er ließ den Kopf hängen und bewegte sich nur dann müde vorwärts, wenn er die Sporen bekam. Wankend, hungrig und zerlumpt folgte ihm die übrige Schar. Die meisten warfen im Vorübergehen einen Blick auf den toten Paul Marie. Hornblower bemerkte, wie einige unschlüssig zögerten, und verhielt seinen Schritt, um sich in ihrer Nähe zu halten. Er trug Pistolen in seinem Gürtelriemen. Jeder Deserteur bedeutete bei ihrer geringen Anzahl eine schwere Einbuße, außerdem verriet er dem Gegner bestimmt, daß sie die Furt zu benutzen gedachten. Clausen hatte mit seinem Amnestieversprechen zweifellos einen starken Trumpf ausgespielt, denn es gab unter den Freischärlern eine ganze Reihe von Leuten – Hornblower hätte eine Anzahl von ihnen mit Namen nennen können –, die sich schon lange die Frage stellten, ob denn dieses verzweifelte Unternehmen noch lohne. Ein Mann kämpft für eine verlorene Sache viel härter und verbissener, wenn er nur noch den sicheren Tod vor Augen hat als wenn ihm der Ausweg der Kapitulation offen bleibt. Seine Gefolgsleute dachten wohl mit Sorge daran, wie schnell die Frist der vierzehn Tage verstrich, die ihnen der Aufruf zugestand. Heute schrieb man Sonntag, den 18. Juni 1815. Noch drei Tage mußte er also seine Leute bei der Stange halten, dann konnte er sicher sein, daß sie weiterkämpften, weil es von da an um ihren Hals ging.
Seine wundgelaufenen Füße schmerzten furchtbar. Während der kurzen Marschpause bei dem erhängten Paul Marie war das Leben in sie zurückgekehrt, jetzt mußte er erst ein ganzes Stück marschieren, bis sie wieder gefühllos wurden. Es kostete ihn größte Überwindung, seine Schritte zu beschleunigen, um Marie einzuholen, die etwa in der Mitte der Schar marschierte. Sie trug eine Muskete umgehängt auf dem Rücken und hatte Annette neben sich. Marie hatte ihre dicken Flechten abgeschnitten – schon nach der ersten Nacht ihres Freischärlerlebens war sie ihnen mit einem gewöhnlichen Messer zu Leibe gegangen –, die übriggebliebenen

Strähnen hingen ihr unordentlich in das schweißüberströmte, schmutzverkrustete Gesicht. Aber sie ebenso wie Annette waren körperlich in weit besserer Verfassung als Hornblower. Sie marschierten auf heilen Füßen und konnten daher freier ausschreiten als er, der müde und unter ständigen Qualen dahinhumpelte. Sie waren eben auch zehn und fünfzehn Jahre jünger als er.

»Warum läßt du Pierre nicht zurück, damit du sein Pferd nehmen kannst, 'Oratio?« fragte Marie.

»Das ist ausgeschlossen«, sagte Hornblower.

»Er muß sowieso sterben«, wandte Marie ein, »weil er bestimmt den Wundbrand bekommt.«

»Es würde auf die anderen den schlechtesten Eindruck machen, wenn wir ihn allein im Wald seinem Schicksal überließen«, sagte Hornblower. »Außerdem könnte ihn Clausen auffinden, ehe er tot ist, und von ihm erfahren, was wir vorhaben.«

»Dann tötet ihn doch gleich und begrabt ihn«, sagte Marie.

Wenn Frauen Krieg führen, sind sie viel grausamer als die Männer und stets dazu geneigt, die Logik des Kriegshandwerks auf die äußerste Spitze zu treiben. Wo war nun die zärtliche, weiche Marie, diese herzensgute, verstehende Frau, die er so oft aus überquellender Liebe hatte weinen sehen?

»Nein«, sagte Hornblower noch einmal. »Ich hoffe, wir werden bald ein paar Pferde erbeuten.«

»Dann haben wir Glück«, sagte Marie.

Es war nicht leicht, unter den obwaltenden Umständen Pferde einigermaßen durchzubringen. Sie verendeten oder begannen zu lahmen, während der Mensch alle Härten lebend und marschierend überstand. Erst vor vierzehn Tagen hatte sie der von Briare anrückende Clausen gezwungen, Nevers zu räumen, und während der erbitterten Menschenjagd, die er dann veranstaltet hatte, waren die Pferde zu Dutzenden umgekommen. Dieser Clausen war allem Anschein nach ein tatkräftiger, entschlossener Befehlshaber, seine Kolonnen waren ihnen seither in rastloser Verfolgung auf den Fersen geblieben. Nur durch eine ununterbrochene Folge von Nachtmärschen, durch Listen und geschickte Winkelzüge war es bis jetzt gelungen, seinem Zugriff immer wieder zu entgehen. Zweimal hatte es bereits erbitterte kleine Nachhutgefechte gegeben, einmal war es ihnen geglückt, einen Trupp verfolgender Husaren in einen Hinterhalt zu locken. Hornblower sah noch vor sich, wie die Soldaten in ihren bunten Uniformen aus ihren Sätteln taumelten, als am Wegrand die tödliche Salve krachte. Inzwischen hatten sie schon gut die Hälfte ihres Mannschaftsbestandes eingebüßt und marschierten heute, nach einem langen Nacht-

marsch, zum erstenmal auch bei Tage durch, um hinter einer der Abteilungen Clausens durchzubrechen und auf diese Weise der vernichtenden Einkreisung zu entgehen. Vor ihnen lag eine gefährliche, wenig bekannte Furt über die Loire, von der nur Marie gewußt hatte. Wenn die erst überschritten war, dann konnten sie sich im Forst von Rune einen Rasttag gönnen und danach im Tal des Allier in Tätigkeit treten, um auch dort Unruhe und Verwirrung zu verbreiten. Clausen würde natürlich sofort hinterhersetzen, aber das mußte man der Zukunft überlassen. Was dann weiter zu unternehmen war, hing ganz von der neuen Lage ab. Clausen wußte ohne Zweifel, was er wollte – er hatte wahrscheinlich in Spanien gelernt, wie man gegen Freischärler kämpft. Aber er hatte auch genug Truppen zur Verfügung, um seine Aufgabe zu lösen. Hornblower wußte bereits vom 14. Leger und vom 40. Ligne, das war das vierzehnte Regiment leichter Infanterie und das vierzigste Linienregiment, außer diesen war aber bestimmt noch ein weiteres Regiment beteiligt, mit dem er noch nicht in Berührung gekommen war, und dazu mindestens eine Schwadron der zehnten Husaren. Das waren neun oder mehr Bataillone mit insgesamt sechs- bis siebentausend Mann, alle auf der Jagd nach seinem zerlumpten, dreißig Köpfe zählenden Häuflein. Er tat also seine redliche Pflicht, denn diese siebentausend Mann fehlten jetzt dem Gegner oben an der belgischen Grenze, wo sich zur Zeit zweifellos eine größere Schlacht vorbereitete. Wenn er den Kampf nur lange genug durchhielt, dann konnte es ihm noch glücken, sogar mit diesen siebentausend Mann fertig zu werden, sie regelrecht abzunutzen, bis sie, angefangen von ihren Stiefeln bis zum letzten Rest ihrer Kampfbegeisterung, buchstäblich verbraucht waren. Das konnte er und das gelang ihm auch. Hornblower biß die Zähne zusammen und marschierte weiter. Seine Füße waren nun wieder taub und gefühllos und taten nicht mehr weh. Wenn nur die entsetzliche Müdigkeit in den Beinen nicht gewesen wäre!
Da drang aus der Ferne ein dumpfes Grollen an sein Ohr. »Geschütze?« fragte er verwundert.
»Nein, Donner«, sagte Marie.
Wie lustig hatten sie einst miteinander geplaudert, wenn sie sorglos und fröhlich Hand in Hand gewandert waren. Wo waren jene Tage geblieben? Waren sie überhaupt noch die gleichen Menschen, die damals in jener Atempause des Friedens, ehe Bonaparte von Elba zurückkam, durch das blühende Land zu streifen pflegten? Hornblower war viel zu müde, um noch an Liebe zu denken. Unter den Kleidern juckte ihn der Schweiß auf der Haut. Auch Durst hatte er, aber der war nicht so schlimm wie diese furchtbare Müdigkeit. Im Wald wurde es immer dunkler, obwohl es noch längst nicht Abend war. Schwarz und drohend stand das Unwetter über

ihnen am Himmel. Dicht hinter Hornblower stöhnte jemand auf, da zwang er sich dazu, umzuschauen und dazu freundlich zu lächeln.
»Wer fängt denn da an zu muhen wie eine Kuh?« fragte er. »War das Vater Fermiac? Vater Fermiac sagt man zu ihm, dabei ist er fünf Jahre jünger als ich, und jetzt muht er wie eine Kuh! Kopf hoch, Vater! Vielleicht finden wir drüben über der Loire einen Stier für dich.«
Da ließen sie ein meckerndes Lachen hören, einige wie im hysterischen Krampf, einige wohl wegen seiner absonderlichen französischen Aussprache und wieder andere, weil es ihnen wahrscheinlich verrückt vorkam, daß ein großmächtiger englischer Lord sich dazu herbeiließ, mit französischen Bauern zu scherzen. Der Donner krachte nun fast senkrecht über ihnen, und dann hörten sie, wie der Regen in den Bäumen zu rauschen begann. Sehr bald drangen die ersten Tropfen bis unten durch und schlugen ihnen in die schweißfeuchten Gesichter.
»Ah, da kommt der Regen«, rief jemand.
»Ich habe schon seit zwei Tagen nasse Füße«, sagte Hornblower. »Ihr solltet einmal meine Blasen sehen. Unser Herr Jesus ist nicht so lange auf dem Wasser gewandert wie ich.«
Diese freche Gotteslästerung rief wieder ein Gelächter hervor, half der müden Gesellschaft wieder ein paar hundert Meter weiter. Jetzt öffnete der Himmel seine Schleusen, der Regen wurde zum richtigen Wolkenbruch. Hornblower blieb stehen und ließ die Packpferde herankommen, er wollte nachprüfen, ob die ledernen Bezüge über den Tragkörben gut verschnürt waren. Darin befanden sich nämlich zweitausend Schuß Musketenmunition, die auf keinen Fall naß werden durften – sie waren schwerer zu ersetzen als Proviant, schwerer sogar als Sohlenleder. Im Halbdunkel schleppten sie sich weiter, das Zeug hing ihnen naß und schwer am Leibe. Der Boden unter ihren Füßen sog sich voll und wurde weich und schwammig, und das Unwetter wollte nicht aufhören. Der Donner rollte, die Blitze zuckten und erhellten die Finsternis unter den Bäumen.
»Wie weit noch?« fragte Hornblower Marie.
»Etwa zwei und eine halbe Meile.«
Das waren noch drei Marschstunden. Bis dahin war es beinahe, wenn nicht schon ganz finster.
»Der Regen wird die Furt tiefer machen«, sagte Marie.
»Großer Gott!« entfuhr es Hornblower, ehe er seinen Schreck zu meistern vermochte.
Achtzehn Halbbataillone waren über die Gegend verstreut, um auf sie Jagd zu machen, und er versuchte, mitten hindurch zu entschlüpfen. Alles hatte er aufs Spiel gesetzt, um an dieser unvermuteten Stelle den Übergang zu bewerkstelligen und dadurch die Verfolger wenigstens auf eine

kurze Zeit abzuschütteln. Kamen sie nicht hinüber, dann schwebten sie in höchster Gefahr. Das Quellgebiet des mächtigen Stromes war eine felsige Gegend mit dünner Humusdecke. Jeder stärkere Regen bewirkte da schon nach kurzer Frist ein Steigen des Wasserstandes. Er wandte sich auf seinen müden Beinen um und forderte die Männer auf, ihre Schritte zu beschleunigen. Das mußte er für die ganze übrige Dauer dieses furchtbaren Marsches alle paar Minuten wiederholen, während die Dunkelheit vorzeitig hereinbrach und der Regen ohne Unterlaß herniederrauschte, während die Gäule hinter ihren Führern stolperten und in die Knie gingen, daß die beiden Verwundeten jedesmal vor Schmerzen aufstöhnten. Der Graf saß stumm und vornübergebeugt im Sattel, das Wasser lief in Strömen an ihm herunter. Hornblower konnte ihm anmerken, daß er zu Tode erschöpft war.

Da wurden sie durch Regen und Finsternis von vorn angerufen. Es war ein Mann von Browns Vorhut. Brown hatte den Waldrand erreicht und war nur noch durch das ebene, felsenbestreute Hochwasserbett vom Flußufer getrennt. Sie schlossen auf und machten zuletzt alle unter den letzten Bäumen Halt, während die Späher vorsichtig nach vorn schlichen, um festzustellen, ob nicht sogar diese einsame Uferstrecke durch Patrouillen bewacht war. Man konnte nicht mißtrauisch genug sein, wenn man auch annehmen durfte, daß in einer Nacht wie dieser jeder auf sein Wohl bedachte Posten sich davonmachte, um irgendwo Unterschlupf zu suchen.

»Der Fluß rauscht so laut«, sagte Marie. Man konnte ihn wirklich hier, wo sie auf dem nassen, aufgeweichten Boden lagerten, sogar trotz des strömenden Regens deutlich hören. Hornblower wagte nicht daran zu denken, was man daraus schließen mußte.

Browns Melder kam zurück, er hatte das Flußufer erkundet und, wie erwartet, keine Spur vom Feind entdeckt.

Die Division Clausen mußte sich schon weit genug auseinanderziehen, wenn sie nur die Punkte im Auge behalten wollte, an denen sie den Gegner vermutete, sie konnte sich nicht darauf einlassen, auch an Stellen aufzutreten, an denen sie sein Erscheinen für unwahrscheinlich hielt. Mühsam rafften sie sich wieder auf, Hornblower litt von neuem brennende Schmerzen, sobald sein Körpergewicht wieder auf den wundgelaufenen Füßen ruhte. Er konnte anfänglich kaum gehen, auch seine Beine waren steif und müde und wollten ihm einfach nicht gehorchen. Der Graf kam zwar in den Sattel, aber sein armes Tier schien genauso fußmüde zu sein wie Hornblower selbst. Ein trauriges Häuflein, hinkten, humpelten und stolperten sie in die sinkende Nacht hinein. Es hatte längst aufgehört zu donnern, aber der Regen rauschte immer noch gleich stark vom Himmel herab. Sicherlich hielt er die ganze Nacht über an.

Da schimmerte im Halbdunkel vor ihnen ein hellerer Streif, die wirbelnde Wasserfläche der Loire.

»Die Furt beginnt weiter unten, dort bei jenen Bäumen«, sagte Marie. »Sie besteht aus einem Riff, das sich schräg flußaufwärts bis in die Mitte des Flußbettes zieht. Mit seiner Hilfe kommt man über die tiefe Rinne hinweg.«

»Also los!« sagte Hornblower. Er war von Schmerzen und Müdigkeit so mitgenommen, daß er die letzte halbe Meile auf Händen und Knien zurückgelegt hätte, um nur endlich ans Ziel zu kommen.

Sie erreichten das Ufer. Die jagenden Wassermassen schäumten brodelnd zwischen den Felsbrocken zu ihren Füßen.

»Es ist schon zu tief«, sagte Marie. Damit sprach sie aus, was alle längst im stillen befürchtet hatten. Ihre Stimme verriet nichts, die Worte hatten keinen Klang, sie waren wie abgestorben.

»Ich nehme einen Gaul und versuche es dennoch«, fuhr sie dann fort. »Helft einmal Pierre aus dem Sattel.«

»Lassen Sie lieber mich versuchen, Madame«, sagte Brown, aber Marie beachtete ihn gar nicht.

Sie raffte ihre Röcke und setzte sich im Herrensitz in den Sattel. Dann drängte sie das Pferd vorwärts ins Wasser. Das Tier scheute und wäre zwischen den unter Wasser verborgenen Felsen beinahe gestürzt. Dann tastete es sich, von Marie mit Schenkeln und Sporen gedrängt, mit größtem Widerstreben langsam weiter hinein. Das Wasser reichte ihm schon fast bis an den Gurt, dabei hatte es, wie Hornblower annahm, noch nicht einmal das Ende des Felsenriffs erreicht, von dem Marie vorhin gesprochen hatte. Diese mußte dem widerstrebenden Gaul wiederum mit Gewalt ihren Willen aufzwingen, bis er sich endlich dazu bewegen ließ, weiterzugehen. Er machte noch drei Schritte ... da ... nun hatte er plötzlich keinen Grund mehr. Er versuchte verzweifelt in dem felsenübersäten Flußbett wieder Fuß zu fassen, war aber im nächsten Augenblick fast ganz verschwunden und wirbelte dann mit entsetzlicher Geschwindigkeit stromab, ehe er endlich wieder Grund unter seine Hufe bekam. Dabei flog Marie aus dem Sattel, hielt sich aber irgendwie am Sattelknopf und entging wie durch ein Wunder den Hufen des aufgeregten Tieres, das mit aller Kraft zum diesseitigen Ufer zurückstrebte. Marie kletterte endlich mühsam aufs Trockne, ihre nassen Kleider schlugen ihr schwer um die Glieder. Die anderen hatten dem Unternehmen schweigend zugesehen. Selbst in dem Augenblick, in dem Marie in höchster Lebensgefahr schwebte, hatte keiner von ihnen einen Laut von sich gegeben. Nun stand es unzweifelhaft fest: Die Furt war unpassierbar.

»Jetzt müßten wir eben alle auf dem Wasser wandeln können, nicht nur

Mylord«, sagte eine Stimme im Hintergrund. Sollte das ein Scherz sein? Jeder, der die Worte hörte, wußte, daß es keiner war.
Hornblower schüttelte seine Benommenheit ab, er mußte denken, planen, Entschlüsse fassen, führen.
»Ihr könnt es aber nicht«, sagte er. »Das kann nur ich allein, und schwimmen wollt ihr doch nicht. Oder? Also marschieren wir am Ufer entlang, bis wir ein Boot finden. Für ein Boot will ich gern zehn Wunder eintauschen.«
Der Vorschlag wurde mit gedrücktem Schweigen aufgenommen. Dabei stellte sich Hornblower die Frage, ob die Männer auch nur halb so müde waren wie er selbst. Er zwang sich mit Gewalt aufzustehen und verbiß mit Aufwand seiner ganzen Willenskraft die furchtbaren Schmerzen an den wunden Füßen.
»Los«, sagte er. »Hier können wir auf keinen Fall bleiben.«
Ein Guerillaführer wäre nicht bei Troste, wenn er sein Nachtlager am Ufer eines unüberschreitbaren Flusses aufschlüge, wo er am leichtesten zu umzingeln ist. Wenn es so weiterregnete, mußten sie mindestens noch vierundzwanzig Stunden zuwarten, ehe diese Furt wieder benutzbar wurde.
»Los!« wiederholte er. »Auf, Franzosen!«
Es war vergebens. Sie versagten ihm den Gehorsam. Nur einige wenige richteten sich zögernd auf, die Mehrzahl vergewisserte sich nur mit einem Blick, wie sich die Kameraden verhielten, und ließ sich dann gleich wieder zurückfallen. Sie blieben ganz einfach liegen, die einen auf dem Rücken, die anderen mit dem Gesicht auf den gekreuzten Armen. Der Regen strömte immer noch auf sie herab, sie achteten nicht darauf.
»Eine Stunde Rast«, sagte eine bittende Stimme.
Ein anderer – Hornblower meinte den jungen Jean zu erkennen, der noch keine siebzehn Jahre zählte – begann laut und hemmungslos zu schluchzen. Die Leute waren offensichtlich am Ende ihrer Kräfte. Ein anderer, dachte Hornblower, ein Mann, der sich besser darauf verstand, die trägen Geister aufzurütteln, hätte sie vielleicht auch jetzt noch dazu vermocht, sich wieder in Bewegung zu setzen. Er selbst war jedenfalls nicht mehr dazu imstande. Wäre die Furt gangbar gewesen, dann hätten sie den Fluß überschritten und hätten sich schließlich auch am anderen Ufer noch ein paar Meilen landeinwärts geschleppt, aber angesichts dieser furchtbaren Enttäuschung waren sie für heute einfach zu nichts mehr zu gebrauchen. Schließlich wußten sie ja genausogut wie er selbst, daß es keinen Zweck mehr hatte, etwas zu unternehmen. Der Aufstand war so oder so zu Ende, ganz gleich, ob sie weitermarschierten, bis sie tot zusammenbrachen, oder ob sie jetzt und hier Schluß machten. Das Unwetter und das Hochwasser, das die Furt unpassierbar machte, hatten dem Unter-

nehmen den Garaus gemacht. Die Männer hatten im Laufe dieses Guerillakrieges ein scharfes Auge für die wirkliche Lage bekommen und wußten genau, daß alles, was sie jetzt noch unternahmen, nur noch den Wert einer Geste besaß. Sie kannten außerdem alle Clausens Aufruf, der ihnen Straflosigkeit zusagte. Brown stand an seiner Seite, er sagte nichts, aber sein Schweigen sprach deutlicher als Worte. Seine Hand lag am Griff der Pistole, die in seinem Gürtel stak.

Hornblower überlegte weiter. Da waren zunächst Brown, er selbst und Marie, dazu kamen der Graf und Annette, deren Leistungsfähigkeit freilich recht begrenzt war, und wenn es hoch kam, noch zwei, drei andere Männer, Leute wie zum Beispiel der alte Fermiac. Damit waren aber schon alle aufgezählt, auf die er sich verlassen konnte.

Für den Augenblick genügte das. Er konnte ein paar der hartnäckigsten Gehorsamsverweigerer niederschießen, dann würde sich der Rest wohl dazu bequemen, aufzustehen, und schließlich auch mit verbissener Wut weitermarschieren. Wie aber wollte er diese widerspenstige Gesellschaft während eines Nachtmarsches zusammenhalten? Da fiel es doch allzu leicht, sich seitwärts in die Büsche zu schlagen und, wenn sich gar einer der Männer von Wut und Verzweiflung hinreißen ließ, dann war es für ihn verdammt einfach, ihm auf dem Marsch ein Messer in den Rücken zu stoßen oder die Mündung seiner Muskete gegen die Rippen zu halten und auf den Abzug zu drücken.

Er war bereit, diese Gefahr auf sich zu nehmen, er war bereit, ein paar von den Unzufriedenen niederzustrecken. Konnte er sich aber von einem solchen Vorgehen irgendeinen greifbaren Vorteil versprechen? Nein. Also blieb ihm jetzt nur noch ein einziger Ausweg, der letzte, der dem in die Enge getriebenen Freischarführer offensteht, nämlich der, seine Bande aufzulösen und auf eine bessere Zukunft zu hoffen. Das war gewiß eine bittere Pille, vor allem angesichts der tödlichen Gefahr, in der Marie und der Graf schwebten. Aber es stand ihm eben nicht mehr frei, unter mehreren Möglichkeiten eine günstige zu wählen, er mußte vielmehr bescheiden Schlimmes auf sich nehmen, um Schlimmstes zu verhüten. Schrecken der Niederlage ...

»Gut also«, sagte er, »dann werden wir hier voneinander Abschied nehmen.«

Einige der Männer fuhren hoch, als sie diese Worte hörten.

»'Oratio!« fuhr Marie auf, aber dann blieb sie stumm. Sie hatte es gelernt, sich unterzuordnen.

»Euer Leben ist nicht in Gefahr«, sprach Hornblower weiter. »Ihr habt alle den Aufruf Clausens gelesen. Morgen oder, wenn ihr wollt, heute abend noch könnt ihr euch bei seinen Truppen melden und die Waffen niederlegen. Dann dürft ihr nach Hause gehen. Madame, der Herr Graf und ich aber werden den Kampf fortsetzen, weil uns keine andere Wahl bleibt. Wir würden allerdings auch weiterkämpfen, wenn wir nicht müßten.«

Die Männer hörten diese Worte in bestürztem Schweigen an, niemand regte sich, man hörte aus dem Dunkel keinen Laut. Diese vierzehn Tage voller Mühsal, Härte und Gefahr, die sie nun hinter sich hatten, kamen den meisten nachträglich so lang vor wie ein ganzes Leben, und es wollte einem nun einmal nicht so leicht in den Kopf, daß man ein ganzes Leben hinter sich hatte.

»Aber wir kommen wieder«, fuhr Hornblower fort. »Vergeßt uns nicht, wenn ihr zu Hause seid, denkt an uns. Wir kommen bestimmt wieder und rufen euch von neuem zu den Waffen. Dann scharen wir uns wieder alle, alle zusammen, um den Tyrannen endlich den Todesstoß zu versetzen. Vergeßt das nicht. Und nun noch ein letztes Hoch dem König! Vive le Roi!«

Das Hoch klang in der nassen Dunkelheit recht verzagt, aber Hornblower hatte doch das erreicht, was er sich vorgenommen hatte. Die Saat für eine künftige, zweite Erhebung war gesät. Sobald Clausens Division von hier verschwand, brauchte nur ein Führer aufzutreten, brauchten nur er und der Graf eines Tages wieder hier aufzutauchen, und das ganze Nivernais stand sofort wieder in Flammen. Das war nur ein leiser, ferner Hoffnungsschimmer, es war das einzige, was ihnen jetzt noch blieb.

»In Gottes Namen!« sagte Fermiac. »Ich bleibe bei Euch.«

»Ich auch«, hörte man eine zweite Stimme aus dem Dunkel.

Vielleicht gelang es ihm jetzt, bei diesen temperamentvollen Franzosen mit ein paar überschwenglichen Worten doch noch eine Begeisterung zu entzünden, die die ganze Schar noch einmal zur Fortsetzung des Marsches bewog. Der Gedanke hatte für Hornblower etwas Verlockendes, aber er zwang sich dazu, alles Für und Wider noch einmal kühl gegeneinander abzuwägen. Er kam zu dem Ergebnis, daß ein bißchen exaltierter Überschwang nicht ausreichte, nicht lange genug vorhielt, um die müden Beine der Männer in Schwung zu halten. Einige von ihnen konnten buchstäblich nicht weiter. Nein, es hatte keinen Zweck. Wenn der morgige Tag dämmerte, hatte er höchstens noch sechs Mann bei sich, das wußte er. Dann war nur kostbare, unwiederbringliche Zeit verloren.

»Ich danke euch«, sagte Hornblower. »Ich werde dir deine Treue nicht vergessen, Freund Fermiac. Aber jetzt müssen wir reiten, und zwar ohne Verzug. Wir sind zu viert und haben sechs Pferde, das gibt uns gute Aussicht, zu entkommen. Du aber geh zu deiner Frau zurück, Fermiac, und versuch es einmal, ihr am Samstagabend die Prügel zu ersparen.«

Mit dieser Bemerkung erntete er trotz aller Tragik dieses Augenblicks noch ein Gelächter. Das war ihm recht, denn es trug dazu bei, die dumpfe Verzweiflung zu verscheuchen, und er wünschte sich im Hinblick auf die Zukunftsmöglichkeiten, daß die Leute jetzt besonnen und mit klaren Köpfen auseinandergingen. Und doch ahnte er schon, daß aus dieser Zukunft nie Wirklichkeit werden würde. Er ahnte es nicht nur, er wußte es in tiefster Seele, sein ganzes Wesen war durchdrungen von der Überzeugung, daß es aus, endgültig aus war. Er wußte es, während er den Befehl gab, den Packpferden die Traglasten abzunehmen, ja sogar, während er Brown mit grausamen Worten dazu drängte, Annette zurückzulassen, damit wenigstens die in Sicherheit war. Für ihn selbst gab es nur noch den Tod, vielleicht stand Brown das gleiche Schicksal bevor. Und Marie, ach, die gute, liebe Marie ... Ein Sturm von Gefühlen raste durch seine Seele, Rührung, Mitleid, Selbstverachtung, Unsicherheit, Furcht und Reue brandeten gleich Wogen in ihm auf, nur seine Liebe blieb von diesem Aufruhr unberührt und gewann immer mehr Macht über ihn. Es war so, daß ihr geliebter Name jeden seiner Gedanken begleitete, daß ihm bei allen Vorstellungen, die sich in seinem Geiste formten, stets auch ihr liebes Bild vor Augen stand. Marie – du süßestes geliebtestes Wesen! Sie führte das eine der freien Pferde, Brown das andere, die vier besten von den sechs hatten sie als Reitpferde ausgewählt. Die Tiere rutschten und stolperten in dem steinigen Ufergelände, bis sie endlich den Pfad erreichten, der auf der Uferhöhe den Fluß entlangführte. Mutlos und niedergeschlagen ritten sie im Schritt durch die nächtliche Finsternis. Hornblower konnte sich vor Müdigkeit kaum im Sattel halten, dazu befielen ihn jetzt auch noch Schwindel und Übelkeit, so daß er sich am Sattelknopf festhalten mußte, um nicht vom Pferd zu stürzen. Als er für eine Sekunde die Augen schloß, hatte er sogleich das Gefühl, als glitte er einen endlosen, glatten Hang hinunter, so wie er damals vor vier Jahren mit dem Boot die Stromschnelle der Loire hinabgeschossen war. Als er wieder zu sich kam, hatte er schon fast den Halt verloren, mit einem Ruck richtete er sich auf und klammerte sich wie ein Ertrinkender an seinen Sattelknopf. Unten, am Fuß des Hanges, hatte er Marie erblickt, die ihn dort mit liebestrahlenden Augen erwartete.

Er schüttelte diese Wahnvorstellung von sich ab. Es war höchste Zeit, einen vernünftigen Plan zu machen und zu überlegen, wie sie am besten entkamen. Dazu stellte er sich im Geist das Kartenbild der Gegend vor und merkte darin alles an, was er über die Verteilung der fliegenden Abteilungen Clausens in Erfahrung gebracht hatte. Ihre Sperrlinie bildete etwa einen Halbkreis, der sich an den Fluß als Durchmesser anlehnte. Er selbst befand sich zur Zeit in der Mitte dieses Durchmessers. Bisher hatte er sich in dieser gefährlichen Lage an die Hoffnung geklammert, daß es ihm möglich sein werde, mit Hilfe der von Marie bezeichneten Furt über den Fluß zu entkommen. Ein Halbbataillon der 14. Legers war ihnen, wie er erfahren hatte, hart auf den Fersen. Offenbar hatten diese Truppen Befehl, ihm nachzusetzen, während ihm die anderen den Weg verlegen sollten. Bei Anbruch der Nacht war dieses Halbbataillon wahrscheinlich sechs bis sieben Meilen hinter ihm gewesen, hoffentlich hatte sein Chef nicht befohlen, den Marsch auch nachts fortzusetzen, was nur zu leicht möglich war. Sollte er nun versuchen, den Ring, der um sie gezogen war, zu durchbrechen, oder war es besser, wenn sie über den Fluß zu entkommen trachteten?

Das Pferd des Grafen, der vor ihm ritt, stürzte plötzlich mit einem dumpfen Krach zusammen, und er selbst wäre beinahe aus dem Sattel geflogen, als sein eigener Gaul einen Seitensprung machte, um den anderen nicht zu treten.

»Sind Sie verletzt, Sir?« hörte er gleich darauf Brown im Dunkeln fragen. Brown mußte trotz der Behinderung durch sein Handpferd sofort aus dem Sattel geglitten sein.

»Nein«, sagte der Graf, »aber das Pferd, fürchte ich.«

Nach einiger Zeit ließ sich Brown wieder hören: »Jawohl, Sir, es hat sich die Schulter ausgerenkt. Ich werde an seiner Stelle das Handpferd satteln.«

»Bist du auch sicher nicht verletzt, Vater?« fragte Marie. Diese vertrauliche Anrede war zwischen ihnen keineswegs die Regel.

»Nein, mein Liebling, nicht im geringsten«, sagte der Graf so verbindlich, als säße er behaglich in seinem Salon.

»Wenn wir den Gaul zurücklassen, Mylord«, sagte Brown, »dann finden sie ihn, wenn sie hier vorüberkommen.«

Mit »sie« waren natürlich die Verfolger gemeint.

»Ja«, sagte Hornblower.

»Ich möchte ihn vom Weg fortschaffen und erschießen, Mylord.«

»Du wirst ihn nicht weit führen können«, sagte der Graf.

»Vielleicht genügen schon ein paar Meter«, sagte Brown.

»Wollen Sie bitte so gut sein, einstweilen diese beiden Pferde zu halten.«

Sie saßen und standen umher, während Brown das arme Tier dazu brachte, mit ihm an die Stelle zu humpeln, wo es von seinen Leiden Erlösung finden sollte. Im eintönigen Geriesel des Regens hörten sie das Knacken der versagenden Pistole. Sie warteten, bis Brown neues Zündpulver aufgeschüttet hatte, dann krachte endlich der Schuß.

»Danke, Sir«, hörte Hornblower wieder die Stimme Browns. Wahrscheinlich hatte er sein Pferd wieder übernommen, das ihm der Graf solange gehalten hatte. Dann fügte Brown hinzu: »Darf ich jetzt Ihr Handpferd übernehmen, Madame?«

In diesem Augenblick kam Hornblower zu seinem Entschluß.

»Wir wollen noch ein Stück am Ufer entlangreiten«, sagte er, »dann können wir bis zum Morgengrauen Rast machen. Und morgen früh versuchen wir, gleich über den Fluß zu setzen.«

20

In dieser Nacht fanden sie sehr wenig Schlaf, alles zusammengerechnet, wenn es hoch kam, eine Stunde, denn trotz ihrer Müdigkeit fielen ihnen die Augen immer nur auf Minutendauer zu. Ihre Sachen waren ja völlig durchnäßt, und der Lagerplatz ließ alles zu wünschen übrig. Sie hatten zwar trotz Dunkelheit ein Stückchen grasbewachsenen Uferhang entdeckt, auf dem man einigermaßen liegen konnte, aber man fühlte eben doch den harten Felsboden durch, der dicht unter der dünnen Grasnarbe lag. Sie waren jedoch so müde und hatten in letzter Zeit so wenig Schlaf bekommen, daß sie dennoch hie und da auf kurze Zeit in eine dumpfe Bewußtlosigkeit hinüberglitten und die Kälte und ihre schmerzenden Glieder vergaßen. Nichts war natürlicher, als daß Hornblower und Marie einander eng umschlungen hielten. Sein Mantel diente ihnen als Unterlage, mit dem ihrigen deckten sie sich zu. So wärmten sie sich gegenseitig. Wahrscheinlich hätten sie in dieser Umarmung auch dann am besten geruht, wenn sie einander nichts bedeutet hätten, in gewisser Hinsicht war das ja im Augenblick auch wirklich der Fall, weil sie beide todmüde waren. Wenn Hornblowers Herz auch jetzt von zärtlichster Liebe erfüllt war, dann hatte das nichts mit dem Umstand zu tun, daß sich sein zerschlagener Körper so eng an den ihrigen schmiegen durfte. Kälte und Müdigkeit ließen keine Leidenschaft aufkommen. Aber da lag Marie in der dunklen Nacht, ihr Arm lag über ihm, sie war jünger als er, sie war nicht so müde. Vielleicht war darum auch ihre Liebe wärmer und inniger. Ehe noch der Tag anbrach, hörte der Regen auf, da durfte sie eine halbe Stunde lautersten Glücks erleben. Hornblower lag friedlich schlafend neben ihr, sein Kopf ruhte auf ihrer Schulter – er gehörte ganz ihr. Weit hinter ihnen lag der Krieg, vor ihnen stand der Tod – in diesem Augenblick gab es keine Macht, die es vermocht hätte, sie zu trennen. Vielleicht war das die glücklichste halbe Stunde, die ihr Hornblower je geschenkt hatte.

Hornblower erwachte im ersten Morgengrauen. Ein schwerer Nebel lag über dem Fluß und den von Nässe vollgesogenen Feldern. In wenigen

Metern Entfernung entdeckte er in dem dichten, weißen Dunst ein schattenhaftes Etwas. Mit einiger Mühe stellte er fest, daß es der Graf war, der in seinen Mantel gehüllt auf dem Boden saß. Brown lag neben ihm und schnarchte leise – offenbar hatten auch sie beide Seite an Seite geschlafen. Bis Hornblower seine fünf Sinne wieder beisammen hatte, vergingen noch einige Sekunden, der erste Eindruck, den er bewußt in sich aufnahm, war das Rauschen des reißenden Flusses, der in nächster Nähe vorüberströmte. Als er sich aufsetzte, erwachte auch Marie an seiner Seite. Beim Aufstehen wurde er in peinlichster Weise an seine schmerzenden Gelenke und an die Blasen an seinen Füßen erinnert. Es war schwer, diese Schmerzen zu verbeißen, sie waren so furchtbar wie irgendeine der peinvollen Erfindungen des Mittelalters. Dennoch verlor er kein Wort darüber.
Bald waren sie wieder unterwegs, der Zustand ihrer Pferde schien sich seit dem Abend vorher um kein Haar gebessert zu haben. Ein Leben, wie sie es führten, war eben ganz dazu angetan, Pferden den Garaus zu machen. Der Nebel lichtete sich rasch, Hornblower erwartete einen jener Sommertage mit Sonne und frischer Brise, die für Mittelfrankreich so typisch sind. Er konnte annehmen, daß der Nebel spätestens in einer Stunde verschwunden war. Neben ihnen rauschte und sang der Fluß, wenn die Schwaden einmal dünner waren, konnte er seine weite, graue, mit weißen Schaumstreifen überzogene Fläche erkennen. Nicht weit zu ihrer Rechten verlief die große Straße nach Briare und Paris, sie selbst folgten dem Landweg, der am Rande des Hochwasserbettes entlangführte. Während sie so neben dem Fluß hinritten, überschlug Hornblower rasch, wie er das Übersetzen bewerkstelligen könnte. Unter der weiten Wasserfläche verbarg sich eine Menge flacher Bänke, die sich, wie sie alle wußten, über einen wesentlichen Teil der gesamten Breite erstreckten. Die Hauptwassermasse strömte durch eine einzige tiefe Rinne, die bald an diesem, bald an jenem Ufer und zuweilen auch in der Mitte verlief – wie gut wußte er das noch von damals, als er mit seiner kleinen Nußschale flußabwärts getrieben war, um der Gefangenschaft zu entgehen!
Wenn sie nur über diese tiefe Rinne hinübergelangten und die Pferde dazu brachten, sie zu durchschwimmen, die flachen Strecken boten dann keine Schwierigkeiten. Mariens Furt war ein quer über die Rinne verlaufendes Felsband, das so dicht unter der Oberfläche lag, daß man bei niedrigem Wasserstand darüberwaten konnte. Da dieses Riff ihnen den Dienst versagt hatte, mußten sie sich eben auf andere Mittel besinnen. Ein kleines Ruderboot, wie es die meisten am Flußufer gelegenen Bauernhöfe besaßen, genügte vollauf, um ihnen auf die andere Seite hinüberzuhelfen. Hätten sie Mariens Furt benutzen können, so wäre das natürlich weit besser gewesen, weil sie dann den Verfolgern keinen Anhaltspunkt

dafür geboten hätten, daß sie vom diesseitigen Ufer verschwunden waren, aber auch das weniger Günstige war als Lösung immer noch besser als gar nichts. Waren sie erst drüben, dann konnten sie sich frische Pferde stehlen und die Verfolger mit deren Hilfe abschütteln. Der Graf brummte etwas in seinen Bart, als Hornblower das Wort »stehlen« gebrauchte, aber er ging nicht so weit, seinen Einspruch in Worte zu kleiden.

Die Sonne brach durch den Nebel, sie stand dicht über dem Höhenzug zu ihrer Rechten, nur der Fluß dampfte noch ein wenig. Man konnte damit rechnen, daß der Tag sehr heiß würde. Endlich sahen sie, was sie suchten: An die schützenden Höhen geschmiegt, lag dicht am Flußufer ein kleines Bauernhaus mit ein paar Nebengebäuden. Die Sonne schien auf sein Dach, das sich groß und dunkel gegen die brodelnden, weißen Schwaden abhob. Der Instinkt des Feldsoldaten veranlaßte sie sofort, Deckung zu nehmen. Sie schwenkten in eine tiefe, weidenbestandene Mulde ab und stiegen dort von ihren Pferden.

»Gestatten Sie mir, daß ich weiter vorgehe, Mylord?« fragte Brown. Wenn er sich auch jetzt noch dieser formvollendeten Redeweise bediente und betont die Haltung eines wohlerzogenen Dieners einnahm, dann war das vielleicht seine Weise, sich in dieser verzweifelten Lage die Besonnenheit und den klaren Verstand zu erhalten.

»Ja, geh nur los«, sagte Hornblower.

Brown schlich sich also mit größter Vorsicht an das Gehöft heran, und Hornblower selbst schob sich so weit vor, daß er ihn dabei gut beobachten konnte. Befanden sich hier oder in der Nähe Truppen, dann saßen sie in der Falle. Wenn wirklich Soldaten hier waren, dann konnte man allerdings annehmen, daß sie sich um diese Morgenstunde im Umkreis der Baulichkeiten irgendwie bemerkbar machten. Das war nicht der Fall, es war kein Uniformierter zu sehen. Während Hornblower das Haus im Auge hatte, erschien nur eine junge Frau und etwas später ein alter Mann. Aber gleich darauf machte er noch eine andere Entdeckung, die ihn so mit freudiger Erwartung und neuer Hoffnung erfüllte, daß es ihm förmlich den Atem verschlug. Dort auf dem felsigen Flußufer unmittelbar am Rande des Wassers und gleich unterhalb des Anwesens lag deutlich erkennbar ein Boot – die Umrisse ließen keinen Zweifel, daß es wirklich ein Boot war. Unterdessen wollte die junge Frau wohl in den Weinberg gehen, der sich hinter dem Gehöft den Hang hinaufzog. Dabei entdeckte sie Brown, der sich in einem Graben versteckt gehalten hatte. Hornblower sah die beiden miteinander reden, sah dann, wie Brown sich erhob und schließlich auf das Haus zuging. Eine Minute später tauchte er schon wieder auf und winkte mit dem Arm, um ihnen anzuzeigen, daß die Luft rein war. Also saßen sie wieder auf, Marie führte Browns Pferd. Hornblower das überzählige. So trabten sie auf das Bauernhaus zu. Brown erwartete sie, seine Pistole stak schußbereit im Gürtel, der Alte starrte sie fassungslos an. Kein Wunder, dachte Hornblower, sie boten auch wirklich einen staunenswerten Anblick, schmutzig, durchnäßt und unrasiert wie sie waren. Marie sah aus wie eine richtige Bettlerdirne.

»Die Froschfresser waren gestern hier, Mylord«, sagte Brown.

»Kavallerie! Soweit ich feststellen konnte, die gleichen Husaren, die wir vergangene Woche geschlagen haben. Gestern früh sind sie abgerückt.«

»Das ist gut«, sagte Hornblower. »Nun wollen wir sofort das Boot zu Wasser bringen.«

»Das Boot!« rief der Alte, der sie immer noch anstarrte. »Ach, das Boot!«

»Was ist denn damit los, warum sagst du das?« entfuhr es Hornblower. Er fragte sich erschrocken, welchen neuen Schlag ihm das Schicksal versetzen wollte.

»Schauen Sie sich das Boot einmal an«, sagte der alte Mann.

Sie gingen hin. Irgendwer hatte dem Boot mit einer Axt vier kräftige Hiebe versetzt, der Boden war an vier verschiedenen Stellen eingeschlagen.

»Das haben die Husaren getan«, jammerte der Alte und ließ es sich nicht nehmen, das schreckliche Erlebnis in aller Breite zu schildern.

»›Haut das Boot kaputt!‹ sagte der Offizier. Da haben sie es kaputtgehauen.«

Die Verfolger waren sich natürlich genauso wie Hornblower völlig im klaren, daß es besonders wichtig war, ihnen das Übersetzen unmöglich zu machen. Deshalb hatten sie auch alle denkbaren Maßnahmen getroffen, um jeden, der nicht ausdrücklich befugt war, wirksam an der Überfahrt zu verhindern. Mariens Furt hätte ihnen die unschätzbare Möglichkeit geboten, diese Absichten zu durchkreuzen, wenn sie gestern imstande gewesen wären, sie zu benutzen.

Das war, weiß Gott, wieder ein harter Schlag. Hornblower blickte verzweifelt auf den tosenden Fluß hinaus und dann über die Felder und Weingärten hin, die warm im Licht des jungen Tages hingebreitet lagen. Marie und der Graf warteten auf seinen Entschluß.

»Wir können das Boot schwimmfähig machen«, sagte Hornblower. »Die Riemen sind noch da. Unter den Duchten befestigen wir zwei leere Fässer – da man hier Wein baut, werden wohl auch Fässer zu finden sein. Die Schäden können wir notdürftig flicken, die Lecks verstopfen wir, so gut es in der Eile geht. Die Fässer geben uns genügend Auftrieb, daß wir heil ans andere Ufer gelangen. Brown, wir beide machen uns sofort an die Arbeit.«

»Aye, aye, Sir«, sagte Brown. »Dort im Wagenschuppen finden wir sicher das nötige Werkzeug.«
Die Arbeit nahm doch einige Stunden in Anspruch. Es war daher unbedingt nötig, daß sie sich gegen Überraschung schützten.
»Marie!« sagte Hornblower.
»Ja, 'Oratio?«
»Reite du auf die Höhe über dem Weinberg und beobachte von dort die Landstraße. Aber halte dich und dein Pferd gut versteckt.«
»Ja, 'Oratio.«
Einfach »Ja 'Oratio«, dachte Hornblower. Jede andere Frau hätte ihm mit Worten oder durch den Ton ihrer Antwort zu verstehen gegeben, daß der letzte Satz seiner Anweisung für einen Sachkundigen selbstverständlich und daher überflüssig war. Nicht so Marie. Sie war in stummem Gehorsam aufgesessen und davongeritten. Dann sah er den Grafen an. Eigentlich wollte er ihn auffordern, sich ein bißchen auszuruhen, da er bemerkte, daß sein Gesicht vor Anstrengung so grau war wie die dichten Stoppeln, die seine Wangen bedeckten. Aber er brachte es nicht über sich, ihm das mit dürren Worten zu sagen. Übrigens wäre es auch bestimmt nicht das richtige Mittel gewesen, die Gemütsverfassung des alten Herrn günstig zu beeinflussen. Das aber schien ihm das Allerwichtigste zu sein.
»Wir werden bald Ihre Hilfe brauchen«, sagte er, »dürfen wir auf Sie zählen, wenn es soweit ist?«
»Gewiß, natürlich«, sagte der Graf.
Brown erschien mit einer Anzahl Faßdauben, Hämmern, Nägeln und ein paar Leinen.
»Ausgezeichnet!« sagte Hornblower.
Sie machten sich in fieberhafter Eile ans Werk. An zwei Stellen waren nicht nur die Außenhautplanken eingeschlagen, sondern auch die Spanten gebrochen. Die Lecks zu stopfen, war verhältnismäßig einfach, die gebrochenen Spanten dagegen stellten sie vor eine ungleich schwierigere Aufgabe. Um die rasche Strömung des Flusses zu kreuzen, mußten sie sich mit aller Kraft in die Riemen legen. Dadurch wurde das Boot in seinen Verbänden so beansprucht, daß es ihnen womöglich aufbrach. Das beste Mittel zu seiner Versteifung bestand darin, die Außenhaut durch eine oder zwei diagonal aufgenagelte Plankenlagen zu verstärken.
»Wenn wir das Boot umdrehen, können wir genau sehen, wie es damit aussieht.«
Mit lauten Hammerschlägen trieben sie die Nägel ins Holz, schlugen sie die hervorstehenden Nagelspitzen um. Hornblower dachte immer wieder daran, wie kräftig sie an den Riemen holen mußten, um das Boot heil durch dieses wirbelnde, strudelnde Gewässer zu bringen. Dabei wurden

natürlich die Längs- wie die Querverbände des kleinen Schiffchens nicht wenig in Anspruch genommen. Sie arbeiteten beide wie die Wilden. Unterdessen machte sich der Alte fortwährend in ihrer Nähe zu schaffen. Nach seiner Erfahrung, meinte er, müßten die Husaren jeden Augenblick wieder erscheinen, da sie dauernd dem Flußufer entlang patrouillierten. Das sagte er ihnen mit jenem offenkundigen Behagen, das diese Art Leute immer zu empfinden scheinen, wenn sie anderen etwas Unangenehmes mitzuteilen haben.

Er hatte seine Warnung kaum wiederholt, als nahendes Hufgeklapper sie von ihrer Arbeit aufblicken ließ. Es war Marie, die ihr Pferd mit aller Geschwindigkeit, deren das Tier fähig war, den Hang herabtrieb.

»Husaren!« sagte sie kurz. »Sie kommen auf der Straße von Süden, es sind, glaube ich, zwanzig Mann.«

Sollte das Schicksal wirklich solcher Tücke fähig sein? Nur noch eine Stunde Arbeit, und das Boot war flott.

»Sie kommen bestimmt hierher«, sagte der alte Mann mit hämischem Ausdruck. »Das war immer so.«

Wieder war in Sekundenschnelle ein Entschluß zu fassen. »Wir müssen schleunigst von hier wegreiten und ein Versteck suchen«, sagte Hornblower. »Es gibt keinen anderen Ausweg. Also los!«

»Aber die Arbeiten am Boot, Sir, sie werden sehen, daß wir hier waren«, sagte Brown.

»Sie waren nur noch eine Meile entfernt«, sagte Marie. »In fünf Minuten sind sie hier.«

»Los!« sagte Hornblower. »Herr Graf, bitte sitzen Sie auf.«

»Wenn die Husaren kommen, dann sagst du ihnen, daß *du* das Boot ausgebessert hast«, sagte Brown zu dem alten Bauern. Dabei näherte er sein struppiges Gesicht drohend dem runzligen Gesicht des andern.

»Mach zu, Brown«, sagte Hornblower.

Sie ritten zu der Mulde zurück, in der sie sich vorher versteckt gehalten hatten. Dort angelangt, banden sie die Pferde an den Weiden fest und krochen dann zwischen den umherliegenden Felsbrocken so weit in der Richtung zurück, aus der sie gekommen waren, daß sie das Haus beobachten konnten. Kaum hatten sie sich in ihrem Versteck niedergelassen, da flüsterte Marie:

»Achtung, sie kommen.«

Es war nur eine kleine Patrouille, sechs Mann und ein Unteroffizier. Zuerst kamen hinter dem Höhenkamm nur die gefiederten Kalpaks in Sicht, dann erkannte man die grauen Waffenröcke. Sie trabten auf dem Feldweg am Rand des Weinbergs entlang zum Gehöft. Der Alte erwartete sie am Hofeingang, die Flüchtigen beobachteten von ferne, wie die Soldaten vor ihm das Pferd zügelten und Fragen an ihn richteten. Hornblower stockte der Atem, während er den Alten beobachtete, wie er den Reitern mit zurückgelegtem Kopf Rede und Antwort stand. Er sah, wie der Unteroffizier sich zuletzt im Sattel vorbeugte, den Alten an der Brust packte und ihn wütend zu schütteln begann. Hornblower machte sich keine Hoffnungen mehr, er bekam ohne Zweifel die Wahrheit aus dem Bauern heraus. Jene Drohungen in Clausens Aufruf waren ja keine leeren Redensarten. Der Unteroffizier brauchte nur ein Wort davon fallenzulassen, dann begann der Alte sofort zu reden – wahrscheinlich zögerte er nur so lange damit, weil er sich vor seinem eigenen Gewissen freisprechen wollte. Wieder schüttelte ihn der Unteroffizier, einer der Soldaten ritt derweil, wie es schien von ungefähr, zum Fluß hinunter, dorthin, wo das Boot lag. Unten kehrte er sofort um, kam zurück und machte seinem Vorgesetzten Meldung über die Spuren der Arbeit, die er entdeckt hatte. Jetzt begann der Alte zu sprechen, die Erregung der Husaren schien sogar ihre Pferde anzustecken, denn sie begannen aufgeregt herumzutänzeln. Auf einen Wink des Unteroffiziers ritt einer der Soldaten den Hang hinauf, zweifellos wollte er den Rest der Schwadron über die Lage unterrichten. Da hob der Alte den Arm und zeigte, welchen Weg sie vorhin genommen hatten. Die Husaren rissen ihre Pferde herum, schwärmten aus und kamen auf sie zugetrabt. Das war das Ende ...

Hornblower sah sich nach seinen Gefährten um, ihre Blicke ruhten fragend auf ihm. Seine Gedanken arbeiteten fieberhaft, während die Sekunden verflogen. Davonzureiten hatte keinen Zweck, die frischen Pferde der Husaren hätten sie in wenigen Minuten eingeholt. Der Graf hatte seine Pistolen gezogen und sah die Zündladungen nach.

»Ich habe meine Muskete an der Furt zurückgelassen«, sagte Marie mit halberstickter Stimme. Auch sie hatte eine Pistole in der Hand.

Brown blieb kühl wie immer und suchte sich mit einem Blick ein Bild von der Lage zu machen.

Jetzt galt es also, bis zum bitteren Ende zu kämpfen.

Das Gefühl, ein endgültiges, ein unentrinnbares Schicksal erleiden zu müssen, das Hornblower vom ersten Tag des Aufstandes an – seit der Unterredung mit der Herzogin von Angoulême – verfolgt hatte, überfiel ihn mit erneuter Gewalt. Dies war also wirklich das Ende. Entweder fiel er jetzt zwischen den Felsen hier oder morgen vor den Mündungen des Hinrichtungskommandos. Beides war kein stolzer Tod, aber vielleicht war es doch noch das bessere Los, hier im Kampf zu sterben. Dennoch begehrte er dagegen auf, es schien ihm unrecht und seltsam ungereimt, daß seinem Leben ein solches Ende drohte. In diesen dunklen Augenblicken blieb ihm der Gleichmut versagt, mit dem die Gefährten offenbar dem Schicksal in die Augen sahen, plötzlich überfiel ihn eiskalte Todesfurcht. Aber so blitzschnell ihn diese Angst angesprungen hatte, so rasch war sie auch wieder verflogen, er war bereit zu kämpfen, bereit, das verlorene Spiel bis zur letzten Karte durchzuspielen.

Ein Soldat kam auf sie zugeritten, er war nur noch wenige Meter von ihnen entfernt. Brown hob seine Pistole und schoß.

»Ach, vorbei!« sagte Brown.

Der Husar riß sein Pferd auf der Hinterhand herum und galoppierte davon, bis er außer Schußweite war. Aber der Knall alarmierte natürlich die ganze übrige Patrouille. Jedenfalls schwenkten die Reiter sofort ab, um außer Gewehrschußweite zu kommen, und zogen sich noch weiter auseinander. Versuchten die Flüchtigen zu entkommen, dann waren sie zu Pferde sofort eingeholt. Man hatte also keine Eile. Die Husaren saßen untätig auf ihren Gäulen und warteten.

So verging eine knappe halbe Stunde, dann trafen bereits Verstärkungen ein. Sie bestanden aus zwei weiteren Trupps unter Führung eines Offiziers, dessen Reiherbusch und goldbestickter Dolman dem überlieferten Stutzertum der Husarenregimenter alle Ehre machten. Der Trompeter neben ihm sah fast genauso prächtig aus. Hornblower beobachtete, wie ihm der Unteroffizier mit erhobener Hand die taktische Lage erklärte, und erkannte dann an den Gesten des Offiziers, wie er seine Leute zum Angriff ansetzen wollte. Er hatte wohl auf den ersten Blick erkannt, daß man in diesem hindernisreichen Gelände keine geschlossene Attacke reiten konnte. Jedenfalls sprangen die neuangekommenen Abteilungen auf sein Kommando rasch aus dem Sattel. Drei Mann führten die ledigen Pferde nach hinten, während die übrigen, den Karabiner schußbereit in der Hand, von zwei Seiten in Schützenlinie gegen die Senke vorgingen.

Unter einigermaßen annehmbaren Kampfbedingungen hätte Hornblower abgesessene, in aufgelöster Ordnung vorgehende Kavalleristen mit ihren langen Stiefeln und Sporen, mit ihren ungenau schießenden Karabinern und ihrer mangelhaften Gefechtsausbildung als Gegner nicht ernst genommen. Wenn aber ihrer fünfzig gegen nur drei Männer und eine Frau vorgingen, die zu ihrer Verteidigung nichts als Pistolen besaßen, dann konnte das nur Niederlage und Tod bedeuten.

»Jeder Schuß muß jetzt sitzen«, sagte Hornblower — das waren seit langem die ersten Worte, die eines von ihnen sprach.

Brown und der Graf lagen in Einschnitten zwischen den Felsen, Marie kroch nach der Seite, so daß sie der flankierenden Kolonne gegenüberlag. Als sich die Schützenlinie bis auf hundert Meter genähert hatte, begannen die Soldaten vorsichtiger zu werden und hinter Buschwerk und Felsen Deckung zu suchen. Offenbar erwarteten sie jeden Augenblick Musketen-

feuer, das jedoch ausblieb. Ein paar schossen sogar ihre Karabiner ab, aber ihre Schüsse waren so wenig gezielt, daß Hornblower nicht einmal die Kugeln pfeifen hörte. Er konnte sich gut vorstellen, was die Männer für diese Munitionsverschwendung nachher von ihrem Vorgesetzten zu hören bekommen würden. Nun gelangten sie aber allmählich in Reichweite der gezogenen Pistolen, die ihm Barbara seinerzeit geschenkt hatte. Er streckte im Liegen den rechten Arm, stützte sein Handgelenk auf den Felsen, der ihm Deckung bot, und zielte lange und sorgfältig auf das beste Ziel, das er in Sicht hatte, einen Husaren, der mit vorgehaltenem Karabiner ungedeckt auf ihn zukam. Dann drückte er ab und sah durch den Rauch des Schusses, wie der Husar herumgerissen wurde und stürzte, sich jedoch im nächsten Augenblick wieder aufsetzte und seine Hand auf den verwundeten Arm preßte. Von plötzlicher Kampfwut gepackt, feuerte Hornblower den zweiten Lauf ab, der Husar fiel zurück und blieb regungslos auf der Stelle liegen. Hornblower aber wurde im gleichen Augenblick wieder nüchtern und verfluchte sein unüberlegtes Handeln. Erstens hatte er einen Schuß vergeudet und zweitens einen verwundeten Mann getötet, der ohnehin für den weiteren Verlauf des Gefechts ausgefallen wäre. Während er seine verschossene Pistole wieder lud und dabei nur mühsam der fieberhaften Hast Herr wurde, die ihn immer wieder befallen wollte, drang vom Gegner wildes Geschrei herüber. Er schüttelte die Pulverladungen in die Läufe, wickelte die Kugeln ein und stieß sie in den Lauf, zuletzt setzte er sorgfältig die Zündhütchen auf ihre Pistons. Trotz ihres Schlachtgeschreis waren die Plänkler drüben anscheinend noch vorsichtiger geworden, als sie ihren Kameraden fallen sahen – keiner wollte gern das nächste, ruhmlose Opfer sein. Da tauchte ein Sergeant auf, der seine Leute aufforderte, vorzugehen. Hornblower zielte und schoß, der Sergeant stürzte nieder. Das war schon besser. In dem Bewußtsein, selbst sterben zu müssen, packte ihn ein wilde Freude daran, andere zu töten. Ringsum knallten jetzt die Karabiner, Hornblower hörte, wie die Kugeln über ihm hinpfiffen.
In diesem Augenblick ertönte eine Trompetenfanfare und ließ alles aufhorchen. Sie wurde wiederholt, Hornblower sah sich suchend um, während das Feuer der Karabiner allmählich erstarb. Der Offizier kam im Schritt auf sie zugeritten und schwenkte dabei ein weißes Taschentuch, der Trompeter ritt dich hinter ihm und blies nach Soldatenbrauch das Signal zum Parlamentieren.
»Soll ich ihm eine Kugel geben, Sir?« fragte Brown.
»Nein«, sagte Hornblower. Es wäre ihm ein Genuß gewesen, den Offizier ins Jenseits mitzunehmen, aber es hätte Bonaparte eine allzu willkommene Gelegenheit geboten, seinen Namen zu beschmutzen und damit die Widerstandsbewegung der Bourbonen in Mißkredit zu bringen. Er

richtete sich hinter seinem Felsen auf die Knie auf und rief: »Keinen Schritt näher!«

Der Offizier zügelte sein Pferd.

»Warum ergeben Sie sich nicht?« rief er zurück. »Weiterer Widerstand ist zwecklos.«

»Welche Bedingungen bieten Sie uns?«

Der Offizier schien nur mit Mühe ein Achselzucken zu unterdrücken. »Ein gerechtes Urteil«, gab er zur Antwort. »Appellieren Sie an die Gnade des Kaisers.«

Die Ironie in diesen Worten konnte nicht beißender sein, wenn sie Absicht gewesen wäre.

»Scher dich zum Teufel!« brüllte Hornblower. »Und nimm deine 10. Husaren mit! Lauf, oder ich schieße!« Er hob die Pistole, der Offizier riß sein Pferd herum und trabte in nicht gerade würdevoller Haltung schleunigst davon.

Wie kam es nur, daß es ihm selbst in diesem Augenblick, kaum eine halbe Stunde vor seinem eigenen Ende, noch Freude machte, diesen Mann zu demütigen? Er hatte doch nur seine Pflicht getan und versucht, das Leben seiner Leute zu schonen. Warum also diese bittere Gehässigkeit? Solche geradezu wahnsinnigen Skrupel schossen Hornblower durch den Kopf, während er sich schon wieder auf den Bauch niederließ und in Anschlag ging. Er nahm sich so lange Zeit, sich verächtlich zu finden, bis ihm eine über seinen Kopf hinwegpfeifende Kugel endlich nahelegte, sich wieder mit dem zu befassen, was um ihn her vorging. Wenn die Husaren nur endlich hochkämen und angriffen, einem halben Dutzend würde es wohl noch das Leben kosten, aber dann wäre es wenigstens schnell überstanden. Nicht weit zu seiner Rechten krachte Mariens Pistole, er sah sich nach ihr um. In diesem Augenblick geschah es. Hornblower hörte die Kugel einschlagen und sah, wie Marie durch die Wucht des Aufpralls halb herumgerissen wurde. Ihr Gesicht trug erst einen verwunderten Ausdruck und verzerrte sich dann in heftigem Schmerz. Ohne zu wissen, was er tat, sprang er zu ihr hin und kniete sich neben sie. Sie war am Oberschenkel getroffen. Hornblower schlug rasch den Rock ihres kurzen Reitkleides hoch. Das eine Bein ihrer schwarzen Reithose war schon ganz blutdurchtränkt. Während er noch überlegte, was zu tun war, sah er das Blut zweimal hochrot pulsen – die Oberschenkelschlagader! Unterbinden – Druck – Hornblower rief sich in der größten Hast alles ins Gedächtnis, was er über erste Hilfe bei Verwundungen gelernt hatte. Er drückte ihr die Finger in die Leistengegend, vergebens, die Falten der Hose vereitelten jeden Versuch, die Arterien zuzudrücken. Dabei war jede Sekunde kostbar. Hastig griff er nach seinem Messer, um ihr die Hose aufzuschneiden, da traf ihn ein schmetternder Schlag gegen die Schulter und schleuderte ihn neben ihr zu Boden. Er hatte nichts vom Angriff der Husaren gehört, nichts von den Pistolenschüssen, mit denen sich Brown und der Graf vergeblich zur Wehr gesetzt hatten. Bis ihn der Kolben des Karabiners niederstreckte, hatte er nicht gewußt, was um ihn her vorging. Auch jetzt raffte er sich sofort wieder auf die Knie hoch, immer nur mit dem einen Gedanken, daß es galt, die Blutung der Schlagader zum Stehen zu bringen. Hatte da neben ihm jemand gerufen? Ein Unteroffizier hielt einen Soldaten im letzten Augenblick davon ab, ihm einen zweiten Hieb zu versetzen, er achtete nicht darauf. Er klappte das Messer auf, aber als er ans Werk ging, spürte er, daß Mariens Körper schlaff und leblos war. Da warf er einen Blick in ihr schmutzverkrustetes Gesicht und sah, daß es unter Schmutz und Sonnenbräune leichenblaß war. Ihr Mund stand offen, und ihre Augen starrten zum Himmel, wie nur die Augen Toter starren. Hornblower kniete vor ihr und sah sie an, sein offenes Messer hielt er noch in der Hand, er war völlig betäubt. Das Messer entglitt seinen Fingern. Da war jemand neben ihm, der wie er auf Marie hinabsah.

»Sie ist tot«, hörte er eine Stimme auf französisch sagen, »ein Jammer!« Der Offizier richtete sich wieder auf, Hornblower lag noch immer vor der Leiche auf den Knien.

»Auf jetzt, komm!« schrie da eine andere, barschere Stimme, und eine Hand rüttelte Hornblower unsanft an der Schulter. Immer noch ganz betäubt, erhob er sich und sah sich um. Da stand der Graf zwischen zwei Husaren, dort saß Brown am Boden und hielt seinen Kopf zwischen den Händen, er erholte sich erst langsam von dem Hieb, der ihn niedergeschmettert hatte, vor ihm aber stand ein Soldat mit schußbereitem Karabiner.

»Madame wäre vor Gericht bestimmt mit dem Leben davongekommen«, sagte der Offizier. Seine Stimme schien aus unendlicher Ferne zu kommen. Der bittere Sinn seiner Bemerkung aber half den Nebel verjagen, der Hornblowers Geist umfangen hielt. Er fuhr mit einer heftigen Bewegung auf, da sprangen auch schon zwei Mann herzu und packten ihn an den Armen. Dabei fuhr ihm ein stechender Schmerz durch die von dem Karabinerhieb getroffene Schulter.

»Ich werde diese Leute hier zum Hauptquartier bringen«, erklärte der Offizier. »Sergeant, schaffen Sie die Leichen in das Bauerngehöft, weitere Befehle bekommen Sie nachher.«

Dem Mund des Grafen entrang sich ein leichtes Stöhnen, das an die Schmerzenslaute eines verletzten Kindes erinnerte.

»Zu Befehl«, sagte der Sergeant.

»Bringt die Pferde hierher«, fuhr der Offizier fort. »Ist der Mann hier so weit, daß er reiten kann? Ja.«
Brown sah sich ganz benommen um, die eine Seite seines Gesichts war verschwollen und übel zugerichtet. Das Ganze war wie ein Traum. Und dort lag Marie und starrte mit toten Augen zum Himmel hinauf.
»Kommt jetzt«, sagte jemand, dann zerrten sie Hornblower an den Armen aus der Mulde heraus. Seine Beine gaben unter ihm nach, die wunden Füße versagten ihren Dienst, er wäre zu Boden gestürzt, hätten sie ihn nicht immer wieder hochgerissen und weitergeschleppt.
»Reiß dich zusammen, feiger Hund!« sagte der eine seiner beiden Wächter.
Kein Mensch außer ihm selbst hatte ihn je einen Feigling geschimpft. Er machte den Versuch, die beiden abzuschütteln, aber sie packten ihn nur um so fester, seine Schulter verursachte ihm wütende Schmerzen. Schließlich schob ihn noch ein Dritter von hinten, und sie beförderten ihn alle zusammen im Laufschritt aus der Senke heraus – es war wahrhaftig ein würdeloses Schauspiel. Da waren die Pferde, wohl hundert an der Zahl, auch sie standen ganz unter dem Eindruck der aufregenden Vorgänge und tänzelten unruhig hin und her. Man hob ihn auf einen Gaul, die Zügel wurden geteilt und von je einem Berittenen zur Rechten und zur Linken ergriffen. Hornblower fühlte sich doppelt hilflos, als er ohne Zügel im Sattel saß, überdies war er so erschöpft, daß er sich kaum aufrecht halten konnte. Das Pferd unter ihm wurde unruhig, er sah, wie man Brown und den Grafen auf die gleiche Art beritten machte. Dann setzte sich der ganze Trupp nach der Hauptstraße hin in Bewegung. Dort angelangt, wurde ein scharfer Trab angeschlagen, so daß Hornblower im Sattel auf- und niederflog und krampfhaft am Sattelknopf Halt suchen mußte. Einmal hätte er um ein Haar das Gleichgewicht verloren, aber der neben ihm reitende Soldat legte ihm im letzten Augenblick den Arm um den Leib und holte ihn wieder hoch.
»Wenn Sie in einer solchen Kolonne aus dem Sattel fielen«, meinte der Soldat nicht unfreundlich, »dann wären Ihre Leiden gleich zu Ende.«
Sein Leid! Dort hinten lag Marie – eine Tote. War es nicht, als hätte er sie mit eigener Hand getötet? Sie war tot – tot – tot. Ein Wahnsinn von ihm, diesen Aufruhr ins Werk zu setzen, ein viel schlimmerer, ein verbrecherischer Wahnsinn, ihr die Teilnahme zu gestatten. Warum hatte er sich darauf eingelassen? Und dann: Hätte er nur etwas geschicktere Hände besessen, hätte er sich nur ein bißchen besser zu helfen gewußt, dann mußte es ihm gelingen, die sprudelnde Arterie rechtzeitig zusammenzupressen. Allerdings, Hankey, der Schiffsarzt der *Lydia*, hatte ihm einmal in seiner fachmännisch überlegenen Art versichert, daß kein Mensch

nach einer Verletzung der Oberschenkelarterie länger am Leben bleiben könne als höchstens dreißig Sekunden. Aber das konnte ihm jetzt nichts helfen. Marie war unter seinen Händen gestorben, und er hatte es nicht verhindert. Er hatte die dreißig Sekunden Zeit gehabt und hatte versagt. Er hatte in jeder Hinsicht versagt, im Krieg, in der Liebe, in seiner Ehe mit Barbara. Großer Gott! Wie kam er dazu, jetzt an Barbara zu denken? Mag sein, daß ihn nur der Schmerz in seiner Schulter davor bewahrte, vollends irrsinnig zu werden. Das Stoßen des Pferdes verursachte ihm solche Qualen, daß er sich nachgerade gezwungen sah, davon Notiz zu nehmen. Er steckte also den herabhängenden Arm zwischen die Knöpfe seines Rockes, so daß er wie in einer Schlinge gestützt war. Darauf wurde es gleich etwas besser. Noch größer wurde die Erleichterung, als die Kolonne auf Befehl des an der Spitze reitenden Offiziers nach einiger Zeit in Schritt fiel. Gleichzeitig gewann aber auch die Erschöpfung immer mehr Macht über ihn. Zwar jagten die Gedanken noch wirbelnd durch sein Gehirn, aber sie verloren allmählich die Form klar umrissener, logischer Vorstellungen und wandelten sich dafür in eine Art schreckhafter, undeutlich verworrener Traumgebilde. Immer tiefer sank er in einen von wilden Phantasien erfüllten Betäubungszustand und schreckte erst wieder auf, als die Gäule auf einen abermaligen Befehl von neuem antrabten. Schritt und Trab, Schritt und Trab, so ging es weiter und weiter die Straße entlang, die Reiter holten heraus, was die Pferde hergaben, man schleppte ihn mit größter Hast zum Gericht und zum Tode ...

General Clausens Hauptquartier war ein Schloß, das ein Halbbataillon Infanterie bewacht hielt. Gefangene und Begleitmannschaft ritten in den Schloßhof und saßen dort ab. Der Graf war wegen des dicken, grauen Stoppelbarts, der sein Gesicht bedeckte, kaum zu erkennen, auch Brown trug einen entstellenden Bart, und überdies war sein eines Auge samt der Wange dick und purpurrot verschwollen. Es gab keine Zeit, mehr als einen Blick auszutauschen, keine Zeit, auch nur ein Wort zu wechseln, denn kaum waren sie abgesessen, da trat auch schon ein Offizier lebhaften Schrittes auf sie zu.

»Der General erwartet Sie«, sagte er.

»Folgen Sie mir«, sagte der Husarenoffizier.

Zwei Soldaten faßten Hornblower unter den Armen und drängten ihn zu gehen, doch abermals verweigerten ihm die Beine den Dienst. Er war einfach nicht imstande, irgendeinen Muskel zusammenzuziehen, und seine wunden Füße schreckten vor jeder Berührung mit der harten Erde zurück. Nun versuchte er, einen Schritt zu tun, aber die Knie gaben unter ihm nach. Die Husaren hielten ihn aufrecht, wieder schickte er sich an zu gehen, auch diesmal ohne Erfolg – er schlenkerte mit den Beinen wie

ein fußmüder Gaul, schließlich war ihm ja auch nicht viel anders zumute.
»Los, beeilt euch!« fuhr der Offizier sie an.
Die Husaren hielten ihn untergefaßt und schleppten ihn jetzt einfach mit. Er versuchte bald zu gehen, bald ließ er seine Beine einfach nachschleifen. So ging es in einer von Säulen gestützten Halle eine kurze Marmortreppe empor und dann in ein holzgetäfeltes Zimmer, in dem der General Clausen an einem Tisch saß. Er war ein Elsässer, von massiger Gestalt, mit vorstehenden, blauen Augen, roten Backen und struppigem, rotem Schnurrbart. Als er die drei Wracks von Männern sah, die man da zu ihm ins Zimmer schleppte, traten ihm die blauen Augen noch etwas weiter aus dem Gesicht. Mit unverhohlener Überraschung ließ er seinen Blick von einem zum anderen wandern, der quecksilbrige Adjutant, der sich neben ihm einen Stuhl genommen hatte und sein Schreibzeug zurechtlegte, gab sich viel mehr Mühe als sein Chef, sein Erstaunen zu verbergen.
»Wer sind Sie?« fragte der General.
Nach kurzer Pause sprach der Graf als erster:
»Louis Antoine Hector Savinien de Ladon, Comte de Graçay«, sagte er mit stolz erhobenem Haupt.
Die runden blauen Augen wandten sich zu Brown.
»Und Sie?«
»Mein Name ist Brown.«
»Ach so, Sie sind der Diener, der einer der Rädelsführer war. Und wer sind Sie?«
»Horatio Lord Hornblower.« Seine Stimme klang seltsam heiser und tonlos, als er das sagte. Die Kehle war ihm völlig ausgedörrt.
»Lord 'Ornblower, le Comte de Graçay«, sagte der General und blickte sie abwechselnd an. Er kleidete zwar seine Gedanken nicht in Worte, aber sein Blick verriet sie deutlich genug. Hier stand das Oberhaupt der ältesten Familie Frankreichs und neben ihm der bewährteste jüngere Seeoffizier der britischen Flotte – zwei erschöpfte, zerlumpte Landstreicher.
»Das Kriegsgericht, das Sie abzuurteilen hat, wird heute abend zusammentreten«, sagte der General, »Sie haben also den Tag über Zeit, Ihre Verteidigung vorzubereiten.«
Er vermied es, hinzuzufügen, »für den Fall, daß Ihnen überhaupt die Möglichkeit gegeben wird, Ihre Sache zu vertreten«.
Da kam Hornblower ein Gedanke. Er zwang sich zum Sprechen.
»Dieser Brown, Monsieur, ist ein Kriegsgefangener. Ich möchte das ausdrücklich betonen.«
Die gewölbten blonden Augenbrauen des Generals wölbten sich noch höher.

»Er ist Seemann in Seiner Britischen Majestät Flotte, ich bin sein Vorgesetzter, und er hat stets unter meinem Befehl gehandelt. Das Kriegsgericht ist daher in seinem Falle nicht zuständig. Brown ist nach Recht und Gesetz ein Kombattant.«

»Er hat mit den Rebellen gemeinsame Sache gemacht.«

»Das tut nichts zur Sache, Monsieur. Er ist ein Angehöriger der bewaffneten Streitmacht der Britischen Krone und bekleidet den Rang eines ... eines ...«

Hornblower wollte ums Leben nicht einfallen, was »Bootssteurer« auf französisch hieß, so begnügte er sich schließlich notgedrungen mit dem englischen Ausdruck. Die blauen Augen wurden plötzlich schmäler.

»Das ist der gleiche Einwand, mit dem Sie sich wohl auch selbst vor dem Kriegsgericht zu verteidigen gedenken«, sagte Clausen. »Aber er wird Ihnen nichts nutzen.«

»Ich denke nicht an meine eigene Verteidigung«, sagte Hornblower in so aufrichtigem Ton, daß seine Worte überzeugend wirkten. »Ich denke jetzt nur an Brown. Sie können keine Anklage gegen ihn erheben. Da Sie selbst Soldat sind, werden Sie hoffentlich dafür Verständnis haben.«

Diese Unterhaltung war ihm so wichtig, daß er darüber seine Müdigkeit, ja sogar die Gefahr vergaß, die ihn selbst unmittelbar bedrohte. Seine echte und aufrichtige Sorge um Browns Wohlergehen machte auf Clausen sichtlich Eindruck, er konnte sich der Wirkung der Worte nicht entziehen, mit denen sich hier ein aufrechter Mann, der selbst an der Schwelle des Todes stand, für seinen Untergebenen ins Mittel legte. Der Ausdruck der blauen Augen wurde milder, sie verrieten sogar etwas wie Bewunderung. Aber Hornblower wurde bei all seiner Feinfühligkeit und scharfen Beobachtungsgabe nichts davon gewahr. Für ihn verstand es sich einfach von selbst, daß er sich jetzt um Brown zu kümmern hatte. Daher kam es ihm überhaupt nicht in den Sinn, daß ihn jemand darob bewundern könnte.

»Ich werde die Sache in Erwägung ziehen«, sagte Clausen. Dann wandte er sich an die Wachmannschaften: »Führen Sie die Gefangenen ab.«

Der lebhafte Adjutant flüsterte ihm hastig etwas ins Ohr, er nickte darauf mit der gesetzten Würde des Elsässers.

»Handeln Sie, wie Sie es für richtig halten«, sagte er schließlich, »aber denken Sie daran, daß Sie mir für alles verantwortlich sind.«

Der Adjutant erhob sich und begleitete die Gefangenen durch die Halle, die Soldaten unterstützen Hornblower wieder beim Gehen. Als sie aus dem Tor waren, traf der Adjutant seine weiteren Anordnungen.

»Bringen Sie diesen Mann« – dabei zeigte er auf Brown – »in das Wachlokal. Und diesen« – das war der Graf – »in die kleine Stube dort. Sergeant, Sie werden ihn bewachen. Und Sie, Herr Leutnant, sind mir persönlich für diesen 'Ornblower haftbar. Nehmen Sie zwei Mann mit, und lassen Sie ihn zu dritt nicht aus den Augen, nicht einen Augenblick, haben Sie mich verstanden? Unter dem Schloß ist ein altes Verlies, dorthin bringen Sie ihn und dort bleiben Sie bei ihm. Ich werde selbst von Zeit zu Zeit nach dem Rechten sehen. Dieser Mann ist vor vier Jahren der Kaiserlichen Gendamerie entkommen und wurde in Abwesenheit zum Tode verurteilt. Er ist natürlich zu jeder Verzweiflungstat bereit, und Sie können ruhig annehmen, daß er ungewöhnlich gerissen handelt.«

»Zu Befehl«, sagte der Leutnant.

Eine Steinstiege führte hinunter in den Kerker, ein Überbleibsel aus der noch nicht allzulange zurückliegenden Zeit, da der Grundherr noch hohe, mittlere und niedere Gerichtsbarkeit in seiner Person vereinigte. Als jetzt die Riegel rasselnd zurückgeschoben wurden und die Tür des Verlieses kreischend aufging, da merkte man aus vielen Anzeichen, wie lange es schon nicht mehr benutzt worden war. Die Luft war nicht etwa feucht, sie war im Gegenteil ganz dick von Staub. Durch das kleine, vergitterte Fenster dicht an der Decke fiel ein Strahl Sonne herein und gab gerade so viel Licht, daß man einigermaßen sehen konnte. Der Leutnant musterte die kahlen Wände, zwei mit eisernen Krampen am Boden befestigte Ketten bildeten die ganze Einrichtung.

»Bring ein paar Stühle her«, sagte er zu einem der Männer, die ihn begleiteten, und dann fügte er nach einem Blick auf seinen müden Gefangenen hinzu: »Besorge auch eine Matratze und bring sie her, wenigstens aber einen Strohsack.«

In der Zelle war es ziemlich kalt, und doch fühlte Hornblower, daß ihm der Schweiß auf der Stirn stand. Seine Schwäche nahm von Sekunde zu Sekunde zu, die Füße wollten ihn schon im Stehen nicht mehr tragen, immer toller wurde das Schwindelgefühl. Kaum lag die Matratze auf dem Boden, da schleppte er sich mit letzter Kraft hin und stürzte darauf nieder. In diesem Augenblick war alles vergessen, sogar seine Verzweiflung über Mariens Tod. Weder Reue noch Furcht fanden noch Raum in seiner Seele. Er lag mit dem Gesicht zum Boden gekehrt, nicht bewußtlos, nicht schlafend, und doch weit fort von der Wirklichkeit, im Lande des Vergessens. Das Klopfen in den Beinen, das Rauschen in den Ohren, der Schmerz in der Schulter und das ganze Elend seiner armen Seele, alles das schrumpfte im Augenblick, da er niederstürzte, zu einem Nichts zusammen.

Als die Riegel wieder klapperten und die Rückkehr des Adjutanten verkündeten, hatte sich Hornblower schon wieder ein bißchen erholt. Er lag noch immer mit dem Gesicht nach unten und war fast froh darüber, daß er sich nicht zu rühren, daß er nicht zu denken brauchte. Der Adjutant trat in die Zelle.

»Hat der Gefangene schon gesprochen?« hörte er den Adjutanten fragen.
»Nein, kein Wort«, sagte der Leutnant.
»Die Verzweiflung hat ihn stumm gemacht«, meinte der Adjutant.
Das war sicher nur eine gedankenlose Redensart, aber sie machte Hornblower doch zu schaffen. Vor allem wurmte ihn, daß der Adjutant ihn in dieser unbeherrschten, würdelosen Haltung überracht hatte. Er drehte sich um, setzte sich auf seinem Strohsack auf und starrte stumm zu dem vor ihm stehenden Adjutanten empor.
»Haben Sie keine besonderen Wünsche?« fragte der. »Wollen Sie noch Briefe schreiben?«
Nein, er wollte keine Briefe schreiben, über die seine Schergen dann herfielen wie die Geier über ein Aas. Und doch mußte er Wünsche äußern, mußte er etwas tun, damit ihn die anderen nicht für fassungslos verzweifelt hielten. Indem er das überlegte, wußte er auch bereits, was er wollte und wie dringend er dieses Bedürfnis empfand.
»Ein Bad«, sagte er und fuhr sich dabei mit der Hand über das bärtige Gesicht, »rasieren und sauberes Zeug.«
»Ein Bad?« wiederholte der Adjutant etwas erstaunt. Gleich bekam sein Gesicht einen mißtrauischen Zug. »Ich kann Ihnen doch kein Rasiermesser anvertrauen. Sie könnten allzu leicht versuchen, dem Erschießungskommando zuvorzukommen.«
»Dann lassen Sie mich doch durch einen Ihrer Leute rasieren«, sagte Hornblower. Und um den anderen zu reizen, fügte er noch hinzu: »Sie können ja währenddessen meine Hände binden lassen, wenn es Ihnen sicherer scheint. Aber vor allem schicken Sie mir einen Eimer heißes Wasser, Seife und ein Handtuch. Und wenigstens ein reines Hemd.«
Der Adjutant gab nach.
»Gut«, sagte er, »ich will Ihren Wunsch erfüllen.«
Jetzt wurde Hornblower unversehens von einem absonderlichen, närrischen Überschwang gepackt, der ihm mächtig zu Hilfe kam. Es machte ihm nichts mehr aus, sich unter den Augen von vier neugierigen Männern nackt auszuziehen, sich den Schmutz gründlich vom Körper zu waschen und sich zuletzt unter Mißachtung der Schmerzen in seiner Schulter mit dem Handtuch trocken zu reiben. Das Interesse der anderen galt wohl nicht so sehr dem sagenhaften, seltsamen Engländer als vielmehr dem Mann, der in wenigen Stunden sterben mußte. Der Mensch, der sich hier vor ihnen abseifte, sollte ja in allernächster Zeit jenes dunkle Tor durchschreiten, zu dem auch ihr Weg eines Tages führte, sein weißer Körper würde bald vom Blei der Musketenkugel zerrissen sein. Durch Gedankenübertragung spürte er diese krankhafte Neugier seiner Schergen und sah sie ihnen stolz und voll Verachtung nach. Er zog sich wieder an, auch dabei

beobachteten sie jede seiner Bewegungen. Ein Soldat trat ein. Er hatte die Hände voll mit Rasierbecken, Messer und anderen Gerätschaften.

»Der Regimentsbarbier«, sagte der Adjutant. »Er wird Sie rasieren.« Es war nicht mehr die Rede davon, ihm die Hände binden zu lassen. Während Hornblower so dasaß und das Messer ihm über die Kehle strich, dachte er daran, wie es wäre, wenn er jetzt mit den Händen plötzlich hochführe und nach dem Messer griffe. Da waren die Halsvene und die Kopfschlagader, ein einziger tiefer Schnitt in die Seite, und alle Qual war mit einem Schlag zu Ende. Überdies hatte er dann die Genugtuung, diesen hochnäsigen Adjutanten gründlich überlistet zu haben. Eine Sekunde lang konnte er der Versuchung kaum widerstehen, er malte sich aus, wie er auf seinem Stuhl zurücksank, wie das Blut aus seinem Hals spritzte und wie die Offiziere ratlos und entsetzt um ihn herumstanden. Fast genießerisch verweilte er sekundenlang bei diesem Bild, das ihm so deutlich vor Augen stand. Aber wenn er sich jetzt das Leben nahm, dann vermochte das zu Hause in England lange nicht so viel Grimm und Rachedurst zu wecken, als wenn die Franzosen bedachten Justizmord an ihm verübten. Er mußte es zulassen, daß Bonaparte ihn tötete, das war das letzte Opfer, das die Pflicht von ihm verlangte. Und dann Barbara – nein, er mochte nicht, daß er in ihren Gedanken als Selbstmörder weiterlebte.

Der Barbier hielt ihm den Spiegel vor das Gesicht. Er kam damit gerade zur rechten Zeit, um dieser neuen Kette von Gedanken schnell ein Ende zu machen. Das Gesicht, das ihm aus dem Spiegel engegensah, war das alte, vertraute. Es war nur tiefbraun gebrannt von der Sonne, die scharfen Linien um den Mund waren vielleicht ein bißchen deutlicher als früher, und sein Blick hatte etwas Rührendes, Flehendes, das ihm nie so stark aufgefallen war. Ach ja, die Stirn war wieder etwas höher, die Kopfhaut schimmerte deutlicher durch.

Ein Kopfnicken zeigte dem Barbier seine Zufriedenheit. Als der Mann ihm das Handtuch vom Hals genommen hatte, erhob er sich und tat sein möglichstes, um trotz aller Blasen an den Füßen fest auf den Beinen zu stehen. Dann musterte er seine Umgebung mit so überlegenen Blicken, daß sich die neugierigen Gaffer peinlich berührt fühlten. Der Adjutant zog, wahrscheinlich um damit seine Verlegenheit zu bemänteln, die Uhr.

»In einer Stunde versammelt sich das Kriegsgericht«, sagte er. »Wünschen Sie jetzt etwas zu essen?«

»Gewiß«, sagte Hornblower.

Sie brachten ihm eine Omelette, Brot, Wein und Käse. Kein Gedanke, daß jemand seine Mahlzeit mit ihm geteilt hätte. Sie saßen nur da und starrten jedem Bissen nach, den er zum Munde führte. Er hatte seit langer Zeit

nichts mehr gegessen und verspürte jetzt, da er sauber gewaschen war, einen wahren Wolfshunger. Mochten sie ruhig starren, er wollte essen und trinken. Der Wein schmeckte köstlich, er genoß ihn in durstigen Zügen.
»Der Kaiser hat vergangene Woche zwei große Siege erfochten«, sagte der Adjutant plötzlich und zerstörte damit Hornblowers gelassene Stimmung. Hornblower wollte sich gerade mit der Serviette den Mund wischen, jetzt hielt er mitten in der Bewegung inne und starrte den anderen an.
»Ihr Wellington«, fuhr der Adjutant fort, »hat endlich auch seinen Meister gefunden. Ney hat ihn bei Quatre-Bras, einem Ort südlich Brüssels, entscheidend geschlagen, am gleichen Tage hat Seine Majestät selbst Blücher und die Preußen bei Ligny besiegt, also der Karte nach auf dem alten Schlachtfeld von Fleurus. Diese beiden Siege werden genauso entscheidende Folgen haben wie damals Jena und Auerstädt.«
Hornblower zwang sich dazu, sich mit anscheinender Ruhe weiter den Mund zu wischen. Dann ging er daran, sich umständlich noch ein Glas Wein einzuschenken. Er spürte deutlich, wie der Adjutant sich über die offenkundige Gleichgültigkeit ärgerte, mit der er sein Los hinnahm, und mit seiner Mitteilsamkeit nur den Zweck verfolgte, den Panzer seiner stoischen Haltung zu durchbrechen. Sogleich versuchte er einen Gegenangriff.
»Auf welchem Wege hat Sie diese Nachricht erreicht?« fragte er und verriet dabei nichts als höfliches Interesse.
»Die amtliche Verlautbarung ist vor drei Tagen hier eingetroffen. Der Kaiser war da bereits in Eilmärschen nach Brüssel unterwegs.«
»Dann spreche ich Ihnen meinen aufrichtigen Glückwunsch aus, Monsieur. Ich hoffe für Sie, daß Ihre Nachrichten stimmen. Mir fällt dabei nämlich ein Scherzwort ein, das in Ihrer Armee im Schwange sein soll. Pflegt man bei Ihnen nicht angesichts einer groben Unwahrhaftigkeit zu sagen: ›Erlogen wie ein amtlicher Bericht?«
»Dieser Bericht stammt unmittelbar aus dem Hauptquartier Seiner Majestät«, entgegnete der Adjutant gereizt.
»Dann ist natürlich kein Zweifel möglich, daß er stimmt. Wollen wir hoffen, daß Ney bei seiner Siegesmeldung an den Kaiser kein Irrtum unterlaufen ist. Wenn er nämlich Wellington wirklich geschlagen hat, dann wäre das eine höchst bemerkenswerte Umkehrung des geschichtlichen Ablaufs. In Spanien hat Wellington ja des öfteren Ney besiegt und nicht nur ihn, sondern auch Masséna, Soult, Victor, Junot und alle die anderen.«
Der Adjutant konnte nicht verbergen, wie sehr ihn diese Bemerkung wurmte.
»An diesem Sieg gibt es keinen Zweifel«, sagte er und fügte dann bissig hinzu: »Paris wird am gleichen Tage vom Einmarsch des Kaisers in

Brüssel und von der endgültigen Unterdrückung der Räuberbande im Nivernais erfahren.«

»Ach, Sie haben Räuber im Nivernais?« fragte Hornblower höflich und zog dabei erstaunt die Augenbrauen hoch. »Das tut mir aber aufrichtig leid – ich muß allerdings gestehen, daß ich auf meinen Reisen hier im Lande keinem begegnet bin.«

Jetzt ärgerte sich der Adjutant erst recht, das war ihm deutlich vom Gesicht abzulesen. Hornblower schlürfte, zufrieden mit diesem Erfolg, einen Schluck Wein. Der Wein und seine leichtfertig gehobene Stimmung bewirkten wohl zusammen, daß ihn das bevorstehende Todesurteil sowenig zu schrecken vermochte. Der Adjutant erhob sich und verließ sporenklirrend die Zelle, Hornblower schob seinen Stuhl zurück und streckte mit einer Geste wohligen Behagens, die nur teilweise gespielt war, seine Beine von sich. So saßen sie geraume Zeit schweigend beieinander, er und seine drei Aufpasser, bis endlich das Gerassel der Riegel verkündete, daß wieder jemand erschien.

»Das Gericht wartet, kommen Sie«, sagte der Adjutant. Kein allgemeines Wohlbefinden konnte Hornblower darüber hinwegtäuschen, daß seine wunden Füße elend schmerzten. Er versuchte zwar, beim Gehen einigermaßen Haltung zu bewahren, brachte aber doch nur ein jämmerliches Hinken zuwege. Dabei fiel ihm ein, welche Schmerzen ihm gestern jedesmal die ersten hundert Meter nach einer Ruhepause verursacht hatten, bis das Gefühl in den Füßen wieder erstorben war. Der Weg hier zur großen Halle des Schlosses, den er heute zu gehen hatte, war leider viel kürzer als hundert Meter. Als er mit seiner Eskorte aus dem Keller ans Tageslicht kam, stieß er auf den Grafen, der zwischen zwei Husaren langsam einherschritt. Die beiden Gruppen hielten einen Augenblick an.

»Mein Sohn, ach, mein Sohn!« sagte der Graf. »Kannst du mir vergeben, was ich dir angetan habe?«

Hornblower war nicht im geringsten erstaunt, daß ihn der Graf als seinen Sohn bezeichnete. Ganz von selbst kam ihm die entsprechende Antwort über die Lippen: »Ich habe dir nichts zu vergeben, Vater, ich bin es, der um Verzeihung zu bitten hat.«

Woher kam dieser plötzliche, unwiderstehliche Zwang, sich auf das Knie niederzulassen und den Kopf zu beugen? Und was überkam den Grafen, diesen alten Freidenker und Anhänger Voltaires, daß er jetzt segnend die Hand über ihn hielt?

»Sei gesegnet, mein Sohn, Gott möge dich segnen«, sagte er.

Dann setzten sie beide ihren Weg fort, Hornblower blickte noch einmal zurück, die hagere Gestalt mit dem grauen Haupt verschwand gerade um die nächste Ecke ...

»Er wird morgen bei Anbruch der Dämmerung erschossen«, erklärte der Adjutant, während er die Tür zur großen Halle öffnete.
Clausen saß in der Mitte des Richtertisches, rechts und links von ihm schlossen sich je drei Offiziere als Beisitzer an, und die beiden Enden des Tisches waren durch jüngere Offiziere besetzt, die Papier und Schreibzeug vor sich liegen hatten. Hornblower kam hereingehumpelt, er gab sich verzweifelt Mühe, seinem Gang einige Haltung zu verleihen, aber es wollte ihm nicht gelingen. Als er vor dem Tisch angelangt war, erhob sich der Offizier an dessen einem Ende.
»Ihr Name?« fragte er.
»Horatio Lord Hornblower, Ritter des hohen Bath-Ordens, Kommodore Seiner Britischen Majestät Flotte.«
Die Richter tauschten untereinander Blicke, der Offiziere am anderen Ende des Tisches, der anscheinend das Protokoll führte, begann, mit größter Hast zu schreiben. Der Fragesteller aber – offenbar der Ankläger – nahm alsbald, zum Gerichtshof gewandt, das Wort:
»Der Gefangene hat uns seinen richtigen Namen angegeben. Wie ich höre, hat er Seiner Exzellenz Herrn General Clausen und Herrn Hauptmann Fleury den gleichen Namen genannt. Außerdem stimmt sein Äußeres genau mit der seinerzeit veröffentlichten Beschreibung überein. Wir dürfen daher seine Identität als erwiesen betrachten.«
Clausen warf einen fragenden Blick nach dem Richterkollegium. Die Beisitzer nickten. »Es bleibt mir also nur die Aufgabe«, fuhr der Ankläger fort, »dem Hohen Gericht ein Kriegsgerichtsurteil vom 10. Juni 1811 vorzulegen, indem es heißt: ›'Oratio 'Ornblower, der sich vorsätzlich dem Gewahrsam entzogen hat, wird wegen nachgewiesenen Seeraubs und nachgewiesener Verletzung des Kriegsrechts zum Tode verurteilt‹. Dieses Urteil wurde am 14. Juni des gleichen Jahres durch Seine Kaiserliche und Königliche Majestät eigenhändig bestätigt. Den Herren Richtern liegen beglaubigte Abschriften des Spruches vor. Ich beantrage, daß dieses Todesurteil nunmehr vollstreckt wird.«
Wieder sah sich Clausen nach seinen Beisitzern um, ein sechsfaches Nicken verkündigte ihm ihr Einverständnis. Dann trommelte er einen Augenblick mit den Fingern auf dem Tisch und hob zuletzt den Kopf. Er zwang sich offenbar dazu, Hornblower in die Augen zu sehen. Als Hornblower dem Blick des Generals begegnete, wußte er in seiner merkwürdigen Hellsichtigkeit plötzlich um die wiederholten Befehle Bonapartes an Clausen, »diesen Hornblower unter allen Umständen festzunehmen und an Ort und Stelle zu erschießen«. Mochte ihr Wortlaut auch anders gewesen sein, ihr Sinn stand für ihn fest. In Clausens blauen Augen war deutlich Abbitte zu lesen. Dann begann Clausen langsam zu sprechen:

»Das hier versammelte militärische Gericht entscheidet: Besagter 'Oratio 'Ornblower ist morgen bei Tagesgrauen durch Erschießen hinzurichten. Seine Hinrichtung hat unmittelbar nach der des Aufrührers Graçay zu erfolgen.«

»Seeräuber werden gehängt, Eure Exzellenz«, sagte der Ankläger.

»Das Gericht hat entschieden, daß 'Ornblower erschossen wird«, wiederholte Clausen. »Der Gefangene ist abzuführen. Die Verhandlung ist geschlossen.«

Der Schlag war gefallen. Hornblower wußte, daß ihm aller Augen folgten, als er sich abwandte und durch die Halle zurückging. Hätte er nur erhobenen Hauptes und mit zurückgenommenen Schultern ausschreiten können! Aber leider mußte er sich elend hinkend und gebeugt hinausschleppen. Man hatte ihm keine Gelegenheit gegeben, auch nur ein einziges Wort zu seiner Verteidigung vorzubringen. Wer weiß, vielleicht war es besser so. Vielleicht hätte er ungeschickt gestammelt, wäre er gar ins Stocken geraten, er hatte sich ja nicht auf eine Rede vorbereitet. Er humpelte die Stufen der Treppe hinunter. Wenigstens wurde er erschossen und nicht erhängt. Aber wie war es denn? Schmerzten die Kugeln, die ihm in die Brust einschlugen, etwa weniger als ein Strick, der sich um den Hals zusammenzog? Er schleppte sich in die Zelle hinein, die jetzt schon ganz im Dunkeln lag. Tastend suchte er nach seiner Matratze und ließ sich darauf nieder. Nun war er also endgültig unterlegen – zum ersten Male sah er sein Schicksal in diesem Licht. Er hatte volle zwanzig Jahre gegen Bonaparte gerungen, und nun war Bonaparte in der letzten Runde Sieger geblieben. Gegen Kugeln gab es keine Argumente.

Man brachte ihm drei Kerzen, die die Zelle hell erleuchteten. Nein, es gab keine Ausrede, er war geschlagen. Mit bitterer Selbstverachtung dachte er an das dumme Wortgefecht mit dem Adjutanten, auf dessen Ausgang er sich noch vorhin etwas eingebildet hatte. Er war ein ausgemachter Narr! Der Graf zum Tode verurteilt – und Marie, ach Marie, *Marie!* Seine Augen füllten sich mit Tränen, er drehte sich auf seiner Matratze hastig zur Wand, daß seine Bewacher nichts davon merkten. Marie hatte ihn geliebt, und sein Wahnsinn hatte sie das Leben gekostet. Jawohl, sein Wahnsinn und Bonapartes überlegenes Genie. Herrgott, könnte er nur diese letzten drei Monate noch einmal durchleben. Marie, Marie. Verzweifelt wollte er sein Gesicht in die Hände vergraben, hielt aber in der Bewegung inne, als er daran dachte, daß ihn drei Augenpaare unablässig beobachteten. Man sollte ihm nicht nachsagen, er sei feige in den Tod gegangen. Das durfte nicht sein, um Richards willen, um Barbaras willen nicht. Barbara liebte Richard und würde für ihn sorgen, dessen konnte er sicher sein. Was aber würde sie von ihrem toten Mann denken? Sie wußte, sie hatte bestimmt erraten, warum er nach Frankreich gekommen war, sie war sich auf jeden Fall auch über seine Untreue im klaren. Sie mußte sich dadurch im Innersten verletzt fühlen. Konnte man ihr vorwerfen, wenn sie sich nicht dafür verpflichtet hielt, sein Andenken zu ehren? Natürlich konnte und würde sie wieder heiraten. Sie war ja noch jung und schön, sie war reich und besaß die höchsten Verbindungen. Was stand ihr also im Wege? Mein Gott, wie weh es tat, wenn man sich vorstellte, daß Barbara vielleicht schon bald freudejauchzend in den Armen eines anderen lag. Dabei hatte er doch selbst in den Armen Maries gelegen. Oh! Marie! Er ballte die Fäuste, daß sich die Nägel schmerzend in die Handflächen gruben. Ein Blick sagte ihm, daß ihn die Augen der anderen nicht losließen. Er durfte keine Schwäche zeigen. Wäre jenes Unwetter nicht losgebrochen, das die Loire überschwemmte, dann wäre er noch in Freiheit, dann lebte Marie noch, dann wäre der Aufruhr noch immer im Gange. Bonapartes Genie hatte also nicht genügt, ihn zur Strecke zu bringen, das Schicksal selbst hatte ihm dazu ein Bein stellen müssen. Diese Schlachten in Belgien, wer wußte es denn, vielleicht sagten die Siegesmeldungen Bonapartes doch nicht die Wahrheit. Ob es wirklich Entscheidungsschlachten gewesen waren? Vielleicht wären sie es geworden, wenn die Division Clausens zur Stelle gewesen wäre, statt fern vom Schuß im Nivernais zu liegen. Vielleicht – wie töricht von ihm, sich mit solchen eitlen Hirngespinsten trösten zu wollen! Morgen um diese Zeit – in wenigen Stunden – war er den Weg bereits gegangen, den so viele schon vor ihm hatten gehen müssen.

Man brachte frische Kerzen, die alten waren bis auf kurze Stumpen niedergebrannt. War es möglich, daß die Nacht zu schnell verging? Bald mußte der Morgen dämmern, bald – im Juni brach der Tag frühzeitig an. Er begegnete dem Blick eines Wächters, obgleich dieser versuchte, seinen Augen auszuweichen. Da zwang er sich zu lächeln, aber er spürte sogleich, daß er nur eine klägliche, gequälte Grimasse schnitt. Vor der Tür klirrte ein Schritt. Unmöglich, daß man ihn schon holte! Und doch, die Riegel rasselten, die Tür ging auf, der Adjutant trat ein. Hornblower versuchte aufzustehen, aber er fühlte mit Entsetzen, daß ihn seine Beine nicht trugen. Noch einmal quälte er sich, stehenzubleiben, es war umsonst, er mußte sich wieder setzen. Er konnte es also nicht vermeiden, daß sie ihn zur Richtstätte schleppten wie einen elenden Feigling. Nun zwang er sich dazu, den Kopf zu heben und dem Adjutanten ins Gesicht zu sehen, dabei war er bemüht, seinem Blick etwas von der glasigen Starre zu nehmen, um die er zu wissen glaubte.

»Sie werden nicht sterben«, sagte der Adjutant.

Hornblower starrte ihn an, er versuchte zu sprechen, sein offener Mund

versagte ihm die Worte. Der Adjutant zwang sich zu einem begütigenden Lächeln.
»Wir haben neue Nachrichten aus Belgien«, sagte der Adjutant. »Der Kaiser ist in einer großen Schlacht entscheidend geschlagen worden. Bei einem Ort, der Waterloo heißt. Wellington und Blücher haben bereits die Grenze überschritten und marschieren auf Paris. Der Kaiser ist schon dort eingetroffen, der Senat verlangt seine abermalige Abdankung.«
Hornblowers Herz klopfte mit so harten Schlägen, daß er noch immer nicht sprechen konnte.
»Seine Exzellenz, der Herr General«, fuhr der Adjutant fort, »hat entschieden, daß die Todesurteile angesichts der neuen Lage nicht vollstreckt werden sollen.«
Endlich fand Hornblower seine Sprache wieder.
»Ich werde nicht darauf bestehen«, sagte er.
Der Adjutant sagte dann noch etwas über die Rückkehr Seiner Allerchristlichsten Majestät auf den Thron, aber Hornblower hörte ihm nicht mehr zu. Er dachte nur noch an Richard – und an Barbara.

ULLSTEIN BÜCHER

Die großen Abenteuer zur See in Romanen von Cecil Scott Forester

AN SPANIENS KÜSTEN

Ullstein Buch 502

Hornblower verteidigt ein Geleit von Ostindienfahrern gegen französische Kaperschiffe und stellt sich vor der Rosasbucht vier feindlichen Linienschiffen, um ihnen die Flucht unter die schützenden Landkanonen unmöglich zu machen. Nach mörderischem Feuergefecht hat Hornblower zwei feindliche Schiffe entmastet und das französische Geschwader manövrierunfähig gemacht. Zwei Drittel seiner Besatzung sind jedoch verwundet oder getötet, und die zum Wrack geschossene »Sutherland« muß die Flagge streichen; Hornblower begibt sich in Gefangenschaft. Admiral Leighton aber kann am nächsten Morgen das von Hornblower gestellte Geschwader mit nur geringen eigenen Verlusten vernichten.

UNTER WEHENDER FLAGGE

Ullstein Buch 529

Der von den Franzosen gefangengenommene Kommandant Hornblower soll unter scharfer Bewachung nach Paris gebracht werden. In stockdunkler Nacht jedoch gelingt es ihm und seinen beiden Mitgefangenen zu fliehen. Als harmlose Angler rudern sie die Loire hinunter und gehen in Nantes als holländische Zolloffiziere verkleidet an Land. In tollkühnem Handstreich kapern sie einen Kutter und segeln nach England. Dort wird ihnen ein triumphaler Empfang bereitet und Hornblower zum Ritter des Bath-Ordens geschlagen.